Andreas Brandhorst

DAS FLÜSTERN

Andreas Brandhorst

DAS FLÜSTERN

Thriller

PIPER

Mehr über unsere Autoren und Bücher:
www.piper.de

Wenn Ihnen dieser Thriller gefallen hat, schreiben Sie uns unter Nennung des Titels »Das Flüstern« an *empfehlungen@piper.de*, und wir empfehlen Ihnen gerne vergleichbare Bücher.

Von Andreas Brandhorst liegen im Piper Verlag vor:
Das Flüstern. Thriller
Eklipse
Ewiges Leben. Thriller
Die Tiefe der Zeit
Das Erwachen. Thriller
Das Schiff
Omni
Das Arkonadia-Rätsel
Seelenfänger
Die Kantaki-Saga:
Diamant (Kantaki 1)
Der Metamorph (Kantaki 2)
Der Zeitkrieg (Kantaki 3)
Feuervögel (Kantaki 4)
Feuerstürme (Kantaki 5)
Feuerträume (Kantaki 6)

MIX
Papier aus verantwortungsvollen Quellen
FSC® C083411
www.fsc.org

ISBN 978-3-492-06101-8

Satz: Satz für Satz, Wangen im Allgäu
Gesetzt aus der Minion
Druck und Bindung: CPI books GmbH, Leck
Printed in the EU

EINS

Ich bin immer bei dir.

WIE ES BEGANN

1 Plötzlich war das Licht da, ein schmerzhaft grelles Licht, das direkt vor ihnen aus der Nacht gleißte.

»Was macht er da?«, fragte Mutter. »Er kommt direkt auf uns zu.«

»Ich sehe nichts«, sagte Vater. »Ich kann überhaupt nichts mehr sehen.« Er löste eine Hand vom Steuer und hob sie zu den Augen.

Es geschah, was schon mehrmals geschehen war – Deutlichkeit kam, eine langsame Präzision, die anderen Menschen fehlte, wie Nikolas bereits wusste. Er fand sie interessant, diese Deutlichkeit, die ihm jedes noch so kleine Detail zeigte, mit genug Zeit, um alle Einzelheiten zu betrachten. Innere Augen schienen sich zu öffnen, mit denen man viel mehr sehen konnte, und da waren auch innere Ohren, die mehr hörten. Das grelle Scheinwerferlicht des Fahrzeugs, das ihnen auf der schmalen Straße entgegenkam, verlor etwas von seiner schmerzhaften Intensität, und Nikolas sah den Schrecken im Gesicht seiner Mutter auf dem Beifahrersitz, ihren Mund, zu einem Schrei geöffnet, der erst in einigen langen Sekunden erklingen würde. Sie streckte beide Hände nach vorn, dem Armaturenbrett entgegen, sie neigte den Kopf, was das lange braune Haar in Bewegung brachte. Nikolas beobachtete, wie ihr eine Strähne in die Stirn fiel, über die Wimper strich, und er stellte sich vor, wie es kitzelte. Der Schrei war noch immer nicht erklungen, es dauerte noch ein oder zwei gedehnte Sekunden, Zeit genug, die Beobachtungen fortzusetzen.

Sein Vater: die eine Hand über den Augen, die andere fest ums Lenkrad geschlossen, das Gesicht seltsam starr, wie eine der Keramikmasken, die Nikolas einmal gesehen hatte. Sein Vater nahm den Fuß vom Gas, hob ihn so langsam, als kostete es ihn Mühe, setzte ihn aufs Bremspedal und trat zu. Etwas quietschte, aber die Reifen konnten es nicht sein, denn die Straße war nass vom Regen. Es quietschte und knallte, und mehrere Löcher bildeten sich in der Windschutzscheibe. Vaters Hand fiel von den Augen, und Nikolas sah das Blut auf seiner Stirn, eine kleine spritzende Fontäne. Das Lenkrad drehte sich ohne steuernde Hand, der Fuß rutschte von der Bremse …

Und da war der Schrei, in die Länge gezogen, ein dumpfes Brummen, das zu einem Röcheln wurde, denn eine der Kugeln, die Löcher in die Windschutzscheibe geschlagen hatten, traf Mutters Mund, eine zweite ihren Hals.

Vater?, dachte Nikolas, der mit den inneren Augen sah und mit den inneren Ohren lauschte. Was geschieht mit euch?

Etwas zischte und pfiff dicht an ihm vorbei, ohne ihn zu treffen, und der Wagen drehte sich, es knallte erneut. Die Windschutzscheibe zersprang, und Nikolas saß geduckt im Splitterregen, die kleinen Hände über den Kopf gehoben, vom Kindersitz auf der Rückbank gehalten, als der Wagen ins Schleudern geriet und sich überschlug.

Chaos verwischte die Einzelheiten selbst für die anderen Augen, und verschiedene Geräusche verschmolzen zu einem donnernden Getöse. Als die Welt aufhörte, sich zu drehen, und als das Krachen der Stille wich, befand sich Nikolas nicht mehr im Auto, sondern zwischen Bäumen – er lag auf einem Polster aus Moos und welken Blättern, der zerbrochene Kindersitz an seiner Seite. Arme und Beine taten ihm weh, vielleicht auch der Bauch. Ein Rest von Deutlichkeit existierte noch und zeigte ihm zwei Gestalten, offenbar Große, beim Wrack des Wagens ein Dutzend Meter entfernt, gestreift vom Scheinwerferlicht eines auf der Straße stehenden Fahrzeugs. Die beiden Silhouetten traten von einer Seite des Wagens zur anderen, zwei Schemen in der Nacht, zwei Schatten, die etwas mehr Substanz gewannen, wenn ihre Schritte sie zum Licht brachten. Nikolas versuchte mehr zu erkennen, aber die Deutlichkeit verließ ihn, die inneren Augen wurden blind, die inneren Ohren taub.

Die Dunkelheit der Nacht schloss sich um ihn.

Zeit verging. Nikolas schloss die Augen, die richtigen Augen, die weniger sahen als die anderen, und vielleicht schlief er. Stimmen weckten ihn, aufgeregte Stimmen, die beim verbeulten, durchlöcherten Autowrack erklangen. Mehrere Wagen standen auf der Straße, einige von ihnen mit laufendem Motor. Ihr Scheinwerferlicht reichte bis zum Waldrand.

Jemand näherte sich. Ein Großer, eine Frau, glaubte Nikolas.

»Mutter?«, fragte er. Er hatte nie Mama gesagt, immer nur Mutter. Oder Vater. Auch das unterschied ihn von den anderen Kindern.

»Mein Gott, hier liegt jemand.« Sie drehte den Kopf und rief: »Hier liegt ein Kind!«

Nein, nicht Mutter, eine andere Frau. Nikolas blieb liegen, ohne Schmerzen in den Gliedmaßen, aber müde. Er blickte zu der Frau hoch, die sich über ihn beugte.

»Er lebt!«, rief sie. »Der Junge lebt!«

Weitere Große eilten herbei, unter ihnen ein Mann, der ihn berührte und vorsichtig betastete.

»Er ist voller Blut, aber unverletzt«, sagte der Mann, der vielleicht ein Arzt war. »Er muss einen Schutzengel gehabt haben.«

ABSCHIED

2 Als Nikolas schlief, träumte er wieder von der Tür. Mal war sie groß und rund, bei anderen Gelegenheiten klein und quadratisch, wie eine Katzenklappe in leerer Luft. Oft verbarg sich die Tür im Schatten, und er musste aufmerksam Ausschau halten, um sie zu bemerken. Einmal hatte er sie auch im hellen Sonnenschein gesehen, bei einem Blinzeln am richtigen Ort und zur richtigen Zeit. Wenn er sich der Tür zu nähern versuchte, wurden die Beine schwer, oder sie steckten plötzlich in unsichtbarem Morast, in dem sie kaum mehr vorankamen.

Er hätte gern herausgefunden, was sich hinter ihr verbarg, doch bisher war es ihm noch nie gelungen, sie zu erreichen. Er schaffte es auch diesmal nicht – eine Hand weckte ihn.

Sie legte sich ihm auf die Schulter, die Hand eines Großen, und Nikolas fühlte das Zögern in ihr, als fürchtete der Große, er könnte sich anstecken. So waren die Großen manchmal. Sie hielten ihn für krank, und etwas in ihnen, ein tief verwurzelter Instinkt, glaubte an die Möglichkeit einer Infektion.

»Nikolas?«

Er öffnete die Augen.

Die Hand wich von seiner Schulter.

»Er sieht mich an«, stellte der neben dem Bett stehende Mann fest. »Sie haben doch gesagt …«

»Es liegt eine Beeinträchtigung beim Empfangen und Senden nicht sprachlicher Signale vor«, erwiderte jemand, die Stimme einer Frau. »Aber es ist kein klassisches Asperger-Syndrom. Wir wissen noch nicht genau, wie wir ihn klassifizieren sollen.«

»Empfangen und Senden«, wiederholte der Mann. »Das klingt nach einem Apparat. Du bist kein Apparat, oder?«

Nikolas starrte stumm. Er wusste nicht, was er von diesem Mann halten sollte. Sein Gesicht war weich und freundlich, aber die grauen Augen passten nicht dazu; ihr Blick war so scharf wie die Klingen von Messern.

»Geht er zur Schule?«, fragte der Mann.

»Er ist älter, als er aussieht«, sagte die Frau. »Im Januar ist er acht geworden. Er besucht eine Sonderschule.« Sie trug einen weißen Kittel. Eine Krankenschwester oder Ärztin, dachte Nikolas. Offenbar hatte man ihn in ein Krankenhaus gebracht. Wieso befand er sich in einem Krankenhaus, wenn er unverletzt war, wie der Große in der Nacht gesagt hatte? Arme und Beine taten nicht mehr weh, und auch der Bauch fühlte sich normal an. Nur hinter seiner Stirn klopfte ein kleiner Hammer auf einen geistigen Amboss. Das Bild gefiel ihm. Er stellte sich einen kleinen Mann vor, gerade groß genug, um in seinen Kopf zu passen. Er stellte sich vor, wie der kleine Mann mit seinem kleinen Hammer ausholte und ihn auf einen Amboss schlug, der aus Gedanken bestand.

Nikolas lächelte.

»Er lächelt«, sagte der Mann. »Warum lächelt er?«

»Vielleicht gefallen Sie ihm.«

Nikolas hörte in der Stimme etwas, das den Worten widersprach. Die Krankenschwester oder Ärztin scherzte. Er hatte gelernt, so etwas zu erkennen.

Der Mann brummte. »Kann er mich verstehen? Ich meine …«

Die Frau seufzte. »Ich weiß, was Sie meinen. Ja, er kann Sie verstehen.«

»Die Angehörigen sind verständigt?«

»Ich habe vor zehn Minuten mit ihnen telefoniert. Sie sind unterwegs.«

»Der Bruder des Opfers und seine Frau«, sagte der Mann.

»Nicks Onkel und Tante, ja.«

»Nick«, sagte der Mann. »Das ist sein Spitzname?«

»So nennen ihn seine Freunde.«

Ein Name fiel Nikolas ein. Anna Gentile. Doktor Anna. Natürlich. Namen bereiteten ihm manchmal Probleme, aber diesen Namen hätte er sofort mit der Stimme in Verbindung bringen müssen. Anna, deren italienischer Nachname »Freundlich« bedeutete. Sie kannten sich seit den ersten Arztbesuchen vor langer, *langer* Zeit.

»Wann sind Onkel und Tante hier?«, fragte der Mann mit den Messern in den Augen.

»In einer halben Stunde.«

»Das sollte genügen«, sagte der Mann. »Lassen Sie mich mit dem Jungen allein.«

»Ich kenne ihn«, erwiderte die freundliche Anna. »Vielleicht sollte ich besser hierbleiben und …«

»Nein.« Etwas von der Schärfe in den Augen sprang in die Stimme des Mannes. »Ich möchte mit ihm allein sein. Keine Sorge, ich stelle ihm nur einige Fragen, das ist alles. Fragen können ihm doch nicht schaden, oder?«

Doktor Annas Kopf erschien kurz in Nikolas' Blickfeld. Er sah ihr schmales Gesicht mit den großen Augen, von langem dunklem Haar umrahmt. Sie lächelte. »Bis später, Nick!«

Bis später, dachte er, aber der Mann fesselte den größten Teil seiner Aufmerksamkeit, und deshalb schwieg er, als Doktor Anna das Zimmer verließ.

»Ich bin Roberto Lerotto«, sagte der Mann. Er zog sich einen Stuhl heran und nahm Platz. »Meine Freunde nennen mich Bob.«

Er war noch kein Freund – er würde vielleicht nie einer werden –, und für jemanden, der kein Freund war, saß er zu nahe. Die geringe Distanz bereitete Nikolas Unbehagen. Er rutschte im Bett ein wenig zur Seite.

»Ich ermittle in dem Mordfall, der deine Eltern betrifft«, sagte Lerotto. Es folgte Stille. Der Mann schien auf eine Antwort zu warten.

»Verstehst du?«

Nikolas schwieg. Sein Blick, unterstützt von ein bisschen Deutlichkeit, untersuchte die Messer in den Augen des Mannes.

»Es war kein gewöhnlicher Unfall«, sagte Roberto Lerotto. »Deine Eltern sind ermordet worden.«

»Sind sie tot?«, fragte Nikolas.

Der Mann – Bob – zuckte leicht zusammen, als Nikolas die ersten Worte sprach, doch er fing sich schnell und sagte:

»Sonst hätte ich wohl kaum von einem Mord gesprochen, Junge.«

»Ich heiße Nikolas«, sagte Nikolas, für den Fall, dass der Mann seinen Namen vergessen hatte.

Lerotto lehnte sich zurück.

»Dies ist ein Krankenhaus«, sagte Nikolas. »Warum bin ich hier? Ich bin gesund.«

»Na ja, *gesund* … Aber du bist nicht verletzt, das stimmt. Es ist eine reine Vorsichtsmaßnahme. Du warst voller Blut, du musstest untersucht werden. Und hier können wir dich besser schützen.« Lerotto deutete zur Tür. »Zwei Polizisten stehen im Flur und passen auf.«

»Auf was?«, fragte Nikolas neugierig.

»Darauf, dass niemand hereinkommt, der nicht hereinkommen darf.«

»Wer darf nicht herein?«, fragte Nikolas.

»Leute, die dir vielleicht schaden wollen.«

Dies war ein Krankenhaus, erinnerte sich Nikolas. Wer

sollte in einem Krankenhaus anderen Leuten schaden wollen?

Offenbar hatte er die Frage laut ausgesprochen, ohne es zu merken – das geschah manchmal –, denn Roberto Lerotto, von seinen Freunden Bob genannt, sagte: »Die Leute, die deine Eltern umgebracht haben.«

Nikolas blickte zur Tür. Die freundliche Anna hatte sie einen Spaltbreit offen gelassen.

»Sind Sie Polizist?«, fragte er.

Der Mann hob die Brauen. »Habe ich das nicht gesagt?«

»Nein.«

»Ja, ich bin Polizist.« Es klang zufrieden. »Das bedeutet, du musst meine Fragen wahrheitsgemäß beantworten.« Er beugte sich vor und verkürzte damit die Distanz. »Dein Vater war ein böser Mann. Hast du das gewusst?«

Nein, das hatte Nikolas nicht gewusst. Er schüttelte den Kopf.

»Er war ein böser Mann, der gegen das Gesetz verstoßen hat.« Lerotto betonte jedes Wort, vielleicht um sicherzugehen, dass Nikolas verstand. »Andere böse Leute haben ihn und deine Mutter erschossen. Was ich von dir wissen möchte, Junge: Hast du etwas gesehen?«

Was war das für eine Frage? Natürlich hatte er etwas gesehen, auch mit der Deutlichkeit: das plötzliche grelle Licht, die Löcher in der Windschutzscheibe, das Loch in der Stirn seines Vaters, das Blut, das aus Mund und Hals seiner Mutter spritzte. Etwas davon hatte ihn getroffen; deshalb war er voller Blut gewesen.

»Ja«, sagte Nikolas, ohne etwas hinzuzufügen.

»Und?«, fragte Lerotto nach einer Weile. »*Was* hast du gesehen?«

Nikolas öffnete den Mund … und zögerte. Etwas in ihm hielt es für falsch, zu viel preiszugeben.

»Helles Licht von Scheinwerfern habe ich gesehen. Und dann die Löcher in der Windschutzscheibe. Und dann hat sich alles gedreht. Und dann hab ich im Wald gelegen.«

Roberto Lerotto musterte ihn eine Zeit lang. Die Messer in seinen Augen wichen ein wenig zurück, und er schüttelte den Kopf. »Dass dich nicht eine einzige Kugel getroffen hat … Es wurden einundvierzig Schüsse abgegeben, aus Schnellfeuergewehren, und der Wagen überschlug sich, nachdem er von der Straße abkam. Es ist mir ein Rätsel, wie du unversehrt bleiben konntest. Ich meine, *völlig* unversehrt. Nicht einmal eine Schramme, von gebrochenen Knochen ganz zu schweigen. Wie ist das möglich?«

Die Arme und Beine haben mir wehgetan, dachte Nikolas. Er sagte: »Ein Schutzengel.«

Roberto Lerotto von der Polizei wölbte erneut die Brauen. »Ein Schutzengel?«

»Das hat der Mann gesagt, der mich gefunden hat. Zuerst fand mich die Frau, und dann kam ein Mann und sagte: ›Er muss einen Schutzengel gehabt haben.‹«

»Daran erinnerst du dich? Doktor Gentile meint, dass es dir manchmal schwerfällt, dich zu erinnern. Offenbar ist dein Gedächtnis sehr lückenhaft, und bisweilen findest du auch nicht die richtigen Worte, um zu beschreiben, was du gesehen oder gehört hast. Hinzu kommt: Was du erlebt hast, muss ein schwerer Schock für dich gewesen sein.«

Ein Schock?, dachte Nikolas. Wie dumm von dem Mann. Oder nein, halt, nicht dumm, sondern unwissend. Bestimmt wusste er viel, wie alle Großen, aber *hiervon* wusste er nichts. Er hatte keine Ahnung, dass die Deutlichkeit alles dämpfte, bis auf die anderen Augen und Ohren. Die Deutlichkeit kannte keine Schocks.

»Streng dich an, Junge«, sagte Roberto Lerotto. Er beugte sich noch etwas weiter vor und kam so nahe, dass Nikolas den Wind seines Atems fühlte. Er versuchte zu entscheiden, welche Blume oder Pflanze dieser Mann von der Polizei war. Das machte er manchmal, Menschen mit Blumen oder anderen Pflanzen vergleichen. Roberto »Bob« Lerotto von der Polizei war … ein Kaktus? Nein, Pampasgras. Schön anzusehen und harmlos wirkend, bis man es berührte und feststellte, dass die Blätter, die Halme, scharfe Kanten hatten, so scharf, dass sie schneiden konnten.

»Pampasgras«, sagte Nikolas.

»Was?«

Nikolas lächelte. Er verstand, aber der Große verstand nicht. Das gefiel ihm.

»Machst du dich über mich lustig, Junge?« Lerotto schnaufte und wich zurück. »Streng dich an. Überleg genau. Nach dem Unfall, der dich aus dem Auto geschleudert hat … Hast du jemanden gesehen? Ich meine, bevor der Mann kam, der vom Schutzengel gesprochen hat. Hast du jemanden beim Wagen gesehen? Die Täter? Die Leute, die auf euch geschossen haben?«

Nikolas dachte an die beiden Silhouetten, an die Schatten in der Nacht.

»Nein.«

»Wirklich nicht? Wenn du jemanden gesehen hast, wenn du die Täter beschreiben kannst … Das würde uns sehr helfen.« Lerotto legte eine kurze Pause ein. »Deine Eltern würden sich freuen. Ich meine, es wäre bestimmt in ihrem Sinn, wenn du uns dabei hilfst, ihre Mörder zu finden.«

»Ich habe nichts gesehen.«

»Die Täter glauben vielleicht, dass du sie gesehen hast.« Lerotto stand auf. »Sie glauben vielleicht, dass du sie identifizieren kannst. Du solltest uns sagen, was du weißt. Dann können wir dich besser schützen.«

»Ich weiß nichts«, sagte Nikolas.

»Na schön.« Lerotto ging zur Tür. »Wenn dir etwas einfällt … Ruf einen der Polizisten im Flur. Oder bitte Doktor Gentile, mich zu verständigen«, sagte er, als die freundliche Anna hereinkam; sie schien direkt vor der Tür gewartet zu haben.

»Bis dann, Junge. Ich nehme an, wir sehen uns bei der Beerdigung.« Lerotto verließ das Zimmer.

Doktor Anna kam zum Bett und blieb einen Meter davor stehen. Sie kannte den richtigen Abstand.

»Pampasgras«, sagte Nikolas.

Sie lächelte ihr warmes, sanftes Lächeln. »Ja. Schlaf jetzt, Nick. Schlaf ist manchmal die beste Medizin.«

Ich bin unversehrt, dachte Nikolas. Ich brauche keine Medizin. Aber er war müde und schlief ein.

3

Nikolas beobachtete die Fliege, wie sie an der langen weißen Kerze emporkrabbelte, angelockt von der Flamme ganz oben; wie sie innehielt, als sie die Hitze des Feuers zu spüren begann; wie sie sich nach rechts und links wandte, auf der Suche nach einem Weg zum Feuer, zum Licht. Er überlegte, was sie sah, mit ihren Hunderten oder Tausenden von kleinen Augen, und was sie hörte. Hatten Fliegen Ohren, mit denen sie hören konnten? Hörten sie vielleicht mit den Beinen? Oder verwechselte er das mit Heuschrecken? Hörte die Fliege mit ihren Beinen, wie der Mann im dunklen Gewand vor dem Altar und den beiden Särgen »Dein Reiche komme …« sagte? Wie seltsam die Welt doch sein konnte, dachte Nikolas und kicherte.

»Was lachst du, Dussel?«, zischte Tante Adele leise. »Dies ist eine ernste Angelegenheit.«

Ihr Vorname begann ebenfalls mit einem A, wie der von Doktor Gentile, der freundlichen Anna, aber da hörten die Gemeinsamkeiten auch schon auf. Anna war eine Lilie, hübsch und weich, ohne scharfe Kanten – sie duftete sogar wie eine Lilie. Tante Adele hingegen war eine Distel, voller Dornen und Stacheln, oder vielleicht eine Brennnessel, bei der man Schmerzen bekam, wenn man sie berührte. Die Nase trug sie so hoch, als wollte sie damit den Himmel riechen.

»Dein Wille geschehe«, sagte vorn der Mann, der Priester, »wie im Himmel, so auf Erden …«

Das hatte Nikolas nie verstanden. Die Großen hielten sich für so vernünftig und wissend, doch sie glaubten an etwas Allmächtiges, das über alles wachte. Wenn das Allmächtige wirklich allmächtig war, warum gab es dann so viel Schlimmes auf der Welt? Er hatte mit Anna darüber gesprochen, und sie hatte gelächelt und es ihm zu erklären versucht, mit Worten, die für Nikolas ohne Sinn blieben. Was nützte Allmächtigkeit, wenn man die grenzenlose Macht nicht nutzte, um Schlimmes zu verhindern?

Er beobachtete erneut die Fliege an der Kerze. Eine schlaue Fliege, schlau genug, die gefährliche Hitze zu meiden, die sie verbrennen konnte, und gleichzeitig dumm, denn sie erkannte nicht, dass Gefahr von dem Feuer ausging, von dem Licht, das sie lockte.

»Amen«, sagte der Mann im dunklen Gewand und alle wiederholten: »Amen!«

»Sag Amen«, zischte Tante Adele. Sie gab ihm einen Stoß. »Sag es, na los!«

»Lass ihn, Adele«, sagte Onkel Carlo leise. »Es geht ihm nicht gut. Er steht noch unter Schock.«

Onkel Carlo war eine Palme, deren Blätter Schatten spendeten und zum Ausruhen einluden. Oder vielleicht ein Krokus. Krokusse waren viel kleiner als Palmen, aber aus irgendeinem Grund passten sie ebenfalls zu Onkel Carlo.

»Unter Schock? Er hat gelacht!«

»Er ist ein Kind.«

»Er ist ein Dussel«, sagte Tante Adele mit ihrer Distelstimme. Auch ihre Worte hatten Stachel. »Er versteht nichts. Er versteht nicht einmal, was hier vor sich geht.«

»Pscht!« Das kam von einer dicken, schwitzenden Frau in der Reihe hinter ihnen.

Tante Adele drehte den Kopf, und Nikolas stellte sich vor,

wie sie der dicken Frau die Zunge herausstreckte; das hätte zu ihr gepasst. Er kicherte erneut.

»Sei still«, zischte Tante Adele. »Lach nicht. Hier gibt es nichts zu lachen.«

Auf der anderen Seite des Kirchenschiffs – das gar nicht wie ein Schiff aussah, es fehlten Masten und der ganze Rest – stand Roberto Lerotto, den seine Freunde Bob nannten. Im Gegensatz zu all den anderen Großen in der Kirche beobachtete er nicht den Priester und die Messdiener. Nikolas spürte seinen Blick, aufmerksam und wieder messerscharf.

Der Priester sprach weitere Worte, er ging zu den Särgen und bewegte dort die Hände auf die besondere Weise, wie nur Priester sie bewegten. Für einen Moment sah Nikolas die Fliege wieder. Sie schwirrte dicht über dem Kopf des Mannes im schwarzen Gewand, als suchte sie nach einem geeigneten Landeplatz. Schlaue Fliege, dachte Nikolas. Sie hatte begriffen, dass die Flamme Gefahr bedeutete, und die Kerze deshalb verlassen.

Männer traten aus einem Seiteneingang, große, kräftig gebaute Männer, wie die meisten anderen Großen in dunkle Anzüge gekleidet. Stumm und mit ernsten Mienen gingen sie zu den Särgen, hoben sie hoch und trugen sie auf ihren breiten Schultern nach draußen.

»Es dauert jetzt nicht mehr lange«, sagte Onkel Carlo, als sie ebenfalls hinausgingen, zusammen mit allen anderen. »Du hast es bald überstanden.«

Draußen war es hell und heiß. Die dicke, schwitzende Frau schwitzte noch etwas mehr, und einige Männer lockerten ein wenig ihren Kragen, als sie zum nahen Friedhof schritten. Dahinter ragten Gebäude mit flachen Dächern auf. Eine Stadt. Nikolas versuchte, sich an ihren Namen zu erinnern. Etwas mit F. Florida? Nein, Florida war keine Stadt, sondern eine Region, vielleicht ein Land. Frankfurt. Nein, in Frankfurt waren sie nur kurz gewesen, bei einem besonderen Arzt, einem Spezialisten für Köpfe und Gehirne. F wie Florenz? Ja, Florenz klang richtig. Eine Stadt, heiß im Sommer, und es war erst Juni, die Sommerhitze hatte gerade begonnen. Nikolas sah zu Onkel Carlo hoch und stellte sich die breiten Blätter der Palme vor.

Er zeigte auf die Särge. »Sie haben es heiß dort drin«, sagte er. »Heiß und stickig. Wie können sie atmen, wenn es so heiß und stickig ist? Und so eng. Vielleicht sollte jemand die Deckel abnehmen.«

»Na bitte.« Tante Adele wandte sich wieder an Onkel Carlo. »Ich hab's ja gesagt. Er versteht nicht.«

Sie erreichten das Grab beziehungsweise die Gräber: zwei rechteckige Löcher im Boden, tief und dunkel, im Schatten einer großen Zypresse.

»Sie sind tot«, sagte Tante Adele, als die beiden Särge in die Gräber hinabgelassen wurden. »Sie leben nicht mehr. Es ist ihnen gleich, ob es heiß und stickig ist. Davon merken sie nichts, *weil sie tot sind.*« Bei den letzten Worten wurde ihr leises Zischen zu einem zornigen Fauchen, das ihr einige strenge Blicke einbrachte.

»Tot«, wiederholte Nikolas. Er stand direkt vor den beiden Gräbern und blickte auf die Särge hinab. »Ich sehe Mutter und Vater nie wieder?«

»Nie«, sagte Tante Adele. »Sie sind tot, für immer und ewig.«

Der Mann im schwarzen Gewand, der Priester, sprach wieder seine besonderen Worte und wischte sich mehrmals verstohlen den Schweiß von der Stirn. Alle schwitzten in der Hitze, bis auf Nikolas. Blass und still stand er da, blinzelte gelegentlich im Sonnenschein und beobachtete, wie jemand damit begann, Erde auf die Särge zu streuen. Andere folgten seinem Beispiel, und Nikolas überlegte, wie es sich in den Särgen anhörte, das Rieseln der Erde und Klacken kleiner Steine.

Die Großen gingen an ihm vorbei, sahen ihn ernst an und sagten fast alle, dass es ihnen leidtat, was Nikolas seltsam fand, denn dies war nicht das Grab ihrer Eltern. Manche legten ihm die Hand auf den Kopf oder auf die Schulter, und Nikolas versuchte, nicht zurückzuweichen und sich nicht zu ducken, obwohl er es verabscheute, von Fremden berührt zu werden.

Ein Mann blieb vor ihm stehen.

»Ist dir etwas eingefallen?«, fragte er.

Nikolas erkannte die Stimme. Der Polizist, Roberto Lerotto.

Er hielt den Kopf gesenkt und sah nicht auf. »Nein.«

»Überhaupt nichts? Bist du ganz sicher?«

Nikolas schwieg und starrte erst ins linke Grab und dann ins rechte. Sie lagen dicht nebeneinander, seine Eltern, aber doch getrennt von einer hohen Wand aus Erde. Er fragte sich, ob sie ihnen gefallen hätte, diese Trennung, für »immer und ewig«, wie Tante Adele gesagt hatte.

»Falls er mit mir sprechen möchte ...« Die Worte galten Tante Adele und Onkel Carlo. »Falls er sich an etwas erinnert ... Sie wissen, wo Sie mich erreichen können.«

»Ja, Signor Commissario«, erwiderte Onkel Carlo.

Männer und Frauen, sie kamen und gingen, und Nikolas ließ ihre Worte und Berührungen über sich ergehen. Schließlich waren sie allein, und der Priester sagte: »Signor Santina, Signora de Angelis ... Wir kümmern uns um den Rest.«

»Danke«, sagte Onkel Carlo. »Ich danke Ihnen sehr.«

»Ich schicke Ihnen morgen die Rechnung, wenn Sie gestatten.«

Ein paar Minuten später, als sie im Wagen saßen und durch die Stadt fuhren, drehte sich Tante Adele halb auf dem Beifahrersitz um und sagte: »Fühlst du denn gar nichts? Du weinst nicht einmal!«

»Lass ihn in Ruhe«, sagte Onkel Carlo und warf einen Blick in den Rückspiegel. »Vielleicht weint er so, dass man seine Tränen nicht sehen kann.«

4

Der Abend brachte kaum Abkühlung. Nikolas lag in einem fremden Bett, umgeben von den Wänden eines fremden Zimmers. Das Fenster stand offen. Er hörte das Zirpen der Zikaden im großen Garten, und er hörte auch noch etwas anderes, die Stimmen von Tante Adele und Onkel Carlo. Sie saßen unten auf der Veranda, und wenn Nikolas genau hinhörte, mit etwas Deutlichkeit, vernahm er das Knacken der schmelzenden Eiswürfel in ihren Gläsern.

»Was sollen wir mit dem Jungen machen?«, fragte Tante Adele. »Er versteht nichts. Man kann nicht richtig mit ihm reden.«

»Er ist der Sohn meines Bruders«, erwiderte Onkel Carlo. Ein Krokus, ja, dachte Nikolas. Mit weichen Blütenblättern, die vielleicht begannen, sich für die Nacht zu schließen. »Ich habe versprochen, mich um ihn zu kümmern, falls …«

»Daran hat dein feiner Bruder gedacht, aber nicht an das Geld. Er hätte ein sicheres Konto einrichten sollen. Kinder kosten Geld, und Nikolas wird uns noch mehr kosten, weil er ein Dussel ist. Jemand muss sich um ihn kümmern. Du erwartest doch nicht von *mir,* dass ich mich dauernd um ihn kümmere, oder? *Ich* habe deinem Bruder nichts versprochen.«

»Wir finden bestimmt jemanden, der ihm helfen kann. Einen Spezialisten.«

Eis klirrte in einem Glas, ein kleines, silbernes Geräusch, trotz der Zikaden deutlich zu hören.

»Solche Leute kosten Geld, Carlo, viel Geld.«

Eine Zeit lang schwiegen Tante und Onkel. Nikolas wusste, dass es falsch war, ein Gespräch zu belauschen, aber er hätte das Fenster schließen müssen, um nichts zu hören.

»Was *ist* mit dem Geld?«, fragte Tante Adele. »Was ist mit dem Erbe?«

»Gestern hast du noch von schmutzigem Geld gesprochen.«

»Der Junge wird uns teuer zu stehen kommen.«

Onkel Carlo seufzte. »Die Konten sind blockiert. Ich habe heute Morgen nachgefragt. Sie haben das Antimafiagesetz angewendet.«

»Kannst du nichts tun? Was ist mit deinem Anwalt? Du bist rechtmäßiger Erbe. Wir, meine ich.«

»Ich spreche morgen mit ihm.«

Wieder folgte längeres Schweigen, so lange, dass Nikolas fast eingeschlafen war, als Tante Adele sagte: »Wenn kein Geld kommt, wenn alles an uns hängen bleibt ... Dann sollten wir den Jungen in ein Heim geben.«

Nikolas erschrak. Er wusste, was ein Heim war. Boris hatte ihm in der Schule davon erzählt.

»Er ist der Sohn meines Bruders!«

»Ohne das Geld deines Bruders ist er eine teure Last«, sagte die Distel und zeigte ihre langen Stacheln.

»Er braucht Hilfe.«

»Warum *unsere?*«

»Weil wir seine nächsten Verwandten sind«, sagte Onkel Carlo. »Er hat sonst niemanden.«

»Sprich mit deinem Anwalt, morgen. Ohne das Erbe müssen wir den Dussel in Pflege geben, uns bleibt gar nichts anderes übrig.«

Ein Blitz flackerte in der Ferne – Nikolas sah seinen Widerschein an Decke und Wänden. Das Flackern erinnerte ihn an etwas.

Er schlief ein und träumte von der Fliege und der Kerzenflamme.

HILF MIR, SCHUTZENGEL

5 »Wie war es im Heim, Boris?«, fragte Nikolas. »Erzähl mir davon.«

Es ging Boris nicht gut an diesem Tag in der Schule. Flecken zeigten sich am Hals und an einer Wange, ein Auge war angeschwollen, und das Sprechen fiel ihm schwer. Es fiel ihm immer schwer, man musste genau hinhören, um ihn zu verstehen, aber an diesem Tag fiel es ihm noch schwerer als sonst. Er saß in einer Ecke des Pausensaals, zwischen zwei großen, mit Farbe bekleckstcn Malwänden, hatte die Beine angezogen und starrte auf seine Knie.

»Grmbrkr«, sagte Boris.

»Was? Ich verstehe dich nicht.« Nikolas setzte sich neben ihn. »Du bist in einem Heim gewesen, nicht wahr? Das hast du gesagt. Wie war es dort?«

»Schlimm war's.« Boris hob den Kopf. Er war vier oder fünf Jahre älter als Nikolas, ging aber in dieselbe Klasse, weil ihm der Umgang mit Buchstaben und Zahlen noch immer große Mühe bereitete. »Schlimmer als zu Hause. Viel, viel schlimmer. Wenn sie dich jemals in ein Heim stecken wollen, Nick … Lauf rechtzeitig weg.«

»Was ist mit dir passiert?«

»Bin die Treppe runtergefallen«, nuschelte Boris. Speichel rann ihm aus dem rechten Mundwinkel.

Nikolas roch den türkisfarbenen Geruch von Lüge. »Ich könnte dir meinen Schutzengel schicken«, sagte er, ohne zu wissen, wie er das anstellen sollte. »Er würde dich davor bewahren, die Treppe hinunterzufallen.«

»Grbrmkr.«

»Was?«

»Mein Vater sagt, es gibt keine Engel«, erklärte Boris. »Er sagt, es gibt auch keinen Gott, nur den Teufel.«

»Das solltest du Schwester Raffaela besser nicht sagen. So etwas hört sie bestimmt nicht gern.«

Dort kam sie, Schwester Raffaela, mit steifen Schritten, geradem Rücken und einem Lächeln, das ebenfalls ein wenig türkis war, auch wenn es nicht ganz so streng roch wie Boris' letzte Worte. Zwei Große in Anzügen begleiteten sie, so kräftig gebaut wie jene Männer, die die Särge von Vater und Mutter getragen hatten.

»Ist er das?«, fragte einer von ihnen.

»Ja«, sagte Schwester Raffaela. »Nikolas?«

Sie sagte Nikolas, nicht Nick wie sonst. Nikolas stand auf.

Boris sah zu ihm hoch. »Lauf weg«, nuschelte er. Die Zunge hing ihm halb aus dem Mund. »Wenn sie dich in ein Heim stecken wollen, lauf weg!«

»Hallo, Nikolas«, sagte der Mann, der mit Schwester Raffaela gesprochen hatte. »Kannst du mich verstehen?«

Die Frage ärgerte Nikolas. »Ich bin nicht blöd.«

Der zweite Mann lächelte kurz.

»Dein Onkel schickt uns«, sagte der erste Mann. »Wir sollen dich zu ihm bringen.«

Der zweite Mann streckte die Hand aus. Nikolas achtete nicht auf sie. »Onkel Carlo hat gesagt, dass ich mit niemandem mitgehen soll.«

»Dies ist eine Ausnahme. Schwester?«

Für einen Moment hatte Schwester Raffaela einen gequälten Gesichtsausdruck, als täte ihr etwas weh. »Geh nur, Nikolas.«

Der zweite Mann ergriff ihn am Arm und zog ihn mit sanftem Nachdruck zur Tür. Draußen überlegte Nikolas, ob er sich losreißen und weglaufen sollte. Vielleicht waren diese Männer beauftragt, ihn in ein Heim zu bringen.

Ein Wagen weiß wie Schnee stand mit laufendem Motor auf dem Parkplatz der Schule, vielleicht ein Lancia – mit Autos kannte sich Nikolas nicht besonders gut aus.

Der zweite Mann öffnete die Tür zum Fond des Wagens, schob Nikolas nicht sehr sanft auf den Rücksitz und setzte sich neben ihn. Der erste saß wenige Sekunden später auf dem Beifahrersitz und nickte dem Fahrer zu. Der weiße Wagen rollte los, bog aber nicht nach rechts ab, sondern nach links.

»Das ist die falsche Richtung«, sagte Nikolas.

Die Männer schwiegen. Der Beifahrer schaltete das Radio ein und summte zu der erklingenden Melodie.

»Sie kommen nicht von Onkel Carlo«, sagte Nikolas.

»Wir kommen von Luciano«, sagte der Mann neben ihm.

»Ich kenne keinen Luciano.«

»Dein Vater kannte ihn.«

6

»Was weißt du, Nikolas?«, fragte der Mann namens Luciano auf der anderen Seite des Tisches. »Was hast du gesehen?«

Es war ein freundlicher Mann, mit freundlicher Stimme und einem freundlichen Gesicht, aber der Blick seiner Augen war gefährlich scharf, wie die des Polizisten Roberto. Bei diesem Mann aber waren es keine Messer, sondern spitze Dolche, die schnell zustoßen konnten. Sein Lächeln tendierte zu Braun, und Braun war nie eine gute Farbe, oft kündigte sie Unheil an.

»Sind Sie Polizist?«, fragte Nikolas. »Wie Commissario Roberto?«

»Nein«, sagte Luciano. »Nein, ich bin nicht von der Polizei. Sag mir, was du weißt, Nikolas. Es ist ganz einfach, ein kleines Spiel. Wenn du meine Fragen beantwortest, bringen wir dich zur Schule zurück.«

»Ich weiß nicht viel«, sagte Nikolas. »Deshalb gehe ich noch zur Schule. Damit ich mehr lerne.«

Luciano wechselte einen Blick mit dem Mann, der neben der geschlossenen Tür stand. »Das meine ich nicht, Nikolas. Ich möchte wissen, was du beim Unfall gesehen hast.«

»Es war kein Unfall. Meine Eltern wurden erschossen.«

Luciano nickte langsam. »Das habe ich gehört. Hast du gesehen, wer geschossen hat?«

»Nein.«

»Dein Vater, Nikolas … Hat er dir irgendwann einmal eine Zahlenkombination genannt? Damit meine ich mehrere Zahlen hintereinander. Oder vielleicht ein Codewort? Weißt du, was ein Codewort ist?«

Nikolas nickte.

»Oder Notizbücher?«, fügte Luciano hinzu. »Dein Vater schrieb nicht alles in den Computer. Besonders wichtige Dinge notierte er in Notizbüchern, die er an einem sicheren Ort aufbewahrte. Kennst du diesen Ort?«

»War mein Vater ein böser Mann?«, fragte Nikolas. »Das hat Commissario Roberto gesagt.«

»Dein Vater war Geschäftsmann«, erwiderte Luciano. »Beantworte meine Frage. Weißt du, wo dein Vater seine Notizbücher aufbewahrt hat?«

Nikolas fühlte sich plötzlich sehr hilflos und allein. »Ich weiß nichts von Notizbüchern.«

Luciano sah ihn einige Sekunden lang an, die Dolche in seinen Augen zum Zustoßen bereit.

»Na schön.« Er nickte dem anderen Mann zu, der daraufhin die Tür öffnete und ging. Kurze Zeit später kehrte er mit einem Glas zurück, das er vor Nikolas auf den Tisch stellte.

»Trink«, sagte Luciano.

Nikolas betrachtete die gelbe Flüssigkeit im Glas. Sie sah nach Orangensaft aus und roch auch so, aber sie gefiel ihm trotzdem nicht. »Ich habe keinen Durst.«

»Sei ein braver Junge und trink«, sagte Luciano.

Nikolas nahm das Glas und trank.

Eine Minute später fielen ihm die Augen zu.

7

Nikolas erwachte auf einem schmalen Bett in einem Zimmer mit Backsteinwänden. Es gab nur ein kleines Fenster, dicht unter der hohen Decke, und etwas Licht fiel herein, nicht das helle des Tages, sondern das schwächere der Nacht, von Sternen und Mond. Unter der dünnen Decke fühlte sich sein Körper seltsam leicht an, als könnte er gleich aufsteigen wie eine vom Wind erfasste Feder und emporschweben zum kleinen Fenster. Der Kopf hingegen war schwer, belastet von einem pochenden Schmerz zwischen den Schläfen. Nikolas stellte sich vor, wie der leichte Körper aufstieg, der schwere Kopf jedoch auf dem Kissen liegen blieb. Er stellte sich vor, wie er mit dem Kopf nach unten, auf dem Bett, in der Luft hing, und wie seine Beine zappelten, weil sie das Fenster erreichen wollten. Er kicherte – und hörte sofort auf damit, weil es wehtat, weil die Kopfschmerzen dadurch stärker wurden.

Auf der anderen Seite, dem Fenster gegenüber, hatte eine Spinne ein kleines Netz gesponnen, genau in der Ecke. Mit ein wenig Deutlichkeit sah Nikolas den Staub an den Spinnweben; offenbar wartete die Spinne schon seit einer ganzen Weile auf ein unachtsames Insekt, das sich in ihrem Netz verfing. Nikolas fragte sich, wie es sein mochte, als Spinne zu leben, welche Gedanken Spinnen dachten und wie sie fühlten.

»Hallo, Spinne«, sagte er leise.

Er hatte gesprochen, erinnerte er sich. Er hob die Hände zum Kopf und drückte sie auf die Schläfen. Er hatte lange und viel geredet, wegen des Orangensafts, der kein richtiger Orangensaft gewesen war. Luciano und die anderen Männer, seine Freunde, sie hatten sich geärgert, weil sie ihn nicht verstanden, weil die Worte nicht in der Reihenfolge kamen, die sie erwarteten. Sie saßen in einem anderen Zimmer, das fühlte er, in einem Raum mit weiß gestrichenen Wänden und alten Möbeln. Nikolas fühlte, dass sie beim Essen saßen, und dabei knurrte ihm der Magen, obwohl ihm noch immer ein wenig übel war von dem seltsamen Orangensaft.

Er schloss die Augen, und die Deutlichkeit zeigte ihm das Zimmer mit weißen Wänden, nicht in allen Einzelheiten, sondern halb verschleiert, wie bei einem Fisch, der durch die Wasseroberfläche eine Szene an Land betrachtete. Luciano saß dort, vor einem Teller mit dampfenden Nudeln, in Gesellschaft von zwei weiteren Männern.

»In seinem Kopf ist alles durcheinander«, sagte einer der Männer. »Deshalb redet er so wirr.«

»Er weiß nichts«, sagte der andere Mann, der neben der Tür gestanden hatte. »Überhaupt nichts.«

»Aber wir können ihn nicht zurückschicken«, sagte der erste Mann.

Luciano sah von den Nudeln auf, und Nikolas erschrak, weil er sich von seinem Blick berührt fühlte. Er hob die Lider, sah wieder nackte Backsteinwände und beobachtete, wie sich die Spinne aus ihrem Versteck wagte, einer kleinen Fuge zwischen den Backsteinen, wie sie damit begann, ihrem Netz einen neuen Faden hinzuzufügen.

Er schloss die Augen erneut, und das Zimmer mit den weißen Wänden kehrte zurück, noch verschwommener als vorher. Ein Fernseher lief, Nikolas hörte den Ton, ein Brummen im Hintergrund.

»Er hat uns gesehen«, sagte der erste Mann. »Er könnte als Zeuge aussagen.«

»Ach was.« Der zweite Mann winkte ab. »Er würde nur irgendein unverständliches Zeug brabbeln.«

Das Bild zerfranste an den Rändern, und die Stimmen wurden leiser, als die Deutlichkeit nachließ. Nikolas versuchte sie festzuhalten. Er spürte: Es war wichtig, was er hörte, es betraf ihn.

»Vielleicht«, sagte Luciano und spießte mit der Gabel eine dicke Nudel auf, »möchten Onkel und Tante vermeiden, dass ihm etwas zustößt. Vielleicht sind sie bereit, uns die Notizbücher zu geben, wenn wir ihnen versprechen, dass sie den Jungen unversehrt zurückbekommen.«

Unversehrt. Ein wichtiges Wort, erinnerte sich Nikolas.

Luciano steckt die Nudel in den Mund und kaute langsam und nachdenklich. »Später können wir mit dem Jungen zeigen, was passiert, wenn man sich uns widersetzt.«

»Ist das, was mit seinen Eltern passiert ist, nicht Botschaft genug?«, fragte der zweite Mann.

Luciano lächelte sein braunes Lächeln. »Zwei Fliegen mit einer Klappe, Francesco«, sagte er. »Zwei Fliegen mit einer Klappe. Wir bekommen, was wir wollen, und wir setzen ein Zeichen.«

Mehr hörte und sah Nikolas nicht. Die Übelkeit wurde zu stark und zerriss den dünnen Film der Deutlichkeit. Er würgte und spuckte, vielleicht eine Minute lang, legte dann wieder den Kopf aufs Kissen und beobachtete die Spinne, die halb in ihren Schlupfwinkel zurückgewichen war und auf ein Opfer wartete.

Unheil, dachte er. Das Braun in Lucianos Lächeln hatte es angekündigt.

»Schutzengel«, sagte Nikolas. »Ich brauche deine Hilfe.«

Er schlief ein.

8 Als Nikolas erwachte, fiel das Licht des frühen Morgens durchs kleine hohe Fenster, und er wusste, dass die Tür nicht mehr verschlossen war.

Eine Zeit lang blieb er liegen, lauschte der Stille und suchte nach der Spinne, die sich offenbar ganz in die Ritze zwischen den Backsteinen zurückgezogen hatte. Vielleicht fürchtete sie den Tag – Spinnen, so hatte er einmal gehört, waren Geschöpfe der Nacht.

Er versuchte die Deutlichkeit zu rufen, was ihm diesmal schwerfiel. Es half auch nichts, die Augen zu schließen, ganz ruhig zu atmen und alle Gedanken anzuhalten, soweit sie sich anhalten ließen – das war besonders schwer, an nichts zu denken. Die Deutlichkeit kam nicht, sie ließ ihn im Stich, aber er wusste, dass die Tür nicht mehr verriegelt war.

Schließlich stand er auf, öffnete die Tür und ging durch einen Flur, der an einer Treppe endete. Alles blieb still, nichts regte sich.

Auf Zehenspitzen trat er die Treppe hoch, streckte oben den Kopf durch die Tür und blickte in die Küche, in der es genug Licht gab, weil jemand die Jalousien nicht ganz geschlossen hatte. Francesco – er erinnerte sich genau an den Namen des Mannes – lag auf dem Boden, lang ausgestreckt, beide Hände am Hals, wie um etwas zu entfernen, das ihm die Luft abschnürte, das fratzenhafte Gesicht erstarrt, die weit aufgerissenen Augen ohne Blick. Mehrere zerbrochene Teller und Tassen lagen um ihn verstreut. Blut war aus Nase und Ohren getropft und bildete kleine Lachen.

Im nächsten Raum, einer Mischung aus Wohn- und Esszimmer, lagen Luciano und der andere Mann, der für Nikolas namenlos geblieben war. Hier gab es mehr Blut, denn der Mann war von einer Kugel getroffen worden, mitten in die Brust. Sie stammte aus dem Revolver, den Luciano gezogen und mit dem er offenbar wild um sich geschossen hatte, wie die Löcher in den Wänden und im Fernseher zeigten.

Nikolas fragte sich, ob er versucht hatte, den Schutzengel zu erschießen.

Auf dem Tisch lag ein Handy neben den Tellern mit kalten Nudelresten.

Nikolas ging an den Toten vorbei, nahm das Telefon und wählte die Nummer, die er sich eingeprägt hatte.

Es klingelte mehrmals, dann: »Pronto?«

»Onkel Carlo?«

»Nick! Um Himmels willen, wo bist du?«

»Ich bin hier.«

»Ja, ich verstehe.« Onkel Carlo versuchte, ruhig zu sprechen. »Aber wo genau ist ›hier‹, Nick? Kannst du mir das sagen?«

»Hier ist hier«, sagte Nikolas.

»In Ordnung«, erwiderte Onkel Carlo. »In Ordnung. Wo auch immer du bist: Warte dort. Verstehst du? Rühr dich nicht von der Stelle. Und drück nicht die Auflegen-Taste des Telefons, hörst du? Wir versuchen, dich per Handy-Ortung zu finden.«

»Ja.« Nikolas legte das Handy auf den Tisch und achtete darauf, nicht die rot markierte Taste zu berühren. Eine Zeit lang stand er still und stumm, bis ihm dämmerte, dass »nicht von der Stelle rühren« im übertragenen Sinne gemeint war. Er hatte Hunger, so großen Hunger, als hätte er seit zwei Tagen nichts gegessen, und so ging er in die Küche. Francesco versperrte ihm zum Glück nicht den Weg zum Kühlschrank. Er fand Milch, Käse, Mortadella und einige Scheiben Salami, nicht mehr ganz frisch. In einem der Schränke entdeckte er Brot vom vergangenen Tag. Bevor er ins andere Zimmer mit dem Esstisch zurückkehrte, blickte er noch einmal in Francescos Gesicht, das im Tod zu einer Fratze geworden war – der Mann schien etwas Schreckliches gesehen zu haben, kurz bevor ihn das Leben verlassen hatte.

Onkel Carlo und die Polizei fanden ihn eine Stunde später am Tisch, neben dem toten Mann ohne Namen. Zu den Polizisten, die Onkel Carlo begleiteten, gehörte auch Commissario Roberto Lerotto.

»So sieht man sich wieder«, sagte der Commissario und lächelte. Sein Lächeln war nicht braun, aber es gefiel Nikolas trotzdem nicht.

9

»Was ist geschehen, nachdem dich die Männer von der Schule abgeholt haben?«, fragte Roberto Lerotto später, als sie zu Hause waren, bei Tante Adele und Onkel Carlo. Sie saßen in Onkel Carlos Arbeitszimmer, umgeben von Möbeln, die alt aussahen und neu rochen.

Nikolas erzählte von dem freundlichen Mann mit dem braunen Lächeln. Er versuchte, die Worte in die richtige Reihenfolge zu bringen, damit ihn die Großen verstanden. Sie war ihnen wichtig, die richtige Reihenfolge. »Eins nach dem anderen«, so nannten sie es.

»Wie war das mit dem Orangensaft?«, fragte Commissario Roberto.

»Er hat bitter geschmeckt, wie Medizin.«

»Und die Männer haben dich gezwungen, ihn zu trinken?«

»Luciano hat gesagt, dass ich ein braver Junge sein soll.«

Roberto Lerotto notierte sich etwas auf seinem Tablet. Ein zweiter Polizist saß am Fenster, ebenso ein stummer Beobachter wie Onkel Carlo, der die Ellenbogen auf seinen Schreibtisch stützte und alles genau verfolgte. Der Arzt, der Nikolas untersucht hatte – unter anderem mit einem Stethoskop auf Brust und Rücken, als ob es dort etwas Interessantes zu hören gäbe –, war bereits gegangen.

»Und dann?«, fragte der Commissario. »Was ist dann passiert?«

»Dann haben wir geredet«, sagte Nikolas. »Vor allem ich, aber Luciano und die anderen konnten nichts damit anfangen, sie wurden ärgerlich und brachten mich in ein anderes Zimmer, und dann habe ich noch eine Zeit lang die Spinne beobachtet und bin eingeschlafen …«

Commissario Roberto hob die Hand. »Langsam, langsam, Junge. Sprich langsam, damit man die Worte auseinanderhalten kann. Wie war das mit der Spinne?«

Nikolas erzählte von der Spinne und ihrem Netz, von dem kleinen Achtbeiner, der den Tag fürchtete und sich in seiner Ritze versteckte, wenn es hell wurde.

»Und das ist alles?«, fragte Commissario Roberto. »Mehr ist nicht passiert?«

Nikolas senkte verlegen den Kopf.

»Nick?«, fragte Onkel Carlo, nachdem es einige Sekunden still geblieben war. »Hast du uns etwas verschwiegen?«

»Nichts Wichtiges«, sagte Nikolas kleinlaut.

»Alles ist wichtig, Junge«, brummte Roberto Lerotto und hielt den Stift über dem Tablet bereit. »Also?«

Nikolas überlegte, ob er die Deutlichkeit erwähnen sollte, die anderen Ohren und Augen, mit denen er mehr hörte und sah. Er entschied sich dagegen. Früher einmal, vor einem Jahr oder vielleicht vor hundert, hatte er den Kopf-Ärzten in Frankfurt zu erklären versucht, was es damit auf sich hatte, aber sie hatten es nicht verstanden. Große schienen so etwas nicht verstehen zu können. Offenbar waren sie nicht imstande, ihre Gedanken um etwas zu biegen, für das es in ihrer Welt keinen Platz gab.

Nikolas lächelte. Einen Gedanken biegen. Das klang gut, und es stimmte: Manchmal musste man seine Gedanken biegen, damit sie imstande waren, etwas Neues von allen Seiten zu betrachten.

Commissario Roberto zog die Stirn kraus. »Warum lächelst du, Junge?«

»Mein Schutzengel«, sagte Nikolas. »Ich habe meinen Schutzengel um Hilfe gebeten.«

In den Augen des Polizisten erschienen wieder die Messer, als er einen durchdringenden Blick auf Nikolas richtete. »Glaubst du an so etwas?« Er wandte sich an Onkel Carlo. »Glaubt er an so etwas?«

»Er hat zweimal überlebt«, erwiderte Onkel Carlo ruhig. »Er besucht eine katholische Schule …«

»Eine Sonderschule.«

»… und wir sind eine katholische Familie.«

»Und dann, Junge?«, fragte der Commissario ein wenig unwirsch. »Was ist dann passiert?«

»Ich bin eingeschlafen.«

»Und dann?«

»Dann bin ich erwacht.«

»Meine Güte, lass dir doch nicht alles aus der Nase ziehen, Junge! Als du erwacht bist … Was hast du da gesehen und gehört?«

»Ich habe nichts gehört, weil alles still war«, sagte Nikolas.

»Einer der Männer hat wild um sich geschossen, bevor er starb«, sagte Commissario Roberto. »Hast du die Schüsse nicht gehört?«

»Nein.«

»Der Raum, in dem er eingesperrt war, befand sich im Keller«, sagte der andere Polizist. »Bei geschlossenen Türen hört man nicht, was im Rest des Hauses geschieht.«

»Der Revolver muss ziemlich laut gewesen sein.«

»Und der Junge war betäubt«, fügte der andere Polizist hinzu. Auch er hatte etwas von einer ruhigen, Schatten spendenden Palme, fand Nikolas, wie Onkel Carlo.

»Wie hast du den Raum verlassen, in dem du gefangen gewesen bist?«, fragte Roberto Lerotto.

»Durch die Tür.«

Lerotto holte tief Luft und ließ den Atem langsam entweichen. »Ja, durch die Tür, natürlich. Ich frage mich allerdings: Warum war sie nicht abgeschlossen, die Tür?«

»Vielleicht hat der Schutzengel sie aufgeschlossen«, sagte Nikolas trotzig.

»O ja, der Schutzengel«, brummte Commissario Lerotto. »Was ich von dir wissen will, Junge: Wer hat die Männer im Erdgeschoss des Hauses umgebracht? Beziehungsweise zwei von ihnen. Den einen hat der Mann mit dem Revolver erschossen.«

»Luciano.«

»Ja, Luciano. Aber die beiden anderen sind erstickt, und sie scheinen etwas Schreckliches gesehen zu haben, bevor sie starben. Weißt du etwas darüber?«

»Nein«, sagte Nikolas.

»Ich glaube, das reicht jetzt.« Onkel Carlo stand auf. »Er hat viel hinter sich. Ein zweiter Schock nach der Sache mit seinen Eltern. Und verzeihen Sie, wenn ich das so deutlich sage, Commissario, aber Sie machen es nicht leichter für ihn.«

»Ich bin nicht hier, um es für jemanden leichter zu machen«, erwiderte Roberto Lerotto. »Fünf Menschen sind umgebracht worden, unter ihnen die Eltern des Jungen, und ich versuche, den oder die Mörder zu finden.«

Onkel Carlo kam hinter seinem Schreibtisch hervor und öffnete die Tür. »Geh nur, Nick. Ruh dich aus. Schlaf, wenn du möchtest.«

»Komme ich noch rechtzeitig zur Schule?«

»Heute bleibst du hier, Nick. Heute bleibst du zu Hause.«

Nikolas trat in den Flur, Onkel Carlos Hand kurz auf seiner Schultern, und hinter ihm schloss sich die Tür.

10

Nikolas sah sich die Bücher mit den Mustern an. Vater hatte sie ihm geschenkt, in einer Stadt mit M, Miami vielleicht, oder Mailand. Es waren große Bücher, sie passten gut auf den Schoß, und er fand ihre Muster interessant, weil sie von Ordnung und Übersichtlichkeit erzählten: rechteckige Linien, gelegentlich zu Quadraten und Rechtecken angeordnet; Kreise, die einander schnitten, oder Kreise innerhalb von Kreisen, immer kleiner werdend, bis sie schließlich in einem Punkt endeten. Geometrische Muster, so nannte man diese Linien, und sie beschrieben eine Welt, in der sich alles an seinem Platz befand, ohne Zweifel und Ungewissheit. Seine eigene Welt sah anders aus. Nikolas versuchte sie zu malen und betrachtete kurze Zeit später das Ergebnis: ein wildes Durcheinander aus krummen Linien und Zacken, wie eine Ansammlung von Blitzen, die ihrerseits Blitze erzeugten. Er fügte einige Augen und Ohren hinzu, die versuchten, in dem Chaos zu sehen und zu hören, was ihnen natürlich schwerfiel, das konnte man auf den ersten Blick erkennen.

Nach einer Weile ging Nikolas in den Garten, wo Tante Adele im Schatten auf ihrer Liege lag, mit einem nassen Tuch auf der Stirn. Als sie ihn kommen sah, stöhnte sie und sagte: »Ich hab meine Migräne, und das verdanke ich dir, Dussel. Nur Ärger hat man mit dir, nur Ärger.«

Sie zündete sich eine Zigarette an – es gefiel Onkel Carlo nicht, dass sie rauchte, nicht einmal hier draußen im Garten, aber wenn sie ihre Migräne hatte, sah er darüber hinweg –, und Nikolas beobachtete die Flamme des Feuerzeugs, ihren kleinen, heißen Tanz, begleitet vom Zischen des entweichenden Gases. Er hörte auch das Knistern von Papier und Tabak, als sie Feuer fingen, und das Rauschen, als Tante Adele den Rauch einatmete – es klang nach einem Sturm in der Ferne.

»Geh.« Sie winkte. »Geh ins Haus, Dussel. Siehst du nicht, wie sehr ich leide?«

Er kehrte ins Haus zurück und nahm sich die anderen Bücher vor, die ihm ebenfalls Bilder zeigten, von Tieren und den Landschaften und Meeren, in denen sie lebten. Er lauschte der Stimme des Winds, als er Wälder betrachtete und sich vorstellte, zwischen hohen Bäumen zu stehen. Er hörte die Brandung auf Bildern von Küsten und Stränden. Beim Anblick eines Elefanten mit gehobenem Rüssel dachte er daran, vier dicke Beine zu haben, den großen Kopf mit den langen Ohren zu heben und zu schreien. Das wünschte er sich manchmal, schreien zu können, damit der Druck in seinem Innern nachließ.

Stimmen erreichten ihn aus dem Büro von Onkel Carlo, nicht von Türen und Wänden gedämpft.

»Der Junge scheint ein Magnet für Unheil zu sein«, sagte Commissario Lerotto.

»Was haben Sie gegen ihn?«, erwiderte Onkel Carlo. »Er ist ein hilfloses Kind, das sehr gelitten hat.«

»Er hat überlebt. Zweimal. Unter rätselhaften Umständen.«

»Sie haben es doch gehört, Commissario. Er hat einen Schutzengel.«

»Schluss mit dem Unfug, Signor Santina!«

»Es könnte der Beginn eines Bandenkriegs sein«, sagte der andere Polizist.

Nikolas, mehrere Zimmer entfernt, betrachtete einen Vogel Strauß. Er blätterte, über Tiger, Leoparden und Krokodile hinweg, bis er einen Bernhardiner fand. Der zweite Polizist war ein dicklicher, gemütlicher Mann und wirkte ebenso ruhig und friedlich wie dieser Bernhardiner. Nikolas strich mit den Fingern über das Bild und fühlte, wie weich das braun-weiße Fell war.

»Vielleicht steckt der Girolamo-Clan dahinter, zu dem auch Ihr Bruder gehört hat, der Vater des Jungen«, fuhr der zweite Polizist mit seiner ruhigen Stimme fort.

»Ein Mann ist erschossen worden«, sagte Commissario Lerotto. »Aber die beiden anderen sind erstickt. *Weshalb* sind sie erstickt? Der Junge muss etwas gesehen oder gehört haben.«

»Lassen Sie ihn endlich in Ruhe!« Ärger lag in Onkel Carlos Stimme.

»Er ist ein wichtiger Zeuge, Signor Santina.«

»Er ist ein Opfer, Signor Commissario, und wenn Sie ihn nicht in Ruhe lassen, wenn Sie ihn noch einmal belästigen … dann beauftrage ich den Anwalt meines Bruders, rechtliche Schritte gegen Sie einzuleiten. Er soll sehr gut sein.«

Es folgten einige Sekunden Stille. Nikolas betrachtete den Bernhardiner, der den Kopf bewegte, der kurz zu einem Menschen wurde, zu einem sich vorbeugenden Mann.

»Wenn tatsächlich die Familie Girolamo hinter dem Tod von Luciano Santarossa und der beiden anderen Männer steckt, Signor Santina«, sagte der namenlose Polizist, »wenn wir es wirklich, wie ich befürchte, mit einem Bandenkrieg zu tun haben, dessen erste Opfer die Eltern des Jungen waren … Es könnte bedeuten, dass Sie in Gefahr sind.«

»Ich?«, erwiderte Onkel Carlo. »Ich habe nichts mit den Geschäften meines Bruders zu tun.«

»Sie sind sein Erbe.«

»Die Konten meines Bruders sind gesperrt. Die Antimafiagesetze …«

»Ein Teil davon wird freigegeben«, sagte Commissario Roberto. »Schon morgen. Es ist noch nicht offiziell, aber wahrscheinlich erhalten Sie noch heute eine Nachricht, und zwar von dem Anwalt, den Sie freundlicherweise eben erwähnt haben.«

Nikolas blätterte weiter und fand einen weißen Hai mit aufgerissenem Maul und messerscharfen Zähnen. Wenn man ein weißer Hai war, musste man vor nichts Angst haben, dachte er. Dann brauchte man keinen Schutzengel, der einem half. Ein weißer Hai wusste sich selbst zu helfen. Er fürchtete nichts, doch alle fürchteten ihn.

Die Polizisten gingen, Zeit verstrich, das Telefon klingelte, und Onkel Carlo sprach mit jemandem. Anschließend ging er nach draußen zu Tante Adele. Nikolas hörte ihre

Stimme nur mit den normalen Ohren, denn die Deutlichkeit hatte ihn verlassen, aber die normalen Ohren genügten, um Tante Adeles Aufregung zu erkennen – ihre Migräne schien plötzlich weg zu sein.

Beim Mittagessen war sie noch immer aufgeregt und sagte: »Morgen gehst du wieder zur Schule, Nikolas, damit das klar ist. Ich kann mich nicht den ganzen Tag um dich kümmern.«

Nikolas aß stumm seine Nudeln. Er mochte Nudeln, besonders die spiralförmigen, Fusilli hießen sie. Ihre Muster gefielen ihm. Er versuchte, die Soße gleichmäßig auf den Spiralen zu verteilen oder so, dass sie eigene Muster bildete, die zu den Fusilli passten.

»Wie viel ist es, weißt du das schon?«, fragte Adele.

»Nicht hier«, sagte Onkel Carlo ruhig. »Nicht jetzt.«

Tante Adele trank einen Schluck Wein. Ihre Hand zitterte. »Ich hoffe, es ist genug. Ich meine, wenn man an all die Scherereien denkt, die wir wegen des Jungen haben … Es ist nur recht und billig.«

»Nikolas«, sagte Nikolas.

»Was?«, fragte Tante Adele.

»Ich heiße Nikolas.«

»Ich weiß, wie du heißt, Dussel!«

»Hör auf damit«, sagte Onkel Carlo ungewohnt scharf.

Tante Adele sah ihn überrascht an, und Nikolas bemerkte den in ihren Augen aufblitzenden Zorn. Sie öffnete den Mund, schloss ihn wieder, wandte sich dann ihm zu und sagte betont freundlich: »Wenn du fertig bist, darfst du fernsehen. Sieh dir einen Zeichentrickfilm an, Nick, geh nur, geh.«

Nikolas ging, sah sich aber keinen Zeichentrickfilm an, sondern zappte durch die Kanäle, bis er eine Sendung über Geometrie fand. Er stellte den Ton aus, damit ihn die Stimme des Lehrers nicht ablenkte, und betrachtete die Muster, die Kreise, Rechtecke und Quadrate und all die neuen Muster, die sich durch Veränderungen und Überlagerungen ergaben. Alles bestand aus gebogenen und geknickten Linien, dachte Nikolas fasziniert, auch die Zahlen, die wie Namen in Ecken standen. Er prägte sich ihre Form ein, während er Tante Adele und Onkel Carlo im Salon hörte. Sie sprachen ziemlich laut, laut genug für die normalen Ohren, vielleicht hatten sie ihn vergessen.

»Es ist nicht das ganze Erbe, oder?«, fragte Tante Adele. Es lag noch immer Aufregung in ihrer Stimme.

»Nur der freigegebene Teil«, erwiderte Onkel Carlo. »Der Rest ist noch beschlagnahmt. Der Anwalt kümmert sich darum.«

»Sprich mit ihm. Sag ihm, dass es eilt. Ich meine, sag ihm, dass er sich Mühe geben soll. Es ist nur recht und billig. Immerhin kümmern wir uns um den Jungen. Ich meine, es bleibt natürlich an mir hängen, wie üblich. Du bist ja immer weg.«

»Ich habe ein Angebot bekommen«, sagte Onkel Carlo. »Vor zwei Wochen. Ich könnte die Filiale in der Schweiz leiten.«

»In der Schweiz?«

»In Genf.«

»Sprich mit ihm, Carlo. Sag ihm, dass er nichts unversucht lassen soll. Ich meine, wir sind die Erben.«

»Ich bin der Erbe.«

»Ja. Das Geld steht uns zu. Und die Aktien und der ganze Rest. Es ist nur recht und billig. Immerhin kümmern wir uns um den Jungen. Ich meine, ich kümmere mich um ihn, und er ist eine schwere Last, das kann ich dir sagen, eine schwere Last. Bei einem normalen Jungen wäre es kein Problem, du weißt ja, dass ich Kinder liebe, ich habe mir immer welche gewünscht, aber Nikolas ist ein Dussel, er versteht nichts ...«

»Er versteht mehr, als du glaubst, Adele. Und nenn ihn nicht Dussel.«

»… in seinem Kopf stimmt was nicht, das wissen wir von den Spezialisten in Frankfurt, sie haben gesagt, dass er verrückt ist …«

Da waren sie, die Dornen und Stacheln der Distel. Tante Adele versuchte, sie zu verstecken, aber Nikolas sah sie spitz aus den Worten ragen.

»Das haben sie nicht, Adele. Niemand hat gesagt, dass Nick verrückt ist.«

»… und mit den Jahren wird es schlimmer mit ihm, nicht besser, haben die Spezialisten gesagt, die Last wird nicht kleiner, sondern größer, und außerdem … Genf?«

So waren die Großen, sie redeten und redeten und verstanden nicht. Oder sie verstanden nur, was sie verstehen wollten.

Nikolas hörte Onkel und Tante und betrachtete ein Dreieck, das, wenn man ihm Tiefe gab, zu einem Prisma wurde, das Licht brach, in seine bunten Einzelteile zerlegte. Es erstaunte Nikolas noch immer, dass Licht aus bunten Teilen bestehen konnte, aber der Rest bewies die Macht von Mustern. Ein einfaches Dreieck mit Tiefe war in der Lage, das Licht zu spalten!

Onkel Carlo sprach leiser. »Der Commissario hat gesagt, dass wir hier vielleicht nicht sicher sind.«

»Genf? Ich will nicht nach Genf. Dort kenne ich niemanden.«

»Es wäre ein neues Leben für uns.«

»Mir gefällt das Leben, das ich hier habe.«

»Als Leiter der Filiale würde ich mehr Geld verdienen«, sagte Onkel Carlo.

»Mit dem Erbe haben wir genug Geld, und wir haben es hier.«

Nikolas blendete die Stimmen aus, indem er sich ganz auf die Muster konzentrierte, auf die magischen Dreiecke, die stärker waren als Licht, und auf die anderen Formen, in denen Ruhe und Frieden wohnten.

»Möchtest du, dass ich dir etwas vorlese?«, fragte Onkel Carlo abends und setzte sich auf die Bettkante.

Nikolas schüttelte den Kopf und dachte an Mutter und ihre sanfte Stimme. Sie hatte ihm oft vorgelesen, eine kleine Geschichte vor dem Schlaf.

»Wie geht es dir, Nick? Hast du alles gut überstanden?«

Eine Frage beschäftigte Nikolas. »Gibt es Schutzengel?«

Onkel Carlo überlegte. »Ich denke, es gibt sie, wenn man fest an sie glaubt. Glaubst du an deinen Schutzengel? Glaubst du fest genug an ihn?«

Nikolas nickte. »Sind sie gut oder böse?«

»Na ja«, sagte Onkel, »ein Schutzengel beschützt, also kann er nur gut sein, oder?« Er stand auf. »Soll ich das Licht anlassen?«

»Nein.«

Onkel Carlo schaltete es aus. »Gute Nacht, Nick! Schlaf gut!«

»Gute Nacht!«

Onkel Carlo zog die Tür zu, und es wurde dunkel und still. Nikolas schloss die Augen. Nach einer Weile öffnete er sie wieder und sagte: »Gute Nacht, Schutzengel.«

Aus der Dunkelheit flüsterte eine Stimme: *Gute Nacht, Nick.*

11

»Grmbrf«, sagte Boris. Die Zunge war ihm wieder im Weg.

»Was?«

»Wo bist du gewesen, Nick?«

»Entführt bin ich gewesen«, sagte Nikolas. »Verschleppt und eingesperrt.«

»Grmbrk«, sagte Boris. »Donnerwetter! Wie im Fernsehen?«

Sie saßen im Garten der Schule, im Schatten. Boris schwitzte, aber Nikolas fröstelte. Es ging ihm nicht besonders gut an diesem Morgen, er hatte Kopfschmerzen, und ihm war übel. Schwester Raffaela sah immer wieder nach ihnen, mit schuldbewusster Miene, und fragte, ob sie etwas brauchten, ob sie Durst oder Hunger hatten. Doch ihr Blick galt hauptsächlich Nikolas.

»Wie bist du wieder nach Hause gekommen, Nick?«, fragte Boris. »Hat dich – grmphgt – die Polizei gefunden?«

»Die hat mich erst gefunden, als alles vorbei war.« Nikolas erzählte von den Toten und vom Handy auf dem Tisch.

»Mann!«, sagte Boris. »Mann! Das ist ja … grmbpf.«

»Ja.«

»Da kannst du wirklich von Glück sagen, Mann. Dass dir die Entführer nichts abgeschnitten haben. Das machen sie manchmal. Sie schneiden den Entführten was ab, um zu zeigen, dass sie es ernst meinen und den Entführten tatsächlich in ihrer Gewalt haben. Oder …« Boris hob erschrocken die Hand zum Mund. »Oder sie bringen ihr Opfer um.«

»Mich haben sie nicht umgebracht«, sagte Nikolas. »Dazu hatten sie keine Gelegenheit.« Schwester Raffaela stand im Eingang der Schule und beobachtete sie. Schuld umgab sie wie eine dunkelrote Wolke. »Mein Schutzengel hat mich gerettet«, fügte er hinzu.

»Ich wünschte, ich hätte ebenfalls einen Schutzengel.« Boris schniefte.

»Damit du nicht mehr die Treppe runterfällst.«

»Ja.« Boris rief sich Hals und Wange. »Damit ich nicht mehr – grmpfmpf – die Treppe runterfalle.«

»Mein Onkel möchte nach Genf«, sagte Nikolas. »Das ist in der Schweiz.«

Boris lächelte. »Schokolade. In der Schweiz gibt es Schokolade. Und dort ist es nicht so heiß.« Er wischte sich Schweiß von der Stirn. »Außerdem gibt es dort vielleicht keine Heime. Ich würde in die Schweiz gehen, an deiner Stelle.«

»Tante Adele will nicht.« Nikolas beobachtete, wie Schwester Raffaela zur kleinen Kapelle ging. Neugierig geworden stand er auf.

»Dann bleibst du also hier?«

»Vielleicht. Ich denke schon.«

»Grmpf«, sagte Boris. »Da bin ich erleichtert. Du bist mein einziger Freund.«

Die Worte berührten Nikolas. Sie brachten eine seltsame Wärme. »Und du meiner.« Er winkte und ging zur Kapelle.

Im Eingang blieb er stehen, halb im Dunkeln, und beobachtete, wie Schwester Raffaela vor dem Bild der Jungfrau Maria kniete. Er hörte sie murmeln, er hörte sie mehrmals leise »Danke« sagen, und dann erhob sie sich und kam ihm entgegen. Nikolas versuchte nicht, sich zu verstecken, er wich nur zur Seite.

Schwester Raffaela blieb stehen und legte ihm vorsichtig die Hand auf den Kopf. »Dem Himmel sei Dank, dass du lebst«, murmelte sie. »Ich hätte es mir nie verziehen, wenn dir etwas zugestoßen wäre.« Diesmal steckte kein Türkis in ihren Worten, nicht einmal ein bisschen.

Als sie gegangen war, betrat Nikolas die kleine Kapelle. Schwester Raffaela hatte eine Kerze für die Jungfrau Maria angezündet, und ihre Flamme lockte ihn. Eine Zeit lang betrachtete er sie, wie sie ruhig brannte und wie sie sich bewegte, als er vorsichtig pustete. Schließlich hob er die Hand, streckte den Zeigefinger und hielt ihn in die Flamme.

Es wurde warm, nicht heiß. Das Feuer verbrannte ihn nicht.

An diesem Abend, nachdem ihn Onkel Carlo zu Bett gebracht hatte, lag er wach, blickte in der Dunkelheit zum geöffneten Fenster und hörte draußen das Zirpen der Zikaden. Onkel Carlo und Tante Adele sprachen auf der Veranda miteinander, laut genug, um die Worte ohne Deutlichkeit zu verstehen, doch Nikolas blendete ihre Stimmen aus, weil er eine andere hören wollte.

»Schutzengel?«, fragte er leise.

Er bekam keine Antwort, wusste aber, dass der Schutzengel da war.

»Boris ist mein Freund«, sagte Nikolas. »Du hast mir geholfen. Kannst du auch ihm helfen?«

Die Nacht schwieg, bis auf die Zikaden und Onkel und Tante, die erneut über Geld redeten.

Nikolas schloss die Augen, schlief ein und träumte von einer Kerzenflamme, die seinen Finger wärmte, ohne ihn zu verbrennen.

»Grmpfhkfk«, sagte Boris am nächsten Morgen in der Schule. »Grmpf.« Er klang aufgeregt.

Sie packten gerade ihre Bücher aus; der Unterricht begann gleich.

»Was ist?«, fragte Nikolas besorgt. Er hielt nach neuen Flecken und Schrammen Ausschau. »Was ist?«

»Grmpf«, stieß Boris hervor. Seine Zunge wanderte vom linken in den rechten Mundwinkel. »Mein Vater. Er ist die Treppe hinuntergefallen und hat sich den Arm gebrochen.«

»Aber dir ist nichts passiert?«

»Mir? Nein, mir ist – gmpfhkl – nichts passiert. Aber mein Vater, er hat sich den Arm gebrochen!«

»Er hätte sich den Hals brechen können«, sagte Nikolas. »Man kann sich den Hals brechen, wenn man eine Treppe herunterfällt. Es kommt darauf an, wie steil sie ist und wie lang.«

Zeit verging. Lehrer erklärten den Umgang mit Buchstaben und Zahlen. Nikolas und Boris steckten die Köpfe zusammen und versuchten, mit neuen Wörtern und Sätzen vertraut zu werden. Eine Lehrerin, Anita mit dem lockigen Haar, bat Nikolas, einen Absatz vorzulesen, und das fiel ihm leicht, er las ihn ohne Fehler. Dann gab sie ihm einen Bogen Papier und bat ihn, noch einmal zu lesen, und schon beim dritten oder vierten Wort geriet er ins Stocken. Seine Zunge schien plötzlich so groß zu werden wie die von Boris und den Mund so zu füllen, dass er kaum mehr sprechen konnte.

»Du liest gar nicht richtig, Nick«, sagte Anita, die jünger als die anderen Lehrer war und öfter lächelte. »Der erste Text eben, du hast ihn auswendig gekannt. Dieser hier besteht aus den gleichen Worten, sie sind nur anders angeordnet, in einer anderen Reihenfolge. Du hast ein sehr gutes Gedächtnis, Nick, aber du musst damit aufhören, dir einfach alles zu merken, nur weil das leichter für dich ist. Du prägst dir Muster ein, nicht wahr? Stell dir die einzelnen Wörter als Muster vor, die ihrerseits aus den Mustern der Buchstaben bestehen, und merk dir ihre Bedeutung. So lernst du richtig lesen. Auswendiglernen ist Mogeln.«

Es war noch nicht ganz Mittag, als Onkel Carlo kam, verschwitzt, das Haar zerzaust, das Hemd zerknittert.

»Nick, Nick«, sagte er, schlang die Arme um ihn und zog sie zurück, als er sich daran erinnerte, wie unangenehm ihm so etwas war. »Nick …«

An der Straße stand ein Streifenwagen der Polizei, mit mehreren Insassen, einer von ihnen, der Mann im Fond, vielleicht Commissario Bob.

»Jemand hat das Haus angezündet, Nick. Es hat gebrannt, als wir nicht daheim waren.«

Das stimmte nicht ganz, wie sich herausstellte. Jemand hatte nicht das Haus angezündet, sondern das Schlafzimmer von Onkel Carlo und Tante Adele. Dort hatte es gebrannt, und weil niemand da gewesen war, der das Feuer bemerkte und löschte, hatte es sich ausgebreitet.

»Heute Nacht schlafen wir in einem Hotel, unter Polizeischutz«, sagte Onkel Carlo. »Morgen sehen wir weiter.«

Sie verließen die Schule und gingen zur Straße – Schwester Raffaela sah ihnen nach, wie Nikolas feststellte –, stiegen aber nicht in den Streifenwagen, sondern in Onkel Carlos SUV. »Wie würde dir Genf in der Schweiz gefallen, was meinst du?«, fragte Onkel Carlo und fuhr los. Der Polizeiwagen folgte ihnen.

»In der Schweiz gibt es leckere Schokolade«, sagte Nikolas, drehte den Kopf und blickte aus dem Rückfenster. Er hätte sich gern von Boris verabschiedet.

»Wer hat das Haus angezündet, Onkel Carlo?«

»Die Polizei vermutet, dass die bösen Leute dahinterstecken, die auch deine Eltern auf dem Gewissen und dich entführt haben.«

»Meine Entführer können es nicht gewesen sein, die sind tot.«

»Ich fürchte, es gibt noch mehr böse Leute, Nick.«

»Und sie wollten, dass wir verbrennen?«

»Ich denke, sie wollten uns warnen.«

Tante Adele verstand die Warnung. Sie hatte nichts mehr gegen Genf.

WO BIST DU?

12 »Was ist mit diesen Zahlen?«, fragte Direktor Xaver. »Sieh sie dir genau an, Nick. Was erkennst du in ihnen?«

Nikolas wandte den Blick vom großen Fenster ab, durch das man den See von Genf sehen konnte. Er mochte den See, obwohl er nur ein See war und nicht das Meer; das Meer mochte er noch lieber. Es gab auf ihm Segelboote, viele von ihnen mit dreieckigen Segeln, und Dreiecke, das wusste er längst, waren sehr mächtig, mächtiger als das Licht, das sie in Form eines Prismas in seine Einzelteile zerlegten.

Nikolas betrachtete die Zahlen, die Direktor Xaver auf ein Blatt Papier geschrieben hatte. Es waren ziemlich viele, sie bedeckten fast das ganze Blatt, und es gab Zeichen zwischen ihnen, die meisten von ihnen vertraut – sie stellten Beziehungen zwischen einzelnen Zahlen oder Gruppen von ihnen her. Einige dieser Zeichen kannte Nikolas nicht, sie sahen komisch aus, fand er, wie Schnörkel oder Haken, als hätte jemand damit begonnen, ein Garn zu stricken, in dem all die Zahlen ihren Platz finden sollten. Ein interessantes Bild, dachte er. Ein Garn, ein Stoff – ein Kleid oder eine Hose – voller Zahlen. Er lächelte.

»Da, das meine ich«, sagte Tante Adele. »Dieses Lächeln, dieses Grinsen, ohne Grund, ohne Anlass. Er sitzt da, starrt ins Leere und grinst plötzlich vor sich hin, wie ein Dussel.«

Sie saßen im Büro des Direktors der Schule, die Nikolas seit einem Jahr besuchte. Ein dicker Teppich bedeckte den Boden und schien Geräusche aufzusaugen wie ein Schwamm Wasser. In den Regalen hinter dem breiten Schreibtisch aus dunkelrotem Holz standen dicke Bücher mit goldenen Buchstaben auf ihren Rücken. Links, durch das breite Fenster gut zu sehen, glitzerte der Genfer See im Schein einer bereits kühl gewordenen Herbstsonne. Die Bäume an seinem Ufer trugen Gold und Bernstein, prächtige Farben, wie von einem unsichtbaren Dreieck am Himmel aus dem Käfig des weißen Lichts befreit und auf die Wipfel gelegt.

»Ihr Nick ist nicht dumm, alles andere als das, Signora de Angelis«, sagte Direktor Xaver. Nikolas verglich ihn mit einer Eiche, groß und stark, stark genug, um Stürmen zu trotzen.

»Er ist nicht mein Nick«, widersprach Tante Adele. »Ich meine …« Sie zögerte.

»Ich weiß, Sie kümmern sich um ihn, seit dem Tod seiner Eltern«, sagte Direktor Xaver. Er senkte den Kopf ein wenig und blickte über den Rand seiner Brille. »Sie haben ihn noch nicht adoptiert, oder?«

»Was? Nein, wir …«

»Wir sind noch nicht dazu gekommen«, sagte Onkel Carlo. »Der Umzug in die Schweiz, mein beruflicher Wechsel … Wir holen es bald nach, nicht wahr, Adele?«

»Was?«

»Verstehe«, sagte Direktor Xaver. »Nun, solche Dinge brauchen natürlich ihre Zeit. Wichtig ist, dass Nick ein stabiles Umfeld hat. Geborgenheit, darauf kommt es an. Damit er sein ganzes Potenzial entfalten kann.«

»Potenzial?«, entfuhr es Tante Adele. »Aber er ist doch …«

»Stille Wasser sind tief, Signora.«

»Aber er ist nicht still«, sagte Adele. Sie beugte sich vor, die Distel zeigte ihre Stacheln, Nikolas sah es deutlich, obwohl er noch immer das Blatt mit den Zahlen betrachtete. Sie schienen zu singen, die Zahlen, mit Stimmen, die nur er hörte. »Manchmal läuft er nachts durchs Haus und schreit, wir haben Ihnen davon erzählt. Er läuft durchs Haus und schreit wie ein … wie ein Verrückter.«

Onkel Carlo legte ihr die Hand auf den Arm. »Es ist weniger geworden«, sagte er. »Es passiert fast gar nicht mehr, seit er die Medizin nimmt, das Tritazin.«

»Die Gewitterpillen, so nennen wir sie manchmal«, sagte Direktor Xaver. »Wegen der Gewitter, zu denen es gelegentlich in den Köpfen unserer Schützlinge kommt. Tritazin hilft ihnen zurück zu gutem Wetter. Es verscheucht Blitz und Donner.«

Tante Adele starrte ihn groß an. Noch mehr Stacheln und Dornen erschienen. »Bitte sprechen Sie nicht so mit uns, als wären wir genauso blöd wie die Kinder dieser Schule.«

»Adele …«, begann Onkel Carlo.

Direktor Xaver lehnte sich zurück. »Unsere Schützlinge sind nicht blöd, Signora. Sie sind anders, und manchmal leiden sie an ihrer Andersartigkeit. Das menschliche Gehirn enthält zwischen achtzig und neunzig Milliarden Neuronen, und jedes Neuron kann mit hundert- bis zweihunderttausend Fasern anderer Nervenzellen in Austausch treten. Es ist diese elektrochemische Kommunikation, die uns denken, fühlen und handeln lässt, Signora. Bei Ihrem Nick und den anderen Schülern dieser Schule kann es zum Beispiel durch Stress dazu kommen, dass einzelne Neuronen zu stark stimuliert werden, was auch bei anderen Neuronen gesteigerte Aktivität hervorruft. Das hat eine Kettenreaktion zur Folge, die eine Art epileptischen Anfall hervorrufen kann, weil Nervenzellen falsche Signale erhalten.«

»Epilepsie?«, fragte Tante Adele erschrocken. »Soll das heißen, der Junge kann zu einem Epileptiker werden?«

»Es geht Nick schon viel besser«, sagte Onkel Carlo.

Direktor Xaver nickte. »Und vielleicht wird es ihm in den nächsten Jahren noch besser gehen, wenn er weiterhin Tritazin bekommt. Jeden Abend eine Tablette.«

Tante Adele öffnete den Mund und schloss ihn wieder. Nikolas glaubte die Worte darin zu sehen, hinter dem Tor der verschlossenen Lippen, wie kleine, hässliche Tiere, die darauf warteten, dass sich vor ihnen eine Öffnung bildete, damit sie hinausspringen konnten.

»Hast du dir die Zahlen lange genug angesehen, Nick?«, fragte der Direktor.

»Ja.« Sie sangen noch immer für ihn, die Zahlen, aber ihr Gesang wurde leiser.

»Siehst du das letzte Zeichen auf dem Blatt, Nick?«

»Die beiden Striche.«

»Ja, die beiden Striche. Das Gleichheitszeichen. So nennt man es, erinnerst du dich?«

»Ja.«

»Kannst du hinter das Gleichheitszeichen, auf die rechte Seite davon, eine Zahl schreiben, die zu den anderen Zahlen auf der linken Seite und weiter oben passt?«

Nikolas schrieb eine Zahl. Er brauchte nicht einmal zu überlegen.

Direktor Xaver nahm das Blatt entgegen, sah auf die Zahl, die Nikolas geschrieben hatte, und schlug in einem Buch nach.

»Es ist die richtige Zahl«, verkündete er dann und lächelte triumphierend. »Ihr Nick hat eine Gleichung gelöst, die letztes Jahr zu den Prüfungsaufgaben für Studenten im fünften Semester ihres Mathematikstudiums gehörte.«

»Mit Zahlen konnte er schon immer gut umgehen«, sagte Onkel Carlo stolz.

»Er hat eine besondere Begabung für Zahlen. Die sollte gefördert werden.«

»Wie meinen Sie das?«, fragte Onkel Carlo. Nikolas sah

wieder aus dem Fenster und beobachtete das Glitzern des Sonnenscheins auf dem See. Es erinnerte ihn ein bisschen an den Glanz von Sonjas Haar. Sonja war ein Jahr älter als er und besuchte die Schule schon seit drei Jahren. Sie hatte langes blondes Haar, das manchmal, wenn es das Licht einfing, ebenso glänzte wie der Genfer See im herbstlichen Sonnenschein.

»Ich kenne eine private Schule, die gezielt Sonderbegabungen fördert. Die Aufnahmeprüfungen sind streng und die monatlichen Gebühren recht hoch, aber ...«

»Wie hoch?«, fragte Tante Adele.

Direktor Xaver nannte eine Zahl, die nicht sang.

»Dies *ist* doch eine Sonderschule, oder?«, fragte Tante Adele. »Und sie ist weiß Gott nicht billig.«

»Leider haben wir hier keine Gelegenheit, besondere Begabungen wie die Ihres Nick zu fördern«, erwiderte Direktor Xaver. »Es wäre sehr schade, ein solches Talent brachliegen zu lassen.«

»Wir überlegen es uns«, sagte Tante Adele. »Wir denken darüber nach.« Sie stand auf. »Das ist alles, nehme ich an?«

»Ja, Signora, das ist alles.«

13

»Vielleicht verlasse ich die Schule bald wieder«, sagte Nikolas in der Pause zu Sonja. Sie saßen draußen im Garten, wo Blumen und Büsche das Licht der Sonne aufsaugten. »Wegen der Zahlen.« Er erzählte vom Gespräch bei Direktor Xaver.

Sonja drehte einen violetten Malstift in ihren Händen. Sie hatte immer mindestens einen Malstift dabei, und dieses Mal war es ein violetter. »Ich wette, du bleibst hier.« Sie wettete oft, zumindest in Worten. »Ich wette, du bleibst lange genug hier für den Ausflug in die Berge.«

»Ich würde gern bleiben«, sagte Nikolas ein wenig traurig. Er hatte sich an die neue Schule gewöhnt. Und auch an

Sonja. Wenn er mit ihr zusammen war, dachte er nicht mehr an Boris.

Sonja drehte den Stift. »Ich hab ein neues Bild gemalt. Möchtest du es sehen?«

»Ja.«

Sie holte ein sorgfältig zusammengefaltetes Blatt Papier aus ihrer Tasche und gab es ihm. »Hier. Es ist für dich.«

Sie hatte ganz oben eine kleine Sonne gemalt, mit Augen, Nase und Mund. Das Bild selbst bestand hauptsächlich aus Linien, wie Nikolas sie liebte, gerade und gewölbt, zu Kreisen, Rechtecken und anderen Formen angeordnet. Hier und dort gab es einige kleine Kleckse, die Sonja »Stolpersteine des Lebens« nannte. »Die Linien sind Wege und Straßen. Manchmal führen sie im Kreis, wie hier, dann wiederholt sich alles. Und manchmal treffen sich verschiedene Wege, wie hier.«

Sie zeigte auf eine rote und eine grüne Linie, die von rechts und links kamen, sich in der unteren Hälfte des Blattes trafen und zusammen nach oben führten, vorbei an den vielen anderen Linien.

»Das sind unsere Wege«, sagte Sonja. »Du bist von da gekommen und ich von hier. Jetzt sind unsere Wege zu einem gemeinsamen Weg geworden.«

»Oben ist die Zukunft?«, fragte Nikolas.

»Ja.«

»Unser gemeinsamer Weg führt bis ganz nach oben«, sagte Nikolas. »Das ist ziemlich weit in der Zukunft.«

»Ja. Ich wette, wir bleiben zusammen, Nick. Jahre und Jahre.«

Nikolas faltete das Blatt behutsam zusammen und steckte es ein. Er freute sich, denn Sonja gewann ihre Wetten immer.

An diesem Abend kam Tante Adele zu ihm ins Zimmer, als er bereits im Bett lag. Sie brachte ein Glas Wasser und eine Tablette.

»Ich habe schon eine genommen«, sagte Nikolas. »Onkel Carlo hat sie mir gegeben.«

»Die Dosis ist erhöht worden.« Tante Adele stellte das Glas aufs Nachtschränkchen und legte die Tablette daneben. »Und wir möchten, dass es dir gut geht.«

Sie wartete, bis er die Tablette in den Mund gesteckt und Wasser getrunken hatte.

»Braver Junge«, sagte sie zufrieden. »Braver Junge.«

An diesem Abend lag Nikolas lange wach. Das Fenster war geschlossen, die Nächte konnten bereits ziemlich kalt werden, aber er hatte die Jalousien oben gelassen und beobachtete den Mond hinter Zweigen, die erste Blätter verloren. Hier und dort blinzelte das Licht heller Sterne. Nikolas dachte an Boris und hoffte, dass er nicht mehr die Treppe hinunterfiel. Er dachte auch an Sonja und ihre Stifte, an ihre Bilder und Wetten und an ihr goldgelbes Haar, das er gern einmal berührt hätte.

Es war still im Haus. Onkel Carlo und Tante Adele sprachen nicht mehr, sie schliefen.

»Schutzengel?«, flüsterte Nikolas.

Für einen Moment glaubte er, dass sich am Fußende des Bettes etwas in der Dunkelheit regte, dass sich dort ein Schatten aufrichtete. Aber vielleicht war es nur der Schatten eines Zweiges, der dicht vor dem Fenster im leichten Nachtwind schaukelte.

Niemand flüsterte in der Stille.

Nikolas setzte sich auf, schaltete die Nachttischlampe ein, öffnete die Schublade und nahm Block und Stift zur Hand. Er hielt den Stift an den Mund, er kaute ein bisschen am Ende, und dann schrieb er:

Lieber Schutzengel,
ich danke Dir sehr, dass Du mich beschützt hast und bei mir bist, auch wenn ich Dich nicht mehr höre. Könntest Du vielleicht ab und zu bei Boris nach dem Rechten sehen?

Er schrieb langsam und nicht ohne Mühe, denn es fiel ihm noch immer schwer, Buchstaben zu malen und aneinanderzureihen. Er dachte an Boris, für den geschriebene Worte noch viel schwerer waren, fast unüberwindliche Hindernisse, wie große Felsbrocken auf dem Weg eines müden Wanderers. Wieder kaute er am Ende des Stifts, blickte nachdenklich nach draußen und suchte das Licht des Mondes, der hinter dem Stamm des Baumes vor dem Fenster verschwunden war.

Und vielleicht kannst Du auch, wenn es Dir nicht zu viel Mühe bereitet, Sonja beschützen. Sie malt schöne Bilder.

Nikolas zögerte, bevor er hinzufügte:

Ich mag sie. Vielen Dank!
Dein Nick

Er zögerte erneut, schrieb »dankbarer« unter »Dein Nick« und zeichnete einen kleinen Pfeil, der zwischen die beiden Worte zielte. Dann legte er Block und Stift aufs Nachtschränkchen, schloss die Augen und schlief.

Stunden vergingen. Die Nacht wurde dunkler und kälter. Wind seufzte in Baumwipfeln. Äste knarrten.

Nikolas erwachte im ersten grauen Licht des Tages, noch bevor die Sonne aufging. Das geschah sehr selten – meistens schlief er bis ein oder zwei Minuten vor dem Klingeln des Weckers, den er eigentlich gar nicht brauchte. Still und reglos lag er da und fragte sich, was ihn geweckt hatte.

Dann drehte er den Kopf, langte nach dem Block auf dem Nachtschränkchen und hielt ihn so, dass er sehen konnte, was er geschrieben hatte.

Seinen Worten war etwas hinzugefügt worden.

Unter »dankbarer« und dem Pfeil stand in ungelenker krakeliger Schrift:

Ich bin immer bei Dir und passe auf Dich auf.
Dein Schutzengel

14

Die beiden Tabletten jeden Abend halfen. Nikolas lief nicht mehr nachts durchs Haus und schrie, ohne sich später an seine Schreie zu erinnern. Er bekam auch keinen der Krämpfe, die Tante Adele befürchtete und auf die sie zu warten schien, wenn sie ihn argwöhnisch beobachtete. Der Umgang mit Worten fiel ihm leichter. Er begann damit, Buchstaben nicht mehr zu malen, sondern zu schreiben, sie als Teile von Worten und Sätzen zu verstehen, die er nicht mehr auswendig kennen musste, um sie zu lesen. Den Gesang von Zahlen hörte er etwas weniger laut und klar, aber immer noch so deutlich, dass Direktor Xaver ihn zusammen mit einigen Schülern aus den oberen Klassen an einem Sonderkurs teilnehmen ließ, geleitet von einem Professor, der Amadeus hieß und Mathematik an der Universität lehrte – wegen der vielen Falten im Gesicht hielt Nikolas ihn für uralt. Er erwies sich als sehr freundlicher Mann, der den richtigen Umgang mit Zahlen eine hohe Kunst nannte und interessiert nickte, als Nikolas von der Musik der Zahlen erzählte.

»So etwas nennt man Synästhesie, Nick«, sagte er.

Es war ein schwieriges Wort, und Nikolas glaubte, zwei bekannte Silben darin zu entdecken. »Sünde?«

»Nein, mit Sünde hat das nichts zu tun. Es ist die Kopplung verschiedener Wahrnehmungen. Du siehst, was andere Menschen hören, und umgekehrt. Deine Sinne sind auf besondere Art und Weise miteinander verknüpft. Du hast ein großes Talent für Zahlen, Nick. Der Direktor hat recht. Du solltest gefördert werden. Eines Tages könnte ein Lehrer aus dir werden, ein Professor wie ich, der an der Universität Mathematik lehrt.«

Nikolas versuchte, sich selbst mit so vielen Falten im Gesicht vorzustellen. Er lachte.

»Würde dir das gefallen, Nick?«

»Die Zahlen ja«, sagte er. »Die Zahlen würden mir gefallen. Aber vor vielen Leuten zu sprechen …«

»Oh, keine Sorge, Nick, du würdest die Sprache der Zahlen benutzen«, sagte Professor Amadeus. »Du würdest ihre Musik mit anderen teilen. Das ist eine schöne Sache.« Mit einem Lächeln, in dem es nicht eine Spur Türkis gab, fügte er hinzu: »Glaub jemandem, der Amadeus heißt.«

Nikolas begriff erst später, was der Professor damit meinte, als er von Wolfgang Amadeus Mozart erfuhr, der viel mit Musik zu tun gehabt hatte.

Beim Abendessen zusammen mit Onkel Carlo und Tante Adele erzählte er von dem Professor.

Tante Adele lachte auf. »*Was* willst du? Zur *Universität?*«

»Der Professor glaubt, dass ich Lehrer werden könnte oder Professor wie er«, sagte Nikolas. Ein bisschen trotzig fügte er hinzu: »Und er meint wie Direktor Xaver, dass ich gefördert werden sollte.«

Tante Adele ließ die Gabel sinken. »Ach, von daher weht der Wind. Es geht mal wieder um die Förderung. Hast du eine Ahnung, wie viel das kosten würde, Junge?«

»Ich könnte Lehrer werden. Oder Professor.«

»*Du* willst Professor werden, Dussel?«

»Adele ...«

»Wir haben mehrmals darüber gesprochen, Carlo, du kennst meine Meinung. Er bekommt seine Medizin, es geht ihm besser, aber er ist und bleibt ein ... du weißt schon.« Die Brennnessel sprach, die Distel stach. »Der Direktor und dieser Professor stecken vermutlich unter einer Decke. Würde mich gar nicht wundern, wenn sie beide an der ›privaten Schule für Sonderbegabungen‹ beteiligt sind. Die wollen doch nur abkassieren!«

»Wir könnten es versuchen«, sagte Onkel Carlo. »Für eine Weile.«

»Fünftausend Franken *im Monat!* Meine Güte, das Leben in Genf ist teuer genug. Hier ist *alles* teurer als in Italien, viel teurer. Fünftausend können wir uns auf Dauer nicht leisten. So viel haben wir nun auch wieder nicht geerbt.«

An diesem Abend lag Nikolas wieder wach im Bett, nachdem ihm Tante Adele die zusätzliche Tablette gebracht hatte. Er blickte nach draußen – inzwischen hatte er es sich zur Angewohnheit gemacht, die Jalousien oben zu lassen –, aber der Nachthimmel war bewölkt, es leuchteten weder Mond noch Sterne. Nirgends regte sich etwas; die Finsternis, drinnen und draußen, blieb ohne Silhouetten.

Er schaltete die Nachttischlampe ein, holte Block und Stift aus der Schublade und schrieb:

Lieber Schutzengel,
ich möchte gern Lehrer oder Professor
für Zahlen werden.
Kannst Du mir dabei helfen?
Dein dankbarer Nick

Er betrachtete die Worte und hatte das Gefühl, dass etwas fehlte. Eine Zeit lang überlegte er, doch ihm fiel nichts ein, und schließlich legte er Block und Stift aufs Nachtschränkchen.

Als er am nächsten Morgen erwachte, zwei Minuten vor dem Klingeln des Weckers, griff er sofort nach dem Block. Der Schutzengel hatte geantwortet:

grGklppomeRGthfewgeEräöslk

Ungefähr so sahen die Buchstaben aus. Ganz sicher war Nikolas nicht, denn die krakeligen Linien gingen ineinander über.

Sein Blick suchte die vor dem Tageslicht zurückweichenden Schatten des Zimmers. »Was ist mit dir, Schutzengel?«, fragte er leise. »Wo bist du?«

Er bekam keine Antwort und fühlte sich plötzlich sehr allein.

15

Der dreitägige Fahrradtour in die Berge fand in der nächsten Woche statt. Tante Adele hatte ihre Erlaubnis gegeben. »Dann kann ich endlich mal ein paar Tage ausspannen, ohne mich ständig um den Jungen kümmern zu müssen«, hatte sie zu Onkel Carlo gesagt und Nikolas eine kleine Tüte mit den Tabletten gegeben. In der Schule, als sie Räder und Rucksäcke vorbereiteten, kam Sonja und sagte: »Siehst du?«

Nikolas blickte sich um.

»Nein, nein, ich meine: Ich habe recht behalten. Ich habe gewettet, dass du lange genug für den Ausflug hierbleibst.«

Sie lächelte, sie freute sich, und Nikolas freute sich über ihre Freude. Trotzdem war er ein wenig betrübt, und offenbar sah man es ihm an, denn Sonja fragte: »Was ist? Warum bist du traurig?«

»Ich bin nicht traurig«, antwortete Nikolas und schwang sich den Rucksack auf den Rücken. »Es ist nur …« Er senkte die Stimme und vergewisserte sich, dass niemand lauschte. Die anderen Schüler waren mit ihren Rädern und Rucksäcken beschäftigt; mehrere Lehrer halfen ihnen dabei, Reifen, Licht und Bremsen zu kontrollieren. »Ich würde gern Lehrer oder Professor für Zahlen werden, aber meine Tante will das nicht.«

»Hat sie was gegen Zahlen?« Sonja stellte ihr Rad ab, nahm ihren Rucksack ab und vergewisserte sich, dass sie genug Malpapier und Stifte eingepackt hatte. Nikolas bemerkte auch eine Kerze bei ihren Sachen.

»Sie will nicht so viel Geld für die andere Schule ausgeben, in der ich gefördert werden kann. Warum ist Geld so wichtig?«

Sonja sah von ihrem Rucksack auf und lächelte erneut. Ihr Lächeln gefiel ihm. Es war golden wie ihr Haar, warm und weich. »Hast du noch das Bild, das ich dir geschenkt habe?«

Er nickte. Es lag zu Hause in der Schublade seines Schreibtischs, unter dem dicken Buch mit den Zahlen, Mustern und Formen, das er sich abends oft ansah. Tante Adele rührte das Buch nicht an, sie nahm es nie aus der Schublade, und deshalb befand sich das zusammengefaltete Bild mit der kleinen Sonne, die Augen, Nase und Mund hatte, unter dem Buch an einem sicheren Ort.

»Erinnerst du dich an die Linien, die Wege und Straßen des Lebens?«

»Ja.«

»Erinnerst du dich an die rote und die grüne Linie?«

»Sie kommen von rechts und links, treffen sich in der unteren Hälfte und führen nach oben, vorbei an den anderen Linien, in die Zukunft.«

»In die *Zukunft,* Nick, weit in die Zukunft. Jahre und Jahre. Was habe ich gesagt, Nick? Erinnerst du dich auch daran?«

»Du hast gewettet, dass wir zusammenbleiben.«

»Genau, Nikolas Santina. Genau. Und ich gewinne meine Wetten.«

»Wie stellst du das an? Ich meine das mit den Wetten? Wie kriegst du es hin, dass du sie immer gewinnst?«

Sonja wurde ernst. »Vielleicht erkläre ich dir das einmal. Wenn die Zeit kommt.«

Bis zum Mittag blieb das Wetter gut. Insgesamt achtundsiebzig Schüler von vier Klassen fuhren über einen breiten Radweg, der ihnen genug Platz ließ, sanft anstieg und in den Einschnitt zwischen zwei Bergen führte, die weiße Kappen trugen – dort oben hatte der Winter bereits Einzug gehalten. Die Sonne schien, und Nikolas merkte, wie ihm durch die Bewegung schnell warm wurde, so warm, dass er nach kurzer Zeit die Jacke auszog und sie in den Rucksack stopfte. Zuerst taten ihm ein wenig die Beine weh, aber das wurde besser, der Schmerz verschwand, und Nikolas trat entschlossen in die Pedale.

Das Mittagessen im Berghof bestand nicht aus Nudeln wie zu Hause, sondern aus einem großen Büfett mit frischem Brot, Käse, Aufschnitt aller Art, Gebäck und Obst. Dazu gab es Limonade und vier verschiedene Fruchtsäfte. Nikolas probierte sie alle, denn er hatte großen Durst. Als er trank und die Augen schloss, glaubte er die Früchte zu sehen, aus denen der Saft gepresst worden war, wie sie an Bäumen hingen und im Wind schaukelten.

Eigentlich hatte die Pause beim Berghof länger dauern sollen – vorgesehen war der Besuch eines nahen ehemaligen Steinbruchs, in dem der Geologielehrer Davide Gruizer den Schülern verschiedene Sorten Gestein hatte zeigen und von ihrer Herkunft erzählen wollen –, aber als das Licht der Sonne in Wolkenschleiern zu verblassen begann und die Gipfel hinter grauen Vorhängen verschwanden, beschloss der selbst an dem Ausflug teilnehmende Direktor Xaver, dass man die Fahrt zur Herberge sofort fortsetzte. Er befürchtete ein Unwetter, eins der letzten Gewitter des Jahres, vielleicht das letzte, und wollte, dass die Ausflugsgruppe die zweite Etappe des Tages möglichst bald hinter sich brachte.

Sonja hatte sich eine Karte von den Bergen angesehen und verstaute sie in ihrem Rucksack. »Ich kenne den Weg«, sagte sie zuversichtlich. »Ich kenne alle Wege. Wir können uns nicht verirren.«

»Da bin ich froh«, sagte Nikolas, obwohl er glaubte, dass die Lehrer den Weg besser kannten als Sonja.

Eine Stunde lang ging alles gut. Die Sonne verschwand hinter einer geschlossenen Wolkendecke, und die grauen Vorhänge an den Gipfeln wurden dichter. Dann ging es steiler hinauf, und Nikolas, der nicht so kräftig war die anderen, fiel immer mehr zurück. Sonja, die eigentlich schneller fahren konnte, blieb an seiner Seite und blickte sich immer wieder aufmerksam um.

»Eins steht fest«, keuchte Nikolas. »Als Erste erreichen wir die Herberge nicht.«

»Kommt drauf an«, erwiderte Sonja. »Kommt drauf an.«

Eine Lücke entstand, mit der Hauptgruppe einige Dutzend Meter weiter vorn und hinten einigen Nachzüglern, die noch langsamer waren als Nikolas und von einem Lehrer begleitet wurden. Der bildete den Abschluss und achtete darauf, dass niemand zurückblieb.

Die Wolken hingen tief zwischen den Bergen. Die grauen Vorhänge reichten von den Gipfeln herab, strichen über Wald und Weg. Die Fahrräder vor Nikolas und Sonja verschwanden wie im Nebel.

»Ich glaube …«, sagte Sonja. »Ich glaube … hinter der nächsten Biegung, auf der linken Seite.«

»Was?«, schnaufte Nikolas. »Was?«

Der Nebel war kalt und klebrig, heftete sich an die Haut und machte das Atmen schwer. Um Nikolas herum wurde die Welt leiser; dichte graue Schwaden dämpften die Geräusche. In der Biegung war von den Gruppen vor und hinter ihnen nichts mehr zu sehen.

»Da!« Sonja deutete auf eine Lücke zwischen Bäumen und Büschen auf der linken Seite. »Da ist der kleine Weg, die Abkürzung. Komm!« Sie lenkte ihr Rad auf die Lücke zu, zum dunklen Loch in der Mauer des Waldes.

Nikolas folgte ihr. Die Lücke nahm sie beide auf, und ihre Räder rollten über einen Weg, so schmal, dass Nikolas' Ellenbogen Blätter streiften.

»Das ist dumm, dumm«, sagte er einige Minuten später, als der Weg so steil wurde, dass sie absteigen und die Fahrräder schieben mussten.

»Ist es nicht. Vertrau mir, Nick. Über diese Abkürzung erreichen wir das Ziel vor allen anderen.« Sonja lachte. »Wir behaupten, wir hätten sie im Nebel überholt.«

»Wir können hier nicht einmal fahren!«

»Dies ist ein Fußweg, ein Weg für Kletterer«, erwiderte Sonja. »Wir müssen nur aufpassen, damit wir auf den Steinen nicht mit dem Fuß umknicken oder abrutschen. Es geht schon, vertrau mir.«

»Mit den Rädern kommen wir kaum vorwärts!«

»Wir kommen langsamer voran, aber dafür ist der Weg viel kürzer, du wirst sehen. Vertrau mir, Nick.«

Das sagte Sonja mehrmals, *vertrau mir,* und Nikolas hätte ihr gern vertraut, aber seine Zweifel wuchsen, als der Nebel aus grauen Wolken, die sich vom Himmel herabsenkten, immer dichter und dunkler wurde. Nach zehn oder fünfzehn Minuten grollte es in der Ferne, dann donnerte es, und erste dicke Regentropfen fielen.

»Das ist gut«, sagte Sonja. »Der Regen ist gut. Wenn es regnet, löst sich der Nebel auf.«

Nikolas fand den Regen nicht gut. Seine Regenjacke befand sich im Rucksack, und um sie hervorzuholen, hätte er das Fahrrad loslassen müssen, und das ging nicht, weil er das Rad nirgends anlehnen oder hinlegen konnte, sonst wäre es womöglich den steilen Hang hinabgerutscht.

Das Licht schwand – die Nacht schien es eilig zu haben,

den Tag abzulösen –, in den finsteren Wolken flackerte es, und es donnerte so laut, dass Nikolas zu fühlen glaubte, wie der Boden unter ihm zitterte. Oder vielleicht war er es selbst, der zitterte, und nicht nur deshalb, weil es kalt wurde, als sich die ersten Tropfen in strömenden Regen verwandelten.

»Bestimmt ist es nur ein Schauer.« Sonja rief die Worte, sie musste sie rufen, weil sich ihre Stimme sonst im Donnern verloren hätte. »Bestimmt dauert das Gewitter nicht lange.«

»Wir brauchen einen Unterschlupf!«

»Dort oben!« Sonja deutete zwischen zwei Felsen zehn oder zwölf Meter über ihnen. »Ich glaube, ich habe dort eine Höhle gesehen.«

Der Eingang war so schmal, dass sie sich hindurchzwängen mussten. Für die Fahrräder blieb nicht genug Platz; sie ließen sie draußen, an einen der beiden Felsen gelehnt. Nikolas' Rucksack klemmte in dem Spalt, und er bekam ihn erst frei, als er zusammen mit Sonja an den Riemen zog.

Draußen rauschte und prasselte der Regen. Böiger Wind blies Spritzwasser in die Höhle.

»Es ist nur ein Schauer«, sagte Sonja. »Du wirst sehen.«

Sie irrte sich. Der Regen dauerte an, und aus der Dunkelheit des Unwetters wurde die Finsternis der Nacht.

16

Seit Stunden trommelten Regentropfen auf die beiden Felsen vor der Höhle. Es donnerte nicht mehr, und es flackerten auch keine Blitze mehr, aber der Regen hörte nicht auf.

»Du hast recht, Nick«, sagte Sonja schließlich. »Es war dumm. Wir hätten bei den anderen bleiben sollen.« Ihre Stimme klang anders. Manchmal klapperten ihre Zähne.

»Schon gut«, erwiderte er großmütig. »Frierst du?«

»Es ist ziemlich kalt, und meine Sachen sind nass.«

»Wenn wir ein Feuer hätten«, sagte Nikolas, »dann könnten wir uns wärmen.«

»Wir haben keins.«

Ihm fiel etwas ein. »Die Kerze! Ich habe eine Kerze in deinem Rucksack gesehen, bei den Malsachen.«

Er hörte Sonja in der Dunkelheit kramen. Die Flamme eines Feuerzeugs vertrieb einen Teil der Finsternis, und eine zweite Flamme, am Docht der Kerze tanzend, ließ es noch etwas heller werden. Sie sahen sich um. Weiter hinten führte die Höhle tiefer in den Berg, und dort blieb alles schwarz. Etwas Brennbares für ein Lagerfeuer befand sich nicht in der Nähe.

Eine Flamme verschwand, die des Feuerzeugs.

»Wir haben nur die Kerze«, sagte Nikolas. »Was für ein Glück, dass du sie mitgenommen hast.« Neugierig fügte er hinzu: »Warum *hast* du sie mitgenommen?«

»Zur Sicherheit. Ich meine … Ach, es ist eine dumme Sache«, sagte Sonja verlegen.

»So dumm wie das hier?«

Sie lachte. »Ja, vielleicht. Ich nehme immer eine Kerze mit, wenn ich weiß, dass ich woanders übernachte. Weil ich mich vor der Dunkelheit fürchte.«

Das fand Nikolas seltsam. »Warum hast du nicht sofort an die Kerze gedacht, als es dunkel wurde?«

»Weil du da bist. Ich meine, ich habe Angst davor, in der Dunkelheit allein zu sein.«

»Oh.« Nikolas dachte darüber nach. »Du zitterst also nicht aus Furcht?«

Sonja lachte erneut. »Nein, ich zittere, weil mir *kalt* ist, Dummkopf.«

»Wenn dir kalt ist … Vielleicht hilft es, wenn ich dich ein bisschen wärme. Darf ich …?«

Sie rollte mit den Augen und lächelte, er sah es im Licht der Kerzenflamme.

»Du darfst, Nikolas Santina, du darfst.«

Er rutschte näher, er legte den Arm um Sonja. Sie rückte ganz nah an ihn heran, und er schlang beide Arme um sie, um ihr möglichst viel von seiner Wärme zu geben.

Die Kerze stand auf einem Stein, auf einem kleinen Fuß aus Wachs. Ihre Flamme bewegte sich, wenn der Wind einen Weg in die Höhle fand.

»Hast du keine Angst, allein im Dunkeln?«, fragte Sonja nach einer Weile.

»Nein.«

»Warum nicht?«

»Weil … Es ist ein Geheimnis.« Seit über einem Jahr hatte Nikolas mit niemandem mehr über den Schutzengel gesprochen. Onkel Carlo wusste davon, und auch Commissario Roberto, aber der war weit weg, in Florenz.

Wieder lauschten sie dem Prasseln des Regens, das nicht leiser wurde.

»Ich habe ebenfalls ein Geheimnis«, sagte Sonja. »Ich meine, abgesehen von dem mit der Kerze.«

»Ja?«

»Ja. Es betrifft das Wetten.«

»Ist die Zeit jetzt gekommen?«, fragte Nikolas.

»Ich denke schon. Ich verliere meine Wetten nie, weil … Es ist schwer zu erklären.«

»Sag es einfach.«

»Ich weiß manchmal, was in der Zukunft passieren wird. Ich weiß es einfach.«

»Das mit dem Regen hast du nicht gewusst«, sagte Nikolas. »Du hast ihn für einen kurzen Schauer gehalten.«

»Ich habe nicht *gewettet,* dass es nur ein kurzer Schauer ist. Ich habe es mir nur gewünscht, und Wünsche allein genügen nicht.«

»Was passiert in dieser Nacht?«, fragte Nikolas. »Was passiert morgen?«

»Ich weiß es nicht.«

»Aber …«

»So funktioniert das nicht, Nick«, sagte Sonja. »Manchmal geschieht es ganz plötzlich, dann *weiß* ich es einfach, ohne zu überlegen. Wenn ich wissen *will*, was passieren wird, klappt es nicht. Oder ich muss Bilder malen, das macht es leichter.«

»Zu wissen, was passieren wird, ist eine gute Sache.« Nikolas beobachtete den kleinen, langsamen Tanz der Kerzenflamme und fühlte sich wohl, trotz Kälte und Regen. Er hatte sich gewünscht, Sonjas goldenes Haar zu berühren, und jetzt berührte er es, wenn auch unter besonderen Umständen. Er begriff, dass er sich wohlfühlte, weil er Sonja so nahe war. »Man könnte die Prüfungsaufgaben in der Schule schon vorher wissen. Oder im Lotto gewinnen.«

»Das geht nicht. Ich hab's versucht, aber es geht nicht.« Sonja drehte den Kopf und sah ihn an. »Und du? Was ist dein Geheimnis?«

»Ich habe einen Schutzengel«, sagte Nikolas. Er erzählte vom Tod seiner Eltern, von den Schüssen und dem Wagen, der sich überschlagen hatte, von der Entführung und den kleinen Briefen, die er dem Schutzengel schrieb und auf die er Antwort bekam. Dass die letzten Antworten aus unverständlichen Aneinanderreihungen von Buchstaben bestanden hatten, erwähnte er nicht.

Sonja rückte ein wenig fort, um ihn besser ansehen zu können. »Man hat auf euch *geschossen?* Und du bist *entführt* worden? Und dir ist überhaupt nichts passiert?«

»Es ist lange her«, sagte Nikolas. »Lange, lange. Mindestens ein Jahr. Der Schutzengel hat auf mich aufgepasst. Nicht einmal einen Kratzer hab ich abbekommen.«

»Und die Entführer? Hat dein Schutzengel sie umgebracht?«

»Ich weiß nicht. Kann sein.«

»Und wenn du ihm schreibst … Er *antwortet* dir?«

»Ja.«

Sonja blieb eine Weile still, und Nikolas hörte nur das Prasseln des Regens.

»Kann ziemlich rabiat werden, dein Schutzengel«, sagte sie schließlich. »Ich meine, wenn er die Entführer umgebracht hat …«

»Es waren böse Leute. Du brauchst keine Angst zu haben. Er beschützt uns beide. Er wird nicht zulassen, dass uns etwas Schlimmes zustößt.« Um zu zeigen, dass auf den Schutzengel Verlass war, beugte sich Nikolas vor und hielt den Zeigefinger in die Kerzenflamme.

»Au!« Er zog die Hand zurück und starrte verblüfft auf Finger und Flamme.

»Das hat wehgetan!«

»Das tut es, wenn man sich verbrennt«, sagte Sonja. Sie beugte sich vor und blies die Flamme aus. Dunkelheit sprang heran und schloss sich um sie.

»Aber …«

»Vielleicht ist dein Schutzengel gerade nicht da«, sagte Sonja. »Vielleicht sieht er draußen nach dem Rechten.«

Als Nikolas Stunden später erwachte, gegen Ende der Nacht, regnete es nicht mehr. Stille herrschte, dicht wie eine Decke, ungestört vom kleinsten Geräusch. Selbst die Geschöpfe von Berg und Wald schwiegen. Dort lag Sonja, den Kopf auf ihrem Rucksack, die Beine angezogen, damit sie bis zu den Knien unter Nikolas' langer Jacke Platz fanden. Ihm war kalt, aber das spielte für ihn keine Rolle, solange es Sonja warm hatte.

Reglos saß er in der Dunkelheit. Er fühlte sich anders, wacher als sonst, obwohl der Schlaf ihn gerade erst losgelassen hatte. Vielleicht lag es daran, dass er Sonjas Haar berührt und sie gewärmt hatte. Außerdem kannte er nun ihr Geheimnis und sie seins; das schuf eine spezielle Verbindung zwischen ihnen. Die Welt in der Höhle war klein und überschaubar, sie hatte nur zwei Bewohner, Sonja und ihn.

Warum konnte sie nicht immer so einfach sein, so leicht zu verstehen? Warum musste die Welt dort draußen, wo die Nacht dem Tag zu weichen begann, groß und kompliziert werden?

Während er Sonja im ersten grauen Licht betrachtete, das durch den Höhleneingang kroch, erinnerte er sich an den Beutel mit den Tabletten, den ihm Tante Adele mitgegeben hatte. Er befand sich noch im Rucksack – am vergangenen Abend hatte er vergessen, seine Medizin zu nehmen.

In der Dunkelheit bewegte sich etwas, ein vager Schatten, eine undeutliche Silhouette.

Nikolas lächelte. Plötzlich wusste er, warum er sich anders fühlte.

»Du bist wieder da«, sagte er leise.

Ja, flüsterte es in der Finsternis.

»Was machst du?«, fragte Sonja. Sie hatte ihren Rucksack fast fertig gepackt.

Nikolas nahm das Feuerzeug und zündete die Kerze an. »Gut, dass du sie ausgeblasen hast«, sagte er. »So ist noch etwas von ihr übrig.«

Die Flamme brannte groß und hell. Nikolas hielt den Finger hinein, und diesmal tat es nicht weh. Er fühlte nur Wärme, keine Hitze. Sonja hob erschrocken die Hand zum Mund und ließ sie langsam wieder sinken, als Nikolas' Finger in der Flamme blieb, ohne dass sich Brandblasen bildeten oder die Haut verkohlte. Schließlich zog er ihn zurück.

»Er ist wieder da«, sagte er. »Mein Schutzengel ist wieder da, hast du gesehen? Ich könnte dort draußen von einem der beiden Felsen springen, und mir würde nichts geschehen.«

»Lass es nicht darauf ankommen.« Sonja hob ihren fertigen Rucksack. »Kann uns dein Schutzengel auch vor den Lehrern und Direktor Xaver beschützen? Weißt du, was uns blüht, wenn wir die Herberge erreichen?«

»Kannst du es sehen?«, fragte Nikolas.

»Ich muss keinen Blick in die Zukunft werfen, um zu erkennen, dass uns ein dicker, fetter Tadel erwartet. Und Strafarbeiten. Und ein Gespräch mit den Eltern. Mindestens.«

»Sie werden froh sein, dass wir noch leben«, sagte Nikolas ernst.

Sonnenschein begrüßte sie, als sie die Höhle verließen.

»Bevor wir uns auf den Weg machen, Nick …«

»Ja?«

»Ich möchte, dass wir uns gegenseitig etwas versprechen, Nick. Mehr noch, ein Schwur. Ein Schwur, der uns verbindet, für immer.«

Ein warmes Gefühl entstand in Nikolas. »Ja?«

Sonja hob die rechte Hand. »Wir schwören, dass wir uns immer gegenseitig helfen, wenn Hilfe nötig ist.«

»Ja«, sagte Nikolas. »Gern.«

»Du musst die rechte Hand heben und es feierlich schwören, Nikolas Santina.«

Er hob die Hand. »Hiermit schwöre ich, dass ich dir immer helfen werde, wenn du Hilfe brauchst.«

»Und ich schwöre, dass ich dir helfen werde, wenn du Hilfe brauchst«, sagte Sonja.

MONSIEUR DEPELLIER

17 *Lieber Schutzengel,* schrieb Nikolas,
ich bin sehr froh, dass Du wieder bei mir bist. Ich hatte schon Angst, Dich verloren zu haben. Ohne Dich hat die Flamme wehgetan. Hast Du uns bei der Strafe geholfen? Weil, wir haben nämlich gar keine bekommen. Alle waren sehr besorgt und erleichtert. Sonja kann gut lügen, sie hat gesagt, wir hätten uns in Nebel und Regen verirrt. Von der Abkürzung, die wir genommen haben, weil wir die Herberge als Erste erreichen wollten, wissen nur wir beide. Es ist ein weiteres Geheimnis, das wir teilen.
Das fühlt sich gut an.
Dein Freund Nick
PS: Bitte lass mich nie wieder allein. Und beschütze auch Sonja, wenn es Dir nicht zu viel Mühe macht. Ich mag sie sehr und habe versprochen, ihr immer zu helfen. Immer.

Einige Stunden später, tief im Herzen der Nacht, war die Antwort da.

Ich bin bei Dir und bei Sonja. Ich passe auf euch beide auf.
Dein Schutzengel

Nikolas nahm die Medizin nicht mehr. Wenn Onkel Carlo ihm abends die Tablette gab, schluckte er sie nicht, sondern versteckte sie unter der Zunge. Etwas später ging er erneut ins Bad, spuckte die Medizin ins Klo und spülte den Mund aus. Noch etwas später, wenn er im Bett lag und Tante Adele kam, um ihm die zweite Tablette zu bringen, behielt er sie im Mund. Tante Adele blieb nie lange, sie sagte immer nur ein paar Worte und ging dann wieder, was gut war, denn die Tabletten lösten sich schnell auf. Nikolas wickelte ihre Reste in ein Papiertaschentuch, das er am nächsten Morgen auf dem Weg zur Schule in einen Abfallkorb warf.

Ohne das Tritazin wurde die Deutlichkeit wieder deutlicher, die anderen Augen und Ohren sahen und hörten besser, doch er dachte manchmal Gedanken, die nicht von ihm selbst zu stammen schienen; sie fühlten sich fremd an in seinem Kopf. Er kam auch weniger gut mit geschriebenen Worten zurecht. Dem Schutzengel zu schreiben fiel ihm manchmal sehr schwer. Er musste sich auf jeden einzelnen Buchstaben konzentrieren und sie in die richtige Reihenfolge bringen. Wenn er sich dabei zu sehr anstrengte, tat ihm der Kopf weh, und bei Kopfschmerzen drohten seltsame Träume. Er musste dann warten, manchmal eine ganze Stunde lang, bis die Kopfschmerzen nachließen; nur dann konnte er einigermaßen sicher sein, dass kein seltsamer Traum drohte.

Obwohl, absolute Gewissheit gab es nicht. Die Träume kamen auch ohne Kopfschmerzen und waren sehr unangenehm, denn oft endeten sie damit, dass er Tante Adeles erbostem Blick begegnete und sie »Jetzt ist es genug, ich halte das nicht mehr aus, es ist zu viel für mich!« sagen hörte.

Der Winter, für Nikolas der zweite in Genf, brachte viel

Schnee. Die Welt wurde weiß, und zusammen mit Sonja baute Nikolas einen Schneemann so groß, dass man eine Leiter brauchte, um den Kopf zu erreichen. Sie bauten ihn im Garten, sehr zum Ärger von Tante Adele, die dem »hässlichen Ding« nichts abgewinnen konnte. Onkel Carlo fand ihn lustig und half mit einer langen Karotte für die Nase und zwei Kohlen für die Augen. Mehrere Steine formten den Mund.

Von vorn sah das Gesicht des Schneemanns komisch aus – er schien zu lächeln und sich zu freuen, so wie er mit dem langen Stock in einer weißen Pranke dastand –, aber von der Seite gesehen, aus einem bestimmten Blickwinkel, wurde aus dem Lächeln ein höhnisches Grinsen, die Augen starrten böse, und die Steine des Munds verwandelten sich in spitze Zähne.

Vielleicht war es dieses zweite Gesicht, sichtbar nur für Nikolas, das einen besonders schlimmen Traum auslöste. An Einzelheiten erinnerte sich Nikolas nicht, die vergaß er, als er mitten in der Nacht schreiend neben den Resten des halb geschmolzenen Schneemanns zu sich kam, in einer eiskalten Pfütze und im flackernden Schein eines Feuers, dessen Flammen über den Brennholzstapel beim Schuppen leckten. Tante Adele rannte im Nachthemd aus dem Haus und schrie ebenfalls, und Onkel Carlo spritzte mit einem Feuerlöscher, bis vom Feuer nur noch Dampf und Rauch übrig blieben.

Etwas später lag Nikolas zitternd im Bett, unter mehreren Decken, die die Kälte aus ihm vertreiben sollten, hörte Tante Adele »Es geht schon wieder los! Ich dachte, es wäre vorbei, aber es geht schon wieder los!« sagen, fühlte die warmen Hände von Onkel Carlo an Hals und Stirn und schlief schließlich ein.

Ein anderes Mal im Winter, Ende Januar, zwei Wochen nach seinem zehnten Geburtstag, saß er im Morgengrauen vor einem lichterloh brennenden Feuer im Kamin. Er schrie nicht, es waren keine Schreie, die Onkel Carlo und Tante Adele aus ihrem Schlafzimmer in den Salon holten – das Piepen der Rauchmelder hatte sie geweckt. Während Onkel Carlo das viel zu große Feuer im Kamin unter Kontrolle brachte, stand Tante Adele in ihrem blauen Nachthemd bei der Tür, die Hände dicht unter dem Hals übereinandergelegt.

»Wieder ein Feuer, wie beim letzten Mal!«

Onkel Carlo spritzte Wasser auf die Scheite, wodurch es noch mehr Rauch gab. Nikolas stand in der Nähe und hustete.

»Alles in Ordnung mit dir, Nick?«

Er nickte.

»Er zündet uns das Haus über dem Kopf an!« Tante Adeles Stimme klang ein wenig schrill.

Onkel Carlo drehte den Kopf. »Was sagst du da?«

»Wie in Florenz. Dort hat unser Haus gebrannt. Es hat *gebrannt!* Der Junge ist gefährlich!«

»Unsinn, Adele. Warum hast du das Feuer im Kamin angezündet, Nick? Und womit?«

Nikolas deutete auf den Feueranzünder, den er nicht angerührt hatte. »Mir war kalt«, sagte er hilflos. »Ich bin ein Igel gewesen, und mir war kalt. Ich wollte es warm haben und aus dem Winterschlaf erwachen.«

»Was?«, fragte Tante Adele verblüfft. »Was?«

»Du hast geträumt, ein Igel zu sein?« Onkel Carlo schob den letzten Scheit beiseite und drehte sich um.

Nikolas hatte es nicht geträumt, er war wirklich ein Igel gewesen, mit einem dicken, runden, von Stacheln bedeckten Körper. »Ja«, sagte er.

»Es muss ein sehr intensiver Traum gewesen sein.«

Nikolas schlang die Arme um sich, vorsichtig, damit ihn die Stacheln nicht stachen. Ihm war noch immer kalt. »Ja.«

»Komm, ich bring dich ins Bett.« Onkel Carlo streckte

die Hand aus. »Wir packen dich unter eine dicke Decke, damit du es für den Rest deines Winterschlafs warm hast.«

Die Kälte wollte nicht aus Nikolas weichen, selbst als er unter zwei dicken Decken lag. Vielleicht mit etwas Deutlichkeit hörte er, wie Tante Adele und Onkel Carlo miteinander sprachen, über ein Heim und natürlich über Geld.

»Kommt nicht infrage!«, sagte Onkel Carlo mit einer Vehemenz, die Nikolas den Igel überraschte. »Wir bringen ihn nicht in ein Heim!«

»Er hätte das Haus anzünden können, wie in Florenz!«

»Er hat nichts mit der Sache in Florenz zu tun, das weißt du, Adele. Und hier ist es ein harmloses Kaminfeuer gewesen.«

»Harmlos? Du nennst so etwas *harmlos?* Das Feuer hätte aufs Haus übergreifen können!«

»Nick hat nicht gewusst, was er tat.«

»Wie nennst du jemanden, der sich für einen Igel hält und nicht weiß, was er tut? Ich nenne so jemanden verrückt!«

»Ich nenne ihn einen Schlafwandler. Davon gibt es viele, und sie sind nicht verrückt. Wir sprechen mit dem Arzt der Schule.«

Nikolas mochte ihn nicht, den glatzköpfigen Arzt der Schule, der Dr. Kasom hieß und den die Schüler Dr. K.o. nannten, weil er immer schläfrig wirkte, halb weggetreten und gar nicht bei der Sache. Dieser Eindruck täuschte, wusste Nikolas, der das besondere Licht in Dr. Kasoms Augen sah, das den anderen Schülern – und vielleicht auch den Großen – verborgen blieb. Es war ein waches, listiges, aufmerksam beobachtendes kleines Licht, mal blau oder grün, mal ein bisschen türkis oder fast so golden wie Sonjas Haar. Nikolas wurde nicht richtig schlau aus ihm. Die freundlichen Worte passten nicht immer zu Dr. Kasoms strenger Miene, und manchmal roch Nikolas den türkisfarbenen Geruch von Lüge, selbst wenn Dr. Kasom gar nichts sagte.

Einige Tage nach dem Zwischenfall mit dem Kaminfeuer,

Anfang Februar, als ein für die Jahreszeit zu frühes Tauwetter begann und der Schnee schmolz, brachte Direktor Xaver Nikolas höchstpersönlich zu Dr. Kasom. »Bei ihm bist du gut aufgehoben, Nick«, sagte er. »Hier brauchst du keine Angst zu haben, vor nichts.«

Nikolas hatte keine Angst, denn er wusste, dass ihm nichts passieren konnte. Dr. Kasom sprach seine freundlichen Worte, während das Gesicht ausdruckslos blieb und die Augen halb geschlossen. Er bat Nikolas, den Pullover auszuziehen, hielt ihm ein kaltes Stethoskop auf Brust und Rücken und lauschte. So etwas geschah nicht zum ersten Mal, und Nikolas fragte sich, was die Ärzte zu hören hofften. Vielleicht das Flüstern des Schutzengels?

Er atmete tief durch, als ihn Dr. K.o. dazu aufforderte, er hustete, als er husten sollte, er bewegte die Arme wie ein Ruderer, und schließlich streifte er den Pullover wieder über.

»Wir spielen jetzt ein kleines Spiel«, sagte Dr. K.o. Die Augen schienen ihm noch etwas weiter zuzufallen. »Ich zeige dir einige Bilder, und du sagst mir, was du siehst. Aber vorher ...« Er verzog den Mund zu einem müden Lächeln. »Vorher befestigen wir einige Sensoren an deinem Kopf. Sensoren kennst du doch, oder?«

Die Tür öffnete sich, und Dr. Kasoms Assistentin namens Helen kam herein, mit einem Koffer aus Aluminium, der ein seltsames Symbol trug, ein seltsam verdrehtes Band mit einem Auge darin. Solche Bänder hatte Nikolas in Zahlenbüchern gesehen, man nannte sie Möbiusschleifen. Er fragte sich, was das Auge darin bedeutete.

Helen kannte er, sie hatte lockiges Haar wie Anita, die Lehrerin an der Schule in Florenz, und war ebenso nett. Die Frau, die mit Helen hereinkam, sah Nikolas zum ersten Mal. Sie hatte halblanges dunkles Haar mit einigen grauen Strähnen und graue Augen, die sehr wach und aufmerksam durch die Gläser einer Brille mit silbernem Gestell blickten. Die Falten in Augen- und Mundwinkeln bildeten interessante Strahlenmuster, die Nikolas gefielen. Die Unbekannte roch weiß, und das geschah sehr, sehr selten. Meistens hatten Große ein oder zwei besonders deutliche Farben, aber diese Frau – Dr. Samanta Gregori – war weiß. Bei ihr brauchte man ein besonderes Dreieck, um das Weiß aller Farben in seine Bestandteile zu zerlegen und herauszufinden, welche Farben stärker waren als andere.

»Hallo, Nick«, sagte sie, obwohl sie noch keine Freunde waren, und gab ihm eine kalte Hand, die er schnell wieder losließ.

»Dr. Gregori kennt sich mit den Sensoren besser aus als ich«, sagte Dr. K.o., der aussah, als könnte er jeden Moment einschlafen. »Sie hilft mir bei dieser Untersuchung.«

Helen öffnete den Koffer, der kleine runde Metallscheiben, Tuben mit Kontaktgel und mehrere Apparate enthielt.

»Wo sind die Kabel?«, fragte Nikolas, als Dr. Gregori Gel auf die ersten Sensoren strich und sie ihm dann vorsichtig an den Kopf drückte. Sie waren so kalt wie ihre Hände.

»Wir brauchen keine«, sagte Dr. Gregori. »Es sind Wireless-Sensoren. Sie übermitteln ihre Messdaten per Funk.« Sie deutete auf einen der Bildschirme an der Wand. Erste Linien erschienen dort, kleine Wellen und Zacken, die sich veränderten, als Nikolas sie betrachtete.

»Sie schauen mir in den Kopf«, sagte er.

»Wir untersuchen dein Gehirn«, erwiderte Dr. K.o. »Keine Angst, es tut nicht weh.«

»Können Sie mit den Sensoren feststellen, ob ich verrückt bin?«

»Du bist nicht verrückt«, sagte Dr. K.o. »Wir möchten den Grund für deine Albträume herausfinden.«

Es sind keine Albträume, dachte Nikolas, behielt den Gedanken aber für sich. Manchmal war es besser, den Großen nicht zu widersprechen. Erneut blickte er zum Bildschirm an der Wand und fragte sich, ob die Wellen und Zacken seine Gedanken verrieten.

»Sind wir so weit?«, fragte Dr. K.o. Als Helen und Dr. Gregori nickten, öffnete er eine Mappe, entnahm ihr ein Blatt und legte es vor Nikolas auf den Tisch. »Hier ist das erste Bild. Was erkennst du darauf?«

Nikolas betrachtete das Bild. Es war ein Tintenklecks, aber der Klecks schien sich zu verwandeln und wurde zu …

»Ich sehe einen Storch«, sagte er. »Hier ist der Schnabel, hier sind die Beine. Er breitet gerade die Flügel aus, es ist deutlich zu erkennen.«

»Und dieses Bild?«. Dr. K.o. reichte ihm ein zweites Blatt.

»Ein Frosch«, sagte Nikolas. »Ebenfalls mit langen Beinen. Weil er gerade gesprungen ist.«

»Wohin springt er, Nick?«, fragte Dr. Gregori.

»In die weite Welt.«

»Was ist mit diesem Bild?« Dr. K.o. legte das dritte Blatt auf den Tisch.

Es zeigte einen dicken Klecks auf der linken Seite und einen kleineren auf der rechten. Ein Strich in der Mitte trennte die beiden ungleichen Hälften voneinander.

»Na?«, fragte Dr. K.o., der jetzt, mit offenen Augen, wieder mehr Dr. Kasom war. »Was siehst du?«

»Ich sehe … zwei schwarze Ungeheuer. Das große will das kleine fressen, aber das kleine hat sich mit einer Barriere geschützt.« Nikolas sah sogar noch etwas mehr. Er fügte hinzu: »Das kleine Ungeheuer wird wachsen und stärker werden, und wenn es stark genug ist, verschlingt es das große.«

Dr. Gregori richtete einen forschenden Blick auf ihn, notierte etwas und nickte Dr. Kasom zu, der weitere Bilder aus seiner Mappe nahm und sie auf den Tisch legte. Nikolas beschrieb seine Eindrücke, doch er log immer öfter, weil er noch viel seltsamere Dinge sah als die beiden ungleichen schwarzen Ungeheuer mit der Barriere zwischen ihnen. Er hatte Dr. Gregoris Reaktion bemerkt und wollte nicht, dass sie ihn für verrückt hielt, weshalb er von harmlosen Dingen sprach, von Blumen, Tieren und alltäglichen Gegenständen. Gelegentlich, in den Pausen zwischen zwei Bildern, sah er zum Bildschirm und verfolgte, wie sein Gehirn sprach, mit langen Wellen und hohen Zacken, die sich veränderten, während er sie beobachtete.

»Die Bilder, Nick«, sagte Dr. Gregori. »Konzentrier dich auf die Bilder.«

Doch die Versuchung war zu groß. Immer wieder blickte Nikolas kurz zum Bildschirm, weil er sehen wollte, was sein Gehirn zu all den Klecksen zu sagen hatte. Schließlich gab Dr. Gregori der Assistentin Helen ein Zeichen, die daraufhin vor den Monitor trat.

Den Bildern folgten Töne, manche von ihnen so tief, dass er sie nicht mehr hörte, sondern als ein Zittern in den Zähnen fühlte, andere so schrill, dass er Kopfschmerzen bekam. Dr. Gregori fragte bei den Tönen, was er sah und roch. Offenbar wusste sie von der sogenannten Synästhesie; vielleicht hatte ihr Direktor Xaver davon erzählt. Als ihm der erstaunlich wache Dr. Kasom kleine Farbtafeln vorlegte und Dr. Gregori ihn erneut fragte, was er sah und mit seinen anderen Sinnen wahrnahm, verschwieg Nikolas, dass ihm Farben dabei halfen, Wahrheit und Lüge voneinander zu unterscheiden.

Dr. Gregori, die Frau mit dem Weiß in Augen, Stimme und Bewegungen, nickte mehrmals und machte sich immer wieder Notizen.

»Bin ich krank oder gesund?«, fragte Nikolas nach einer Weile.

Helen lächelte ihm aufmunternd zu, ohne seine Frage zu beantworten. Dr. Gregori schrieb eine weitere Notiz, und Dr. Kasom sagte freundlich: »Jetzt habe ich hier etwas, das dir bestimmt gefällt.«

Er meinte ein dickes Buch mit Zahlen und Formen, und als Nikolas darin blätterte, hörte er den Gesang von Mathematik und Geometrie. Er hätte gern gesehen, wie die Wellen und Zacken seines Gehirns bei diesem Gesang aussahen, aber Helen, die freundlich lächelnde Helen, versperrte ihm den Blick auf den Monitor.

Nach einer halben Stunde war alles vorbei. »Geh nur, Nick, geh nur«, sagte Dr. Kasom, nachdem er die Sensoren abgenommen hatte.

»Was ist mit mir?« Nikolas versuchte lustig zu klingen, als er hinzufügte: »Besteht noch Hoffnung für mich?«

Dr. Gregori wechselte einen Blick mit Dr. Kasom.

»Es ist alles in bester Ordnung mit dir, Nick«, sagte sie. »Du darfst aber nie vergessen, deine Medizin zu nehmen, verstehst du? Das ist wichtig. Die Tabletten schützen dich vor den Albträumen.«

Wie sollte ihn die Medizin vor Albträumen schützen, die gar keine Albträume waren? Und außerdem, die Tabletten trennten ihn von einem Freund, dem er sein Leben verdankte; wenn er sie nahm, verschwand der Schutzengel.

Während der nächsten Tage blieb das ungewöhnlich milde Wetter bestehen, und in Genf und Umgebung blieben nur noch wenige Schneereste übrig. An den großen Schneemann im Garten, durch das Feuer beim Schuppen halb geschmolzen, erinnerte nur noch ein kleiner grauweißer Buckel mit zwei Kohlen.

Bei diesem Buckel fand Onkel Carlo den toten Igel. Er lag in einem kleinen Loch, in einem Nest aus welken Blättern, und war offenbar in seinem Winterschlaf gestorben.

18

Zwei Tage später sanken die Temperaturen wieder, Himmel und See wurden grau, und der Winter kehrte zurück – Genf bekam erneut eine weiße Decke. Nikolas und Sonja wollten einen zweiten Schneemann bauen, mindestens ebenso groß wie den ersten, vielleicht sogar noch ein bisschen größer, und Onkel Carlo hatte sich schon bereit erklärt, dabei zu helfen, als Tante Adele jammerte: »So ein hässliches Dinge will ich nicht noch einmal im Garten sehen. Ich ertrage den Anblick nicht. Davon bekomme ich Migräne.«

Es ging Tante Adele nicht gut, das sah man ihr an. Sie war blass, was nicht nur an den langen Wintermonaten lag. Ihre Wangen hatten Mulden, und die Augen lagen tiefer in den Höhlen als sonst. Die Stacheln und Dornen der Distel waren nicht mehr ganz so spitz, die Brennnessel brannte etwas weniger. Manchmal hustete Tante Adele, nicht laut, sondern leise und flach. Sie kam noch immer jeden Abend zu Nikolas, nachdem Onkel Carlo ihn zu Bett gebracht hatte, doch sie gab ihm nicht wie früher eine zusätzliche Tablette, sondern anderthalb, manchmal sogar zwei. Er steckte sie gehorsam in den Mund, wartete dann, bis Tante Adele gegangen war, und spuckte sie in ein Papiertaschentuch, das er am nächsten Morgen wegwarf.

Der Winter ging in den Frühling über, der See wurde blau und glänzte im Schein der wärmeren Sonne, und in der Schule fanden besondere »Prüfungen« statt. So nannten sie Direktor Xaver und die Lehrer, aber sie erinnerten Nikolas an seine Untersuchungen Anfang Februar, kurz nach der Sache mit dem Kaminfeuer. Niemandem wurden Sensoren an den Kopf geklebt, und es gab auch keine Bildschirme, die die Sprache von Gehirnen zeigten, Wellen und Zacken. Aber Tafeln verwandelten sich in Leinwände, und mit Tablets extra für diesen Zweck – sie wiesen das Möbiusband-Zeichen auf, stellte Nikolas fest – projizierten die Lehrer Bilder, die sonderbare Muster zeigten. Einige von ihnen erinnerten Nikolas an die Kleckse, die Dr. K.o. ihm gezeigt hatte, und er meinte, die beiden schwarzen Ungeheuer wiederzuerkennen, das große und das kleine, von der Barriere eines senkrechten Strichs getrennt.

Mit den Klecksen kam Sonja von allen am besten zurecht. Sie erkannte in ihnen viele Dinge, die anderen verborgen blieben, was vielleicht daran lag, dass ihre eigenen Bilder mit den vielen Strichen und Linien Dinge zeigten, die man nur erkennen konnte, wenn man einen Blick dafür hatte. Der Umgang mit Tönen und Farben fiel Sonja schwerer, was sie jedoch nicht daran hinderte, nach den »Prüfungen« zu sagen: »Ich glaube, ich habe ganz gut abgeschnitten.«

»Worum ist es gegangen, was meinst du?«, fragte Nikolas.

»Keine Ahnung. Aber ich denke … ich denke, es war eine Art Eignungstest oder so.«

»Denkst du das, oder wettest du?«

»Nein, ich wette nicht, ich bin mir nicht ganz sicher. Aber so hat es sich angefühlt.«

Sonja war irgendwie anders als noch vor wenigen Monaten. Nikolas spürte es immer deutlicher, wie etwas, das sich unsichtbar zwischen sie beide schob und Distanz schuf, obwohl sie sich nahe sein wollten. In den Tagen und Wochen nach den »Prüfungen«, als der Frühling immer wärmer wurde und erste heiße Tage bereits den Sommer ankündigten, grübelte Nikolas oft darüber. Bis ihm schließlich auffiel, dass Sonjas Brust nicht mehr flach war. Sie war ein Kumpel und Freund gewesen, jetzt wurde sie auch ein Mädchen, und das Mädchen schien immer mehr in den Vordergrund zu rücken. Nikolas fand das schade und interessant zugleich.

Mitte Juni, drei Wochen vor Beginn der langen Sommerferien, saß Nikolas erneut mit Onkel und Tante in Direktor Xavers Büro. Die Großen sprachen miteinander, während er aus dem Fenster blickte und das Glitzern des Sees im Sonnenschein beobachtete.

»Pubertät?«, entfuhr es Tante Adele. »Der Junge ist erst neun!«

»Zehn«, sagte Onkel Carlo sanft. »Im Januar ist er zehn geworden.«

»Zehn, meinetwegen. *Zehn.* Nicht dreizehn oder vierzehn. Meine Güte, er ist ein *Kind!*«

»Kinder kommen in die Pubertät und werden zu Jugendlichen«, sagte Direktor Xaver. »Und zwar immer früher. Bei Ihrem Nick wird es bald so weit sein. Und dann …«

»Ja?«, fragte Tante Adele. Sie schien etwas zu befürchten.

»Der Hormonschub der Pubertät löst starke physische und psychische Veränderungen aus«, sagte Direktor Xaver. »Die Gewitter in seinem Kopf könnten wieder zunehmen.«

Das machte Nikolas hellhörig.

»Nein.« Tante Adele schüttelte den Kopf. »Nein. Mehr davon halte ich nicht aus. Wenn er wieder anfängt, verrücktzuspielen, nachts umherzulaufen und Dinge anzuzünden …«

»Adele …«

»Es geht mir schlecht, man sieht es mir an, ich kann es nicht verstecken«, jammerte Tante Adele. »Die schreckliche Migräne, sie quält mich jetzt jeden Tag, ich kann zu helles Licht nicht ertragen, das Gehen fällt mir schwer …«

»Tut mir sehr leid, Signora«, sagte Direktor Xaver. Nikolas sah ihn wieder als große, starke Eiche, mit dem Rauschen des Winds im Wipfel.

»Wenn der Junge wieder verrückt wird, es wäre zu viel für mich …«

»Verstehe, verstehe«, sagte Direktor Xaver. »Nun, vielleicht gibt es eine Lösung für das Problem.«

»Ja?«, fragte Tante Adele. Diesmal klang es hoffnungsvoll.

»Die private Schule, von der ich schon einmal gesprochen habe, Signora … Dort würde man sich gut um Ihren Nick kümmern. Sein einzigartiges Zahlentalent könnte gefördert werden, und das medizinische Fachpersonal wäre jederzeit imstande, notwendige Hilfe zu leisten.« Nach einer kurzen Pause fügte Direktor Xaver hinzu: »Es wäre nicht mehr nötig, dass Sie sich um alles kümmern, Signora. Sie könnten sich in aller Ruhe auskurieren.«

Für einen Moment war Tante Adele versucht, dem Direktor zuzustimmen. Nikolas sah es in ihren Augen, ein kleines Licht, das aufleuchtete und wieder erlosch.

»Nein«, sagte sie. »Nein. Die andere Schule ist viel zu teuer. Die Medizin, die ich nehmen muss, die Ärzte, die mich behandeln, das alles kostet viel Geld. Ich dachte, vielleicht ein Heim oder ein Krankenhaus für Leute wie ihn ...«

»Nick ist nicht krank, Signora.« Direktor Xaver, die Eiche, warf Nikolas einen freundlichen Blick zu. »Er ist anders. Und er hat eine besondere Begabung für Zahlen.«

»Professor Amadeus hat gesagt, ich könnte Lehrer oder Professor für Zahlen werden«, sagte Nikolas.

»Wir müssten bei meiner Behandlung sparen«, klagte Tante Adele und hustete ihren trockenen, flachen Husten. »Ich kann mich doch nicht *ganz* für den Jungen aufopfern.«

»Es gäbe Ihnen die Möglichkeit, sich ganz darauf zu besinnen, wieder gesund zu werden«, betonte Direktor Xaver. »Und Sie könnten sicher sein, dass Ihr Nick in guten Händen ist.«

»Wir überlegen es uns«, sagte Tante Adele. »Nicht wahr, Carlo? Wir überlegen es uns.«

Eine Woche später kam Monsieur Depellier in die Schule, und damit änderte sich alles.

19

Es war ein heißer Tag, der erste richtig heiße Tag des Jahres. Nikolas saß im Schatten einer Platane, nicht weit vom Jardin Anglais entfernt, und beobachtete die vielen Boote auf dem Genfer See, die wie Farbtupfer in dem blauen und silbernen Glitzern wirkten. Wenn er sich zur Seite beugte, konnte er durch eine Lücke zwischen den Platanenästen die Schule am Hang sehen und nicht weit davon entfernt das Haus von Tante Adele und Onkel Carlo. Tante Adele lag dort in einem dunklen Zimmer, wegen ihrer Migräne.

Nikolas schloss die Augen, hörte den Wind in der Baumkrone, die Stimmen der Menschen in den Cafés und auf der

Promenade, den Verkehr. Er hörte auch die Wellen des Sees und das Knistern in den Federn der Möwen, die über dem See kreisten. Tiefer, dachte er, die Augen noch immer geschlossen. Etwas tiefer. Dort waren sie, die Fische des Sees. Er fühlte, wie sie dicht unter der Oberfläche durchs warme Wasser glitten …

»He, schläfst du?«

Nikolas öffnete die Augen. Sonja stand vor ihm. Sie kannte diesen Platz; sie wusste, dass sie ihn hier finden konnte, wenn er nicht zu Hause war. »Ich bin mit den Fischen im See geschwommen.«

Sie berührte ihn, legte ihm die Hand auf den Arm und dann auf den Kopf. »Du bist trocken. Wenn du mit den Fischen geschwommen wärst, müsstest du nass sein.«

»Ich meine …«

Sie lachte, und Nikolas staunte, denn es steckte ein bisschen Türkis in ihrem Lachen, am Rand, wo man es kaum sah. Es war nicht ganz echt, dieses Lachen, es klang ein bisschen nervös.

»Ich weiß, was du meinst.« Sonja setzte sich neben ihn. Sie trug Shorts, bemerkte Nikolas. Hübsche Beine ragten daraus hervor.

»Wie geht es deiner Tante?«, fragte Sonja nach einer Weile.

»Nicht gut.«

»Hat sie sich schon entschieden? Wegen der Förderung und der anderen Schule?«

Nikolas seufzte und blickte wieder zum See. »Sie wird ihre Meinung nicht ändern. Es ist zu viel Geld. Die Schule kostet zu viel.«

Sie schwiegen eine Zeit lang und beobachteten die Menschen auf der Promenade.

»Was möchtest du mir sagen?«, fragte Nikolas schließlich. Er fühlte sie, die unausgesprochenen Worte in Sonjas Mund; sie füllten ihn, lagen schwer auf ihrer Zunge.

»Ich habe mit ihm gesprochen, heute Morgen. Mit Monsieur Depellier. So heißt er. Nicht Doktor oder Professor Depellier, sondern Monsieur.«

Sie meinte den sonderbaren Mann, der seit drei Tagen morgens um Viertel nach neun in die Schule kam, bis um zwölf blieb und in dieser Zeit mit Direktor Xaver, Lehrern und einzelnen ausgewählten Schülern sprach. Ein dürrer Mann, mit dünnem grauem Haar, wässrigen grauen Augen und immer in einen grauen Anzug gekleidet. Sonja hatte ihn sofort »Grauling« genannt, und einige andere Schüler hatten diesen Namen aufgegriffen und benutzten ihn ebenfalls. Aber wenn Nikolas Monsieur Depellier sah, stellte er sich ihn in einem schwarzen Frack vor, auf dem Kopf einen hohen Zylinderhut dunkel wie die Nacht.

»Was wollte er?«

»Ihm gefielen meine Bilder«, sagte Sonja. Sie sprach schnell – die Zunge schien sich von der Last der Worte befreien zu wollen. »Er meint, dass sie Förderung verdienen.«

»Ja?«

»Er meint, ich könnte eine andere Schule besuchen, wo man mir zeigt, wie man noch bessere Bilder malt.« Sonjas Zeigefinger spielte mit einer Strähne des blonden Haars.

»Und was meinst du?«

»Ich weiß nicht …«

»Möchtest du bessere Bilder malen?«, fragte Nikolas.

»Ja!«

»Und deine Eltern? Was meinen deine Eltern?«

»Sie sind dafür. Sie freuen sich.« Aber Sonja schien sich nicht zu freuen. Sie klang bedrückt.

Eine Familie kam vorbei, und Nikolas hörte, wie die Kinder – ein Junge und ein Mädchen, beide jünger als er – »Papa« und »Mama« sagten. Es erinnerte ihn an seine Eltern, auch wenn er nie »Papa« und »Mama« zu ihnen gesagt hatte, nur »Vater« und »Mutter«. Plötzlich wurde er traurig, weil sie tot waren und weil ihre Gesichter leer blieben.

Er erinnerte sich an ihre Stimmen, auch an ihre Bewegungen, manchmal sogar an ihren Geruch, aber nie an ihre Gesichter.

»Gut«, sagte Nikolas. »Gut.«

Worte schwollen in Sonjas Mund an, bis sie keinen Platz mehr hatten und nach draußen mussten.

»Nein!«, entfuhr es ihr. »Nein, es ist nicht gut. Denk an das Bild, das ich dir geschenkt habe.«

Nikolas dachte an das Bild, das noch immer in der Schublade seines Schreibtischs lag, unter dem dicken Zahlenbuch. Ein Bild mit zwei Linien, einer roten und einer grünen, die sich in der unteren Hälfte des Blattes trafen und zusammen nach oben führten, vorbei an den vielen anderen Linien.

»Du hast gewettet, dass wir zusammenbleiben, Jahre und Jahre«, sagte er.

»Ich kann mich nicht irren, Nick. Ich habe es *gesehen.* Ich bin *sicher.* Aber wenn ich die Schule wechsle und du hierbleibst …«

Am Abend, nachdem ihm Tante Adele trotz ihrer Migräne zwei zusätzliche Tabletten gegeben hatte – die er wie üblich in ihrem Beisein in den Mund steckte und sie anschließend, als seine Tante gegangen war, ausspuckte und in ein Papiertaschentuch wickelte – schrieb er eine Nachricht für den Schutzengel.

Lieber Schutzengel,
Sonja kann die Schule wechseln, wegen ihrer Bilder. Sie kann eine neue Schule besuchen, wo sie noch besser malen lernen kann. Es ist wegen der Förderung. Sie freut sich, ist aber auch traurig. Weil, sie hat doch das Bild mit den beiden sich treffenden Linien gemalt. Und sie hat gewettet. Aber wenn sie die Schule wechselt, bleiben wir nicht Jahre und Jahre zusammen, wir …

Nikolas unterbrach sich und las, was er geschrieben hatte, viel zu schnell, so schnell, dass die Worte kaum auseinanderzuhalten waren. Er strich sie durch und begann erneut:

Lieber Schutzengel,
ich bin sehr traurig, und Sonja ist es ebenfalls. Sie hat die Möglichkeit, die Schule zu wechseln, und sie würde sich sehr freuen, wenn ich mit ihr käme.

Schon besser. Die Worte stimmten, aber sie genügten noch nicht. Nikolas überlegte und schrieb:

Es wäre schön, wenn ich Sonja begleiten und ebenfalls gefördert werden könnte. Direktor Xaver hätte bestimmt nichts dagegen. Wenn es nur nicht so viel kosten würde, dann wäre auch Tante Adele einverstanden. Kannst Du mir irgendwie helfen, Schutzengel?
Dein dankbarer Nick
PS: Als Großer wäre ich so gern Lehrer oder Professor für Zahlen!

Nikolas schloss die Augen und schlief.

Mitten in der Nacht erwachte er in einem stillen Haus, das Fenster halb offen, denn der Tag war heiß und der Abend schwül gewesen. Er lauschte in die Stille und wusste jemanden in der Nähe.

Dort bewegte sich etwas, in der Dunkelheit neben dem Schrank, und als das Flackern eines Gewitterblitzes in der Ferne etwas Licht ins Zimmer brachte, sah Nikolas eine schwarze Silhouette. Sie ähnelte, fand er, dem kleinen schwarzen Ungeheuer, das durch einen Strich vom größeren getrennt gewesen war.

»Du bist da«, flüsterte er.

Schlaf, Nick, erwiderte der Schutzengel leise. *Schlaf.*

Am Morgen, kurz vor dem Klingeln des Weckers, las Nikolas die Antwort des Schutzengels.

Ich werde versuchen, dir zu helfen.
Dein Schutzengel

Fast drei Stunden später, um zehn Uhr, rief Monsieur Depellier Nikolas ins Besprechungszimmer.

20

Als Nikolas das Zimmer betrat, hörte er leise, langsame klassische Musik. Monsieur Depellier, wie immer in einem grauen Anzug, saß zurückgelehnt und mit geschlossenen Augen hinter dem schlichten Schreibtisch. Die Arme waren ausgestreckt, beide Hände lagen auf dem Tisch, und die Finger der rechten Hand klopften den Takt.

»Magst du Musik?«, fragte Monsieur Depellier, ohne die Augen zu öffnen.

Nikolas zuckte mit den Schultern. Dann fiel ihm ein, dass Monsieur Depellier es nicht sehen konnte. »Ich weiß nicht.«

»Aber du magst Zahlen, nicht wahr?«

»Ja.«

Monsieur Depellier öffnete die Augen. Sie waren grau wie der See an einem wolkigen Tag. »Setz dich, Nick. Setz dich.«

Nikolas setzte sich auf den Stuhl vor dem Schreibtisch. Trotz des geschlossenen Fensters lief die Klimaanlage nicht. Es war stickig im Zimmer.

»Weißt du, dass Musik viel mit Zahlen zu tun hat?«

Nikolas erinnerte sich. »Takt und Rhythmus?«

»Ja.« Die Finger der rechten Hand klopften noch immer. »Das ist Bruckner. Anton Bruckner. Ein langsamer Satz aus seiner Fünften Symphonie. Wie klingt er für dich?«

»Vielleicht ein bisschen traurig?«, antwortete Nikolas.

»Ja, vielleicht ein bisschen traurig. Oder auch fröhlich. Ist das nicht seltsam, Nick? Dieselbe Musik, wie die Klänge dieser Symphonie, kann auf Menschen ganz unterschiedlich wirken. Was glaubst du, Nick? Warum bringt uns Musik manchmal zum Weinen oder zum Lachen?«

Nikolas zuckte erneut die Schultern.

»Was ist mit dir? Weinst und lachst du?«

»Nicht gleichzeitig«, sagte Nikolas. Er meinte es ernst, aber Monsieur Depellier schmunzelte.

»Musik kann Gefühle in uns wecken, und wir haben eben gesagt, dass Zahlen auch in Musik stecken, wie in vielen anderen Dingen. Du hörst, wie man mir mitgeteilt hat, die besondere Musik der Zahlen. Wie klingt sie? Kannst du es mir beschreiben?«

Monsieur Depellier betätigte eine Taste der Musikanlage im Wandregal, und es wurde still. Er nahm eine große Mappe, die das Symbol des Möbiusbandes mit dem Auge zeigte, und öffnete sie.

»Beruhigend«, sagte Nikolas. »Sie klingt beruhigend.«

»Sie gibt dir Frieden, die Musik der Zahlen?«

Nikolas nickte.

»Weißt du, wer ich bin?«

»Nein.«

»Deine Freundin Sonja hat es dir nicht gesagt?«

Nikolas schüttelte den Kopf.

»Sie ist eine gute Freundin, nicht wahr?«

»Ja.«

»Ihr habt ein gemeinsames Abenteuer hinter euch. Eine ziemlich aufregende Angelegenheit. Hat letztes Jahr im Herbst für ziemlichen Wirbel gesorgt. Ihr habt euch bei der Radtour im Nebel verirrt, heißt es.«

Nikolas schwieg.

»Ich frage mich, ob wir alles über diesen Zwischenfall erfahren haben, die ganze Wahrheit.«

Nikolas hielt den Blick gesenkt und blieb still.

»Sie ist sehr begabt, deine Freundin Sonja. Sie malt ausgezeichnete Bilder. Wir haben beschlossen, sie zu fördern. Mit ›wir‹ meine ich den Förderverein für außergewöhnliche Begabungen, kurz FAB. Dies ist unser Zeichen.« Monsieur Depellier hob die Mappe und zeigte auf das Möbiusband mit dem Auge. Am linken Revers der Anzugjacke steckte eine Nadel, die ebenfalls eine Möbiusschleife mit einem winzigen Auge darin aufwies. Was sah und beobachtete das Auge?, fragte sich Nikolas.

»Wie der Name schon sagt: Wir haben es uns zur Aufgabe gemacht, außergewöhnlich begabte Personen zu finden und zu prüfen, ob ihre Talente eine besondere Förderung verdienen. Bei Sonja ist das der Fall. Wir haben sie bereits ausgewählt, aber sie sagt, dass sie diese Schule nur verlassen will, wenn du mitkommst.«

»Oh.« Davon hatte Nikolas nichts gewusst.

Monsieur Depellier blickte auf den Inhalt der Mappe. »Ich habe hier die Ergebnisse der Tests, Nick. Aus ihnen geht hervor, dass du ein bemerkenswertes Gespür für Zahlen und geometrische Figuren hast, für die ›Musik der Zahlen‹, wie du es nennst. Aus dir könnte ein großer Mathematiker werden.«

»Professor Amadeus hat gesagt, ich könnte Lehrer oder Professor für Zahlen werden«, erwiderte Nikolas.

»Ja.« Monsieur Depellier nickte. »Professor Amadeus hat dich uns empfohlen.«

Er behielt seinen grauen Anzug an, und doch trug er plötzlich einen schwarzen Frack und auf dem Kopf einen ebenfalls schwarzen hohen Zylinder. Seine Farben waren schwer zu erkennen. Nikolas blinzelte mehrmals und glaubte schließlich, ein Weiß auszumachen, das nicht ganz so weiß war wie das von Dr. Gregori. Ein bisschen Grau befand sich darin, passend zu Sonjas »Grauling«. Er fragte sich, welche Pflanze Monsieur Depellier sein mochte, und ihm fiel der Sonnentau ein: hübsch anzusehen, aus sicherer Entfernung, die Drüsententakel an den Blättern wie Augenstiele von Schnecken, doch wenn man ihm zu nahe kam, wenn man eine unvorsichtige Fliege war und die Tentakel mit den glitzernden Tropfen an ihrem Ende berührte ... dann klebte man fest und wurde gefressen. Nikolas war keine Fliege, aber er hielt es für besser, trotzdem einen sicheren Abstand zu wahren.

Monsieur Depellier blätterte in den Unterlagen. »Was ich von dir wissen möchte, Nick ...«

»Das sind die Kleckse, nicht wahr?«

»Ja. Die ›Kleckse‹, wie du sie nennst, gehören zu einem Rorschachtest.«

Das Wort kannte Nikolas nicht, aber er glaubte, vertraute Elemente darin zu erkennen. »Ich habe weder Rohre noch Schächte gesehen«, sagte er ein wenig hilflos.

»Die gibt es auch nicht«, erwiderte Monsieur Depellier geduldig. »Es sei denn, du siehst sie in den ›Klecksen‹, wie du sie nennst. Bei dem Test geht es um Assoziationen. Darum, was dir beim Betrachten der Klecks-Bilder einfällt.« Er blätterte noch etwas mehr. »Dir sind einige sehr erstaunliche Dinge eingefallen.«

»Zeigen sie, was in meinem Gehirn vor sich geht?«, fragte Nikolas.

»In gewisser Weise, Nick. In gewisser Weise. Nun, was ich von dir wissen möchte ...«

»Ja?«

Monsieur Depellier hob den Blick von seiner Mappe. »Siehst und hörst du manchmal etwas Besonderes? Etwas, das andere Leute vielleicht nicht sehen und hören können?«

Nikolas zögerte und fühlte sich den Drüsententakeln mit ihrem klebrigen Gift plötzlich sehr nahe.

Er dachte an den Schutzengel, seinen besten Freund, der ihm mehrmals das Leben gerettet hatte. Manchmal sah er ihn nachts, und er hörte ihn auch, wenn er in der Dunkelheit flüsterte. Aber davon zu sprechen, hätte ihn noch näher an den Sonnentau herangebracht und ihn vielleicht sogar in eine Fliege verwandelt, die an den hungrigen Blättern festzukleben drohte.

»Ich träume manchmal davon, mit den Augen von Tieren zu sehen und mit ihren Ohren zu hören«, sagte er.

»Wie bei dem Igel?«

Nikolas wusste nicht sofort, was Monsieur Depellier meinte. Dann fiel es ihm ein. »Ja, wie bei dem Igel.«

»Dein Onkel hat ihn später gefunden, nicht wahr? Den Igel. Tot im Garten.«

»Ja.«

»Hältst du das für einen Zufall, Nick? Dass du von einem Igel geträumt hast, der kurz darauf gefunden wurde?«

»Ich habe von einem lebenden Igel geträumt«, sagte Nikolas. »Der, den mein Onkel bei den Resten des Schneemanns gefunden hat, der war tot.«

Monsieur Depellier beobachtete ihn. »Und sonst siehst und hörst du nichts?«

»Nein«, sagte Nikolas und sah das Türkis in diesem Wort. Es roch streng, es schmeckte bitter.

Der graue Mann schloss die Mappe.

»Wir haben eine Entscheidung getroffen«, verkündete er.

Nikolas wartete.

»Wir haben entschieden, dir eine Förderung an unserer Schule anzubieten«, fuhr Monsieur Depellier fort. »Und nicht nur deshalb, damit Sonja unser Angebot annimmt, sondern vor allem wegen deiner Begabung.« Ein Lächeln huschte über seine Lippen, aber es blieb grau, es bekam keine klare Farbe. »Ich weiß, dass deine Pflegeeltern …«

»Mein Onkel und meine Tante.«

»Ja. Ich weiß, dass sie bisher wegen der hohen Kosten gezögert haben, ihre Zustimmung zu geben …«

»Es lag an Tante Adele.« Hoffnung erwachte in Nikolas. »Geld ist ihr sehr wichtig.«

»Nun«, sagte Monsieur Depellier. Er zog das »u« ein wenig in die Länge. »Nun, wir haben beschlossen, deine Förderung zu finanzieren. Du bekommst gewissermaßen ein Stipendium.«

Nikolas versuchte zu verstehen. »Heißt das, ich darf die andere Schule besuchen?«

»Wenn du möchtest.«

»Wo ich Lehrer oder Professor für Mathematik werden kann?«

»Nicht sofort. Das dauert eine Weile. Und es bedeutet harte Arbeit für dich. Du musst viel lernen. Bist du bereit, hart zu arbeiten und viel zu lernen?«

Nikolas nickte.

»Also …« Monsieur Depellier lächelte sein graues Lächeln. »Kann ich Sonja sagen, dass du sie begleitest?«

Nikolas nickte erneut.

Jemand klopfte an und öffnete die Tür.

»Bitte entschuldigen Sie die Störung, Monsieur Depellier«, sagte Françoise, die Sekretärin von Direktor Xaver. Für Nikolas war sie wie ein Gänseblümchen, klein und zart, von schlichter Schönheit.

»Monsieur Santina ist gerade eingetroffen und möchte zu seinem Neffen.«

»Wir beide hier …« Monsieur Depellier deutete auf Nick und sich selbst. »Wir haben etwas Wichtiges zu besprechen, Mademoiselle.«

Onkel Carlo trat an Françoise vorbei ins Zimmer. »Tut mir leid, Sie zu stören, aber Direktor Xaver hat mir gestattet, Nick abzuholen.«

Monsieur Depellier stand auf. »Ist etwas passiert?«

»Ja. Adele, meine Frau … sie hatte heute Morgen einen Schlaganfall.«

21

Im Wartezimmer des Krankenhauses hingen seltsame Bilder, die Nikolas gefielen und vielleicht auch Sonja gefallen hätten. Sie zeigten schiefe Gesichter, die aus Dreiecken, Rechtecken und krummen Linien bestanden. Während die Minuten verstrichen, betrachtete Nikolas die Muster und die in ihnen verborgenen Zahlen, manche von ihnen golden und silbern, andere blau wie Amethyst. Wenn er ein wenig die inneren Ohren spitzte, konnte er sogar ihren leisen Gesang hören. Das gefiel ihm, und er lächelte.

»Ach, Nick«, sagte Onkel Carlo, als er das Lächeln sah. »Ach, Nick.«

Der Kummer war eine dunkle Wolke, die Onkel Carlos Kopf umgab und manchmal so dicht wurde, dass Augen und Mund darin verschwanden und nur noch die Nase herausragte, wie ein schief gewachsener Berg.

Schließlich kam ein Arzt herein, ein sehr ernster Mann, der einen weißen Kittel trug.

»Signor Santina …«

Onkel Carl stand auf. »Ja?«

Der Arzt deutete auf Nikolas. »Ich weiß nicht, ob es eine gute Idee ist, wenn der Junge …«

»Adele möchte ihn bestimmt noch einmal sehen«, sagte Onkel Carlo. »Sie hängt an ihm, wissen Sie.«

»Es geht Ihrer Frau sehr schlecht«, sagte der ernste Mann. Seine Worte waren schwer, sie schienen sofort zu Boden zu fallen, kaum hatten sie den Mund verlassen. Nikolas fühlte ihr Gewicht. »Und sie bietet keinen angenehmen Anblick, Signor Santina. Der Junge könnte erschrecken.«

Im Flur, vor dem Zimmer, in dem Tante Adele lag, blieb Onkel Carlo stehen und sagte: »Weißt du, Nick, der Tod gehört zum Leben.«

Nikolas verstand genug von Leben und Tod, um diese Worte seltsam zu finden. Wie konnte der Tod zum Leben gehören, wenn es damit endete?

»Es ist deine Tante«, sagte Onkel Carlo, als könnten Zweifel daran bestehen. »Sie wird sterben, fürchte ich. Die Ärzte geben ihr kaum eine Chance.«

Der Mann im weißen Kittel nickte ernst, die Hand auf der Türklinke. Er wartete. Dies schien eine sonderbare Art von Ritual zu sein, vermutete Nikolas. Er fragte sich, was man von ihm erwartete.

»Ja?«, sagte er und wünschte sich Sonja herbei. Sie kannte sich mit solchen Dingen besser aus als er. Bestimmt hätte sie gewusst, worauf es ankam.

»Sie hat nichts gesagt«, fügte Onkel Carlo hinzu. »Nach dem Schlaganfall kann sie nicht mehr sprechen. Aber wenn sie sprechen könnte … Bestimmt hätte sie mir gesagt, dass sie dich noch einmal sehen möchte. Ich meine, sie hat dich gern gehabt, auch wenn sie es nicht immer zeigte.«

Er öffnete die Tür, und sie betraten das Krankenzimmer.

Dort lag Tante Adele, mit kleinen Schläuchen in den Armen und in der Nase. Sie war kaum wiederzuerkennen, nicht weil sie kleiner wirkte, irgendwie geschrumpft, als hätte die Lebenskraft sie zuvor aufgeblasen wie einen Ballon, sondern wegen der Fratze. Ihre Augen waren weit aufgerissen, das Gesicht verzerrt, der Mund wie zu einem Schrei geöffnet. So lag sie da, Tante Adele, halb erstickt an dem Schrei, der ihren Mund nicht verlassen hatte – sie schnaufte und röchelte leise.

Nikolas fühlte Onkel Carlos Hand auf der Schulter. »Geh zu ihr, Nick. Geh nur.«

Er setzte einen Fuß vor den anderen, bis ihm das Bett den Weg versperrte, bis er direkt vor Tante Adele stand und das Schnaufen und Röcheln laut wie einen Sturm hörte. Was er in den weit aufgerissenen Augen sah, war keine Liebe, sondern Entsetzen. Tante Adeles Hände gerieten in Bewegung, ihre Finger verkrallten sich in der Bettdecke. Die Lippen begannen zu zittern, und Nikolas beobachtete fasziniert, wie Speichel aus einem Mundwinkel rann – es erinnerte ihn an Boris.

Der Schrei, der bisher im Mund stecken geblieben war, fand plötzlich einen Weg nach draußen. Tante Adele schrie so laut, dass sich Nikolas die Ohren zuhielt.

Onkel Carlo nahm ihn an den Schultern und führte ihn nach draußen.

»Sie meint es nicht so.« Es gab kein Türkis in seinen Worten; er glaubte, was er sagte. »Sie hat dich geliebt, Nick, wirklich. Du bist wie ein Sohn für sie gewesen.«

Am Nachmittag desselben Tages saßen sie in Direktor Xavers Büro: Nikolas, der Direktor, Monsieur Depellier und Onkel Carlo. Sonnenschein und Wolken schufen schnell wechselnde Muster aus Licht und Schatten auf dem See, und Nikolas beobachtete sie, während die Großen sprachen.

»Sie sind also einverstanden, Signor Santina?« Direktor Xaver schob ein Dokument über den Schreibtisch und blickte über den Rand seiner Brille. »Die Kosten für Sie halten sich in überschaubaren Grenzen. Bestimmt wäre auch Ihre Frau einverstanden.«

»Es ging ihr immer um das Wohl des Jungen«, sagte Onkel Carlo.

»Zweifellos.« Direktor Xaver nickte. »Zweifellos.«

Nikolas sah das Nicken, obwohl sein Blick auf den See gerichtet blieb. Er sah auch, wie Onkel Carlo den Kugelschreiber nahm und zögerte.

»Bei uns ist Nick gut aufgehoben«, sagte Monsieur Depellier. Dort waren sie, die klebrigen Drüsententakel des Sonnentaus, bereit für eine unvorsichtige Fliege.

»Ja«, sagte Onkel Carlo. »Ja.«

Er unterschrieb das Dokument. Direktor Xaver und Monsieur Depellier lächelten. Das Lächeln des einen war blau und ein wenig rot an den Rändern, das des anderen grau wie sein Anzug.

»Die neue Schule ist ziemlich weit entfernt«, sagte Onkel Carlo.

»Sie können Ihren Neffen jederzeit besuchen, Signor Santina«, versicherte Monsieur Depellier. »Jederzeit.«

»Wann soll die Reise stattfinden?«

»Wie wär's mit morgen?«, erwiderte Monsieur Depellier. »Morgen kehre ich zu unserer Schule zurück. Ich kann Ihren Nikolas mitnehmen. Wir sind bereits Freunde geworden, nicht wahr, Nick?«

Eine besonders große Wolke warf ihren Schatten auf den See, und für einen Moment glaubte Nikolas, eine Gestalt darin zu sehen, einen Schemen im Wolkenschatten.

»Nicht wahr, Nick?«, fragte Monsieur Depellier.

»Kommt Sonja mit?«

»Ja, wir nehmen sie mit.«

»Gut«, sagte Nikolas.

Sonjas Eltern standen ein wenig abseits und verabschiedeten sich von ihrer Tochter. Monsieur Depellier saß im Wagen, einem großen SUV, und wartete geduldig.

»Ich komme dich besuchen, Nick«, sagte Onkel Carlo. »Einmal die Woche, das verspreche ich.«

»Es ist weit«, sagte Nikolas.

»Trotzdem. Einmal die Woche. Mindestens. Du wirst nicht allein sein.«

Nikolas blickte zu Sonja. »Nein, ich bin nicht allein.«

»Ich bin stolz auf dich, Nick, richtig stolz«, sagte Onkel Carlo. Er klopfte ihm auf die Schulter, er umarmte ihn, und dann stieg Nikolas ein. Hinten im Wagen war so viel Platz, dass er die Beine ausstrecken konnte, ohne mit den Füßen gegen den Vordersitz zu stoßen.

Kurze Zeit später saß Sonja neben ihm. Monsieur Depellier ließ den Motor an und fuhr los.

»Jetzt beginnt ein neues Leben für uns.« Sonja drehte sich um, blickte durchs Rückfenster und winkte noch einmal.

»Glaubst du das nur, oder bist du sicher?«, fragte Nikolas. Er hatte ein warmes, angenehmes Gefühl im Bauch. Es war schön, neben Sonja zu sitzen.

»Ich *wette,* dass jetzt ein neues Leben für uns beginnt«, erwiderte Sonja und nahm seine Hand.

ZWEI

Niemand weiß,
was im Dunkeln
lauert.

WOLKENKUCKUCKSHEIM

22 Die Schule lag hoch in den Bergen, so weit oben, dass es selbst im Juli nachts manchmal schneite. Die vier älteren Schüler nannten sie »Wolkenkuckucksheim«, und während der ersten Tage hielt Nikolas immer wieder nach Kuckucken Ausschau, bis er begriff, dass der Name etwas anderes bedeutete. Er bezog sich auf eine alte Geschichte über eine Stadt in den Wolken, die sich Vögel als Zwischenreich gebaut hatten. Nikolas bezweifelte, dass Vögel in der Lage gewesen wären, eine Stadt zu bauen, immerhin fehlten ihnen Hände und Werkzeuge, aber an Wolken mangelte es gewiss nicht. Sie erinnerten ihn an die Fahrradtour vor einem Jahr, an das Abenteuer mit Sonja. Manchmal nahmen die Wolken Berg und Schule auf, und dann entstand eine sonderbare Welt, ohne Boden und ohne Himmel. Bei anderen Gelegenheiten sanken sie tiefer, in die Täler, und auch dann schien sich die Welt zu verändern – sie wurde zu einem Wolkenozean, aus dem die Berggipfel wie Inseln aufragten.

Sieben Gebäude, zwei von ihnen große Blockhütten, bildeten die Schule, die eigentlich gar nicht wie eine Schule aussah, fand Nikolas, eher wie eine Herberge, ein Ort, wo Wanderer und Bergsteiger rasten konnten. Es gab noch ein achtes Gebäude, das »Haus der Rätsel«, aber das lernte er erst später kennen, als der Sommer dem Herbst wich und es häufiger schneite, auch am Tag, manchmal so oft und so lange, dass ein großer Bulldozer aus dem Tal kommen musste, um die Straße freizuräumen. Von den sieben Gebäuden war eins für die Großen reserviert, für Dr. Samanta Gregori, Monsieur Depellier – wenn er im Wolkenkuckucksheim weilte, was selten genug geschah; er schien die meiste Zeit auf Reisen zu sein – und die Lehrer, unter ihnen der sonderbare Professor Horazio, den Sonja nach der ersten Woche für einen getarnten Alien zu halten begann. Ein Haus blieb den älteren Schülern vorbehalten, dem »Rat der Weisen«, wie er genannt wurde. Sie hatten dort mehr Platz, als sie brauchten, denn es waren nur noch vier; drei andere hatten die Schule wenige Tage vor dem Eintreffen von Nikolas und Sonja verlassen. Eine der Blockhütten, breit und lang, diente den übrigen Schülern als Unterkunft, insgesamt siebzehn.

Mehr waren es nicht: nur einundzwanzig Schüler mit den vier Weisen, kaum mehr als eine Klasse in Nikolas' alter Schule in Genf. Und sie wurden nicht einmal zusammen unterrichtet, sondern meistens zu zweit oder zu dritt oder sogar einzeln. »Dadurch können wir besser auf die Bedürfnisse des jeweiligen Schülers eingehen«, hatte es Monsieur Depellier am ersten Tag genannt. Es bedeutete für Nikolas, dass er an manchen Tagen ganz allein beim alten Horazio saß oder zusammen mit Sonja, die den Professor argwöhnisch beobachtete und darauf wartete, dass sich der Außerirdische hinter der Maske verriet. Der Unterricht fand oft in Form von gemütlichen Gesprächen statt, ohne feste Einteilung von Fach und Stunde. Geschichten wurden erzählt, Bilder gezeigt und Musik gehört, bis in den späten Nachmittag.

Im Hauptgebäude gab es eine kleine Krankenstation, geleitet von Dr. Samanta Gregori, und die war auch nötig, denn immer wieder bekamen Schüler Fieber, trotz der Vitaminsäfte mittags und abends beim Essen. Das nächste Krankenhaus befand sich tief unten im Tal, mindestens anderthalb Stunden mit dem Auto oder nur mit dem Helikopter zu erreichen, wenn die Straße verschneit war.

Ferien gab es nicht. Als Nikolas im Wolkenkuckucksheim eingetroffen war, hatte er damit gerechnet, bald wieder zu seinem Onkel nach Genf zurückzukehren, denn die Sommerferien standen kurz bevor. Aber der Juli kam und ging, und der Unterricht ging weiter. Er erfuhr, dass gelegentlich »Pausen« eingelegt wurden, mehrere Tage oder eine ganze Woche, während denen manche Schüler heimkehrten. Für die anderen wurden Ausflüge organisiert oder LAN-Partys mit Computerspielen. Computer gab es reichlich, ausgestattet mit interessanten Lehrprogrammen und den neuesten Adventure-Spielen. Es standen sogar mehrere Virtuelle-Realität-Brillen zur Verfügung, HoloLens und Oculus Rift, mit zahlreichen VR-Programmen. Allerdings bemerkte Nikolas schon am zweiten Tag seltsame Einschränkungen. Als er Onkel Carlo eine E-Mail schicken wollte, stellte er fest, dass in den Computern keine Mail-Programme installiert waren und sich auch nicht installieren ließen. Außerdem fehlten Zugänge zu Facebook und anderen sozialen Medien. Nikolas störte sich nicht daran, denn er hatte gar keinen Facebook-Account, aber Sonja bedauerte sehr, von ihren Freundinnen abgeschnitten zu sein. Das Handy nützte ihr nichts. Zwar konnte sie damit wie zuvor Fotos machen, doch so hoch oben in den Bergen gab es kein Netz, weder für Telefonate noch fürs Internet. Sie konnte niemanden anrufen und ihre Fotos nicht verschicken. Direktor Severin – von den Schülern hinter vorgehaltener Hand »der Dicke« genannt, wegen des Bauchs, der sich weit über den Hosenbund wölbte – erklärte, die Kontakte mit der Außenwelt seien auf ein Minimum beschränkt, damit sich die Schüler ganz auf ihre außergewöhnlichen Begabungen konzentrieren konnten. Nikolas störte sich nicht weiter daran, doch

Sonja fiel der Verzicht auf Facebook und Handy schwer, was einer der Gründe dafür sein mochte, warum sie schon nach wenigen Tagen erkrankte. Sie bekam Fieber, und Nikolas besuchte sie so oft, wie es Unterricht und Lehrer erlaubten. Dank der Vitaminsäfte und der Medizin, die sie erhielt, erholte sie sich schnell und begann damit, komplexere Bilder zu malen als zuvor, mit mehr Linien, die sich trafen und kreuzten, und mit Kurven wie Brücken zwischen ihnen.

»Das sieht toll aus«, sagte Nikolas, als er eins der neuen Bilder betrachtete. Er erkannte die Muster der Linien und auch die Formen zwischen ihnen, die geometrischen Figuren, versteckt in der Leere.

»Vielleicht werde ich einmal zu einer großen Künstlerin.« Sonja, noch blass vom Fieber, lachte und fügte hinzu: »Ich *wette*, ich werde einmal zu einer großen Künstlerin.«

Im August, fast sechs Wochen nach seiner Ankunft im Wolkenkuckucksheim, erkrankte auch Nikolas. Eines Morgens fühlte er sich schwach, die Knochen in Armen und Beinen schienen sich in Blei verwandelt zu haben, und kalter Schweiß lag ihm auf der Stirn. Dr. Samanta – so nannte er Dr. Gregori jetzt; sie hatte wie alle anderen darum gebeten, mit dem Vornamen angesprochen zu werden – horchte mit einem Stethoskop nach fremden Geräuschen in seinem Körper und gab ihm etwas von der Medizin, die auch Sonja bekommen hatte.

Nikolas, der im Bett lag, nahm die erste Tablette, steckte sie in den Mund und tat so, als würde er schlucken.

Dr. Samanta, ihre Augen groß hinter den Brillengläsern, beobachtete ihn aufmerksam und richtete den Zeigefinger auf ihn. »Du hast sie noch im Mund, Nick. Schluck die Tablette, wenn du ganz gesund werden willst. Oder möchtest du, dass das Fieber zurückkehrt?«

Bei einem der Weisen, der älteren Schüler, war das Fieber mehrmals zurückgekehrt, hatte er gehört. Ein knappes Jahr lag das zurück. Der Junge, siebzehn Jahre alt, war mitten im Winter mit einem Helikopter ausgeflogen worden und nie zurückgekehrt.

»Kann man an dem Fieber sterben?«, fragte er. Draußen zischte der Wind über die hohe Bergflanke. Graue Wolken fingen das letzte Licht der Sonne ein. Schatten legten sich über die Welt.

»Nein«, sagte Dr. Samanta. Die Falten in Augen- und Mundwinkeln, ihre Strahlenmuster, veränderten sich ein wenig, als sie beruhigend lächelte. »Nein, natürlich nicht. Aber es kann lange dauern, viele Tage oder sogar Wochen, und Schmerzen verursachen, und du möchtest doch keine Schmerzen haben, oder?«

Sie roch noch immer weiß, nach allen Farben zugleich, unter ihnen auch Türkis. Nikolas fragte sich, mit welchem Prisma er Dr. Samantas Farben zerlegen und ihre Hauptfarbe finden sollte. Bei ihr fiel ihm nicht einmal eine Pflanze ein. Zuerst hatte er geglaubt, dass vielleicht ein Stiefmütterchen infrage käme, wegen der vielen Farben, aber etwas an ihr wies auf eine dicke Rinde hin, fest wie ein Panzer, und das passte nicht zu einer Blume.

»Was siehst du mich so an?«, fragte Dr. Samanta leise. »Was denkst du?«

»Ich möchte nicht lange krank sein.« Nikolas schluckte die Tablette.

Sie klopfte ihm mit einer kalten Hand auf die Wange. »Braver Junge.« Sie wich ein wenig zurück und beobachtete ihn. »Darf ich dich etwas fragen, Nick?«

»Ja?«, erwiderte er vorsichtig.

»Fällt es dir schwer, Freundschaft zu schließen? Mir ist aufgefallen, dass du oft abseits der anderen sitzt.« Mit einem kurzen Lächeln fügte Dr. Samanta hinzu: »Sonja ist die einzige Ausnahme.«

Nikolas zuckte mit den Schultern. »Ich bin gern allein.«

»Warum?«

»Dann haben die Gedanken in meinem Kopf mehr Platz. Aber Sonja nimmt ihnen keinen Platz weg.«

Dr. Samanta beobachtete ihn noch immer sehr aufmerksam. »Siehst oder hörst du manchmal Dinge?«

Nikolas zögerte und erinnerte sich daran, dass ihm auch Monsieur Depellier diese Frage gestellt hatte – es schien wichtig zu sein. Bei Monsieur Depellier hatte er sich dabei den Drüsententakeln des Sonnentaus nahe gefühlt, ihrem klebrigen Gift, doch bei Dr. Samanta spürte er nichts dergleichen.

»Nein«, sagte er, ein Wort voller Türkis.

»Nie?«

Etwas in ihrer Stimme zwang ihn zu einem Eingeständnis. »Früher habe ich manchmal Dinge gesehen und gehört. Als ich noch Albträume hatte.«

»Aber jetzt hast du keine Albträume mehr?«

»Nein.« Dieses Wort hatte einen schönen blauen Glanz, weil es der Wahrheit entsprach. Es duftete nach Flieder.

Dr. Samanta nickte langsam, die rechte Hand ums Stethoskop geschlossen, das noch immer an ihrem Hals hing. »Fürchtest du dich vor der Dunkelheit, Nick?«

»Das sind viele Fragen«, erwiderte Nikolas und merkte, wie er schläfrig zu werden begann. Offenbar wirkte die Medizin.

»Da hast du recht.« Dr. Samanta wartete.

»Nein.« Nikolas merkte, wie ihm die Augen zufielen. »Nein, ich fürchte mich nicht vor der Dunkelheit.«

»Warum nicht, Nick?«

»Weil ich einen guten Freund habe, der im Dunkeln auf mich wartet.«

»Ah«, sagte Dr. Samanta. »Ich nehme an, du meinst nicht Sonja.«

»Nein.«

»Dein Schutzengel?«

»Ja.« Woher wusste sie davon?, fragte sich Nikolas. Und

wieso sprach er darüber? Seine Zunge war leicht; sie tanzte im Takt der Worte.

»Wenn du dich nicht vor der Dunkelheit fürchtest, Nick … dann können wir dir bald das dunkle Zimmer zeigen. Es wird bestimmt interessant für dich.«

»Ich würde mir gern das Haus der Rätsel ansehen«, erwiderte Nick. Die Zunge blieb leicht, doch die Lider wurden schwer; er konnte die Augen nicht mehr offen halten.

»Später, Nick. Später. Zuerst zeigen wir dir das dunkle Zimmer. Wenn du wieder gesund bist. Wir machen es besonders dunkel für dich, damit auch dein Freund der Schutzengel da ist.«

23

Onkel Carlo hatte ihm mindestens einen Besuch pro Woche versprochen, aber Nikolas sah ihn nur einmal, Mitte Juli, und auch nur für eine Stunde, gerade Zeit genug für einen kleinen Spaziergang zur »Gämsealm« oberhalb der Schule, einem grasbewachsenen Abschnitt des Berghangs, fast ohne Geröll und mit nur wenigen grauweißen Felsnasen. Manchmal versammelten sich dort Gämse, um Gras zu fressen, ausgelassen herumzuspringen oder einfach nur im wärmenden Sonnenschein zu liegen. Onkel Carlo sprach davon, dass es Tante Adele sehr schlecht ging und er daran dachte, sie nach Rom zu bringen, wo es vielleicht eine Möglichkeit gab, ihr zu helfen.

Anfang August, kurz vor seiner Erkrankung, erhielt Nikolas einen Brief mit italienischer Briefmarke, in dem Onkel Carlo schrieb, dass Tante Adele in einer Spezialklinik behandelt werde und er sich um sie und einige Dinge kümmern müsse, die seinen Bruder betrafen, Nikolas' Vater. Deshalb sähe er in den kommenden Monaten kaum eine Möglichkeit, Nikolas zu besuchen. Hinzugefügt war eine Telefonnummer mit italienischer Vorwahl, doch als Nikolas die Erlaubnis bekam, das Schultelefon im Lehrergebäude zu benutzen, meldete sich niemand unter der angegebenen Nummer. Er wählte mehrmals und ließ es lange klingeln, aber es wurde nicht abgenommen.

Traurig war er nicht, nur ein bisschen enttäuscht, denn mit Onkel Carlo hatte er sich immer gut verstanden. Sonja, die zu Anfang häufig Besuch von ihren Eltern bekam, tröstete ihn, weil sie glaubte, dass er Trost brauchte. Aber eigentlich dachte er nicht oft an Onkel Carlo. Und noch weniger an Tante Adele. Er freute sich darüber, dass er mit Sonja zusammen sein konnte, und er freute sich jeden Morgen, wenn er die Augen öffnete, auf den Unterricht, auf die Gespräche, bei denen er viele interessante Dinge erfuhr und oft Gelegenheit bekam, die Musik der Zahlen zu hören. Er erfuhr von mathematischen Genies, die ebenfalls die Musik der Zahlen vernommen hatten, vielleicht noch lauter und länger als er, von S. Ramanujan, der sich alles selbst beigebracht hatte, und dem sechzehnjährigen Shouryya Ray, der eine von Newton aufgestellte Differenzialgleichung gelöst hatte, von Jason Padgett, der in einer Kneipe niedergeschlagen worden und als hochbegabter Mathematiker aufgewacht war, und von Grigori Perelman, einem wahnhaften Mann, der sich bei seiner Mutter versteckt hatte und dem es gelungen war, eins der sieben größten ungelösten Rätsel der Mathematik zu lösen, die sogenannte Poincaré-Vermutung.

»Hier, sieh dir die Zahlen an«, sagte Professor Horazio und schob ein Blatt über den Tisch. »Sieh sie dir an und erzähl mir von ihrer Musik.«

Es war eine schmale, faltige Hand, die das Blatt bewegte, mit langen, dünnen Fingern. Auch das Gesicht war voller Falten, wie eine Landschaft mit hohen Bergen und tiefen Tälern. Eine lange, gewölbte Nase ragte daraus hervor, und die dunklen Augen darüber lagen tief in den Höhlen. Für Nikolas hatte Professor Horazio etwas Vogelartiges; er hielt ihn weniger für einen Alien wie Sonja, mehr für eine als Mensch verkleidete Krähe. Manchmal bewegte er sich sonderbar, mit kleinen Zuckungen und unerwarteten Verrenkungen, als gäbe es unter der faltigen Haut noch einen anderen Mann oder ein anderes Geschöpf mit eigenen Bewegungen.

Nikolas betrachtete die Zahlen und die Zeichen zwischen ihnen. Er hörte ihre Musik, mit mehr Tönen und Zwischentönen als jemals zuvor, und mit einem Missklang, tief unten, halb verborgen in einem musikalischen Hintergrundrauschen.

»Etwas ist falsch«, sagte er.

Professor Horazio blinzelte. »Was?«

»Ich höre die Musik dieser Zahlen«, sagte Nikolas. »Aber es gibt einen falschen Ton darin.«

Professor Horazio zog das Blatt zurück, und seine schwarzen Krähenaugen starrten auf die Zahlen. »Etwas ist falsch?«

»Vielleicht verstehe ich die Zahlen nicht richtig«, sagte Nikolas. »Vielleicht höre ich ihre Musik nicht richtig.«

Professor Horazio starrte weiterhin auf das Blatt.

»Kann ich trotzdem Lehrer oder Professor für Zahlen werden?«, fragte Nikolas betrübt.

»Was? Oh ja. Ja. Ich denke schon. Wenn du dir Mühe gibst, Nick. Wenn du hart an dir arbeitest.«

An jenem Abend lag Nikolas fröstelnd im Bett – vielleicht die ersten Anzeichen des Fiebers –, blickte zur Decke hoch und dachte an seinen Schutzengel. Schließlich setzte er sich auf, holte Block und Kugelschreiber aus dem Nachtschränkchen und schrieb:

Lieber Schutzengel,
wie geht es Dir? Mir geht es gut.

Das klang nicht richtig. Die Musik der Worte – auch Worte hatten eine Musik, wenn man ganz genau hinhörte – stimmte nicht. Nikolas strich das Geschriebene durch und begann noch einmal.

Lieber Schutzengel,
die neue Schule gefällt mir gut, und ich mag auch Professor Horazio, den Sonja für einen Alien hält. Er hat mir heute Zahlen gezeigt, deren Musik ich nicht richtig verstanden habe. Du weißt ja, dass ich als Großer gern Lehrer oder Professor für Zahlen sein möchte. Kannst Du mir vielleicht dabei helfen, auch die komplizierten Zahlen richtig zu verstehen?
Dein dankbarer Nick

Er erwachte nicht zwei Minuten vor dem Klingeln des Weckers, sondern mitten in der Nacht. Die Uhr zeigte 3:32 und sprang nach einigen Sekunden auf 3:33 um. Eine hübsche Zahl, fand Nikolas. Dreimal die drei; darin steckte eine gewisse Poesie, ein silberner, sauberer Klang.

Er langte nach dem Block auf dem Nachtschränkchen, um zu sehen, ob der Schutzengel bereits eine Antwort geschrieben hatte.

Es lag kein Block da.

Überrascht zog Nikolas die Schublade auf, obwohl er sich nicht daran erinnerte, den Block hineingelegt zu haben. Er fand nur den Kugelschreiber. Der Notizblock mit dem kurzen Brief für den Schutzengel war verschwunden.

DAS DUNKLE ZIMMER

24

Ende August – Nikolas hatte sich gerade vom Fieber erholt – begegnete er am späten Nachmittag im Unterhaltungszimmer einer blassen, verstörten Sonja. Sie saß abseits der anderen Schüler, die sich mit Videospielen beschäftigten oder mit aufgesetzten Kopfhörern vor den beiden Fernsehern hockten.

Nikolas erkannte auf den ersten Blick, dass etwas nicht stimmte. Als er sich näherte, nahm er in Sonjas Geruch einen Hauch von Bitterkeit wahr, und er sah Schatten in ihrem goldenen Ton, der fast der Farbe ihres Haars entsprach.

»Was ist?« Er setzte sich zu ihr. »Was ist mit dir? Hast du wieder das Fieber? Soll ich Dr. Samanta rufen?«

Er wollte aufstehen und loslaufen, aber Sonja hielt ihn mit der linken Hand fest.

»Nein, bleib hier.« Sonjas linke Hand kehrte zu dem Block auf ihrem Schoß zurück. Die rechte hielt einen Stift und schien von ihm übers Blatt gezogen zu werden, hin und her, von oben nach unten und von einer Seite zur anderen. Das Blatt zeigte ein Durcheinander aus Dutzenden oder vielleicht sogar Hunderten von wirren Linien, und selbst mit etwas Deutlichkeit brauchte Nikolas einige Sekunden, um erste Muster zu erkennen: krumme Vielecke, bestehend aus anderen geometrischen Figuren, die sich in ihnen zusammendrängten wie Tiere in einem Käfig.

Mit einem kratzenden Geräusch hielt der Stift inne, und die Hand, die ihn umfasste, zitterte. »Nie wieder«, flüsterte Sonja. »Nie wieder.«

Nikolas fragte: »Was ist? Was ist?«

»Dr. Samanta und der getarnte Alien …«

»Professor Horazio.«

»Ja. Sie haben mich ins dunkle Zimmer gezwungen, obwohl sie wissen, dass ich mich vor der Dunkelheit fürchte.«

»Wann?«

»Vor zwei Stunden.«

»Deine Kerzen …«

»Ich durfte keine Kerzen mitnehmen.« Der Stift setzte sich wieder in Bewegung. So sah es aus: als bewegte der Stift die Hand, nicht umgekehrt. Die Knäuel und Wirbel wuchsen um weitere Linien.

»Sie haben dich *gezwungen?*«, fragte Nikolas.

»Sie haben mich in ein kleines, helles Zimmer geführt, dann haben sie die Tür geschlossen, und es wurde dunkel. Ich meine *richtig* dunkel. Ich hab geschrien, stundenlang.«

»Aber jetzt bist du hier.« Nikolas sah sich um. Die anderen Schüler achteten nicht auf sie. Einer der vier Weisen, der sechzehnjährige Tobias mit dem struppigen Haar und den Sommersprossen auf der Nase, sah kurz herein, zwinkerte Nick zu, zeigte mit dem Daumen nach oben und schloss die Tür wieder. »Du hast stundenlang geschrien, und jetzt bist du hier.«

»Es hat sich nach Stunden angefühlt, Nick«, sagte Sonja. »So hat es sich angefühlt. Schließlich wurde es wieder hell, und ich konnte raus aus dem dunklen Zimmer, nach einer *Ewigkeit.*«

Nikolas deutete auf das Blatt. »Was bedeuten all die Linien? So viele hast du noch nie gemalt, so viele und so sehr miteinander verschlungen.«

Sonja griff mit der linken Hand nach der rechten und zwang sie zur Seite, vom Blatt herunter, damit der Stift nicht mehr malen konnte.

»Siehst du es denn nicht? Siehst du es denn nicht?«

»Was soll ich sehen, Sonja? Was?«

Tränen glänzten in Sonjas Augen, aber sie blieben dort, sie rollten nicht über die Wangen. »Diese beiden Linien hier, die rote und die grüne, das sind wir.«

»So wie auf dem Bild, das du mir geschenkt hast.« Nikolas hatte es immer noch. Es lag wieder in seinem Nachtschränkchen, in der Schublade unter dem Geometriebuch.

»Ja«, sagte Sonja. »Ja. Unsere beiden Linien führen hier durch die anderen, siehst du, und dann weiter, hierher nach oben ...«

Nikolas sah es. »Sie sind nicht mehr zusammen.«

»Sie trennen sich, Nick. Sie führen beide nach oben, in dieselbe Richtung, aber getrennt voneinander.«

Etwas regte sich in Nikolas, ein dumpfer Schmerz. »Und die anderen? Was ist mit den vielen anderen Linien?« Er zeigte auf die bunten Knäuel und Wirbel.

»Das sind Katy, Dorian, Alfons, Betty, die kleine Erika, Tobias und die anderen.«

Nikolas verfolgte die Linien der übrigen Schüler durch die Muster – sie endeten im Nichts, sie hörten einfach auf.

»Du hast sie nicht zu Ende gemalt.«

»Doch, hab ich.« Sonja klang jetzt sehr ernst. Ihre Augen glänzten nicht mehr so sehr wie gerade eben. Vielleicht waren die Tränen darin verdunstet. Tränen bestanden aus Wasser, dachte Nikolas, aus salzigem Wasser, und Wasser verdunstete.

»Sie hören einfach auf«, sagte er.

»Ja. Das ist hier und jetzt.« Sonja zeigte auf das größte Knäuel. »Und das ist bald oder demnächst.« Ihr Zeigefinger wanderte zu einer Stelle, wo sich die Linien voneinander lösten. Einige von ihnen hörten sofort auf; andere führten noch etwas weiter, endeten aber vor dem Rand des Blattes. »Siehst du? Siehst du?« Sie wollte den Linien etwas hinzufügen, doch der Stift in der rechten Hand schien sich zu weigern.

»Was bedeutet das?« Der dumpfe Schmerz war noch immer da. Nikolas betrachtete die beiden Linien, rot und grün, die ein Stück voneinander getrennt den oberen Rand des Blattes erreichten.

»Das hier ist Tobias.« Sonjas Finger klopfte auf eine kurze Linie. »Das sind Katy und Monika.« Die beiden Linien, grau und braun, waren etwas länger, aber nicht viel. »Und hier sind Alfons, Betty, Markus und Cameron.«

Nikolas sah die Muster zwischen ihnen, klein und halb verborgen, nur erkennbar, wenn er etwas Deutlichkeit herbeirief. Er begann zu zählen.

»Es sind vierundvierzig Linien«, stellte er fest. »So viele Schüler hat diese Schule gar nicht.«

»Sie hatte einmal so viele«, erklärte Sonja. »Die anderen sind weg.«

»Woher weißt du das?«

»Ich weiß es.«

»Wo sind sie?«

»Keine Ahnung, Nick. Ich weiß nicht alles. Ich erfahre nur das, was mir die Bilder zeigen.« Sonja sah ihn an. »Es ist wie mit deinen anderen Augen und Ohren, von denen du mir erzählt hast. Du siehst und hörst mit ihnen auch nicht alles, oder?«

»Warum führen die Linien nicht weiter?«

Sonja zögerte und hielt das Blatt in zitternden Händen. »Weil es keine Zukunft für sie gibt.«

Jemand stand plötzlich vor ihnen, ein Mann mit krummer Nase und vielen Falten im Gesicht.

»Ein interessantes Bild hast du da, Sonja.« Professor Horazio – getarnter Alien für Sonja, Krähenmann für Nikolas – streckte eine schmale Hand aus, und seine dünnen

Finger hatten das Blatt ergriffen, bevor Sonja es zurückziehen konnte.

»Darf ich mir das ausleihen?«, fragte der Professor, obwohl er das Bild bereits in Händen hielt. »Du bekommst es zurück, noch heute Abend. Und dann erzählst du mir vielleicht etwas über all diese Linien.«

»Aber …«, begann Sonja.

Professor Horazio drehte sich bereits um. Mit ruckartigen Bewegungen, wie eine an unsichtbaren Fänden geführte Marionette, ging er fort.

Nikolas nahm Sonjas Hand und drückte sie vorsichtig. »Er gibt es dir zurück, bestimmt.«

Eine Zeit lang saßen sie still da, Hand in Hand, während die anderen Schüler im großen Unterhaltungszimmer fernsahen oder die virtuellen Welten von Computerspielen durchstreiften.

»Er ist einfach so erschienen, hast du gesehen?«, sagte Sonja leise. »Vielleicht hat er einen Transporter benutzt. Vielleicht hat er sich zu uns gebeamt. Du merkst doch sonst immer, wenn jemand kommt, Nick.«

»Wir haben nicht auf die Umgebung geachtet«, erwiderte Nikolas und dachte noch immer an zwei getrennte Linien, die eine rot, die andere grün. »Wir hatten nur Augen für dein Bild.«

»Du hast mehr Augen«, sagte Sonja. »Und sie haben ihn nicht gesehen.«

Nikolas überlegte. »Das andere Bild, das du mir geschenkt hast, weißt du noch?«

»Ja.«

»Es hat die Zukunft gezeigt, nicht wahr?«

»Ja.«

»Aber das neue Bild, das du gemalt hast …« Es fiel Nikolas schwer, die richtigen Worte zu finden. Seine Zunge schien sich zu verknoten, wenn ihm zu viele Gedanken durch den Kopf gingen, wenn sie ein Knäuel bildeten wie die von Sonja gemalten Linien. »Es zeigt eine andere Zukunft. Wie kann das sein? Wie kann es verschiedene Zukünfte geben?«

»Siehst du die Vase dort, Nick?« Sonja deutete auf eine hellblaue Keramikvase auf dem Lesetisch in der einen Ecke des Unterhaltungsraums. Sie enthielt zwei große Sonnenblumen aus Plastik. »Ich könnte sie nehmen und auf den Boden werfen. Dann würde sie zerbrechen. Oder ich kann sie dort stehen lassen, dann bleibt sie heil. Was ich tue, verändert die Zukunft.«

»Eine Vase ist kein Mensch«, sagte Nikolas. »Was *wettest* du, Sonja?«

»Ich wette, ich wette …« Sie zögerte. »Ich wette, wir sind bald allein.«

Nikolas drehte den Kopf und blickte zu den anderen Schülern. Was würde mit ihnen geschehen?

»Nick?«

»Ja?«

»Du musst mir helfen, Nick.« Sonja zitterte wieder. Sie nahm ihren großen Block und hielt den Stift bereit für das nächste Bild. »Ich möchte nie, *nie* wieder ins dunkle Zimmer.«

»Was soll ich tun? Was?«

»Unser Tun verändert die Zukunft.« Der Stift strich übers Papier, und eine erste Linie entstand, krumm, voller Kurven. »Was auch immer geschieht: Ich möchte nicht noch einmal ins dunkle Zimmer.«

Nikolas legte Sonja zögerlich den Arm um die Schultern. »Keine Angst. Ich helfe dir.«

25

Früh am nächsten Morgen – Nikolas hatte gerade seinen Vitaminsaft getrunken und wollte sich für den Mathematikunterricht auf den Weg zu Professor Horazio machen – klopfte Dr. Samanta an die halb offene Tür seines Zimmers. »Darf ich hereinkommen?«

»Ja?«, erwiderte er in einem fragenden Tonfall.

Sie schob die Tür ganz auf und machte einen Schritt nach vorn, begleitet von ihrem Geruch nach einem Weiß, das alle Farben beinhaltete.

»Du hast dich gut vom Fieber erholt«, sagte Dr. Samanta. »Du fühlst dich besser, nicht wahr?«

»Ja?«

»Wie wär's, wenn ich dir das dunkle Zimmer zeige? Du hast doch keine Angst davor, oder? Du hast mir gesagt, dass du dich nicht vor der Dunkelheit fürchtest.«

»Sonja fürchtet sich vor der Dunkelheit.« Die Worte strömten aus ihm heraus. »Deshalb hat sie immer eine Kerze dabei. Aber ihr habt sie ins dunkle Zimmer gezwungen, und sie durfte keine Kerze mitnehmen!«

Dr. Samanta musterte ihn, und für einen Moment sah Nikolas in ihren Augen Dornen und Stachel, die ihn an Tante Adele erinnerten. Sie verschwanden sofort wieder und wichen dem vertrauten Weiß, für dessen Deutung seine inneren Augen ein besonderes Prisma benötigten.

»Das mit Sonja tut mir leid«, sagte Dr. Samanta nach einer mehrere Sekunden langen Pause. »Ich habe nichts davon gewusst.«

»Das stimmt nicht!« Wieder konnte Nikolas die Worte nicht zurückhalten. »Sonja hat es mir erzählt! Sie und Professor Horazio …«

»Ich habe wirklich nichts davon gewusst, du musst mir glauben.« Sie sprach sehr sanft. »Es tut mir sehr, sehr leid, wenn Sonja Angst gehabt hat. Aber du, Nick, du hast keine Angst, oder? Möchtest du das dunkle Zimmer sehen? Wenn du es dir angesehen hast, wenn du darin gewesen bist …

dann kannst du Sonja sagen, dass es gar keinen Grund gibt, die Dunkelheit zu fürchten. Du könntest ihr helfen. Na, was meinst du?«

Es klang gut und richtig, doch er zögerte trotzdem. »Professor Horazio erwartet mich …«

»Der Professor weiß Bescheid. Du kannst später zu ihm gehen, nachdem du im dunklen Zimmer gewesen bist.«

Neugier erwachte in Nikolas. Für ihn gab es keinen Grund, die Dunkelheit zu fürchten. Und vielleicht konnte er Sonja besser helfen, wenn er wusste, was es mit dem dunklen Zimmer auf sich hatte.

»Na gut«, sagte er.

Dr. Samantas Hand lag auf seiner Schulter, als sie zum Hauptgebäude mit der Krankenstation gingen. Graue Wolken zogen weiter oben über den Berghang; vielleicht brachten sie Regen oder sogar Schnee. Unten fuhr ein Auto durch die langen Serpentinen der Straße, noch einige Kilometer entfernt. Es schien der Wagen von Monsieur Depellier zu sein. Nikolas versuchte, mit den anderen Augen zu sehen, aber so früh am Morgen und kurz nach dem Vitaminsaft ließ ihn die Deutlichkeit im Stich.

Das kleine Zimmer abseits der Krankenstation war nicht dunkel, sondern hell. Nikolas setzte sich darin auf einen Stuhl mit hoher Rückenlehne.

»Sitzt du bequem, Nick?«, fragte Dr. Samanta. Ihre Augen hinter der Brille mit dem silbernen Gestell beobachteten ihn aufmerksam.

»Ja. Hier ist nichts.« Nikolas zeigte auf die leeren Wände. Sie waren nicht schwarz, wie er vermutet hatte, sondern weiß. »Es ist alles leer.«

»Das Zimmer wird dir noch leerer erscheinen, wenn es dunkel ist, Nick.« Dr. Samanta hielt eine silberne Haube in den Händen. »Ich möchte dir das hier auf den Kopf setzen. Darf ich?«

»Was ist das?«

»Erinnerst du dich an die Sensoren, mit denen wir dich damals untersucht haben? Wegen deiner Albträume?«

Nikolas erinnerte sich an Dr. Kasom – Dr. K.o. –, Helen, die Wireless-Sensoren und Bilder, die es zu deuten galt. Eins von ihnen hatte ein großes und ein kleines Ungeheuer gezeigt. »Das kleine Ungeheuer wird wachsen und stärker werden, und wenn es stark genug ist, verschlingt es das große.«

Dr. Samanta richtete einen erstaunten Blick auf ihn.

»Das habe ich bei einem der Bilder gesagt«, erklärte er.

»Du hast ein gutes Gedächtnis, Nick. Diese Haube hier enthält Sensoren wie jene, die wir damals benutzt haben. Keine Angst, es tut nicht weh.« Dr. Samanta setzte ihm die Haube auf.

»Es gibt wieder keine Drähte.«

»Die Haube hat einen kleinen Sender«, sagte Dr. Samanta. »Unser Computer empfängt die Signale und wertet sie aus.« Sie stand in der Tür des weißen Zimmers. »Bist du bereit?«

»Zeigen Sie mir wieder Bilder?«, fragte Nikolas.

»Nein. Ich zeige dir Dunkelheit. Sie gibt deinen Gedanken Platz, Nick. Vielleicht hast du das Gefühl, dass dein Kopf wächst, dass er mehr Gedanken enthält als sonst.« Dr. Samanta lächelte plötzlich, fast ohne Übergang. Es war ein seltsames Lächeln, fand Nikolas. Nicht weiß wie der Rest, sondern grau, sogar ein wenig türkis. »Bist du bereit?«

»Ja.«

Dr. Samanta nickte ihm zu, verließ den Raum und schloss die Tür hinter sich. Einige Sekunden lang geschah gar nichts. Nikolas hörte ein leises Summen und bemerkte oben in der linken Ecke des kleinen Zimmers eine Belüftungsöffnung, in der sich ein Ventilator drehte.

»Kannst du mich hören, Nick?« Die Stimme kam wie aus dem Nichts. Nikolas' Augen suchten nach einem versteckten Lautsprecher.

»Ja.«

»Wie fühlt sich die Haube an?«

Nikolas überlegte. »Wie eine Mütze.«

»Gut«, antwortete Dr. Samanta. »Gut.«

»Es ist immer noch hell«, sagte Nikolas. »Wann wird das dunkle Zimmer dunkel?«

»Jetzt«, erwiderte Dr. Samanta.

Das Licht schwand, und mit ihm schien das Weiß aus den Wänden zu weichen.

»Wie sieht es für dich aus, Nick? Kannst du es mir beschreiben?«

»Etwas scheint das Licht aus dem Zimmer zu saugen und die Farben aus den Wänden.«

»Die Farben?«

»Ja, alle. Alle Farben zusammen ergeben Weiß, nicht wahr?«

»Ja. Das stimmt. Und jetzt? Was siehst du jetzt?«

Nikolas saß entspannt in warmer Dunkelheit. Er lächelte. »Ein Nest«, sagte er ruhig. »Es fühlt sich wie ein Nest an. Hier gibt es keine Ungeheuer, weder kleine noch große.«

»Bist du sicher?«

»Ja.«

Das Summen des Ventilators wurde leiser. Stille schloss sich um Nikolas.

»Was siehst du jetzt, Nick?«, fragte die Stimme von Dr. Samanta.

»Ich sehe nichts«, sagte Nikolas. »Weil es dunkel ist.«

»Ist die Dunkelheit nicht gerade noch etwas dunkler geworden?«

Nikolas hörte die Worte und sah ihre Farbe, trotz der Finsternis: ein schwach glühendes Violett. Was bedeutete dieses Violett? Es roch ein bisschen wie eine Warnung.

»Schwarz kann nicht noch schwärzer werden«, sagte er und hörte die eigene Stimme. Der Duft von Ruhe lag in ihr.

»Ich glaube, da irrst du dich.«

Die Dunkelheit wurde etwas kühler.

»Und jetzt?«, fragte Dr. Samanta. »Was siehst und fühlst du jetzt?«

Nikolas zögerte. Etwas hatte sich verändert. Er holte Luft, er atmete, aber er hörte seinen Atem nicht mehr. Und das Gefühl war aus Händen und Füßen gewichen; sie schienen verschwunden zu sein.

»Man nennt so etwas sensorische Deprivation«, ertönte die Stimme von Dr. Samanta. Sie war leiser geworden. »Es bedeutet, dass deine Wahrnehmungen, deine Sinne, nur noch eingeschränkt funktionieren. Das meinte ich mit dem wachsenden Kopf. Es gibt dir mehr Platz für deine Gedanken.«

Es gefiel ihm nicht. Er wollte seine Hände und Füße fühlen. »Das gefällt mir nicht«, sagte er. Seine Stimme klang anders: dumpf, weit entfernt, wie aus einem anderen Mund.

»Ist er jetzt bei dir, Nick?«

»Wer?«, fragte Nikolas.

»Dein Freund«, ertönte es in der Dunkelheit. Oder vielleicht in seinem gewachsenen Kopf. »Der Schutzengel.«

Nikolas horchte. »Nein.«

»Kommt er, wenn es noch dunkler wird, Nick? Sollen wir es noch dunkler werden lassen?«

»Nein«, sagte er.

»Nur ein wenig. Was meinst du? Vielleicht kommt dein Freund, wenn wir es noch etwas dunkler machen.«

Nikolas spürte seinen Körper nicht mehr. Eben hatte er noch den eigenen Herzschlag in den Ohren gehört, auch das Rauschen des Blutes, doch plötzlich herrschte vollkommene Stille. War das auch mit Sonja geschehen? Arme Sonja, dachte Nikolas. Kein Wunder, dass sie so blass gewesen war und gezittert hatte.

»Das gefällt mir nicht.« Er konnte seine Stimme noch hören, wenn er sich anstrengte, wenn er Ohren spitzte, die er nicht mehr fühlte.

»Hast du jetzt Angst?« Dr. Samantas Worte flüsterten violett und bitter aus der Dunkelheit. »Kommt jetzt dein Freund, um dich zu beschützen?«

Nikolas versuchte aufzustehen. Er wusste, wo sich die Tür befand, auf der linken Seite – ein Erinnerungsbild zeigte sie ihm klar und deutlich. Doch er spürte seinen Körper nicht mehr; er konnte nicht sicher sein, dass ihm die Beine und der Rest gehorchten.

»Du bist aufgeregt«, sagte Dr. Samanta. Ihre Stimme kam aus allen Richtungen, ein Raunen in der Finsternis. »Das zeigen mir die Signale, die der Computer empfängt. Kommt jetzt der Schutzengel, um dir zu helfen?«

»Ich möchte, dass dies aufhört.«

»Lassen wir es noch ein wenig dunkler werden, ja? Nur ein kleines bisschen. Lassen wir es *richtig* dunkel werden, damit dein Freund kommt. Ich bin neugierig auf ihn. Ich würde ihn gern kennenlernen.«

Nein.

Das war eine andere Stimme, ein tiefes, dumpfes Grollen aus dem Herzen der Dunkelheit. Bist du das, Schutzengel?, fragte Nikolas und erschrak, denn er hörte seine eigene Stimme nicht.

»Bist du gerade erschrocken, Nick? Darauf deuten die Signale hin. Bist du erschrocken, weil etwas in der Dunkelheit erschienen ist?«

Etwas regte sich in der Finsternis, eine Gestalt schwärzer als die Nacht. Nikolas glaubte, ihre Umrisse zu erkennen, nicht mit seinen gewöhnlichen Augen, die nichts sahen, sondern mit den Augen der Deutlichkeit. Und er hörte die Stimme des Schutzengels mit den anderen Ohren.

»Antworte mir, Nick!«, verlangte Dr. Samanta. Ihre Stimme bildete eine kleine violette und rote Wolke im Dunkeln. »Du kannst noch sprechen, wenn du willst. Ist der Schutzengel erschienen? Ist er bei dir?«

Die Gestalt in der Finsternis kam näher, bewegte starke

Arme und Beine. Eine Hand streckte sich Nikolas entgegen, größer als die eines Menschen, eine schwarze Hand, eine Pranke, die ihm sanft über die Wange strich – Deutlichkeit ließ ihn die Berührung fühlen.

Sie will mich fangen, sagte der Schutzengel. *Sie und die anderen, sie wollen mich fangen. Aber das wird ihnen nicht gelingen, denn ich bin nur für dich da.*

Ich habe dir geschrieben, sagte Nikolas. Immer wieder.

Ich habe keinen Brief bekommen, sonst hätte ich dir geantwortet, sagte der Schutzengel. *Versteck die Briefe, die du mir schreibst. Versteck sie so, dass die anderen sie nicht finden. Ich finde sie trotzdem und antworte dir.*

Vor Nikolas – oder vielleicht auf allen Seiten, denn er glaubte sich zu drehen, obwohl er den Körper nicht spürte – erschienen kleine violette Wolken mit roten Funken: Worte von Dr. Samanta. Er hätte sie verstehen können, es hätte ihn nicht viel Mühe gekostet, aber seine Aufmerksamkeit galt der schwarzen Gestalt.

Trau ihnen nicht, sagte der Schutzengel. *Trau niemandem von ihnen. Trau nur mir.*

Mehr kleine violette Wolken erschienen, mit mehr Rot in ihnen.

Du beschützt mich, sagte Nikolas.

Ja.

Auch hier?

Dir kann nichts geschehen, wenn ich bei dir bin.

Schwarze Arme schlangen sich sanft um Nikolas. Vielleicht hörte er sogar ein schwarzes Herz schlagen, im Takt mit seinem eigenen, das in einem Körper schlug, von dem er getrennt zu sein schien.

Sonja hatte große Angst, sagte er in die Dunkelheit. Sie war ganz allein hier drin, ohne einen Schutzengel. Es muss schrecklich für sie gewesen sein.

Für dich ist es nicht schrecklich. Ich bin bei dir.

Die violetten Wolken wurden noch zahlreicher, und die

roten Funken in ihnen, die nach Mandeln rochen, brachten Licht in die Finsternis. Nikolas konnte die Augen des Schutzengels sehen, rot wie die Funken.

Ich habe versprochen, Sonja zu helfen, sagte Nikolas.

Ich weiß. Ich habe es gehört.

Vielleicht brauche ich deine Hilfe, um ihr zu helfen, sagte Nikolas behutsam.

Ich kann ihr helfen, wenn du möchtest. Und wenn du in der Nähe bist.

Das ist gut, sagte Nikolas zufrieden.

Eine Zeit lang genoss er Stille und Dunkelheit. Nein, hier gab es nichts zu fürchten.

Schließlich sagte er: Sonja malt Bilder von der Zukunft.

Ich weiß.

Sie sagt, dass man die Zukunft verändern kann. Stimmt das?

Die Zukunft ist noch nicht geschehen, erwiderte der Schutzengel mit seiner dumpfen Stimme. *Sie hat ihre Wurzeln in Gegenwart und Vergangenheit.*

Wurzeln, fragte Nikolas. Wie ein Baum?

Ja, wie ein Baum. Die Zukunft wächst wie ein Baum aus der Gegenwart. Entscheidungen, die heute getroffen werden, bestimmen das Morgen.

»Nick? Hörst du mich? Du solltest mich jetzt hören können, Junge.«

Die Stimme von Dr. Samanta bildete keine violetten Wolken mehr. Sie erreichte Ohren, die Nikolas wieder fühlte. Der Schutzengel löste seine Arme von ihm und wich zurück.

»Nein, bleib hier«, sagte Nikolas.

»Ist dein Freund bei dir? Sprichst du mit ihm?«

Nikolas versuchte wieder lautlos zu sprechen.

Um die Zukunft zu ändern, muss man wissen, welche Entscheidungen es in der Gegenwart zu treffen gilt.

Ja. Die Stimme des Schutzengels wurde zu einem Wispern.

In einem Zukunftsbild hat Sonja einmal zwei Linien gemalt, die sich treffen und zusammen durch die vor uns liegenden Jahre führen, sprach Nikolas allein mit den Lippen. Er hoffte, dass er die richtigen Worte wählte. Worte waren schwer, Gedanken viel einfacher. Die Linien zeigten sie und mich, erklärte er.

Ja. Der Schutzengel wich noch etwas weiter fort.

»Wir holen dich jetzt zurück, Nick, hörst du? Wir holen dich zurück.«

Gestern hat sie ein neues Zukunftsbild gemalt, sagte Nikolas schnell. Und auf diesem Bild sind die Linien nicht mehr zusammen. Wie kommt das? Was muss ich tun, um die Linien wieder zusammenzubringen?

Die Gestalt des Schutzengels begann sich aufzulösen. Es lag am Licht, das ins dunkle Zimmer strömte.

Und warum hören die Linien der anderen Schüler auf?, fügte er schnell hinzu. Was geschieht mit ihnen?

Soll ich es für dich herausfinden?, fragte der Schutzengel. Seine Stimme war so leise geworden, dass Nikolas sie kaum mehr hörte, wie das Flüstern eines kleinen Winds im Wipfel eines hohen Baums.

»Ja!«, rief Nikolas. »Ja, finde es heraus!«

Das Zimmer war wieder da, hell, mit vier weißen Wänden und dem Stuhl, auf dem er saß. Die Tür schwang auf, und Dr. Samanta kam herein. Sie sah sich um, wie auf der Suche nach etwas.

»War er hier?«, fragte sie. »Dein Freund, der Schutzengel. Hat er dich besucht?«

Einige Meter hinter ihr, in dem Zimmer mit dem Computer, stand ein Mann, der einen grauen Anzug trug: Monsieur Depellier.

Trau ihnen nicht, hatte der Schutzengel gesagt. »Nein«, antwortete er, ein Wort aus leuchtendem Türkis.

Dr. Samanta runzelte die Stirn und nahm ihm die Haube ab. Als Nikolas mit ihr das helle dunkle Zimmer verließ, fragte Monsieur Depellier: »Was hast du vorhin gerufen, Nick? Was soll herausgefunden werden?«

»Nichts«, erwiderte er mit türkisfarbenen Worten. »Ich weiß nicht, was ich gesagt oder gerufen habe. Vielleicht war es ein Traum.«

Bevor Nikolas die Krankenstation verließ, warf er einen Blick zurück. Er kannte jetzt einen Ort, wo er mit dem Schutzengel sprechen konnte.

EIN KARTENSPIEL

26 Draußen fiel Schnee aus grauen Wolken: kleine Flocken, die ohne einen vom Wind dirigierten Tanz zu Boden sanken, alles mit einer dünnen weißen Schicht bedeckten und die Geräusche dämpften.

»Jede Flocke existiert nur ein einziges Mal«, sagte Nikolas, als er zusammen mit Dr. Samanta zum Hauptgebäude ging. Sie hatte ihm diesmal nicht die Hand auf die Schulter gelegt wie vor einigen Tagen, als er im dunklen Raum gewesen war, weil sie beide Hände für ihr Handy brauchte: Sie hielt es in der einen und tippte mit der anderen einen Text. Nikolas fand das ein wenig seltsam, denn wem wollte sie eine Nachricht schicken? Hier oben in den Bergen gab es doch kein Netz. »Das habe ich gelesen. Jede Flocke ist ein … Unikat?« Das Wort stieg in ihm auf, wie eine Luftblase im Wasser. Das passierte seit einigen Tagen. Ihm fielen neue Worte ein, die er nie zuvor benutzt hatte. Vielleicht, dachte er, stammten sie vom Schutzengel.

»Unikate«, sagte Nikolas, als sie die Veranda des Haupthauses erreichten. »Alles Unikate. So viele Flocken, Tausende, Millionen, und jede von ihnen ist einzigartig.«

»Ja.« Dr. Samanta sah vom Handy auf. Ihre Brille war beschlagen; sie wischte sie ab. »Ja, das stimmt. Dein Wortschatz hat sich verbessert, Nick. Das Sprechen scheint dir nicht mehr so viel Mühe zu bereiten.«

Es gehörte zu den Veränderungen in ihm, seit er im dunklen Zimmer gewesen war. Etwas wuchs tief in seinem Innern, vielleicht eine bunte Blume oder der Schössling eines mächtigen Baums. Zart und bunt oder fest und groß; das wusste er noch nicht. Ein blaues Leuchten ging davon aus, die Farbe der Wahrheit, und der Duft nach Flieder passte dazu. Vielleicht wuchs der wahre Nikolas in ihm. Vielleicht war er wie eine Schlange, die ihre alte Haut abstreifte, oder wie ein Käfer, wie ein Insekt, das sich in einem Kokon verwandelte und ihm als neues Geschöpf entschlüpfte.

»Dies ist nicht das Haus der Rätsel«, sagte er enttäuscht, als Dr. Samanta die Tür öffnete. »Sie haben versprochen, mir das Haus der Rätsel zu zeigen.«

»Oh, ich zeige es dir, Nick. Aber zuerst machen wir ein kleines Spiel.« Ihre Lippen lächelten, die Augen blieben ernst. »Sonja ist auch da.«

Im Untersuchungszimmer mit den medizinischen Geräten stand ein runder Tisch. Monsieur Depellier, Direktor Severin, Professor Horazio, Tobias, die kleine Erika und Sonja saßen dort, als Dr. Samanta und Nikolas hereinkamen. Sonja lächelte ein blaues Lächeln, mit silbernen und goldenen Zwischentönen – sie schien ihn nicht erwartet zu haben und freute sich aufrichtig, ihn zu sehen. Tobias wirkte blass; es lag gerade eine Fieberphase hinter ihm. Direktor Severin hatte die Hände auf seinem Bauch gefaltet. Monsieur Depellier – das dünne graue Haar sorgfältig gekämmt, die wässrigen grauen Augen aufmerksam, der graue Anzug wie frisch gebügelt – zog etwas aus der Jackentasche. Professor Horazio, Krähenmann und Alien, strich mit dem Zeigefinger über ein Tablet; an der Wand hinter ihm summten ein PC und mehrere medizinische Geräte. Die kleine Erika, sieben Jahre alt, das schulterlange Haar rabenschwarz, saß halb in sich zusammengesunken neben Tobias und schien wie immer den Tränen nahe. Nikolas hatte mehrmals versucht, mit ihr zu sprechen. Vor einem halben Jahr hatte sie ihre Zwillingsschwester verloren, und seitdem fühlte sich Erika »zur Hälfte tot«, wie sie es nannte. Herz und Seele suchten nach jemandem, mit dem sie sprechen konnten, fanden aber nur leere Stille. Nikolas hatte sie trösten wollen, sie an der Wange berührt und ein Zittern gefühlt, das aus ihren Tiefen kam, eine Verzweiflung so gewaltig, dass sie Erika zerreißen konnte, wenn sie aus ihr herausbrach. Sie bekam mehr Vitaminsaft als die anderen Schüler, vermutlich deshalb, weil sie immer so traurig war.

»Magst du Karten, Nick?«, fragte Monsieur Depellier, als auch Dr. Samanta und Nikolas am Tisch saßen.

»Karten?«

Monsieur Depellier hielt ein Kartenspiel in den Händen. Neben ihm kam ein leises Piepen vom Tablet des Krähenmanns.

»Spielkarten«, sagte Sonja. »Dies ist ein Ratespiel. Monsieur Depellier legt Karten auf den Tisch, und wir müssen erraten, welche es sind.«

»Ich dachte, ich könnte mir das Haus der Rätsel ansehen«, sagte Nikolas. Er war noch immer enttäuscht.

»Wir alle können es uns ansehen«, sagte Sonja. »Nach dem Kartenspiel.«

Monsieur Depellier begann damit, die Karten zu mischen.

»Damit niemand von euch mogelt, haben wir diese Masken für euch«, sagte Dr. Samanta und verteilte vier schwarze Schlafmasken. Erika setzte ihre sofort auf; sie schien froh zu sein, die Augen verbergen zu können. Tobias und Sonja ließen sich etwas mehr Zeit, erhoben aber keine Einwände. Nikolas betrachtete seine Maske. Das ist dumm, dachte er.

»Nur zu«, sagte Dr. Samanta. »Setz die Maske auf! Damit wir sicher sein können, dass auch du nicht mogelst.«

Er setzte sie auf, aber es blieb dumm, ein dummes Spiel, weil er trotz der Maske sehen konnte, wenn er wollte.

Das Summen des Computers und der medizinischen Geräte schien etwas lauter zu werden. Nikolas fragte sich, ob es in der schwarzen Maske versteckte Sensoren gab, die ihm in den Kopf blickten.

»Bitte schließt außerdem auch noch die Augen«, sagte Dr. Samanta.

Nikolas schloss die Augen.

»Ich lege jetzt die erste Karte auf den Tisch«, sagte Monsieur Depellier. »Und zwar offen. Wir können sie sehen, Dr. Samanta, Professor Horazio, Direktor Severin und ich. Aber ihr seht sie natürlich nicht. Weil eure Augen geschlossen sind und ihr die Masken tragt.« Es folgte eine kurze Stille, in der etwas raschelte. »So, die Karte liegt auf dem Tisch. Welche ist es? Was meinst du, Tobias?«

»Pik-Zwei?«

»Erika?«

»Ich weiß nicht«, sagte Erika.

»Rate, Erika.« Diese Worte stammten von Direktor Severin, dem Dicken. »Spiel mit uns. Welche Karte hat Monsieur Depellier deiner Meinung nach auf den Tisch gelegt?«

»Den Karobuben?«

»Sonja?«

»Herzass.« Sie klang vergnügt und sicher.

»Nick?«

Es war ganz einfach, mit ein wenig Deutlichkeit die anderen Augen zu öffnen, nur ein bisschen, und die Karte zu sehen, die Monsieur Depellier vor sich auf den Tisch gelegt hatte. Herzass. Sonja hatte richtig geraten, staunte Nikolas. Und dann staunte er nicht mehr, weil er begriff: Sie hatte ein Bild gemalt, nicht auf Papier, nicht mit Stiften, sondern in ihrem Geist, allein mit ihren Gedanken. Sie hatte ein geistiges Bild gemalt, das ihr die Zukunft zeigte, und in dieser Zukunft, vielleicht nur wenige Sekunden von der Gegenwart getrennt, hatte sie die Karte gesehen.

»Nick?«

Trau ihnen nicht, erinnerte er sich. »Kreuz-Neun.«

»Hm«, brummte Professor Horazio und strich erneut mit dem Finger über das Display seines Tablets. Hinter ihm zogen Linien über einen Monitor und bildeten kleine Wellen.

Dr. Samanta war enttäuscht – die Deutlichkeit zeigte Nikolas eine graue Wolke mit blitzenden roten Funken vor ihrem Gesicht, wie ein Schleier, der nur die Augen aussparte. Direktor Severin wirkte hellwach; seine Hände waren nicht mehr auf dem Bauch gefaltet, sondern lagen auf dem Tisch. Monsieur Depellier blieb grau, ein wahrer Grauling, dessen Miene nichts verriet. Nikolas überlegte kurz, ob er mehr Deutlichkeit rufen sollte, um mehr zu erkennen, entschied sich aber dagegen. Er wollte, dass dies aufhörte und er endlich Gelegenheit bekam, sich das Haus der Rätsel anzusehen.

»Die nächste Karte«, verkündete Monsieur Depellier und legte eine zweite Karte auf den Tisch, den Karokönig. »Tobias?«

»Pik-Zwei?«

Tobias sah nichts und wusste nichts. Er riet nur, verließ sich allein auf sein Glück. Nikolas sah seine Augen, trotz der Maske, die der größere Junge trug, und erkannte Schmerz darin.

»Ich habe Kopfschmerzen«, sagte Tobias und verzog das Gesicht.

Dr. Samanta und Professor Horazio wechselten einen Blick. Der krumme Finger des Krähenmanns wanderte erneut übers Tabletdisplay, und die Wellen auf dem Monitor an der Wand veränderten sich.

»Hab ein wenig Geduld, Tobias«, erwiderte Dr. Samanta. »Das Spiel dauert nicht lange.«

»Erika?«, fragte Monsieur Depellier.

»Ich weiß es noch immer nicht«, sagte das kleine Mädchen, das ohne seine Zwillingsschwester halb tot war. »Aber vielleicht ... Pikdame?«

»Sonja?«

Sonja lächelte. »Karokönig.«

Ihre schnellen Gedanken hatten wieder ein Bild gemalt, dachte Nikolas und spürte einen seltsamen Druck hinter seiner Stirn.

»Nick?«

»Karo...dame«, sagte er.

Professor Horazio tippte mehrmals mit dem Zeigefinger aufs Display. Direktor Severin schüttelte den Kopf. Der Grauling blieb grau, hielt die Karten in der Hand und wartete. Worauf?

Tobias hob die Hände und rieb sich die Schläfen. Nikolas beobachtete mit Deutlichkeit, wie sich der Karokönig auf dem Tisch verfärbte. Die weißen Flächen wurden braun, die roten schwarz. Direktor Severin beugte sich vor und beobachtete den Vorgang aus der Nähe.

»Tobias?«, fragte Dr. Samanta. »Sei ganz ruhig. Ich gebe dir gleich etwas gegen die Kopfschmerzen.«

»Ja, Dr. Samanta.«

Das Gesicht hinter der Maske blieb eine Grimasse. Nikolas hatte Mitleid mit ihm und fühlte, wie der Druck hinter seiner eigenen Stirn zunahm; vielleicht bekam er ebenfalls Kopfschmerzen.

»Dies ist ein Spiel«, sagte Dr. Samanta. Die Deutlichkeit machte ihre Worte langsam für Nikolas, ihre Stimme laut. Er sah, wie sich ihre Lippen bewegten, wie Zähne und Zungen zwischen ihnen erschienen. Er sah ihre Augen, grau wie die des Graulings, aber nicht so wässrig, grau wie Schiefer, mit scharfen Kanten. »Ein lustiges kleines Spiel.« Es klang nicht lustig, sondern ernst. »Aber das Spiel erfordert Ehrlichkeit. Niemand darf lügen. Haben wir uns verstanden?«

Tobias, Erika und Sonja nickten.

»Was ist mit dir, Nick? Hast du auch verstanden?«

Er nickte ebenfalls. Hatte Dr. Samanta seine Lügen erkannt? Aber wie sollte das möglich sein? Und sie log selbst: Dies war kein Spiel, erst recht kein lustiges.

»Ich lege jetzt eine dritte Karte auf den Tisch«, sagte Monsieur Depellier. »Doch diesmal wird es schwieriger für euch, denn ich lege sie nicht offen hin, sondern verdeckt.«

Nikolas beobachtete ihn mit den inneren Augen: wie er eine Karte nahm, sie kurz betrachtete und dem Dicken und dem Krähenmann zeigte, bevor er sie auf den Tisch legte. Dr. Samanta beugte sich ein wenig vor und bewegte die Hand vor Nikolas' Maske.

»Was siehst du, Nick?«, fragte sie.

»Ich habe die Augen geschlossen«, erwiderte er, ohne die Frage zu beantworten. »Und ich trage eine Maske.«

»Welche Karte habe ich auf den Tisch gelegt, Tobias?«, fragte Monsieur Depellier.

»Pik-Zwei?« Tobias drückte sich die Hände an die Schläfen.

»Erika?«

»Ich glaube … ich glaube … Ist es vielleicht ein Joker?«

»Sonja?«

Diesmal lächelte Sonja nicht. Nikolas erkannte die Verwunderung in ihrem Gesicht hinter der Maske. »Ich kann es nicht genau erkennen. Die Karte scheint … fleckig zu sein.«

»Nick?«

Der graue Monsieur Depellier sah Nikolas an. Aus dem Druck hinter seiner Stirn wurde ein Stechen.

»Was siehst du, Nick? Sag es mir!« Die letzten Worte des Graulings klangen scharf.

Eine unsichtbare Hand schien die dritte Karte zu nehmen und sie zu drehen, damit Nikolas' andere Augen sie betrachten konnten. Sie sahen ein vertrautes Bild: zwei schwarze Kleckse, der eine groß, der andere klein, durch eine hauchdünne Linie voneinander getrennt.

»Sag mir, was du siehst, Nick!«, zischte Monsieur Depellier. »Sag es mir *jetzt!*«

»Ich sehe ... ich sehe ...« Das Stechen verwandelte sich in ein Hämmern. »Es tut weh.«

»*Sag es mir!*«

»Ich sehe ... ich sehe ...« Nikolas verstand die eigenen Worte kaum. Sie waren in die Länge gezogen, ein dumpfes Brummen, wie das tausendfach verstärkte Summen einer Fliege. Er sah: wie sich der kleinere schwarze Klecks bewegte und von der Karte kroch, wie er Arme und Beine entwickelte, die Füße mit langen Zehen, die Hände mit Klauen und Krallen, wie der Klecks, das kleine Ungeheuer, die Mitte des Tisches erreichte und sich aufrichtete.

Trau ihnen nicht, sagte der Schutzengel.

»Etwas ist hier!«, heulte die kleine Erika. Sie zeigte auf die Mitte des Tisches. »Etwas ist hier!«

Tobias ächzte. Sonja saß wie erstarrt.

Nikolas riss sich die Maske vom Gesicht. »Nein, nein!«, rief er. »Dies ist kein Spiel. Jemand steckt in meinem Kopf!«

Möchtest du, dass ich dir helfe?, fragte der Schutzengel auf dem Tisch.

»Ja! Ja, hilf mir!«

Die Welt versank in Dunkelheit.

27

Schwaches Licht schob die Finsternis beiseite, grau wie der Grauling Monsieur Depellier. Er saß dort, wo er auch eben gesessen hatte, auf der anderen Seite des Tisches, vor sich drei Karten, zwei offen, die dritte mit den beiden schwarzen Klecksen verdeckt. Sein Blick war noch immer auf die Stelle gerichtet, wo sich Nikolas eben befunden hatte – jetzt war der Stuhl leer.

Die Luft schien dick wie Wasser zu sein oder vielleicht wie Öl, als Nikolas langsam am Tisch entlangging. Die anderen, die Schüler wie die Großen, saßen nicht völlig erstarrt, nicht ganz und gar in Zeitlosigkeit gehüllt. Sie bewegten sich – wenn man genau genug hinsah, konnte man es erkennen. Zum Beispiel Professor Horazio. Sein Finger strich übers Display des Tablet-Computers, aber langsam, noch langsamer als eine träge Schnecke. Direktor Severin hatte gerade begonnen, die Hände vom Tisch zu heben, im runden Gesicht den Beginn von Erschrecken. Die dünnen Lippen von Monsieur Depellier schickten sich an, ein »O« zu formen. Und Dr. Samanta … Sie hatte etwas hervorgeholt, das nach einem Stift aussah, aber sie hielt den Gegenstand anders in der Hand, als wollte sie damit zustoßen.

»Bist du hier, Schutzengel?«

Ein dumpfes Brummen kam aus dem Grau, vielleicht der Versuch einer Antwort, doch es erschien keine dunkle Gestalt, und das kleine schwarze Ungeheuer war vom Tisch verschwunden.

Nikolas ging durchs Grau, das jeden Schritt mühsam machte, erreichte Monsieur Depellier und nahm ihm die Karten aus der Hand.

»Hörst du mich, Schutzengel?«

Das Brummen wiederholte sich, und die Schatten in den Ecken des Zimmers zitterten. Mehr geschah nicht.

Nikolas warf die Karten, die bisher noch nicht zum Einsatz gekommen waren. Sie flogen, langsam. Sie flogen und lösten sich voneinander, drehten und kippten, plötzlich jede von ihnen allein. Dann nahm Nikolas die drei Karten auf dem Tisch, zerriss sie und warf auch ihre Fetzen.

Die Wellenmuster auf dem Monitor hinter Professor Horazio bekamen Zacken. Der Krähenmann, der Alien, er hob jetzt den Finger vom Tablet-Display, langsam, ganz langsam, und Falten bildeten sich in seiner Stirn.

Durch die Luft wie Öl trat Nikolas zu Tobias. »Ich möchte … ich möchte …«

Was möchtest du, Nick?, fragte der Schutzengel. Seine

Stimme war kein wortloses Brummen mehr, erklang aber nur für die anderen Ohren. *Sag es mir!*

»Ich möchte, dass er keine Kopfschmerzen mehr hat«, sagte Nikolas und legte dem größeren Jungen, einem der vier Weisen, beide Hände auf den Kopf. Tobias traf keine Schuld. Er hatte nichts gewusst, obwohl er Teil der von den Großen vorbereiteten Falle war, ein Faden des für den Schutzengel gesponnenen Netzes. Ebenso wie die kleine, immer traurige Erika. Nikolas blieb hinter ihr stehen und sagte leise: »Verschwinde aus meinem Kopf, Erika. Verschwinde aus meinem Kopf.«

Bei Sonja angelangt lächelte Nikolas, legte ihr die Hände sanft auf die Schultern, beugte sich hinab und gab ihr einen Kuss auf das goldene Haar, das selbst im grauen Licht glänzte. »Weißt du, dass sie dich nur zu diesem Kartenspiel eingeladen haben, damit du mich ablenkst? Nein, du weißt es nicht. Aber ich sage es dir jetzt, *damit* du es weißt.«

Sonja lächelte noch immer, und ihr Lächeln veränderte sich kaum. Sie war wie die anderen in einem Moment gefangen.

Nikolas ging an seinem leeren Stuhl vorbei zu Dr. Samanta, die noch immer den Stift in der Hand hielt, der gar kein Stift war. Er enthielt eine Spritze und eine kleine Kapsel mit silbriger Flüssigkeit. Der Stift zielte auf den Arm des Jungen, der nicht mehr auf seinem Platz saß, und ein Druck auf den Knopf ganz oben würde unten die Nadel der Spritze herauskommen lassen. Nikolas zog ihn aus Dr. Samantas Hand, die noch immer in Bewegung war und in jeder verstreichenden Sekunde ein oder zwei Millimeter zurücklegte. Er nahm den Stift, drückte versuchsweise auf den Knopf und sah, wie sich unten die Nadelspitze zeigte. Mit gedrücktem Knopf hielt er den Stift an Dr. Samantas Arm. Als er ihn losließ, blieb er dort stecken, mit der Nadel im Oberarm. Das Gesicht veränderte sich nicht. In dieser grauen

Welt würde es eine Weile dauern, bis Dr. Samanta den Schmerz des Stichs spürte.

Soll ich die Großen bestrafen?, fragte der Schutzengel.

Zorn brodelte in Nikolas wie Magma in einem Vulkan, aber er dachte: Nein. Nein, keine Strafe. Dies genügt.

Er setzte sich, doch das Sitzen schien nicht richtig zu sein, und so stand er wieder auf, trat hinter seinen Stuhl und legte beide Hände auf die Rückenlehne. »Schluss damit«, sagte er, die Worte dumpf, in die Länge gezogen. »Schluss damit.«

Das graue Licht flackerte und verschwand.

»Oh«, sagte Tobias. »Oh, die Kopfschmerzen sind weg«. Es klang sehr erleichtert.

Erika quiekte, und Nikolas spürte, wie der Druck, den er eben noch hinter der Stirn gespürt hatte, plötzlich verschwand.

Sonja hob die Hand zu etwas, das sie auf ihrem Kopf zu fühlen schien.

Dr. Samanta starrte auf den Stift an ihrem Arm, verdrehte die Augen und sackte in sich zusammen. Direktor Severins Hände zuckten so vom Tisch zurück, als wäre er plötzlich glühend heiß. Professor Horazio schnaufte ein »Unglaublich«. Monsieur Depellier betrachtete die auf dem Boden liegenden Karten und richtete den Blick dann auf Nikolas. Seine Augen schienen Messer zu enthalten, wie die des Commissario Lerotto in Italien.

Nikolas nahm Sonja die Maske ab und ergriff ihre Hand. Wortlos verließ er mit ihr das Zimmer.

UNERWARTETER BESUCH

28 Am nächsten Tag schneite es noch mehr, und die weiße Decke auf der Bergwelt des Wolkenkuckucksheims wurde dicker. Der Unterricht fand wie üblich statt, aufgeteilt in kleine Gruppen, und keiner der Großen verhielt sich anders als sonst. Niemand von ihnen kam auf den Zwischenfall im Untersuchungszimmer zu sprechen; was dort passiert war, schien gar nicht geschehen zu sein. Professor Horazio dozierte über Zahlen und Formeln und sprach mit Nikolas über die besondere Musik von Gleichungen. Direktor Severin erklärte die sonderbaren Gemeinsamkeiten von geologischer und biologischer Evolution, ohne nervös oder argwöhnisch zu wirken. Dr. Samanta beschrieb die Ausdruckskraft von Worten und stellte ihren Schülern zwei neue Bücher vor, die sie lesen sollten, »als Dünger für Wortschatz und Fantasie«, wie sie es nannte. Auch in ihrem Verhalten gab es keine Unterschiede zu den Tagen zuvor, aber Nikolas bemerkte eine Veränderung in ihrem Weiß. Bei manchen Bewegungen, Worten oder Blicken zeigten sich kleine graue Flecken, wie Stellen, die beim Waschen übersehen worden waren, wie Überbleibsel des Grau der gedehnten, gestreckten Zeit. Sie lächelte, wenn sie seine Aufmerksamkeit bemerkte, sie nickte ihm freundlich zu, aber etwas sagte ihm, dass das Weiß – und die grauen

Stellen dort, wo der weiße Panzer gesprungen war – viel Türkis enthielt.

In der Mittagspause versuchte Nikolas mit der kleinen Erika zu sprechen, aber sie sah ihn nur traurig an, schnappte sich ihre Jacke und lief hinaus in den Schnee. Tobias war noch immer blass, und Nikolas sah kleine Schweißperlen auf seiner Stirn, als er sich nach dem Essen zu ihm setzte.

»Was ist mit dir?«

»Es geht mir nicht gut, Nick. Gar nicht gut. Aber wenigstens sind die Kopfschmerzen weg.«

»Was hast du getan?«, fragte Nikolas.

»Ich wusste nichts davon, Nick, wirklich nicht«, sagte Tobias. Es klang gequält. »Ich kann der kleinen Erika helfen, einen Gesprächspartner für ihre Gedanken zu finden.«

Nikolas glaubte zu verstehen. »Du hast ihr geholfen, in meinen Kopf zu gelangen.«

»Ich wusste nichts davon, Nick. Ich bin nur … wie der Pfeiler einer Brücke gewesen. Ich habe … die Verbindung gestützt. Ich hab's für ein Spiel gehalten, das mit den Karten. Bis die Kopfschmerzen begannen.«

»Aber Erika, sie wusste, dass es kein Spiel war, oder?«, fragte Nikolas.

»Sie haben sie benutzt«, sagte Tobias leise. »Uns beide, Erika und mich. Sie haben …« Er sprach nicht weiter, denn plötzlich stand Dr. Samanta neben dem Tisch.

»Wie ich sehe, geht es dir schlechter, Tobias.« Mitgefühl erklang in ihrer Stimme, weiß und ein bisschen grau. »Komm, ich bringe dich in dein Zimmer. Der Rest des Unterrichts fällt für dich aus.« Sie half dem Sechzehnjährigen beim Aufstehen.

»Ich möchte mit ihm reden«, sagte Nikolas.

»Jetzt nicht. Du siehst ja, dass es ihm schlecht geht. Er hat wieder das Fieber und braucht Ruhe. Du kannst später mit ihm reden, wenn es ihm besser geht.«

Eine halbe Stunde später, auf dem Weg zu einem anderen

Gebäude des Wolkenkuckucksheims, begegnete er mehreren Schülern, unter ihnen Sonja. Sie blieb kurz stehen.

»Wir müssen reden«, sagte sie schnell.

»Wo? Wann?«, brachte Nikolas überrascht hervor.

»Beim alten Schuppen, um acht. Um halb neun, wenn einer von uns nicht kann. Dritte Möglichkeit um neun.«

»Sonja?« Professor Horazio winkte im Schneetreiben. »Komm, Mädchen, komm. Ich brauche dich für eine wichtige Sache.«

Der Nachmittag verging mit noch mehr Schnee. Erst am Abend hörte es auf zu schneien, die Wolkendecke riss auf, und die Sterne erschienen, klarer als sonst, und mehr, viel mehr, als hätte jemand einen Schleier vom Firmament gezogen. Nikolas verließ das Unterhaltungszimmer um zehn Minuten vor acht, denn er wollte auf keinen Fall zu spät kommen.

Der »Schuppen«, so nannte man den Verschlag hinter dem Wolkenkuckucksheim, war kaum mehr als ein kleiner Unterstand für Geräte und Werkzeuge. Der Weg dorthin war weiß und ohne Fußspuren. Schnee knirschte unter Nikolas' Schritten, als er die Gebäude der Schule hinter sich ließ und über den Pfad eilte. Die Sterne über ihm schienen zu blinzeln.

Er beobachtete sie eine Zeit lang, in seine warme Jacke gehüllt, und sah sogar eine Sternschnuppe. Als er auf die Uhr blickte, zeigte sie zehn nach acht. Er kehrte zur Schule zurück und achtete darauf, in die eigenen Fußstapfen zu treten – er wollte sehen, ob nach ihm jemand den Weg genommen hatte.

Um halb neun blickte er nach draußen und sah nur die eigenen Fußspuren im Schnee. Zwanzig Minuten später kam Direktor Severin in den Unterhaltungsraum, sprach kurz mit den anderen Schülern und setzte sich dann zu Nikolas.

»Wie geht es dir, mein Junge?«, fragte er freundlich und

verwickelte ihn in ein Gespräch, in dem es um Zahlenmusik und die Kunst des Lehrens von Mathematik ging.

»Du möchtest doch einmal Lehrer oder Professor werden, nicht wahr?« Der Dicke lehnte sich zurück und faltete die Hände auf dem Bauch. »Da kann ich dir Geschichten erzählen, mein Junge. Eine lautet so ...«

Nikolas hörte zu und versuchte, nicht auf die Uhr zu sehen. Als Direktor Severin seine Geschichte erzählt und ihm eine gute Nacht gewünscht hatte, war es Viertel nach neun. Nikolas wartete ungeduldig, bis der Dicke gegangen war, schnappte sich dann seine Jacke und lief nach draußen. Die Sterne waren vom Himmel verschwunden. Es schneite wieder – frischer Schnee füllte die Mulden der alten Fußspuren und auch die der neuen daneben.

Nikolas eilte den Pfad hinauf und erreichte den Schuppen. »Sonja?«

Zu spät. Vielleicht hatte sie gewartet, einige Minuten, aber dann war sie zurückgekehrt. Nikolas sah sich im Unterstand um, suchte zwischen den alten Geräten und Werkzeugen und hoffte, eine Nachricht von Sonja zu finden. Aber sie hatte ihm nichts hinterlassen, keinen Zettel mit hastig geschriebenen Worten. Natürlich nicht, dachte er. Einen Zettel konnte auch jemand anders finden.

Als er einen Bogen um die Hütte ging und auf der anderen Seite zum Hauptgebäude zurückkehrte, sah er auch Sonjas Spuren, die den gleichen Weg wie er zurück genommen hatte.

Später, als er im Bett lag, dachte er daran, dass vielleicht Methode dahintersteckte. Er hatte nicht mit Tobias sprechen können, weil Dr. Samanta gekommen war, und Direktor Severin hatte ihn daran gehindert, sich mit Sonja zu treffen.

Was war am vergangenen Tag im Untersuchungszimmer geschehen? Warum sollten sie keine Gelegenheit bekommen, darüber zu reden?

Eine Zeit lang starrte Nikolas in die Dunkelheit. Dann schaltete er die Nachttischlampe ein, zog die Schublade des Nachtschränkchens auf und nahm Block und Kugelschreiber. Er überlegte kurz, bevor er schrieb:

Lieber Schutzengel,
wir haben uns gestern gesehen, erinnerst Du Dich?
Ich weiß, dass etwas geschehen ist. Sie haben Erika
in meinen Kopf geschickt. Aber ich weiß nicht, was
das alles zu bedeuten hat. Kannst Du es mir erklären?
Dein dankbarer Nick
PS: Ich würde gern mit Sonja reden. Ich glaube, sie
hat mir etwas Wichtiges zu sagen.

Nikolas riss das Blatt vom Block ab, faltete es sorgfältig und legte es im Kleiderschrank hinter die Jeans ganz unten. Anschließend schlüpfte er wieder unter die Bettdecke, schloss die Augen und dachte an die draußen fallenden Schneeflocken, jede von ihnen einzigartig, ein Unikat, jede von ihnen mit interessanten Formen und Strukturen voller versteckter Zahlen.

Mehrmals in der Nacht erwachte er aus unruhigem Schlaf und erinnerte sich undeutlich an Träume von kleinen und großen schwarzen Ungeheuern. Angst fehlte in den Träumen – die Ungeheuer bedrohten ihn nicht, sie beschützten ihn.

Als er am nächsten Morgen erwachte, genau zwei Minuten vor dem Klingeln des Weckers, stand er sofort auf, öffnete den Schrank und griff unten hinter die Jeans. Er fand den Zettel, entfaltete ihn und las:

Trau ihnen nicht.
Du musst auf der Hut sein. Es droht Gefahr.
Dein Schutzengel

29

An diesem Tag kam Onkel Carlo zu Besuch. Nikolas wusste nichts davon – nach dem Brief im August hatte er keine Post mehr erhalten –, und die Lehrer schienen ebenfalls überrascht zu sein, als der Helikopter durch den kalten Morgendunst geflogen kam und in einer Wolke aus aufgewirbeltem Schnee zur Landung ansetzte. Direktor Severin eilte nach draußen, und Dr. Samanta, Professor Horazio und die anderen flüsterten miteinander, als sie aus dem Fenster sahen. Nikolas versuchte zu verstehen, was sie sagten, aber an diesem Morgen fühlte er sich nicht besonders gut. Er war müde, was vielleicht an den wirren Träumen von kleinen und großen schwarzen Ungeheuern lag, und die Deutlichkeit ließ ihn im Stich. Schließlich kehrte Direktor Severin zurück, wandte sich an Nikolas und verkündete:

»Dein Onkel möchte mit dir sprechen. Er hat seinen Besuch nicht angekündigt, und normalerweise erlauben wir so etwas nicht …« Bei diesen Worten klang der Dicke streng. »Aber offenbar ist es sehr wichtig.«

Bevor Nikolas zu Onkel Carlo ging, der im Haupthaus wartete, nahm ihn Dr. Samanta zur Seite, sah ihn ernst an und sagte: »Ich bin sicher, du erzählst nichts Schlechtes über unsere Schule, nicht wahr?«

»Nein?«

»Nein«, sagte Dr. Samanta und drückte Nikolas' Arm. »Du bist immer ein braver Junge gewesen, Nick. Ein braver Junge erzählt nichts Schlechtes.«

Als Nikolas zum Haupthaus ging und dabei beobachtete, wie sein Atem in der kalten Luft kondensierte – wie er kleine Wolken bildete, die der Wind nahm und forttrug –, dachte er über die Worte nach und fühlte eine Warnung in ihnen, rot, dunkelrot wie Blut. Er blickte zum Schuppen weiter oben am Hang, und für einen Moment sah er dort eine Gestalt, nicht die schlanke, flinke Sonja, sondern einen dicken, trägen Mann. Direktor Severin? Was machte er dort oben?

Onkel Carlo, in einen anthrazitfarbenen Anzug gekleidet, saß im Aufenthaltsraum des Haupthauses und stand auf, als Dr. Samanta Nikolas hereinführte. Er lächelte wie immer, doch Nikolas bemerkte sofort die Veränderung. Sie betraf nicht den Umstand, dass Onkel Carlo Gewicht verloren hatte – sein Gesicht war schmaler, die Wangen wölbten sich nach innen –, sondern die Palme, mit der Nikolas ihn immer verglichen hatte. Onkel Carlo, das sah er auf den ersten Blick, war keine Palme mehr, deren Blätter angenehmen Schatten spendeten und zum Ausruhen einluden. Auch von dem Krokus, den Nikolas manchmal in ihm gesehen hatte, schien nicht mehr viel übrig zu sein, vielleicht noch einige wenige Blätter, hellblau und rosarot, in einem wirren Dornengeflecht, das sich offenbar nicht entscheiden konnte, ob es ein Kaktus oder eine große Distel sein wollte.

Onkel Carlo schloss ihn in die Arme, und es fühlte sich fast so gut an wie eine Umarmung von Sonja.

Dr. Samanta stand neben der Tür und lächelte ihr weißes Lächeln.

»Ich würde gern allein mit dem Jungen reden, wenn Sie gestatten, Dr. Gregori«, sagte Onkel Carlo.

»Wie? Oh. Ja. Ich verstehe.« Dr. Samanta zögerte. »Na schön. Sei ein braver Junge, Nick, ja?«

Sie ging, warf noch einen Blick zurück und schloss die Tür.

Stille strömte ins Zimmer, wie Wasser in ein Becken, und füllte es immer mehr, bis sich die Fenster unter ihrem Druck nach außen zu wölben schienen. Nikolas stellte sich vor, wie sie krumm wurden und schließlich platzten, wie die Stille schneller strömte, wie sie unsichtbar über den Hang floss und sich anschickte, das Tal tief unten zu füllen, vielleicht sogar alle Täler der Welt.

»Nick?«

»Ja?«

»Ist alles in Ordnung mit dir?«

Er hätte *Nein* sagen, die Ereignisse im Untersuchungsraum schildern und vielleicht auch vom Fieber erzählen können, aber stattdessen antwortete er: »Ja.«

»Ich habe leider nicht viel Zeit …«, begann Onkel Carlo.

Die Worte zerrissen die Stille im Zimmer, was Nikolas bedauerte. Sie zog sich wie ein feines Gespinst durch den Aufenthaltsraum, wie ein zartes seidenes Gewebe, und Worte rissen kleine Löcher hinein.

»Warum kommst du erst jetzt?«, fragte Nikolas. »Du wolltest mindestens einmal die Woche kommen, du hast es versprochen.«

»Tut mir leid, Nick, tut mir wirklich leid.« Die Worte hinterließen weitere Löcher in der zarten, dünnen Seide, aber Türkis fehlte in ihnen. »Ich habe es dir in den Briefen erklärt, die ich dir geschrieben habe …«

»Ich habe nur einen Brief bekommen«, sagte Nikolas. »Mit einer Telefonnummer. Ich habe dort angerufen, aber es hat niemand abgenommen.«

Onkel Carlo blinzelte. »Was?«

»Ich habe die Nummer gewählt, und es hat niemand abgenommen.«

»Wie lautet die Nummer, Nick?«

Nikolas nannte sie. Zahlen fanden einen festen Platz in ihm, wenn er sie einmal gesehen oder gehört hatte. Sie wurden Teil einer Melodie, die er nie vergaß.

»Eine solche Nummer habe ich nie für dich aufgeschrieben«, sagte Onkel Carlo. »Die richtige lautet …« Er nannte sie, holte tief Luft und fügte hinzu: »Tante Adele ist tot, Nick.«

»Oh.«

»Sie starb vor vier Tagen in Rom. Nach dem Schlaganfall hat sie sich nie richtig erholt. Sie hat dich gemocht, Nick, auf ihre eigene Art und Weise.«

Diesmal gab es kleine türkisfarbene Streifen in den Worten, und Nikolas begriff: Sein Onkel wollte glauben, was er sagte; er belog sich selbst.

»Bist du deshalb gekommen, Onkel Carlo? Um mir zu sagen, dass Tante Adele tot ist?«

»Ja. Ich dachte, du solltest von ihrem Tod wissen. Immerhin hat sie sich um dich gekümmert, nicht wahr?«

Nikolas wartete, ohne eine Antwort zu geben.

»Aber es gibt noch zwei andere Gründe, die mich herbringen«, sagte Onkel Carlo. Er blickte sich im Aufenthaltsraum um, wie auf der Suche nach versteckten Lauschern. »Bist du sicher, dass uns hier niemand hört?«

Nikolas hob und senkte die Schultern. Nein, sicher war er nicht.

Onkel Carlo hob den Zeigefinger vor die Lippen, stand auf und schlich zur Tür. Dort horchte er einige Sekunden, bevor er die Tür öffnete und in den leeren Flur spähte. Er schloss die Tür wieder und sah sich erneut um, ließ den Blick wachsam über Decke und Wände streichen.

»Ich habe das hier für dich mitgebracht«, sagte er leise, griff in die Innentasche seiner Anzugjacke und holte ein Handy hervor, das dicker war als andere Mobiltelefone, und vielleicht auch etwas länger. »Damit du mich jederzeit anrufen kannst.«

»Geht nicht«, sagte Nikolas. »Wir haben hier oben kein Netz. Im Wolkenkuckucksheim kann niemand mit einem Handy telefonieren oder ins Internet.«

Onkel Carlo lächelte ein wenig nervös. Er sah auf die Uhr. »Wolkenkuckucksheim? So nennt ihr diese Schule?«

»Ja.«

»Mit diesem Handy kannst du selbst hier telefonieren«, sagte Onkel Carlo. »Es ist ein Satellitenhandy. Weißt du, was das bedeutet, Nick?«

»Es spricht nicht mit gewöhnlichen Antennen, sondern mit einem Satelliten weit, weit über uns.«

»Antennen gibt es hier nicht, aber den Satelliten erreichst du von überall«, erklärte Onkel Carlo. »Und über den Satelliten können wir miteinander telefonieren. Na, was sagst du?«

Nikolas betrachtete das Handy und drehte es mehrmals hin und her. »Gut.«

Onkel Carlo sah erneut auf die Uhr. »Ich habe nicht viel Zeit. Ich würde gern länger mit dir reden und von dir hören, wie es dir hier ergangen ist, aber ich muss schnell wieder weg. Weil gewisse Leute nicht erfahren sollen, dass ich hier gewesen bin, verstehst du?«

»Böse Leute?«

Onkel Carlo holte tief Luft, schien aber trotzdem in seinem Anzug ein Stück kleiner zu werden. Als er den Atem entweichen ließ, blähten sich seine Wangen ein wenig auf. »Ja, böse Leute. Ich möchte, dass du etwas für mich aufbewahrst.«

»Ist das der dritte Grund, warum du hier bist?«

»Der dritte, ja.« Onkel Carlo holte einen gefalteten Zettel hervor und entfaltete ihn. Für einen seltsamen Moment glaubte Nikolas, dass auf dem Zettel eine Botschaft des Schutzengels geschrieben stand. Stattdessen waren es Zahlen, viele Zahlen, in langen Reihen angeordnet.

»Du bist doch gut mit Zahlen, nicht wahr, Nick? Kannst du dir diese hier merken? Ich meine, ganz genau merken? Ohne eine einzige zu vergessen oder die Plätze einzelner Zahlen in ihren Reihen zu vertauschen?«

Nikolas nahm den Zettel und wollte die Zahlen laut vorlesen, aber Onkel Carlo schüttelte schnell den Kopf. »Nein, sieh sie dir nur an. Wie lange brauchst du, um sie dir einzuprägen?«

»Ich habe sie mir schon gemerkt.«

»Mit einem kurzen Blick?«

»Ich habe sie gelesen und ihre Musik gehört. Es ist eine schöne Melodie, die ich bestimmt nicht vergesse.«

Mehrere Sekunden lang sah Onkel Carlo ihn an, als wollte er ganz sicher sein, dass Nikolas verstanden und sich die Zahlen wirklich eingeprägt hatte. Dann schickte er seinen Blick erneut durch den Aufenthaltsraum, stand auf, als er eine leere Untertasse in einem der Regale entdeckte, und holte sie. Er zog ein Feuerzeug aus der Tasche, nahm den Zettel, zündete ihn an und beobachtete, wie er auf der Untertasse verbrannte. Als von dem Papier nur noch Asche übrig war, holte er ein Taschentuch hervor, befeuchtete es mit Spucke und wischte die Asche damit ab. Das schmutzige Taschentuch steckte er ein und stellte die Untertasse ins Regal zurück.

»Jetzt muss ich gehen, Nick, es tut mir leid.« Onkel Carlo öffnete die Tür. Diesmal war der Flur nicht leer. Dr. Samanta und Direktor Severin standen dort. »Ich verspreche dir, dass ich beim nächsten Mal länger bleibe.«

Nimm mich mit, dachte Nikolas, und fast hätte er es laut gesagt. Doch er sprach die Worte nicht aus, denn es hätte bedeutet, dass Sonja allein im Wolkenkuckucksheim zurückgeblieben wäre, ohne ihn, und das kam nicht infrage.

Er wollte Onkel Carlo nach draußen begleiten und sehen, wie der Hubschrauber startete, aber Dr. Samanta hielt ihn zurück.

»Es ist kalt und windig«, sagte sie. »Wir wollen doch nicht, dass du dich erkältest und wieder Fieber bekommst, oder? Warte im Aufenthaltsraum, ich muss noch kurz mit dir reden.«

Durch das große Fenster beobachtete er, wie Dr. Samanta und Direktor Severin Onkel Carlo zum Helikopter brachten, der wie eine große blau-weiße Hornisse auf dem Landeplatz wartete. Der Grauling Monsieur Depellier gesellte sich ihnen dort hinzu, und einige Minuten lang sprachen sie miteinander. Der kalte Wind wehte auch für die Großen, aber Monsieur Depellier trug nur seinen grauen Anzug und Dr. Samanta und Direktor Severin leichte Jacken – sie schienen das Fieber nicht zu fürchten. Nikolas überlegte, suchte in seinem Gedächtnis und konnte sich nicht daran erinnern, dass jemals ein Großer am Fieber erkrankt war.

Schließlich kletterte Onkel Carlo an Bord des Hubschraubers, der daraufhin aus seinem Schlaf erwachte. Die Rotorblätter drehten sich, die blau-weiße Hornisse schlug mit den Flügeln, hob ab und flog fort. Nikolas blickte ihr nach und dachte an Sonja.

Direktor Severin und Monsieur Depellier stapften durch den Schnee und verschwanden zwischen den Blockhütten. Dr. Samanta kehrte zum Hauptgebäude zurück. Nikolas hörte, wie sich die Tür öffnete und wieder schloss.

»Nick?«

»Ja?« Er stand noch am Fenster des Aufenthaltsraums.

Dr. Samanta kam herein. »Dein Onkel hat dir etwas gegeben, nicht wahr?«

Nikolas drehte sich um.

Dr. Samanta trat auf ihn zu und streckte die Hand aus. »Gib es mir.«

»Haben Sie uns beobachtet?«

»Das spielt keine Rolle. Ich weiß, dass dein Onkel dir etwas gegeben hat. Gib es mir!«

»Nein«, sagte Nikolas.

Dr. Samanta sah ihn groß an, die Hand noch immer ausgestreckt.

»Nein«, wiederholte Nikolas.

»Du wirst gehorchen!«, sagte Dr. Samanta scharf.

Etwas geschah. Die Sonne schien durchs Fenster, hell genug, um Dingen Schatten zu geben, und Nikolas beobachtete, wie sich sein Schatten verdoppelte – etwas schien aus ihm herauszutreten.

Dr. Samanta wich einen Schritt zurück.

»Nein«, sagte Nikolas noch einmal. »Ich behalte, was mir mein Onkel gegeben hat.«

Er ging an Dr. Samanta vorbei und verließ den Aufenthaltsraum. Als er im Flur die Tür öffnete und nach draußen in den Sonnenschein trat, überprüfte er seinen Schatten. Es war nur einer, und er folgte allen seinen Bewegungen.

»Nick?«

Er blickte noch einmal zurück. Dr. Samanta stand im Flur und schien zu zittern; vielleicht war ihr plötzlich kalt geworden.

»Heute Nachmittag zeige ich dir das Haus der Rätsel«, sagte Dr. Samanta. »Dir und Sonja. Einverstanden?«

»Ja«, erwiderte er, wandte sich ab und ging über den Weg, der zu den Blockhütten der Schule führte. Etwas hatte sich verändert, das fühlte er. Er wusste nur nicht genau, was.

DAS HAUS DER RÄTSEL

30 Das Haus der Rätsel, das achte Gebäude des Wolkenkuckucksheims, stand hinter dem Wohnheim, das dem »Rat der Weisen« vorbehalten war, den älteren Schülern, unter ihnen Tobias. Der Weg beschrieb dort einen Bogen und führte an einigen runden Felsvorsprüngen vorbei, die einen Mantel aus altem Eis und frisch gefallenem Schnee trugen. Das Haus wirkte wie ein großer Block, wie ein Container, den es irgendwie an den falschen Ort verschlagen hatte. Unterschiedlich lange Metallstangen ragten aus dem Dach, vielleicht Antennen, und auf der linken Seite führten Rohrleitungen zu einem kleinen Nebenbau, aus dem ein Brummen kam – Nikolas vermutete, dass es von einem Generator oder von Pumpen stammte.

Eine dichte Wolkendecke lag über den Bergen, an manchen Stellen so tief, dass sie Gipfel und Felshänge verhüllte, und es begann wieder zu schneien, als sie das Haus der Rätsel erreichten, das sich schiefergrau an den Hang schmiegte. Dr. Samanta schloss die Tür auf, schaltete das Licht ein und sagte mit türkisfarbener Fröhlichkeit: »Hereinspaziert!«

Nikolas und Sonja betraten ein kleines Zimmer mit drei ockerfarbenen Wänden, an denen mehrere unterschiedlich große Bilder hingen. Die vierte Wand bestand aus bunten Kacheln mit geometrischen Figuren und Strichen, wie unvollständige Zahlen oder Buchstaben. Einrichtungsgegenstände gab es nicht, weder Tisch noch Stühle.

Dr. Samanta blieb auf der Schwelle stehen. Professor Horazio, der sie begleitet hatte, wartete einige Schritte hinter ihr, an der Stelle, wo ein schmalerer Weg zum Nebenbau mit dem Generator oder den Pumpen führte.

»Kommen Sie nicht herein?«, fragte Nikolas.

Dr. Samanta lächelte, doch wie so oft nur mit den Lippen. »Es ist ein Spiel«, sagte sie mit zitronengelber Nervosität. »Ein kleines Spiel. Bestimmt wird es lustig.«

»Dies ist alles?« Sonja drehte sich um die eigene Achse. »Im Haus der Rätsel gibt es nur dieses eine Zimmer?«

Nein, dachte Nikolas. Es muss mehr geben. Das Haus ist groß genug, ein Dutzend oder mehr solcher Zimmer zu enthalten.

Aber er schwieg und beobachtete Dr. Samanta. In der weißen Maske, die sie trug, bildeten sich kleine Risse, durch die türkisfarbenes Glühen drang.

»Ein Spiel«, betonte sie noch einmal. »Diese Tür, wisst ihr, lässt sich nur von außen öffnen. Um das Haus der Rätsel zu verlassen, müsst ihr die anderen Zimmer finden, und den Weg durch sie nach draußen. Ein lustiges kleines Spiel.«

Dr. Samanta wich einen Schritt zurück und warf die Tür zu. Sie hatte keine Klinke, keinen Knauf.

»Was?« Sonja lief zur Tür und hämmerte mit den Fäusten dagegen. »Was soll der Unsinn? Lassen Sie uns raus!«

Ein Spiel, dachte Nikolas. Wie im Untersuchungsraum mit den Karten.

»Was wolltest du mir sagen?«, fragte er.

Sonja schüttelte den Kopf, hob den Zeigefinger vor die Lippen und holte etwas unter ihrer Jacke hervor, ein kleines Bündel, dem sie Block und Stift entnahm. Nikolas glaubte zu wissen, was das Bündel sonst noch enthielt: eine Kerze und ein Feuerzeug. Sonja hatte immer eine Kerze dabei, immer.

Sie schrieb etwas und zeigte ihm das Blatt zwischen gewölbten Händen: *Nicht hier. Bestimmt gibt es hier versteckte Mikrofone und vielleicht auch Kameras.*

Nikolas nickte und fragte: »Wie sollen wir die anderen Zimmer finden und einen Weg hinaus?«

Täuschte er sich, oder war das Licht nicht mehr ganz so hell wie noch vor wenigen Momenten?

»Mal sehen«, sagte Sonja. »Mal sehen.« Sie trat zur Wand mit den Kacheln und berührte sie. »He, die Kacheln lassen sich drehen.« Sie griff mit beiden Händen zu, drehte die Kacheln und fand heraus, dass sie sich auch verschieben ließen, wenn sie so angeordnet wurden, dass vollständige Muster, Buchstaben und Zahlen entstanden. »Es ist eine Code-Wand«, fügte Sonja hinzu. »Wenn wir den richtigen Code finden, öffnet sich vielleicht die Tür. Oder ein verborgener Zugang, der in ein anderes Zimmer führt. Was ist mit den Bildern? Sieh dir die Bilder an, Nick.«

Sie waren unterschiedlich groß, zeigten Landschaften, manchmal mit Menschen und Tieren. Wenn sie eine besondere Bedeutung hatten, so blieb sie Nikolas verborgen. Er bewegte sie nacheinander, er zog vorsichtig an ihnen, und bei einem Bild – dem kleinsten, ganz links – hörte er ein leises Klicken.

Bei mehreren Kacheln änderten sich die Markierungen. Kurze Striche wurden länger, lange Striche krumm. Sonja drehte einige der Kacheln und ordnete sie so an, dass die Striche Buchstaben bildeten. Aber nichts geschah. Die Tür ohne Knauf und Klinke blieb geschlossen, und nirgends öffnete sich eine verborgene Klappe.

Das Licht trübte sich noch etwas mehr.

»Nick? Du weißt, dass es mir nicht gefällt, wenn es dunkel wird.«

»Ja.«

Einige schnelle Schritte brachten Sonja in die Mitte des Zimmers. »Dies ist kein lustiges Spiel!«, rief sie. »Hören Sie auf! Lassen Sie uns raus!«

Einige Sekunden lang herrschte eine Stille, die nicht völlig still war – Nikolas vernahm ein leises Summen, wie von einer Mücke, die jemand unter einem Glas gefangen hatte.

Die Vorstellung gefiel ihm. Er lächelte.

»Warum lächelst du, Nick?«, entfuhr es Sonja mit einer Mischung aus Ärger und Furcht. »Dies ist *nicht* lustig.«

Wir sind wie zwei Mücken unter einem Glas, dachte er. Wir suchen nach einem Ausweg.

»Ich bin bei dir«, sagte er ruhig. »Du brauchst keine Angst zu haben.«

Sonja trat ganz nahe an ihn heran, wölbte die Hände an seinem Ohr und flüsterte: »Ist er ebenfalls hier? Kann er uns beschützen?«

Nikolas nickte.

Sonja kehrte zur Wand zurück. Noch etwas mehr Licht wich aus dem Zimmer. Düsternis kroch aus den Ecken.

»Du bist doch gut mit Mustern.« Sonja deutete auf die Kacheln. »Bestimmt müssen wir sie zum richtigen Muster anordnen, um das nächste Zimmer zu finden.«

Warum war Dr. Samanta so nervös gewesen?, fragte sich Nikolas, als er zur Wand ging und mit den Händen über die Kacheln strich. Er glaubte zu fühlen, wie sie sich unter seinen Fingern bewegten, stellte sie sich als Rücken kleiner Tiere vor, die in der Wand gefangen waren, wie die Mücken unter dem Glas.

»Na?«, fragte Sonja. »Na?« Sie holte ihre Kerze hervor und sah zur Lampe hoch, deren Licht erneut schwächer wurde.

Nikolas schloss die Augen.

»Wie willst du die Kacheln sehen, wenn du die Augen schließt?«, flüsterte Sonja.

»Deutlichkeit.« Er flüsterte ebenfalls. »Ich habe dir davon erzählt, weißt du noch?«

Nikolas öffnete die inneren Augen, betrachtete die Wand und bemerkte ein zartes Gespinst, in das die Kacheln eingebettet lagen, wie eine große Spinnwebe, deren Fäden alles berührten, nicht nur die Kacheln, sondern auch die Bilder an der anderen Wand. Er öffnete die anderen Augen etwas weiter, er rief noch mehr Deutlichkeit und bekam sie, zusammen mit einem dumpfen Kopfschmerz.

Er hörte ein Geräusch und sagte leise: »Zünde die Kerze nicht an, Sonja. Noch nicht. Vielleicht brauchen wir sie später noch.«

»Kannst du die Tür öffnen?«, erwiderte sie. »Kannst du uns nach draußen bringen?«

Nikolas suchte nach einer Möglichkeit, doch kein Faden des Gespinstes führte zur Tür, durch die sie das Haus der Rätsel betreten hatten. Dafür fand er etwas anderes, ein Muster, das ihm vielversprechend erschien. Die inneren Augen weit geöffnet und mit einem lauter werdenden Hämmern zwischen den Schläfen berührte er mehrere Kacheln und bewegte sie.

Es klickte, und auf der rechten Seite öffnete sich eine schmale, halbhohe Tür – sie bot gerade genug Platz, um geduckt hindurchzuschlüpfen.

Helles Licht lockte. Die Lampe im Eingangszimmer ging aus.

Nikolas und Sonja duckten sich durch die schmale Tür und traten tiefer ins Haus der Rätsel.

31

»Ich möchte weg von hier«, sagte Sonja im dritten Zimmer. Dort gab es keine Bilder und Kacheln, nur eine große Statue mit vielen Armen und grünen Augen. Sonja saß mit angezogenen Beinen an der Wand, die Arme um die Knie geschlungen. Das Licht schwand bereits wieder, obwohl sie sich erst seit wenigen Minuten in diesem kleinen Raum befanden.

»Wolltest du darüber mit mir reden?« Nikolas stand vor der Statue und bewegte ihre Arme und Finger, in der Hoffnung, die richtige Kombination zu finden. Diesmal ging es um Töne. Jede Bewegung bewirkte ein leises Klimpern, wie von einem fernen Glockenspiel. Er vermutete, dass sich die nächste Tür mit der richtigen Melodie öffnen ließ, aber seine anderen Ohren versagten. Die Deutlichkeit schwand zusammen mit dem Licht, und gleichzeitig wurden die Kopfschmerzen stärker.

»Dies ist keine Schule, nicht einmal eine ungewöhnliche«, sagte Sonja. »Dies ist auch kein Institut für die Förderung von außergewöhnlichen Begabungen, wie Monsieur Depellier behauptet.«

Nikolas bewegte einen Arm und einen Finger der Statue. Das ferne Glockenspiel erklang erneut und schenkte ihm eine kurze, fast schrille Melodie. Sonst geschah nichts. »Dies ist das Wolkenkuckucksheim.«

»Ja, aber was *ist* das Wolkenkuckucksheim, Nick?«

Sie glaubten, dass es hier keine Mikrofone gab, aber ganz sicher sein konnten sie natürlich nicht.

Nikolas zuckte mit den Schultern und zog an Armen, Händen und Fingern der Statue. Es klimperte und klingelte, ohne dass eine Melodie entstand, die eine Tür öffnete. Er bemühte sich, die anderen Augen und Ohren zu öffnen, mit dem Ergebnis, dass aus dem pochenden Kopfschmerz ein noch unangenehmeres Stechen wurde. Die Deutlichkeit war da, er fühlte sie, doch wenn er sie herbeirief, drohte sein Kopf zu platzen.

Es wurde dunkler. Sonja holte Kerze und Feuerzeug hervor. Der Docht war schwarz. Sie hatte die Kerze schon einmal angezündet, im letzten Zimmer.

»Dr. Samanta, Professor Horazio und die anderen, sie stellen irgendetwas mit uns an«, sagte Sonja. »Vielleicht ist etwas im Essen, das sie uns geben, oder im Vitaminsaft, den wir morgens und abends trinken. Ich trinke ihn nicht mehr, wenn ich nicht unbedingt muss.«

»Was machst du mit dem Saft?«, fragte Nikolas neugierig.

»Ich schütte ihn weg, wenn niemand hinsieht.« Sonja blickte zur Decke. »Habt ihr gehört? Ich schütte den Saft weg, wenn ihr nicht hinseht!«

Nikolas zog an einem Fuß. Diesmal klimperte es nicht – im Innern der Statue surrte es.

»Das Kartenspiel im Untersuchungsraum, Nick ... Es war eine Falle. Sie hatten es auf dich und deinen Freund abgesehen. Sie wollten deinen Schutzengel fangen.«

»Man kann ihn nicht fangen«, sagte Nikolas. Er hörte die Gewissheit in seinen Worten, blau wie Lapislazuli, nach Flieder duftend, und fragte sich, woher sie kam.

»Wir alle verfügen über besondere Fähigkeiten«, fuhr Sonja fort. »Du hast deinen Schutzengel. Ich habe meine Bilder. Erika kann in fremde Köpfe schauen, und Tobias hilft ihr dabei, irgendwie.«

»Und die anderen?«, fragte Nikolas. »Was ist mit Katy, Monika, Cameron, Markus und den anderen?«

»Alfons hat mir erzählt, dass Monika Dinge bewegen kann, ohne sie zu berühren«, sagte Sonja. »Und Betty hat einmal gesehen, was im Haupthaus geschah, obwohl sie sich in ihrem Zimmer befand.«

Nikolas wandte sich halb von der Statue ab. »Vielleicht hat sie innere Augen, so wie ich. Vielleicht hat sie Augen, die sie auf die Reise schicken kann.«

»Hier wird's mir unheimlich«, sagte Sonja, und Nikolas begriff, dass sie nicht nur das Haus der Rätsel meinte. »Denk nur an meine letzten Bilder mit den Linien, die plötzlich aufhören. Ich möchte weg, bevor etwas passiert.« Nach kurzem Zögern fügte sie hinzu: »Bevor etwas Schreckliches passiert.«

Es gab nur noch wenig Licht. Sonja zündete ihre Kerze an, deren Schein die Schatten zu den Wänden zurückdrängte.

»Du könntest mit deinen Eltern sprechen.« Bei diesen Worten fühlte Nikolas einen anderen Schmerz. Er wollte nicht von Sonja getrennt werden. »Du könntest ihnen erzählen, was du mir erzählt hast. Du könntest sie bitten, dich mitzunehmen.«

Sonja sah ihn lange an.

»Meine Eltern kommen erst in drei Wochen wieder, und in drei Wochen kann viel passieren.«

Nikolas, mit beiden Händen an den Armen der Statue, fragte leise: »Du möchtest nicht ohne mich weg, oder?«

Sonja stand auf, in der einen Hand die Kerze. Ihre Flamme tanzte wie im Wind, das Licht flackerte; Schatten huschten über die Wände.

»Komm her.«

»Was ist?«, fragte er. »Was ist?«

»Sei still und komm her!«

Er trat auf sie, plötzlich unsicher geworden. Sonjas Blick war anders als sonst.

Sie lächelte, auch anders als sonst, und schlang den freien Arm um ihn. Einen Moment später fühlte er ihre Lippen auf seinen und ihre Zunge dazwischen.

Nach einigen kurzen, sonderbaren Sekunden löste sich Sonja wieder von ihm. »Hast du jetzt verstanden?«

»Ja?«, fragte er.

»Wir gehören zusammen«, sagte Sonja. »Unsere Linien gehören zusammen.«

»War das ein Kuss?«, fragte Nikolas. Eine seltsame Benommenheit erfasste ihn. Er hätte sich gern länger von Sonjas Arm umschlungen gefühlt und von ihren Lippen berührt.

»Lieber Himmel, Nick, *ja,* das war ein Kuss. Für was hast du es gehalten? Wir gehören zusammen.« Sonja hob die Kerze. »Wir müssen *gemeinsam* weg. Bevor es zu spät ist. Im Untersuchungsraum ging es um dich. Um deinen Schutzengel. Sie wollten ihn fangen oder zumindest mehr über ihn herausfinden. Ich vermute, hier geht es ebenfalls um dich. Oder um uns. Warum haben sie uns zusammen ins Haus der Rätsel gelassen, uns beide? Und nur uns beide?«

»Was?« Nikolas dachte noch immer an den Kuss. »Was meinst du damit?«

»Asmuth, Richard, Tobias und Lorena haben sich über elektromagnetische Felder unterhalten.« Sonja sprach etwas schneller und schützte die Kerze mit vorgehaltener Hand, als fürchtete sie einen Windstoß, der sie ausblasen könnte. »Das weiß ich von Tobias. TomTom hat sie entdeckt, mit einem kleinen Messgerät, das er selbst gebaut hat. Kurze Zeit später bekam er wieder das Fieber, zum dritten oder vierten Mal, und es wurde so schlimm, dass sie ihn fortbringen mussten. Das geschah im vergangenen Jahr, im letzten Winter.«

Nikolas versuchte, Sonjas Worten zu folgen, während sein Blick zwischen ihren Augen und der Kerzenflamme hin und her wechselte. Asmuth, Richard, Tobias und Lorena, so hießen die vier Weisen, die ältesten Schüler des Wolkenkuckucksheims. Der aus Estland stammende Asmuth war mit seinen achtzehn Jahren der älteste von ihnen, gefolgt von Richard und Lorena mit siebzehn Jahren und Tobias mit sechzehn.

»TomTom?« Nikolas hob die Hand zum Kopf.

»Er hieß Thomas, Tom«, sagte Sonja. »Aber sie nannten ihn TomTom, weil er sich immer zurechtfand und nie verirrte, weil er selbst die Wege von Orten kannte, wo er noch nie gewesen war.«

Nikolas dachte darüber nach. »Onkel Carlo hat mich besucht und mir erzählt, dass er mehrere Briefe geschrieben hat. Ich habe nur einen bekommen.«

»Na bitte«, sagte Sonja. »Na bitte.«

»Na bitte was?«

»Etwas geht nicht mit rechten Dingen zu. Sie haben die Briefe deines Onkels abgefangen. Wer weiß, was darin stand!«

»Onkel Carlo hat mir Zahlen genannt, die ich mir merken sollte.«

»Bei Zahlen bist du gut«, sagte Sonja. »Es hat dir bestimmt keine Mühe bereitet, sie dir zu merken.«

»Nein.« Nikolas strich sich mit den Fingerkuppen über die Lippen. Auf ihnen brannte noch immer ein kleines Feuer. »Außerdem hat er mir ein Satellitenhandy geschenkt. Damit ich ihn jederzeit anrufen kann. Dr. Samanta war nicht dabei, aber sie wusste trotzdem davon und wollte, dass ich es ihr gebe.«

»Und? Hast du es ihr gegeben?«

»Nein«, antwortete Nikolas.

»Gut so«, sagte Sonja. »Gut so. Damit können wir Hilfe rufen. Hast du es dabei?«

»Nein. Ich habe es versteckt.«

»Wo?«, fragte Sonja.

Nikolas blickte sich um. Die Lampe brannte längst nicht mehr, und Sonjas Hand schirmte die Kerze ab – die Wände lagen im Dunkeln.

»Verstehe«, flüsterte Sonja. »Sag es nicht. Ich hoffe nur, du hast das Satellitenhandy gut genug versteckt, damit sie es nicht finden. Wenn sie davon wissen, suchen sie bestimmt danach. Wir holen uns das Handy, verlassen das Wolkenkuckucksheim und rufen um Hilfe. Was hältst du davon, Nick? Klingt das gut?«

»Und dann bleiben unsere beiden Linien zusammen?«, fragte Nikolas hoffnungsvoll. Beim Kartenspiel im Untersuchungsraum hatte der Schutzengel die Zukunft mit einem Baum verglichen, der aus der Gegenwart wuchs. Er hatte ihm zugeflüstert, dass Entscheidungen, die heute getroffen wurden, das Morgen bestimmten. Sonja malte die Zukunft so, wie sie sie zum Zeitpunkt des Malens sah. Aber wenn andere Entscheidungen getroffen wurden, ergab sich daraus eine andere Zukunft.

»Vielleicht«, sagte Sonja.

Nikolas griff wieder nach Armen und Händen der Statue. »Aber zuerst müssen wir einen Weg aus dem Haus der Rätsel finden.«

32

Es dauerte fast eine Stunde, bis das ferne Glockenspiel die richtigen Töne spielte und sich die Statue mit den grünen Augen öffnete. Ihre beiden Hälften klappten auseinander, und zum Vorschein kam eine kurze Treppe; unten brannte Licht in einem weiteren Zimmer.

Sonja pustete die Kerze aus. »Es ist nicht mehr viel von ihr übrig.«

Nikolas trat auf die erste Stufe. »Ich habe mir was überlegt.«

»Was dcnn?« Sonja hatte es eilig, das helle Zimmer zu erreichen. Zwei LED-Lampen waren dort in die weiße Decke eingelassen. An den Wänden zeigten sich grün und violett leuchtende Kringel, die in Bewegung gerieten, als Nikolas einen von ihnen berührte. Sie drehten sich wie Hypnosespiralen.

»Wir könnten es dunkel werden lassen, ganz dunkel, und auf ihn warten.«

»Ich weiß nicht.« Sonja ging langsam an den Wänden entlang. Die Spiralen warteten nicht auf ihre Berührung und begannen zu rotieren, als sie den Blick auf sie richtete.

»Er kann uns helfen«, sagte Nikolas. Es summte, und die kurze Treppe verschwand hinter einer Klappe. Die beiden LED-Lampen in der Decke gingen aus. Das grüne und violette Glühen der sich drehenden Spiralen strich über Boden, Wände und Decke.

»Ich habe genug von diesem Unsinn.« Sonja blieb stehen und hob den Kopf. »Ich habe genug von diesem Unsinn!«, rief sie.

Einige Sekunden verstrichen, ohne dass etwas geschah.

Dann trübte sich auch das Licht der Spiralen; Dunkelheit breitete sich aus.

Sonja hielt den Kerzenstummel bereit.

»Um was geht es diesmal?« Sie sah sich im letzten Licht um. »Was müssen wir diesmal tun, um ins nächste Zimmer zu gelangen?«

»Es spielt keine Rolle«, sagte Nikolas. »Wir warten auf ihn. Er wird uns nach draußen bringen.«

»Vielleicht wollen sie, dass er erscheint, Nick. Vielleicht haben sie etwas vorbereitet.«

»Mein Schutzengel ist stärker als sie.«

»Aber wenn sie dir was tun ...«

Es war so dunkel geworden, dass Nikolas Sonjas Gesicht nicht mehr erkennen konnte. Er sah nur noch eine vage Silhouette.

»Sie können mir nichts tun. Mein Schutzengel beschützt mich.« Täuschte er sich, oder hatte sich seine Stimme verändert? Sie klang fast ein bisschen fremd.

Finsternis fraß das letzte Licht.

»Nick?«

»Ich bin hier, Sonja.« Er rückte näher an sie heran.

»Ich hasse die Dunkelheit. Ich meine, ich *hasse* sie.«

»Ich bin bei dir.« Er ergriff ihre Hand.

»Trotzdem. Ich hab die Nase voll. Von allem. Vom Haus der Rätsel, vom ganzen Wolkenkuckucksheim, von allem.«

»Auch von mir?«, fragte Nikolas zaghaft. Die Kopfschmerzen kehrten zurück und wurden schnell stärker.

»Nein, Dummkopf, von dir natürlich nicht.« Sonjas Hand drückte zu. »Ist er da?«

»Noch nicht.« Mit der freien Hand rieb sich Nikolas die Schläfe.

»Hol ihn«, sagte Sonja leise, wie um Dunkelheit und Stille möglichst wenig zu stören. »Bitte ihn, uns einen Weg hinaus zu zeigen.«

Nikolas öffnete die anderen Augen und Ohren, obwohl

ihn die Kopfschmerzen daran zu hindern versuchten. Wo bist du?, fragte er.

Ich bin immer bei dir, lautete die Antwort. Sie war leiser als sonst; Nikolas musste die anderen Ohren spitzen, um sie zu hören.

Etwas regte sich in der Dunkelheit. Nikolas lächelte.

»Hörst du das?«, flüsterte Sonja. »Hörst du das Zischen? Wie von einer … Schlange?«

Nikolas hörte es, ja, ein leises Zischen.

Bist du das, Schutzengel?

Ich bin immer bei dir, antwortete die Gestalt in der Dunkelheit.

Das Zischen, kommt es von dir?, fragte Nikolas. Er starrte in die Finsternis. Dort hockte er, der Schutzengel, dunkler als die Dunkelheit, geduckt und wie zum Sprung bereit.

Ich bin immer bei dir, erwiderte der Schutzengel leise.

»Hast du meine Frage nicht gehört?«, raunte Nikolas. »Kommt das Zischen von dir?«

»Sprichst du mit ihm?«, hauchte Sonja.

Ich bin immer bei dir.

»Ja, er ist da«, flüsterte Nikolas. »Aber etwas stimmt nicht. Er spricht so leise, dass ich ihn kaum verstehe, und er antwortet mir nicht richtig.«

Ein Hammer schlug zwischen seinen Schläfen, so fest und hart, dass er kaum mehr einen klaren Gedanken fassen konnte. Er stöhnte.

»Was ist los, Nick? Was ist mit dir?«

»Die Kopfschmerzen … Sie sind kaum auszuhalten.«

Das Zischen schien etwas lauter zu werden. Ein seltsam süßlicher Geruch breitete sich aus.

»Was ist das?«

Sonja zog die Beine an und stand auf. Einen Moment später zündete sie den Kerzenstummel an. Flackerndes Licht fiel auf graue Wände, die keine Spiralen mehr zeigten. Es zischte noch immer, ohne dass Nikolas den Ursprung des Geräuschs feststellen konnte.

»Die Kerze«, ächzte Nikolas. Er wollte ebenfalls aufstehen, doch seine Knie waren weich wie Gummi, und die Beine gehorchten ihm nicht. Er blieb sitzen, schwach, halb blind und halb taub. Die Kopfschmerzen verwandelten sich in einen lauten, hämmernden Trommelwirbel, der Gedanken und gesprochene Worte übertönte. »Mach sie aus! Wir brauchen den Schutzengel.«

»Es ist Gas, Nick!«, rief Sonja. »Sie wollen uns vergiften!«

»Mach die Kerze aus!«

Sonjas Hand zuckte zur Seite, wie von etwas angestoßen. Die Kerze fiel, ihr Licht flackerte noch einmal, und dann war es wieder dunkel.

Sonja schrie. Nikolas zog sie zu sich herunter und schlang die Arme um sie. »Schutzengel …«, krächzte er.

Ich bin immer bei dir.

»Beschütze mich«, brachte Nikolas hervor. »Beschütze uns!«

Die Kraft wich ihm aus Armen und Beinen, vielleicht vertrieben von dem Zischen. Langsam kippte er zur Seite, fort von Sonja, die sich nicht mehr rührte.

Schutzengel, dachte er im Hämmern und Pfeifen, das seinen Kopf füllte.

Ich bin …

Es wurde still.

GETRENNTE LINIEN

33 Nikolas betrachtete sich selbst, wie er direkt neben Sonja in einem Zimmer mit grauen Wänden lag, umgeben von grauem, körnigem Licht, das gar nicht wie richtiges Licht aussah, eher wie eine Flüssigkeit, die ins Wogen geriet, als er höher aufstieg, ohne dass sich der liegende Nikolas bewegte.

Was ist mit mir?, dachte er. Bin ich tot?

Wie kannst du tot sein und dir solche Fragen stellen?

Bist du das, Schutzengel?

Ja, ich trage dich. Ich zeige dir, was geschieht. Möchtest du sehen, was geschieht?

Was ist mit Sonja?, fragte Nikolas. Er schwebte dicht unter der Decke und beobachtete, wie sich in einer der Wände eine Öffnung bildete. Licht fiel ins Zimmer, richtiges Licht, das sich im Grau verteilte und es wie Perlmutt glitzern ließ. Eine Gestalt erschien, in einem weißen Overall und mit einer Atemmaske vor dem Gesicht. Sie duckte sich durch die Öffnung, leuchtete mit einer Taschenlampe, ergriff Sonja und hob sie hoch.

Nein!, rief Nikolas.

Er blieb unter der Decke, gehalten von unsichtbaren Händen, und beobachtete, wie der Mann in Weiß Sonja durch die Öffnung trug. Wenige Sekunden später kam eine zweite Gestalt, etwas kleiner als die erste, ebenfalls mit Atemmaske und in einem weißen Overall, und begann damit, Nikolas durch die Öffnung zu ziehen.

Wie kann ich das sehen, obwohl ich dort unten liege?, fragte er.

Weil ich es dir zeige. Verlassen wir das Haus der Rätsel.

Nikolas schwebte durch die Decke und spürte dabei nicht mehr als einen leichten Widerstand, wie den einer dünnen Gardine, die sich für ihn teilte, ihm über Gesicht und Hände strich.

Er flog, leicht wie eine Feder, oder vielleicht schwamm er, durch die ölige Flüssigkeit des grauen Lichts. Er kroch auch ein bisschen, auf Händen und Knien, die nicht ganz ihm gehörten, durch Decken und Wände, auch durch Felsgestein, das sich nicht wie eine Gardine anfühlte, sondern wie ein schwerer Vorhang.

Wie machst du das?, fragte Nikolas. Stein ist fest. Wie können wir einfach hindurchgleiten?

Es ist leicht, erwiderte der Schutzengel. *Leicht.*

So fühlte sich Nikolas: leicht, ohne Gewicht, als bestünde er allein aus Gedanken.

Der letzte schwere Vorhang – Felsgestein und Beton, mehrere Meter dick – wich beiseite, und Sterne erwarteten Nikolas. War es schon Abend?

Es ist Nacht, sagte der Schutzengel. *Es ist nach Mitternacht.*

Die Perspektive veränderte sich, die Sterne rückten nach oben, und Nikolas' Blick strich über die Gebäude des Wolkenkuckucksheims. Ein Helikopter stand auf dem Landeplatz, eine große Maschine, ein ganzes Stück größer als der Hubschrauber, mit dem Onkel Carlo gekommen war.

Alle Außenlampen leuchteten, auch die an der Straße, wo ein Schneepflug neben zwei Transportern stand, die über die freigeräumte Straße aus dem Tal gekommen waren. Große stapften durch den Schnee, Männer und Frauen, einige in weiße Overalls gekleidet, andere in Jacken und Mäntel. Sie trugen längliche Bündel, und Nikolas näherte sich ihnen, um einen Blick darauf zu werfen.

Sie bringen Tobias und die anderen fort, sagte er verblüfft, schwebte weiter und sah Alfons und Monika, in Decken gehüllt – Männer trugen sie zu den Transportern. Ihre Augen sind geschlossen, fügte Nikolas hinzu. Und sie bewegen sich nicht. Sind sie tot?

Sie schlafen, erwiderte der Schutzengel, den Nikolas noch immer nicht sah, nicht einmal, als er den Kopf drehte und nach ihm suchte. *Wie Sonja und du.*

Ich schlafe ebenfalls?, fragte Nikolas. Plötzlich glaubte er zu verstehen. Oh, das hier ist ein Traum.

Nein, widersprach der Schutzengel. *Das ist kein Traum. Das bin ich.*

Dort standen Direktor Severin und Monsieur Depellier bei einem der Blockhäuser, beide in knielangen Mänteln. Sie sprachen miteinander, ihre Stimmen ein Brummen. Sie gestikulierten und stritten vielleicht, während weitere Schüler in Decken zu den Transportern gebracht wurden. Mehrere weiße Gestalten, von Dr. Samanta beaufsichtigt, trugen kleinere Bündel zu dem Helikopter. Professor Horazio, Alien und Krähenmann, wankte mit ruckartigen Bewegungen über den Weg, der vom Haus der Rätsel zu den anderen Gebäuden führte, gefolgt von zwei Männern in Weiß.

Dorthin!, rief Nikolas. Trag mich dorthin!

Er flog wieder, über Schnee und Stein, durch eine kalte Nacht, deren Kälte ihn nicht erreichte. Sie war so kalt, dass Professor Horazio den Kragen seiner dicken Jacke hochgeklappt und die Hände tief in die Taschen gegraben hatte.

Die beiden Männer in den weißen Overalls trugen Sonja und den schlafenden Nikolas, ohne Decken, dem kalten Wind ausgesetzt.

»Nein!«, rief Professor Horazio, als die weißen Männer den Weg zu den Transportern nehmen wollten. »Ins Haupthaus. Erst bekommen sie eine Injektion wie die anderen. Das Gas wirkt nicht lange.«

Hast du das gehört?, fragte der fliegende, schwebende Nikolas.

Ich habe dir gesagt, dass du ihnen nicht trauen sollst, grollte der Schutzengel.

Dr. Samanta näherte sich, als Professor Horazio und die beiden Männer in Weiß das Haupthaus erreichten. »Wir sind so weit«, sagte sie. »Es ist alles verladen.«

»Wir sind gleich fertig«, erwiderte der Professor. »Sie bekommen nur noch schnell eine Injektion.«

Die beiden Männer trugen Sonja und Nikolas' schlafendes Selbst ins Haupthaus.

Ich will nicht, dass sie mich betäuben!, rief Nikolas. Ich will aufwachen und Sonja helfen!

Ich kann dich in Sicherheit bringen, sagte der Schutzengel.

Nein! Ich will zu Sonja! Ich muss ihr helfen.

Nikolas schwebte an Dr. Samanta und Professor Horazio vorbei, ohne dass sie ihn bemerkten. Als er die Tür des Haupthauses erreichte, ertönte ein Schrei bei einem der Blockhäuser, und hinter eben noch dunklen Fenstern züngelten Flammen.

Monsieur Depellier winkte. »Katy ist außer Kontrolle geraten!«

Dr. Samanta und Professor Horazio liefen los.

Nikolas sah noch, wie Katy mit wehendem dunklem Haar aus der Blockhütte gelaufen kam und wie die Flammen ihr folgten, kleine, feurige Geschöpfe, die tanzten und zu den anderen Blockhütten sprangen … Dann schwebte er durch den Flur in die kleine Krankenstation, wo Sonja und er selbst auf Liegen ruhten. Einer der beiden Männer in den weißen Overalls holte Decken, der andere bereitete etwas vor, das nach einer kleinen Pistole aussah. Er schob Sonjas Ärmel hoch, rieb mit einem Wattebausch über eine Stelle des Arms, drückte das Pistolending darauf …

Was passiert mit Sonja?, entfuhr es Nikolas. Hilf ihr!

Ich bin bei dir, sagte der Schutzengel. *Ich verlasse dich nicht.*

Hilf ihr!

Ich bin bei dir …

Etwas stimmte nicht mit dem Schutzengel, dachte Nikolas. Er schien ihn nicht richtig zu verstehen. Ich will aufwachen!, rief er. Jetzt sofort! Hilf mir, wenn du ihr nicht helfen kannst!

Er fiel dem reglosen Nikolas auf der Liege entgegen, er fiel in ihn hinein, in einen Körper, der ihm gehörte. Plötzlich fühlte er kalte Haut und schwere Glieder, Arme und Beine wie Blei. Etwas zischte in der Nähe, kein Gas, das aus versteckten Düsen strömte, ein Zischen, das von der kleinen Pistole an Sonjas Arm stammte. Nikolas versuchte die Lider zu heben, denn seine anderen Augen sahen nicht richtig, nur Schemen in einem immer körniger werdenden Grau, das alle Konturen verwischte.

Jemand ergriff seinen Arm, schob den Ärmel hoch wie eben bei Sonja. Etwas Kaltes berührte ihn und rieb, ein Wattebausch mit einem Desinfektionsmittel, etwas Festes übte Druck aus …

Nein!

Ich … bin … bei … dir …

Die Stimme war leise und fern, kaum zu verstehen.

Irgendwo knallte es.

Nein!

Nikolas öffnete den Mund, um das Wort zu rufen, doch heraus kam ein Knurren wie von einem Tiger. Der Schemen, die weiße Gestalt, taumelte zurück, und der Druck am Arm ließ nach, ohne dass es gezischt hatte.

Stille legte sich über ihn.

Sonja?, fragte er.

Es blieb still. Nikolas schloss die anderen Augen, nur für einen Moment, um Kraft zu schöpfen …

34

Lautes Knistern und Prasseln weckte Nikolas. Er schreckte hoch und starrte durch die leere Krankenstation. Flackerndes Licht fiel durch die offene Tür und strich über eine leere Liege neben ihm. Sonja war fort und ebenso die beiden Männer in den weißen Overalls.

»Sonja?«

Nikolas stand auf und griff nach einer Decke, denn ihm war so kalt, dass die Zähne klapperten. Auf schwachen Beinen, die ihn kaum tragen konnten, wankte er zur Tür.

Das Wolkenkuckucksheim stand in Flammen, manche von ihnen so hoch, als wollten sie die Sterne erreichen. Alle acht Gebäude brannten, auch das Haupthaus mit der Krankenstation, die Nikolas gerade verlassen hatte – das Feuer breitete sich von der vorderen Seite aus. Weiter oben am Hang loderte das Haus der Rätsel, und Nikolas beobachtete, wie mit lautem Fauchen eine Stichflamme aus dem Nebengebäude mit dem Generator oder den Pumpen schlug.

»Sonja?«, rief er. »Sonja!«

Der große Hubschrauber stand nicht mehr auf dem Landeplatz, und von den beiden Transportern beim Schneepflug war nur einer übrig. Zwei Gestalten zeigten sich dort im Schein der Flammen, und eine von ihnen trug jemanden.

»Sonja!«

Nikolas lief los. Er verlor die Decke, als er über die Stufen des Haupthauses sprang, rutschte über vereisten Stein und fiel, kam wieder auf die Beine, die ihm noch immer nicht ganz gehorchten, stapfte so schnell es ging durch den Schnee … und blieb vor dem toten Mädchen stehen.

Mit ausgebreiteten schwarzen Haaren lag es im Schnee, Arme und Beine gestreckt, auf der Brust ein dunkelroter Fleck groß wie eine Hand. Katy, die das Feuer liebte, die »außer Kontrolle« geraten war, wie Monsieur Depellier gerufen hatte … Hier lag sie tot, von einer Kugel getroffen, ihr Blut im Schnee verspritzt.

Nikolas starrte auf sie hinab und spürte ein seltsames Geräusch tief in seiner Kehle, vielleicht ein Knurren. Als er den Blick wieder hob, war auch der zweite Transporter verschwunden. Nur der große Schneepflug stand noch auf der freigeräumten Straße. Weiter unten am Hang strich das Scheinwerferlicht von zwei Fahrzeugen durch Serpentinen.

Die Flammen wuchsen höher, ihr Prasseln wurde lauter. Nikolas drehte sich um und beobachtete, wie sich das Feuer durch die breite und lange Blockhütte fraß, die ihm und den anderen jüngeren Schülern als Unterkunft gedient hatte. Er dachte an sein Zimmer mit dem Bild, das Sonja für ihn gemalt hatte, mit den Büchern über Formen und Zahlen, mit den versteckten Briefen an den Schutzengel …

Und mit dem Satellitenhandy, das er von Onkel Carlo bekommen hatte.

Er sprang an der toten Katy vorbei und lief noch schneller als vorher, den züngelnden, zischenden Flammen entgegen, die das Holz der großen Blockhütte verschlangen. Sie vertrieben Nacht und Kälte, machten die Welt hell und heiß.

Nikolas hob schützend den Arm vor die Augen. »Schutzengel!«

Ich bin immer bei dir. Die Stimme war nicht mehr leise und fern, sondern deutlich und nah.

»Kannst du mich vor dem Feuer schützen?« Nikolas stand vor der Blockhütte, spürte die Hitze und erinnerte sich an eine Kerzenflamme und einen Finger.

Du hast nichts zu befürchten.

Eine seltsame Ruhe legte sich auf Nikolas, und die Schwäche wich aus seinen Gliedern. Deutlichkeit kam, zeigte ihm die roten, gelben und orangefarbenen Töne der Flammen, sogar das dünne, schmale Violett ganz oben, wo die Flammenzungen endeten. Ihr lautes Prasseln verwandelte sich in ein dumpfes Brummen, und ihre Hitze wich, hinterließ nur eine leichte, angenehme Wärme. Nikolas trat durch die Tür, vorbei an den Funken, die sich aus dem brennenden Holz lösten, kleine Schwärme bildeten und von der Deutlichkeit verlangsamt durch brodelnde Luft glitten. Er schloss den Mund und hielt den Atem an, was ihm nicht schwerfiel, denn hier und jetzt brauchte er nicht zu atmen.

Schnelle Schritte brachten ihn durch den Flur, durch Rauch und Feuer, vorbei an den Zimmern der anderen Schüler. Ein halb verbrannter Schrank sackte in sich zusammen, aber langsam, so langsam, dass Nikolas den glühenden Trümmern ausweichen konnte. Er erreichte sein Zimmer, sah das Bett in Flammen, auch das Nachtschränkchen daneben, in dem Sonjas Bild und die Geometrie- und Zahlenbücher lagen.

Ich schütze dich, sagte der Schutzengel. *Ich schütze dich. Aber lass dir nicht zu viel Zeit.*

Nicht zu viel Zeit, dachte Nikolas. Sekunden, von Deutlichkeit wie Gummibänder in die Länge gezogen. Zeit wie Gummi, dachte Nikolas und lächelte, trotz allem.

Er zog das brennende Bett beiseite, er bewegte sich in den Flammen, nicht nur mit einem Finger, sondern mit dem ganzen Körper. Dort war das geheime Fach, hinter der Abdeckung, darin ein Handy, das sich warm anfühlte.

Hinaus, sagte der Schutzengel.

Nikolas lief bereits wieder, durch einen Wald aus Flammen, das Handy warm in seiner rechten Hand. Das Bild, das Sonja für ihn gemalt hatte, das Bild mit den beiden gemeinsamen Linien – er hätte es gern gerettet. Aber die Deutlichkeit, krass und gnadenlos, zeigte es ihm als glühende Asche im brennenden Nachtschränkchen. Das Bild war verloren, für immer.

Nach draußen, zurück in die Nacht, fort von der langen Blockhütte, fort auch von den anderen Gebäuden. Das Licht der Flammen blieb hinter Nikolas zurück, es wurde dunkler, Sterne erschienen am Himmel. Er lief am Schneepflug vorbei, der wie ein Ungeheuer aus Stahl aufragte, und merkte, dass er langsamer wurde – Müdigkeit kehrte in die Beine zurück.

Ich lasse dich jetzt los, sagte der Schutzengel. Seine Stimme war nicht mehr ganz so nahe. *Roll dich durch den Schnee, das macht es einfacher für dich.*

»Was macht es einfacher, was?«, stieß Nikolas atemlos hervor, und dann, als ihn der Schutzengel losließ, kam das Brennen – das Feuer schien ihm gefolgt zu sein und ihn anzuspringen, als dunkle Arme von ihm wichen. Er fiel in den Schnee, rollte und fühlte, wie Kälte und Hitze miteinander rangen. Dampf stieg auf und verhüllte das Glitzern der Sterne. Das Handy in der rechten Hand war plötzlich so heiß, dass Nikolas es erschrocken losließ.

Die anderen Augen und Ohren schlossen sich, erschöpft nach der Anstrengung.

Nikolas lag schwer atmend im Schnee, hob die Hände und betrachtete sie im Schein der Flammen, die das Wolkenkuckucksheim fraßen. Er entdeckte keine verbrannten Stellen, nicht eine einzige Blase.

Eine Zeit lang blieb er liegen, bis die Kälte die Hitze ganz besiegt hatte und durch die Haut zu kriechen begann, in Muskeln und Knochen. Er nahm das kalt gewordene Handy, stand auf und wankte durch die Nacht, fort von acht brennenden Gebäuden.

»Sonja?«, rief er in die Dunkelheit. »Sonja?«

Er hörte nur das Prasseln der Flammen.

Mit Schwäche in den Beinen humpelte und rutschte er über die Straße, bis zur ersten Kurve. Dort blieb er stehen und schaltete das Satellitenhandy ein.

»Onkel Carlo?«, fragte er. »Onkel Carlo?«

Das Gerät piepte, und auf dem Display erschien ein Name: Carlo Santina. Nikolas drückte die Ruftaste und hielt das Handy ans Ohr. Das Piepen wiederholte sich mehrmals, und dann ertönte eine Stimme.

»Nick? Bist du das? Mitten in der Nacht?«

»Onkel Carlo …« Nikolas war plötzlich den Tränen nahe. »Bitte hol mich«, brachte er halb erstickt hervor. »Die anderen sind alle weg. Sie haben auch Sonja fortgebracht. Und Katy ist tot.«

»Nick! Was ist passiert?«

»Die Häuser, sie brennen alle …«

»Wo bist du?«

»Ich weiß nicht, wo Sonja ist.« Die Tränen kamen, Nikolas konnte sie nicht länger zurückhalten. Sie füllten seine Augen und rollten ihm über die Wangen, fielen auf kalten Asphalt und gefroren zu Eis. »Unsere Linien haben sich getrennt, wie sie es gemalt hat. Alle sind weg, und Katy ist tot.«

»Wo bist du jetzt, Nick?«

»Auf der Straße. Ich bin auf der Straße. Das Wolkenkuckucksheim brennt, Onkel Carlo.«

»Bleib, wo du bist, Nick«, tönte es aus dem Handy. »Nein, Unsinn. Such dir einen Unterschlupf. Dort oben muss es jetzt ziemlich kalt sein. Hol dir Decken oder Kleidungsstücke und warte an einem sicheren Ort, hörst du?«

»Bitte hol mich, Onkel Carlo.«

»Wir müssen warten, bis es hell wird, Nick. Nachts kann der Pilot nicht in den Bergen fliegen. Das wäre zu gefährlich, verstehst du? Wir müssen bis morgen früh warten.«

Nikolas versuchte, nicht mehr zu weinen, aber die Tränen strömten weiter.

»Hast du mich verstanden, Nick?«

»Ja. Bitte komm schnell, Onkel Carlo!«

»Such dir einen sicheren, warmen Ort und warte, bis es hell wird. Lass das Satellitenhandy nicht die ganze Zeit über eingeschaltet, hörst du?«

»Ja.« Nikolas wischte sich Tränen von den Wangen.

»Ich komme, sobald der Pilot fliegen kann. Es sind nur ein paar Stunden, Nick. Hältst du so lange durch?«

Ein paar Stunden waren viel – jede verstreichende Sekunde vergrößerte den Abstand zwischen ihm und Sonja.

»Ja.« Er schniefte. »Ich glaube schon.«

»Gut, Nick. Gut. Wir fliegen zum Landeplatz bei der Schule. Bleib in der Nähe, in Ordnung?«

»Ja.«

»Schalt das Handy jetzt aus! Damit du später noch genug Akku hast.«

Nikolas drückte die Taste an der Seite, und das Handy ging aus.

35

Nikolas verkroch sich hinter dem Wolkenkuckucksheim im Schuppen, der von Katys Feuer unberührt geblieben war. Er fand einige Decken im Schnee, legte zwei von ihnen auf den kalten Boden zwischen den Werkzeugen und Geräten und schlang die anderen um sich. Die acht Gebäude brannten noch immer, hungrige Flammen leckten aus ihnen, und ihr Licht flackerte durch die Nacht. Nikolas wollte wach bleiben und alles genau beobachten, doch die Müdigkeit senkte sich schwer auf ihn, und schon nach wenigen Minuten schlief er ein.

Das Klopfen von Hubschrauberrotoren weckte ihn. Das graue Licht der Morgendämmerung war über die Berge gekrochen, und ein blau-weißer Helikopter kam aus den Resten der Nacht. Er stieg aus dem Tal auf, flog über den Hang und wirbelte Schnee auf, als er zur Landung ansetzte.

Nikolas schaltete das Handy ein und wartete ungeduldig, bis Onkel Carlos Name auf dem Display erschien.

»Bist du das, Onkel Carlo? In dem Hubschrauber?«

»Ja, Nick.« Jemand stieg aus, ging geduckt einige Schritte und richtete sich erst in sicherem Abstand zu den Rotorblättern auf. »Wo bist du?«

Nikolas schlug die Decken beiseite, verließ den Schuppen, lief durch den Schnee und winkte. Onkel Carlo kam ihm entgegen und schlang die Arme um ihn.

»Junge, Junge.« Er klopfte ihm auf Kopf und Schultern. »Was ist hier passiert?«

Ein zweiter Mann war ausgestiegen, brachte Nikolas eine Jacke, wich dann einige Schritte beiseite und blickte sich aufmerksam um. Rauch stieg von den Trümmern der acht niedergebrannten Gebäude auf. Nur hier und dort tanzten noch kleine Flammen.

»Sie haben sie alle fortgebracht, Tobias und die anderen.« Nikolas zitterte, als er sich erinnerte. »Auch Sonja. Sie haben sie betäubt und fortgebracht. Katy konnte ihnen entwischen, ihr Feuer hat die Häuser in Brand gesetzt, und dann haben sie sie erschossen, vielleicht weil sie Angst vor ihr hatten.«

Die Worte kamen schnell, fast ohne Pause zwischen ihnen, und Onkel Carlo fiel es schwer, sie zu verstehen, man sah es ihm an.

»Katy hat die Häuser in Brand gesetzt?«, fragte er. »Eine Schülerin? Wie?«

Der andere Mann sah sich noch immer wachsam um. Die Rotorblätter des Hubschraubers drehten sich nach wie vor, wenn auch langsamer.

»Wir müssen Sonja finden!«, rief Nikolas. »Unsere Linien dürfen sich nicht trennen.«

»Wer hat geschossen?«, fragte Onkel Carlo. »Und wo ist Katy jetzt?«

Nikolas deutete in Richtung Haupthaus. »Sie liegt dort drüben!«

Onkel Carlo ergriff seine Hand. »Zeig sie mir, Nick! Bring mich zu ihr!«

Sie stapften durch den Schnee, fort vom Hubschrauber und dem Mann, der Hang und Straße beobachtete. Fußspuren und Asche fanden sie, aber keine Leiche.

In einer Mulde im Schnee, vielleicht geschaffen von einem menschlichen Körper, entdeckten sie Blut. Onkel Carlo ging in die Hocke und sah es sich aus der Nähe an.

»Sie ist weg«, sagte Nikolas. »Katy ist nicht mehr da.« Er sprach wieder zu schnell. »Sie müssen zurückgekehrt sein und die Leiche geholt haben.«

»Ganz ruhig.« Onkel Carlo richtete sich auf und ließ den Blick über die acht niedergebrannten Gebäude und den Hang wandern. Schließlich legte er Nikolas eine Hand auf die Schulter und sagte: »Komm, Nick. Wir fliegen erst nach Genf und dann nach Rom. Möchtest du zurück nach Italien?«

»Wir müssen Sonja suchen!«, stieß Nikolas hervor. »Sie haben sie fortgebracht, zusammen mit den anderen. Wir müssen sie finden!«

»Komm«, sagte Onkel Carlo. »Lass uns diesen Ort verlassen. Hier ist es kalt und ungemütlich.« Er zog Nikolas sanft mit sich zum wartenden Hubschrauber.

»Aber Sonja …«

»Ich kenne Leute, die sie finden können«, sagte Onkel Carlo. »Wir reden mit ihnen. Wir erklären ihnen, was geschehen ist, und dann machen sie sich auf die Suche nach Sonja.«

»Meinst du die Polizei?« Nikolas rief die Worte, um sich verständlich zu machen, denn der Hubschrauber wurde lauter, seine Rotoren drehten sich schneller.

»Nein«, sagte Carlo. Er half Nikolas an Bord. »Nicht die Polizei. Freunde.«

Eine halbe Minute später stieg der Helikopter auf und flog über den Hang, über die leere Straße, die sich hinab ins Tal wand. Stille legte sich über die verkohlten Reste von acht Gebäuden. Einige letzte Flammen züngelten. Nach einer halben Stunde zogen graue Wolken über die Berge und brachten neuen Schnee, der Katys Blut und die Reste des Wolkenkuckucksheims bedeckte.

DREI

Wir gehören zusammen

Sechs Jahre später

SO VIELE LÜGEN …

36 Unten am Meer, am Ende des Pfades, der von Gestrüpp und Felsen gesäumt an den Klippen hinabführte, gab es eine kleine Höhle, in der Nikolas oft saß, wenn er allein sein wollte. Dort konnte er ungestört nachdenken oder seine Gedanken einfach treiben lassen, während er die im Wind segelnden Möwen beobachtete und dem Rauschen des Meeres zuhörte, einem angenehm grünen Geräusch, das auch zitronengelb werden konnte, wenn es in der Nacht ein Unwetter gegeben hatte. Hier stahl er sich Zeit, wie er es nannte. Er stahl sie sich von den Privatlehrern, die ihn im Auftrag von Onkel Carlo unterrichteten, von der luxuriösen Abgeschiedenheit der Villa, von den Leibwächtern, unter ihnen Bruno, die ihn auf Schritt und Tritt begleiteten, von den Hausangestellten, die ihn mal mit argwöhnischen, mal mitleidigen Blicken bedachten, wenn sie sich unbeobachtet wähnten. Unten bei der Höhle, allein mit Meer, Wind und Himmel, konnte er alles vergessen.

Und er vergaß tatsächlich. Als Tage zu Wochen und die Wochen zu Monaten und Jahren wurden, verblassten die Erinnerungen an die Geschehnisse in der fernen Schweiz, bis sie ihm wie ein übler Traum erschienen. Nur ein Bild in seinem Gedächtnis verlor nicht an Farben und Details: ein Gesicht, von blondem Haar umrahmt, das bis über die

Schultern reichte und manchmal, wenn es das Licht einfing, wie der Genfer See bei Sonnenschein glänzte.

Sonja …

Während der ersten Zeit in Kalabrien, als alle Erinnerungen frisch gewesen waren, hatte er oft an sie gedacht und Onkel Carlo immer wieder gedrängt, sie zu suchen und herauszufinden, was mit ihr geschehen war. Später dann, als er wieder Tritazin nahm, die »Gewitterpillen« – Onkel Carlo hatte sie irgendwo beschafft –, rückten die Gedanken an Sonja etwas mehr in den Hintergrund, ohne ihn jedoch ganz zu verlassen.

An diesem Tag dachte er erneut an Sonja, denn er war nicht allein. Esmeralda, Tochter eines Geschäftsfreundes von Onkel Carlo, besuchte ihn. Sie wohnte auf der anderen Seite des kleinen Tals, das Onkel Carlos Anwesen vom Rest der Halbinsel trennte, und hatte einen wesentlich weiteren Weg. Trotzdem kam sie seit zwei Monaten, erst alle drei oder vier Tage, inzwischen fast jeden Tag. Nikolas wusste nicht, ob er sich darüber freuen oder den Verlust der Einsamkeit an seinem kleinen Rückzugsort bedauern sollte.

Sie saßen nicht in der Höhle, sondern auf einem Felsen direkt davor, mit den Füßen im warmen Wasser. Esmeralda trug einen knappen Bikini, weiß auf olivfarbener Haut. Ihr Haar war dunkel, das Gesicht ein wenig runder, die Nase etwas länger, und doch erinnerte sie ihn an Sonja. Vielleicht lag es an dem Glanz in ihrem Haar, wenn es sich im Sonnenschein bewegte. Sie erinnerte ihn an etwas, das er verloren hatte.

»Du hast heute noch nicht ein einziges Mal gelächelt«, klagte Esmeralda nach einer Weile. »Freust du dich denn nicht, dass ich hier bin?«

Nikolas blickte auf sein Buch. »Doch, ich freue mich.« Er nahm einen roten Duft wahr. Roter Duft war gefährlich und mahnte zur Vorsicht.

»Was liest du da? Wieder was über Zahlen?«

»Dieses Buch hat Daniel Tammet geschrieben.«

»Und?«, fragte Esmeralda nach einigen Sekunden. »Sollte mir das etwas sagen?«

»Daniel Tammet ist ein Savant. Weißt du, was ein Savant ist?«

»Nein, keine Ahnung.« Esmeralda lachte.

Nikolas sah sie noch immer nicht an. Esmeralda war zwei Jahre älter als er, achtzehn, aber sie konnte so dumm und unwissend sein wie ein Kind. Manchmal wurde er nicht schlau aus ihr. Ihre Worte und Gesten schienen eine Botschaft zu enthalten, die er nicht verstand. Vielleicht, dachte er, benutzte sie einen Code, den er erst noch entschlüsseln musste. Bei Sonja war das anders gewesen. Sonja und er hatten sich immer verstanden, auch ohne Worte, mit nur einem Blick.

»Daniel Tammet hat ein besonderes Gespür für Zahlen.«

»So wie du?«

»Vielleicht noch mehr. Er kann selbst die schwierigsten Rechenaufgaben im Kopf lösen, indem er sich die Zahlen als Symbole vorstellt, die miteinander verschmelzen. Er wurde als ganz normales Kind geboren und als Dreijähriger erlitt er einen schweren epileptischen Anfall, der ihn zu einem Savant machte. Zu einer Inselbegabung.«

»Bist auch du eine Inselbegabung?«, fragte Esmeralda und streckte ein Bein über Nikolas' Knie hinweg. Die Berührung war ihm unangenehm, aber er konnte ihr nicht ausweichen.

»Einmal hat er bei einem Gedächtniswettbewerb innerhalb von fünf Stunden über zweiundzwanzigtausend Nachkommastellen der Kreiszahl Pi genannt«, sagte Nikolas, ohne auf Esmeraldas Frage einzugehen. »Er hat ein Bild von jeder Zahl bis zehntausend im Kopf, und das der Zahl zweihundertneunundachtzig ist hässlicher als die anderen. Wusstest du, dass Daniel Tammet elf Sprachen spricht? Elf! Isländisch hat er sich innerhalb einer Woche beigebracht.«

Nikolas schwieg, als ihm klar wurde, dass Esmeralda

eigentlich gar nicht an dem interessiert war, was er sagte. Ohne ein weiteres Wort klappte er das Buch zu, legte es beiseite und blickte übers Meer. Wellen rollten, eine nach der anderen, mit ruhiger Gleichmäßigkeit. In der Ferne zeichnete sich im Dunst grau und vage die Küste von Sizilien ab. Er fragte sich, wie viele Wellen es zwischen dem kalabrischen Ufer und der großen Insel gab. Vielleicht hätte er es berechnen können.

»Ich mag Zahlen«, fügte er nach einer Weile hinzu. »Zahlen sind nicht hinterhältig und gemein. Auf sie ist immer Verlass.« Ihm fiel etwas ein. »Tammet liebt die Zahlen und einen Mann. Er ist homosexuell.«

»Ach.« Das lange Bein auf Nikolas' Knien bewegte sich. Es rutschte ein wenig nach oben. »Bist du ebenfalls homosexuell, Adrian Santina?«

Sie kannte seinen richtigen Namen nicht. Nur Onkel Carlos engste Freunde und Geschäftspartner wussten um seine wahre Identität. Für alle anderen war er Adrian Santina, geboren als Adrian Wiznek, den Onkel Carlo zwei Jahre nach dem tragischen Tod von Nikolas Santina adoptiert hatte. In den zwei Jahren zuvor hatte er offiziell nicht existiert, weder als Nikolas Santina, noch als Adrian Wiznek, und hatte ein Leben im Verborgenen geführt. Auch die Bediensteten auf dem Anwesen seines Onkels nannten ihn nur Adrian. Er hatte sogar einen entsprechenden Ausweis, und in Onkel Carlos Schreibtisch lag eine Geburtsurkunde im Hefter mit den Adoptionsunterlagen: Adrian Wiznek, geboren in Genf am einundzwanzigsten Januar, ein Jahr und zwei Monate nach Nikolas Santina, damit es möglichst wenig Gemeinsamkeiten zwischen diesen beiden Identitäten gab.

»Ich? Nein.« Er beobachtete Esmeralda aus den Augenwinkeln.

»Du hast mich angesehen.«

»Nein.«

Esmeralda lachte und warf das dunkle Haar zurück. »Du hast mich angesehen, gib es zu, Nick!«

Er sah sie an. Esmeralda lächelte, aber anders als sonst. Ihm fiel auf, dass sie Lippenstift trug.

»Gefallen dir meine Lippen?«

Nein, dachte er. Sie sind zu rot. Aber inzwischen hatte er gelernt, dass eine kleine Lüge manchmal besser war als die Wahrheit, und deshalb antwortete er: »Ja.«

»Möchtest du mich küssen?«

Die Wahrheit lautete: Er wusste es nicht. Deshalb schwieg er.

»Und das hier«, sagte Esmeralda. »Gefällt es dir?« Sie hielt die Hände unter ihre Brüste, die dadurch noch ein wenig voller wirkten.

Unbehagen erfasste Nikolas. Er überlegte, ob er das Buch wieder aufschlagen und weiterlesen sollte.

Esmeralda rückte näher, so nahe, dass er die Wärme ihres Körpers spürte. Es war keine angenehme Wärme wie damals bei Sonja, sondern eine klebrige, aufdringliche. Nikolas wünschte sich plötzlich an einen anderen Ort.

»Ach, Adrian Santina, sei doch nicht so schwer von Begriff.« Sie schlang die Arme um ihn. »Na los.«

»Na los?«

Esmeralda rollte mit den Augen und drückte ihm die roten Lippen auf den Mund.

Er schmeckte bitter, der Kuss. Bitter und falsch. Sonjas Kuss war süß gewesen und voller sanfter Farben. Nikolas wollte zurückweichen, aber Esmeralda schlang die Arme noch fester um ihn, und plötzlich hatte er ihre Zunge im Mund.

Er neigte den Kopf nach hinten und versuchte sich aus Esmeraldas Umarmung zu lösen …

Etwas bewegte sich in der nahen Höhle. Ein dumpfes Grollen kam aus ihrer Dunkelheit.

Esmeralda ließ ihn los. »Hast du das gehört?«

»Was denn?«

Sie spähte in die Höhle. »Dort hat sich etwas bewegt!«

Nikolas blickte an ihr vorbei und sah einen Schemen, für eine halbe Sekunde, für einen Moment so kurz, dass er nicht sicher sein konnte, wirklich etwas gesehen zu haben.

»Hier ist niemand«, sagte er. »Hier sind nur wir.«

Eine Stimme strafte ihn Lügen. Sie rief: »Adrian? Adrian?«

Nikolas erkannte die Stimme. »Das ist Bruno.«

Esmeralda stand plötzlich, das Handtuch in beiden Händen. »Sag nichts!«, zischte sie. »Sprich nicht darüber, hörst du?«

»Worüber?«

Sie verzog das Gesicht. »Himmel, du weißt schon.« Sie winkte und lächelte schnell. »Bis morgen!«

Esmeralda huschte davon. Als Bruno auf dem Weg erschien, ging sie langsamer und begann zu stolzieren. Sie warf ihm ein Lächeln zu, strahlend türkis. Als sie an ihm vorbei war, lief sie wieder und verschwand einige Meter hinter dem Gestrüpp, das den steilen Weg säumte.

Bruno sah ihr kurz nach, schüttelte den Kopf und stapfte näher. Mit einem blauen Taschentuch wischte er sich den Schweiß von der Stirn. Es war warm, und Bruno trug wie immer einen schwarzen Anzug, als käme er gerade von einer Beerdigung.

»Dein Onkel«, brummte er, als er über die Felsen kletterte. »Dein Onkel ist da. Ich soll dich holen.«

Erneut wischte er sich das Gesicht ab, und mit kurzer Deutlichkeit beobachtete Nikolas, wie das blaue Taschentuch den Schweiß aufsaugte, wie sich Flecken in dem Stoff bildeten. Bruno besaß vierzehn solche Taschentücher, er hatte sie gezählt. Acht von ihnen waren blau, zwei weiß, eins gelb, eins grün und zwei weitere hellbraun, die Farbe von welkem Laub. Alle wiesen die Initialen B. C. auf, Bruno Caligaris, mit goldenem Garn angeblich von seiner Mutter gestickt. Nikolas wusste nicht, ob das stimmte, die Leibwächter erzählten sich so manche seltsame Geschichte. Groß wie ein Schrank stand er da, die Schultern so breit, dass sich der Stoff der schwarzen Anzugjacke spannte, aber schwitzend und mit dem blauen Taschentuch, das seine Initialen trug, wirkte er irgendwie hilflos.

Nikolas nahm das Buch und seine Sachen, blickte noch einmal übers Meer und bedauerte, keine Gelegenheit gefunden zu haben, die Anzahl der Wellen bis nach Sizilien zu berechnen. »Wann ist Onkel Carlo eingetroffen?«

»Eben, vor zwanzig Minuten. Ich habe mich sofort auf den Weg gemacht. Er will mit dir sprechen.« Bruno fügte hinzu: »Es hat ihm gar nicht gefallen zu erfahren, dass du allein hier unten bist.«

»Ich bin nicht allein gewesen.«

»Ich hab's gesehen. Alles in Ordnung, Adrian?«

»Ja«, sagte er. »Ja, ich denke schon.« Er überlegte, ob er sich weiterhin mit Esmeralda treffen oder Bruno bitten sollte, für Abhilfe zu sorgen. Dann schob sich ein anderer Gedanke nach vorn, begleitet von alter Hoffnung. »Hat Onkel Carlo gesagt, worum es geht?«

»Nein. Aber es scheint wichtig zu sein.«

Bevor Nikolas zum Weg ging, warf er einen Blick in die Höhle. Nichts regte sich in ihrem dunklen Innern, nichts grollte dumpf.

37

Das Anwesen lag auf einem Felskap, mit steilen Klippen auf drei Seiten und dem kleinen Tal auf der vierten. Es bestand aus insgesamt vier Gebäuden, das größte von ihnen eine cremefarbene Villa, durch deren breite Fensterfront man weit übers Meer blicken konnte. In einem der Nebengebäude wohnten die Hausangestellten, in einem anderen die Wächter. Das dritte diente als Unterkunft für Gäste, die Onkel Carlo bisweilen empfing, wenn er von seinen Reisen nach Süditalien zurückkehrte.

Nikolas stellte sich manchmal vor, nicht in einer Villa zu wohnen, sondern in einer Burg, in einer Festung. Es gab keine Wehrgänge und Zinnen, keinen Burggraben mit Krokodilen und auch kein Tor mit Fallgatter, aber trotzdem glich das Anwesen einem Bollwerk. Mindestens drei Wächter patrouillierten ständig, Tag und Nacht. Sie marschierten an den Büschen und Hecken entlang, kontrollierten die überall installierten Sicherheitskameras, behielten Straße und Brücke im Auge und hielten an den fast senkrecht abfallenden Klippen nach Kletterern Ausschau. Ab und zu ließen sie kleine Kameradrohnen aufsteigen und schickten sie zu Fischerbooten, die sich der Halbinsel näherten.

Die Türen des Haupthauses waren einbruchsicher – einer der Wächter hatte einmal gesagt, dass sie sich gewaltsam nur mit einer großen Ladung Dynamit öffnen ließen – und die Fenster schussfest. Nikolas wusste nicht, wer der Vorbesitzer der Villa gewesen war, aber es schien ein sehr vorsichtiger und vielleicht auch ängstlicher Mann gewesen zu sein. Inzwischen gehörte das Anwesen Onkel Carlo, der es »unser Sommerhaus« nannte, was Nikolas für eine große Untertreibung hielt.

Onkel Carlo wartete im Salon mit den teuren Ledersesseln, den umbrabraunen Fliesen aus der Toskana und dem großen Kamin, der von zwei Drachen aus jadegrünem Marmor gesäumt wurde. Im Dezember und Januar, wenn es selbst in Süditalien kalt wurde und Winterstürme das Meer aufwühlten, saß Nikolas dort gern auf dem dicken Teppich, beobachtete die Flammen des Kaminfeuers oder las in ihrem Schein ein Buch über Zahlen.

Onkel Carlo stand am Fenster und blickte hinaus aufs Meer, in der rechten Hand ein Glas mit bernsteinfarbener Flüssigkeit. Seit einigen Jahren trank er, nicht viel, aber immer ein bisschen. Leise klassische Musik drang aus den Lautsprechern in Decke und Boden und brachte eine plötzlich Erinnerung, mit einer Klarheit, die Nikolas verblüfft stehen bleiben ließ.

Die anderen Augen zeigten ihm Monsieur Depellier, der im Besprechungszimmer auf ihn wartete und mit geschlossenen Augen Bruckner hörte. Anton Bruckner. Ein langsamer Satz aus der Fünften Symphonie.

Dies war nicht Bruckner, sondern Beethoven, die Musik klang weicher. Und der wichtigste Punkt: Dort am breiten Fenster stand nicht Monsieur Depellier. Die plötzliche Anspannung wich von Nikolas.

Onkel Carlo drehte sich um. »Oh, da bist du ja.« Er stellte das Glas ab, kam näher und umarmte ihn. »Schon wieder ein Stück größer geworden, scheint mir. Wie lange ist es her?«

»Zwei Monate, drei Tage, siebzehn Stunden und zwei Minuten«, antwortete Nikolas sofort. Onkel Carlo sah müde aus: die Wangen eingefallen, die Augen trüb, die Falten in der Stirn und den Augenwinkeln etwas tiefer als sonst. Und er schien geschrumpft zu sein, was vielleicht an den krummen Schultern und der leicht nach vorn gebeugten Haltung lag. So sah jemand aus, der ein schweres Gewicht mit sich herumtrug.

»Zwei Monate, wie schnell die Zeit vergeht. Es tut mir leid, dass du hier so oft allein bist.«

»Ich bin nicht allein«, erwiderte Nikolas. »Es sind ständig viele Leute um mich herum.«

»Was? Oh, du meinst Bruno und die anderen.«

»Bruno hat mir gesagt, dass du mich sprechen möchtest. Wegen einer wichtigen Angelegenheit, hat er gesagt.«

»Ja, ja.« Onkel Carlo ging zum Tisch, griff nach der Fernbedienung und schaltete die Musik aus. Dann nahm er sein Glas, trank einen Schluck und setzte es ab.

»Geht es um Sonja?«, fragte Nikolas. »Hast du etwas herausgefunden?«

Onkel Carlo sah ihn groß an. »Oh«, sagte er. »Oh.«

Das war ein *Nein,* begriff Nikolas, und offenbar sah man

ihm die Enttäuschung an, denn Onkel Carlo näherte sich wieder und schlang noch einmal die Arme um ihn. Dann klopfte er ihm auf die Schulter und zeigte zum Sofa. »Komm, setzen wir uns.«

Sie setzten sich.

»Es tut mir leid«, sagte Onkel Carlo. »Es tut mir wirklich leid. Ich dachte, du hättest Sonja vergessen ...«

Wie konnte er sie vergessen? Sie hatten doch geschworen, sich immer, immer gegenseitig zu helfen. Nikolas stellte sich vor, dass Sonja seit sechs Jahren irgendwo auf seine Hilfe wartete.

»Ich meine, ich weiß, dass du dich mit Esmeralda triffst ... Ach, Adrian, sieh mich nicht so an.« Auch Onkel Carlo hatte sich angewöhnt, ihn mit seinem falschen Namen anzusprechen. Er lächelte schief. »Ich muss wissen, was hier geschieht, auch wenn ich nicht da bin. Ich muss wissen, wie es dir geht.«

»Es geht mir gut.« Das stimmte nicht ganz. Im Augenblick, hier im Salon, ging es ihm nicht gut.

»Es gibt Leute, die sich für mich umhören«, fuhr Onkel Carlo fort. Er nahm das Glas, ließ den Rest der bernsteinbraunen Flüssigkeit hin und her schwappen und stellte es auf den Tisch, ohne getrunken zu haben. »Spezialisten, die sich mit solchen Dingen auskennen. Mit Nachforschungen, meine ich. Es hat sich nichts ergeben. Niemand weiß, wohin Sonja, Tobias und die anderen, von denen du mir erzählt hast, gebracht worden sind. Niemand weiß, wo sich Sonja heute aufhält. Falls sie noch lebt«, fügte Onkel Carlo leise hinzu.

Das war ein Stich nahe am Herzen. »Glaubst du ...?«

»Ich weiß es nicht. Niemand weiß etwas. Es tut mir leid«, wiederholte Onkel Carlo.

Er war keine Palme mehr, die an einem heißen Tag ruhig Schatten spendete, auch kein Krokus mit weichen Blättern. Hier und dort glaubte Nikolas Stacheln zu erkennen, klein und krumm. Seine Worte klangen blau und dufteten nach Flieder, doch unter der Farbe und dem Geruch von Wahrheit verbarg sich etwas, das Nikolas nicht erkennen konnte, vielleicht wegen der Gewitterpillen.

»Wann können wir weg von hier?«, fragte Nikolas und fröstelte, obwohl es warm war und er sich umgezogen hatte.

»Gefällt es dir hier nicht mehr?«

»Ich möchte zurück nach Florenz oder Genf. In eine Stadt.«

»Ich verstehe«, sagte Onkel Carlo, und es klang so, als verstünde er tatsächlich. »Gedulde dich noch ein wenig. Hier bist du sicher.«

»Bruno und die anderen können mich auch in der Stadt beschützen.«

»Wir haben darüber gesprochen, erinnerst du dich? In einer Stadt würdest du früher oder später anderen Menschen begegnen. Ja, ich weiß, das ist genau das, was du möchtest und was ein Junge – ein junger Mann – in deinem Alter braucht. Aber du bist ein besonderer junger Mann, nicht wahr, und mit einer besonderen Geschichte.«

»Glaubst du, dass sie es noch immer auf mich abgesehen haben, Monsieur Depellier und die anderen?« Es fiel Nikolas nicht leicht, den Namen auszusprechen. Er schmeckte bitter wie Galle.

Onkel Carlo sah ihn lange an. »Wir sollten besser vorsichtig sein, findest du nicht? Hab noch ein wenig Geduld. Nur noch ein bisschen.«

»Ich kann auch hier anderen Menschen begegnen. Esmeralda kennt mich.«

»Und ich kenne Esmeraldas Vater«, entgegnete Onkel Carlo. »Ich kenne ihn sogar sehr gut. Nun, worüber ich mit dir sprechen wollte …«

Nikolas wartete.

»Heute Abend erwarte ich Gäste zu einer Besprechung«, erklärte Onkel Carlo. Er nahm das Glas vom Tisch, blickte einige Sekunden lang hinein und leerte es dann in einem Zug. »Zu einer sehr wichtigen Besprechung. Sie könnte über die Zukunft meiner … Geschäfte entscheiden.«

Die kleine Pause – das kurze Zögern – entging Nikolas' Aufmerksamkeit nicht.

»Die Zukunft unserer Geschäfte, Nick, könnte auch über *unsere* Zukunft entscheiden. Deshalb ist das Treffen heute Abend so wichtig. Leider sind einige der Personen, die daran teilnehmen, nicht sehr vertrauenswürdig. Ich meine …«

Nikolas glaubte zu verstehen. »Sie lügen?«

»Ja, sie lügen. Nicht immer, aber manchmal. Es sind gute Lügner. Sie lügen so gut, dass sie von dem überzeugt sind, was sie sagen, und deshalb fällt es mir sehr schwer, ihre Lügen zu erkennen. Für dich ist das leichter, nicht wahr?«

Früher war es für ihn leichter gewesen, erinnerte sich Nikolas. Lügen hatten türkis geleuchtet, klar zu erkennen, auf den ersten Blick, und sie hatten streng gerochen. Aber seit er die Tabletten nahm – gegen die Kopfschmerzen und auch gegen die seltsamen Träume, die ihn manchmal dazu gebracht hatten, nachts schreiend durchs Haus und draußen durch den Park zu laufen, zum großen Erschrecken der Wächter und Hausangestellten –, waren die Farben oft gedämpft, und Türkis ging manchmal in Blau über, die Farbe der Wahrheit. Er wies Onkel Carlo darauf hin.

»Ja, ich weiß«, erwiderte der. »Ich dachte mir, vielleicht könntest du heute auf die Tabletten verzichten, was meinst du?«

»Ich habe heute Morgen eine genommen.«

»Das liegt jetzt wie viele Stunden zurück? Vier? Fünf? Und bis heute Abend, bis zur Besprechung, sind es noch einmal …« Onkel Carlo sah auf die Uhr. »… sieben Stunden, mindestens. Bis dahin sollte die Wirkung nachgelassen haben, und vielleicht kannst du dann die Lügen erkennen, falls es welche geben sollte. Glaubst du, du schaffst das? Glaubst du, du kannst mir heute Abend helfen?«

Ja.

»Ja«, sagte Nikolas und fragte sich, ob er das andere Ja wirklich gehört hatte. Es war lange her. Vielleicht spielten ihm seine Erinnerungen einen Streich.

»Gut.« Onkel Carlo nickte zufrieden. »Gut.«

38

Die Kopfschmerzen begannen um sieben, als die ersten Gäste eintrafen: ein Bohren hinter der Stirn, ein Klopfen in den Schläfen, ein Druck im Kopf, als wollte etwas hinaus. Köchin Magdalena – Haar und Augen spatzengrau, und damit verglich Nikolas sie, mit einem lebhaften, munteren Spatz, trotz ihrer Jahre – maß ihn mit einem besorgten Blick und fragte: »Geht es dir gut?«

Nikolas verzog das Gesicht. »Ja«, log er.

»Du kannst die Soße probieren, die ich zubereitet habe.« Spatz Magdalena, sechzig Jahre alt und klein und mollig, deutete auf einen großen Topf. »Es ist eine besonders leckere Soße.«

»Hab keinen Hunger«, erwiderte er und verließ die Küche, blieb aber neben der Tür stehen und beobachtete, wie weitere Gäste ins Haus kamen, immer von zwei Leibwächtern begleitet, die Onkel Carlo zunickten. Es waren elegant gekleidete Frauen und Männer in teuren Anzügen, die meisten von ihnen jünger als Onkel Carlo. Nikolas hörte den Akzent ihrer Stimmen: aus Palermo, Reggio Calabria, Brindisi, Neapel und Rom. Für zwei Männer schien Italienisch eine Fremdsprache zu sein, denn in ihren Stimmen gab es Kanten und Ecken. Messer in den Augen sah er nirgends. Es wurde viel gelächelt, es mangelte nicht an gegenseitigen Komplimenten, und bald verschmolzen die Worte zu einem Summen und Brummen.

Nikolas wollte sich auf sein Zimmer zurückziehen, aber Onkel Carlo winkte ihn zu sich, legte ihm die Hand auf die Schulter und verkündete laut: »Dies ist Adrian, mein Adoptivsohn und Erbe. Er wird uns heute Abend Gesellschaft leisten. Alt genug ist er inzwischen.«

Die Besucher grüßten, manche laut und etwas zu freundlich, andere leiser und zurückhaltender. Mehrere Männer bestanden darauf, ihm die Hand zu schütteln; sie wussten ja nicht, dass ihm solche Berührungen sehr unangenehm waren.

Ein dicker Mann in einem marineblauen Nadelstreifenanzug raunte Onkel Carlo zu, aber so, dass Nikolas es noch verstand: »Das ist Antonios Sohn?«

»Ja, das ist er«, bestätigte Onkel Carlo.

Antonio. So lautete der Name seines Vaters. Es überraschte Nikolas, diesen Namen zu hören, denn all die Jahre war sein Vater immer nur *Vater* für ihn gewesen, ein Mann ohne Namen, erschossen am Steuer seines Wagens. Nikolas wollte nicht daran denken und verbannte die Erinnerungsbilder in eine dunkle Ecke hinter den Kopfschmerzen.

Zwei Hausangestellte trugen Kellnerkleidung, wanderten langsam umher und boten auf Tabletts Cocktails an. Kleine Gruppen bildeten sich in Flur und Salon, und Nikolas beobachtete, wie Onkel Carlo von einer Gruppe zur nächsten ging, vor den eleganten Frauen eine Verbeugung andeutete und den Männern ernst zunickte oder freundlich lächelte. Es ertönte wieder klassische Musik, leise und unaufdringlich, und Nikolas verglich seinen Onkel mit einem Dirigenten, der durch den Orchesterraum schritt und die Musiker auf eine Symphonie vorbereitete, die ohne Missklänge bleiben sollte. Er gab sich ruhig und entspannt, wirkte nicht mehr müde wie am Mittag. Doch Nikolas sah die schiefergraue Wolke, die über ihm schwebte und einen Schatten auf ihn legte. Onkel Carlo spielte eine Rolle, und er spielte sie gut, aber Nikolas durchschaute ihn. Er blickte hinter die Maske und erkannte dort noch mehr Anspannung als am Mittag. Und vielleicht noch mehr Erschöpfung. Onkel Carlo, begriff er, war ein Mann, der seine Farben verlor.

Nach einer endlosen halben Stunde, die Nikolas in einer Ecke am Fenster verbrachte, die Aufmerksamkeit zwischen Meer und Gästen geteilt, wurde die Doppeltür des Speisesaals geöffnet, und die beiden zu Kellnern gewordenen Hausangestellten geleiteten die Gäste zum gedeckten Tisch. Auf dem Weg dorthin erschien eine Frau in mittleren Jahren neben Nikolas, das Haar lang und schwarz, die Augen dunkel, die Lippen kirschrot. Sie lächelte freundlich, doch die weißen Zähne, die sie dabei zeigte, schienen die Zähne eines Krokodils zu sein, und das Lächeln war türkis.

»Du bist also Nikolas Santina«, sagte die Frau. »Ich bin Ellena. Wir können uns duzen, wenn du möchtest.«

Nikolas nickte zögernd und voller Unbehagen. Hatte sein Onkel sie ins Vertrauen gezogen, oder mutmaßte sie nur, wer er in Wirklichkeit war, und verriet er sich nun durch sein Nicken selbst?

»Ich habe deinen Vater gekannt. Antonio«, sagte Ellena. »Er war ein guter Mann.« Es klang wahr, die Worte waren blau.

Nikolas erinnerte sich an Commissario Roberto Lerotto, der von seinen Freunden »Bob« genannt wurde. Ein Mann mit weichem, freundlichem Gesicht, aber mit Messern in den grauen Augen. *Dein Vater war ein böser Mann,* hatte Commissario Lerotto kurz nach dem Tod seines Vaters gesagt.

Die Frau namens Ellena lächelte ein zweites türkisfarbenes Lächeln. »Wir werden bestimmt gute Freunde.«

Einige Minuten später, am Tisch, saß Nikolas zwischen seinem Vater und dem dicken Mann im marineblauen Nadelstreifenanzug. Er hieß Riccardo di Laurentis, erfuhr Nikolas, und offenbar mochte er Nudeln, denn vom ersten Gang – Spaghetti mit Magdalenas Soße – aß er gleich zwei große Teller. Er sprach nicht viel und schien sich ganz dem Essen zu widmen, aber Nikolas bemerkte, dass er die anderen am Tisch aufmerksam beobachtete.

Die Kopfschmerzen wurden stärker, so stark, dass kleine Blitze vor Nikolas' Augen flackerten. Er aß nur wenig, einen kleinen Teller Spaghetti und später ein halbes Stück Schokoladenkuchen, und einmal beugte sich Onkel Carlo zu ihm und flüsterte: »Es ist sehr wichtig für mich, Nick. Du tust mir einen großen Gefallen. Danke dafür.«

Insgesamt siebzehn Gäste saßen an dem großen ovalen Tisch im Speisesaal, in der Mehrzahl Männer. Nikolas versuchte, sich ihre Namen zu merken, damit er seinem Onkel später sagen konnte, wer log und wer die Wahrheit sagte. Ellena, die mit seinem Vater befreundet gewesen war. Der dicke, hungrige Riccardo. Die weißblonde Sara, blass und blutleer, kühl und unnahbar, wie eine aus ihrem eisigen Schloss geholte Schneekönigin. Neben ihr José, ein dünner Mann mit einem Gesicht wie ein Adler, die Augen flink und stechend. Pietro, der einen dunkelgrauen Anzug trug und sich kaum bewegte. Tommaso mit dem Mondgesicht. Federico mit der großen Nase und der einen dunklen Strähne, die ihm immer wieder ins Auge fiel. Die Brüder Alessandro und Mattia, der eine klein und schmächtig, der andere groß und breit, wenn auch kein Schrank wie Bruno, der gelegentlich in der Tür erschien, wie um nach dem Rechten zu sehen. Lars mit der goldenen Krawatte und den himmelblauen Augen. Armando mit den Glupschaugen; Nikolas stellte ihn sich als Karpfen vor und lächelte bei diesem Gedanken, trotz der Kopfschmerzen. Santiago, der mehr trank als die anderen, schon das dritte Glas Wein. Mireille, ihr Kostüm so dunkel wie Ellenas Haar, in ihrem ebenfalls dunklen Haar einige Strähnen wie Silber. Nora, jung und schön, mit welligem kastanienbraunem Haar und großen Augen, die vor allem darauf zu achten schienen, welcher der Männer ihr Blicke zuwarf. Gian-Luca, mit Mitte zwanzig der Jüngste am Tisch und offenbar fasziniert von Nora; Giuseppe, Onkel Carlos Buchhalter, groß und schlank, Anfang sechzig, ein freundlicher Mann mit grünen Tönen, die zu

Vertrauen einluden. Silvana, die fünfte und letzte Frau am Tisch, unscheinbar wie ein Grashalm auf einer Wiese voller Blumen, das Gesicht schmal, die Augen ein wenig zu klein, der Mund ungeschminkt. Jannosch, mit drei goldenen Ringen an den sonnengebräunten Händen, zwei an der rechten und einer an der linken. Und Domenico, der die ganze Zeit über grinste, als hätte er in der Lotterie gewonnen; den Wein rührte er nicht an, bemerkte Nikolas, er trank nur Wasser.

Nikolas erfuhr auch die Nachnamen, aber sie verwandelten sich, kaum dass er sie gehört hatte, in ein Rauschen wie vom Meer. Allein der Familienname des dicken Nudelessers blieb in seinem Gedächtnis haften, vielleicht deshalb, weil er direkt neben ihm saß.

Das Essen dauerte lange, fast zwei Stunden, und alle Gäste sprachen, wenn sie nicht gerade den Mund voll hatten: über das Wetter, über die Regierung in Rom, die mal wieder alles falsch machte, und über andere Dinge, die Nikolas nicht interessierten. Schon bald hörte er gar nicht mehr hin – er nahm an, dass er erst später, bei der Besprechung, zwischen Wahrheit und Lüge unterscheiden sollte – und lenkte sich damit ab, indem er den einzelnen Besuchern Zahlen gab, die zu ihnen passten, und anschließend Gleichungen aus ihnen konstruierte. Er begann zu rechnen, um festzustellen, wer übrig blieb, wenn er die Zahlen addierte und subtrahierte. Erstaunlicherweise gewann dabei mehrmals der Mann mit dem Adlergesicht und den flinken Augen, José. Anschließend stellte er sich die Männer und Frauen am Tisch als Pflanzen und Tiere vor. Bei einigen von ihnen fiel ihm das schwer, was vermutlich an den Kopfschmerzen lag. Nora war eine Rose, die Königin der Blumen, mit Dornen, die bis zum Blütenkelch reichten. Als Tier fiel ihm nur ein Panther für sie ein, geschmeidig schön, aber mit scharfen Krallen und spitzen Zähnen. Riccardo war ein Bär, der vor allem daran dachte, sich den Bauch zu füllen, Armando ein Karpfen, Pietro ein Faultier, Ellena ein Paradiesvogel und vielleicht auch eine Begonie, rot wie ihre Lippen. José, Sieger bei den Zahlen, verwandelte sich für ein oder zwei Sekunden in einen listigen Fuchs, und Jannosch mit den drei goldenen Ringen und dem glänzenden Hemd wurde zu einem Pfau, der mit gespreiztem Gefieder zu beeindrucken versuchte.

Einer dieser Männer war Esmeraldas Vater, fiel Nikolas ein. Ihr Nachname lautete … Giacomelli? Er kniff die Augen zu und widerstand der Versuchung, sich die Schläfen zu massieren. Die kleinen Blitze flackerten und gleißten auch im Innern seines Kopfes, ihr grelles Licht zerriss seine Gedanken. Saß ein Giacomelli am Tisch, Geschäftsfreund von Onkel Carlo? Vielleicht Tommaso mit dem Mondgesicht?

Schließlich trugen die Hausangestellten das Geschirr fort, brachten Kaffee, Grappa und Kognak. Einige Männer und Frauen gingen nach draußen, um auf der großen Terrasse zu rauchen. Nikolas wäre ihnen gern gefolgt, um die Sterne am Himmel zu zählen, was ihn vielleicht von den Kopfschmerzen abgelenkt hätte. Aber Onkel Carlo bedeutete ihm mit einer knappen Geste, auf seinem Platz zu bleiben.

Die Raucher kehrten in den Speisesaal zurück, jeder begleitet von einer Wolke aus Zigarettengeruch. Bruno und einer der anderen Wächter schlossen die beiden Türflügel, und Onkel Carlo klopfte mit einem Messer an sein Glas.

»Meine Damen und Herren, ich danke Ihnen allen, dass Sie heute Abend hierhergekommen sind«, sagte er, und es war ein anderer Onkel Carlo, der da sprach, stellte Nikolas überrascht fest. Seine Worte enthielten violette Untertöne, zwischen Blau und Türkis, und sie rochen strenger als sonst. »Wie Sie alle wissen, geht es um die Neuordnung unserer Geschäfte. Niemand soll sich benachteiligt fühlen. Ich bitte jeden Einzelnen von Ihnen, ganz offen über seine jeweiligen Sorgen und Erwartungen zu sprechen.«

»Was ist mit deinem hübschen Sohn?«, fragte Ellena mit

den kirschroten Lippen; das Wort »Sohn« betonte sie besonders. »Ist das, was wir hier zu besprechen haben, auch für seine Ohren bestimmt?«

»Adrian ist alt genug«, betonte Onkel Carlo noch einmal. »Im kommenden Januar wird er siebzehn, fast ein erwachsener Mann. Wie dem auch sei ...« Er räusperte sich. »Vielleicht ist hier und dort ein wenig Zurückhaltung angebracht.«

Ellena nickte. »Ich verstehe.«

Und so begann nach dem langen Essen die lange Besprechung. Zu Anfang versuchte Nikolas, dem Inhalt der Gespräche zu folgen, bei denen es um Dinge wie Marktquoten, Verteilungsschlüssel, Lieferungen aus Übersee, Vereinbarungen mit Palermo und Catania und »Beziehungen« ging, die offenbar die Regierung und Polizei in Rom betrafen. Es war oft von »Waren« und »Material« die Rede, es wurde um Preise und Anteile gefeilscht, und je lauter und schärfer die Worte, desto stärker Nikolas' Kopfschmerzen. Nach einer halben Stunde war es zu anstrengend, darauf zu achten, was die Besucher sagten, und er beschränkte seine Aufmerksamkeit darauf, wie sie es sagten.

Er beobachtete ihre Farben, die ihm Lügen verrieten, er nahm ihren Geruch wahr, der von Falschheit berichtete. Manchmal begegnete er nachdenklichen Blicken, wenn jemand versuchte, ihn einzuschätzen, und bei solchen Gelegenheiten rang er sich ein Lächeln ab.

Die schöne Nora mit dem welligen kastanienbraunen Haar sprach nur selten, aber ihren großen Augen entging nichts am Tisch. Der dicke Riccardo hatte die Hände auf dem Bauch gefaltet und betonte mehrmals, wie wichtig Kompromisse seien, von denen letztendlich alle profitieren würden. Ebenso wie der karpfenäugige Armando schlüpfte er in die Rolle des Mittlers, um einen Ausgleich zwischen verschiedenen Interessen bemüht. José, der Mann mit dem Gesicht wie ein Adler, unterstützte bei jeder strittigen Frage den Standpunkt von Onkel Carlo, der ihn dafür mehrmals mit einem wohlwollenden Nicken belohnte. Doch fast jedes Wort von ihm leuchtete türkis und roch falsch.

Bei anderen Besuchern – zum Beispiel bei den Brüdern Alessandro und Mattia, außerdem bei Mireille und dem reglosen Pietro – hielten sich Wahrheit und Lüge die Waage. Die Worte der Schneekönigin Sara leuchteten mit einem erstaunlich klaren Blau von Aufrichtigkeit. Silvana, der Grashalm auf der Wiese voller Blumen, blieb farblos, aber wenn sie etwas sagte, nahm Nikolas einen unangenehmen Geruch wahr.

Schließlich wurden die Kopfschmerzen so stark, dass Übelkeit in ihm aufstieg und alle Farben verblassten, überstrahlt von den kleinen Blitzen, die nicht mehr vor seinen Augen flackerten, sondern in ihnen. Er stand auf, als er es nicht mehr aushielt.

»Adrian?«, fragte Onkel Carlo.

»Es geht mir nicht gut. Entschuldige.« Er eilte zur Tür, zog einen der beiden Flügel auf und stand plötzlich vor Bruno, der wie ein Berg vor ihm aufragte.

»Stimmt was nicht?« Er blickte in den Saal. Dann bemerkte er Nikolas' Gesicht. »Alles in Ordnung mit dir?«

»Ich muss nur ein bisschen frische Luft schnappen.« Nikolas lief nach draußen, über die hell erleuchtete Terrasse und in die Dunkelheit jenseits davon zwischen den Bäumen und Büschen. Dort blieb er stehen, umgeben von Schatten, und übergab sich.

Eine große Hand legte sich ihm auf den Rücken, eine Pranke.

»Soll ich deinen Vater holen?«, fragte Bruno. »Oder den Arzt?« Er sagte »Vater«, dabei wusste Bruno genau, dass Carlo sein Onkel war.

Nikolas schüttelte den Kopf, spuckte noch einige Male und richtete sich dann auf. »Es geht schon wieder. Ich hab nur Kopfschmerzen.«

»Dagegen gibt es Tabletten«, sagte Bruno. »Wenn du möchtest …«

»Nein, keine Tabletten.«

»Vielleicht solltest du dich besser hinlegen. Und … in dieser Nacht ist es nicht gut, nachts im Dunkeln herumzulaufen.«

Nikolas kehrte zum Haupthaus zurück und nahm den Nebeneingang, vorbei an einem Wächter, der ihm ernst zunickte und die Tür für ihn öffnete. Zehn Minuten später lag er im Bett neben dem offenen Fenster, schloss die Augen und wünschte sich, das Rauschen des Meeres zu hören, eine Stimme so alt wie die Welt, aber der Trommelwirbel der Kopfschmerzen war zu laut.

Der Schlaf kam nicht. Je mehr er ihn sich herbeiwünschte, desto weiter wich er fort. Nach einer Weile setzte er sich auf, öffnete die oberste Schublade des Nachtschränkchens und griff nach der Schachtel mit den Gewitterpillen. Er hatte sie bereits geöffnet, als die Finger innehielten. Die Finger schienen mehr zu wissen als der von Schmerzen gemarterte Kopf, schlossen die Schachtel wieder und legten sie zurück in die Schublade. Dafür nahmen sie Block und Bleistift, eine Erinnerung aus vergangenen Jahren.

Nikolas schaltete nicht die kleine Lampe auf dem Nachtschränkchen ein, sondern rückte ein wenig zur Seite, damit das Licht des Halbmonds auf den Block fiel. Unschlüssig hielt er den Bleistift in der Hand, und dann entschieden die Finger erneut von allein und schrieben die ersten beiden Worte:

Lieber Schutzengel

Nikolas zögerte, strich die beiden Worte durch und schrieb darunter:

Heute Nachmittag unten am Meer, als Esmeralda bei mir war, habe ich in der Höhle gehört und gesehen, wie sich ein Schatten bewegte. Bist Du das gewesen? Bist Du noch bei mir, nach all der Zeit?

Er legte Block und Stift aufs Nachtschränkchen und beobachtete beides, als rechnete er damit, dass eine unsichtbare Hand den Bleistift nahm und eine Antwort schrieb. Doch der Stift blieb liegen, und es erschienen keine neuen Worte auf dem Notizblock. Etwas passte nicht.

Wieder waren die Finger schneller als der Kopf, zogen die untere Schublade auf und legten Block und Stift hinter das Zahlenbuch. Er nickte zufrieden. Ja, so war es besser, so stimmte es.

Er sank zurück aufs Bett und schloss die Augen. Die Kopfschmerzen ließen ein wenig nach, und im Halbschlaf trieben seine Gedanken wie in Öl, langsam und träge. Das Geräusch von Schritten verscheuchte die Anfänge eines Traums, und Nikolas war hellwach, als sich leise die Tür öffnete, als etwas Licht vom Flur ins Zimmer fiel.

»Adrian?«

»Carlo?« Er hatte sich abgewöhnen müssen, ihn »Onkel Carlo« zu nennen, auch wenn es ihm dennoch hin und wieder herausrutschte; Onkel Carlo machte ihn dann stets darauf aufmerksam, indem er in gespielter Strenge eine Augenbraue hob.

Die Tür schloss sich, die Dunkelheit kehrte zurück. In ihr bewegte sich ein Schemen, eine Silhouette im verblassenden Mondschein.

»Schläfst du?«

Das war eine dumme Frage, fand Nikolas. Sein Onkel konnte doch nicht ernsthaft erwarten, dass er mit Ja antwortete.

»Nein.«

Die Silhouette setzte sich auf die Bettkante. »Heute Abend, die Besprechung … Hast du gut zugehört?«

»Ich hatte Kopfschmerzen.«

»Und jetzt?«, fragte Onkel Carlo. »Hast du die Tabletten genommen? Geht es dir besser?«

Diesmal war der Mund schneller als der Kopf. Auch er schien mehr zu wissen.

»Ja«, log Nikolas, ohne zu wissen, warum er log oder warum er die Gewitterpillen nicht genommen hatte. Sie hätten ihm geholfen, ihm die Kopfschmerzen genommen. Aber sie nahmen auch etwas anderes.

»Gut«, sagte Onkel Carlo. »Gut. Konntest du erkennen, wer gelogen und wer die Wahrheit gesagt hat?«

»Sie haben fast alle gelogen«, antwortete Nikolas. »Manche von ihnen mehr als die anderen. Nur einer hat immer die Wahrheit gesagt, wenn du ihn etwas gefragt hast.«

»Wer?«

»Dein Buchhalter, Giuseppe.«

»Ach, Beppi, der gute, alte Beppi. Wer von den anderen hat am meisten gelogen? Kannst du mir das sagen?«

»Ellena und Nora haben viel gelogen«, erinnerte sich Nikolas. »Auch der grinsende Domenico und Jannosch mit den drei goldenen Ringen.«

Onkel Carlo ließ das Licht ausgeschaltet. Als Schatten innerhalb von Schatten saß er auf der Bettkante, und Nikolas fühlte seine Müdigkeit, obwohl er das Gesicht nicht sah.

»Und sonst? Was ist mit den übrigen Leuten?«

Nikolas dachte nach. »Am meisten gelogen hat der Mann mit dem Adlergesicht. José.«

»José.« Onkel Carlo bewegte sich, er beugte sich ein wenig vor. »Bist du sicher? Von ihm habe ich mehr Unterstützung bekommen als von den anderen. Niemand hat mir so oft zugestimmt wie er.«

»Er hat immer gelogen.«

»José … Wer hätte das gedacht.«

»Carlo?«

»Ja?«

»Ellena hat gesagt, mein Vater sei ein guter Mann gewesen.«

»Hat sie das?«

»Ja, und dabei hat sie nicht gelogen. Ihre Worte klangen wahr und hatten auch die richtige Farbe.«

»Blau? Das ist für dich die Farbe der Wahrheit, oder irre ich mich?«

»Roberto Lerotto, der Polizist in Florenz, weißt du noch?«, erwiderte Nikolas. »Er hat meinen Vater damals einen bösen Mann genannt.«

Onkel Carlo legte ihm kurz die Hand auf den Kopf, eine sanfte, zärtliche Geste, die nach Flieder duftete.

»Ich erinnere mich an ihn. Roberto Lerotto war kein besonders freundlicher Mann.«

»Was hat er getan? Mein Vater?«, fragte Nikolas.

»Er hat … Geschäfte gemacht.«

»So wie du.«

Onkel Carlo seufzte schwer. »Ja, so wie ich. Ich habe Antonios Erbe angetreten. Ich wollte es nicht, ich habe es nie gewollt, aber die Umstände haben mich gezwungen.« Er stand auf. »Du hast mir sehr geholfen. Jetzt weiß ich, was von José zu halten ist. Ich hätte ihm fast vertraut. Ohne deine Hilfe hätte ich ihn vielleicht nicht durchschaut. Schlaf jetzt.«

Die Silhouette wich zurück. Die Tür öffnete sich, etwas Licht fiel ins Zimmer und verschwand wieder, als Onkel Carlo die Tür hinter sich schloss.

Nikolas lauschte der Stille, dachte an den Notizblock und überlegte, ob er nachsehen sollte. Aber es war erst kurz nach Mitternacht, noch zu früh für eine Antwort. Nach einer weiteren stillen Minute drehte er sich auf die Seite und schlief ein.

Drei Stunden später rissen ihn Schüsse und Schreie aus dem Schlaf.

EINE NEUE ERDE

39

Die Anzeige der digitalen Uhr wechselte zwischen zwei Schreien: 03:33.

Das Knallen eines Schusses zerriss die Stille, die dem zweiten Schrei gefolgt war, dann fielen weitere Schüsse. Eine automatische Waffe ratterte, und direkt unter dem offenen Fenster schien jemand mit einem Hammer auf die Wand einzuschlagen. Dann ein dumpferes Geräusch, ein Gurgeln und Röcheln. Nikolas lag mit weit aufgerissenen Augen im Bett und stellte sich vor, dass Kugeln nicht nur die Mauer getroffen hatten, sondern auch einen Körper, einen Menschen.

Stimmen hallten durch die Nacht und riefen etwas, das er nicht verstand. Weitere Schüsse fielen, noch mehr Schreie erklangen. Ein Motor heulte auf und verstummte wieder. Jemand lief über knirschenden Kies.

Nikolas' Hand bewegte sich wie von allein, zog die unterste Schublade des Nachtschränkchens auf, suchte unter dem Zahlenbuch und fand den Notizblock. Er wagte es nicht, die kleine Lampe einzuschalten, beugte sich zum Fenster und las im schwachen Licht der Sterne:

Ich bin wieder da.

In rascher Folge fielen mehrere Schüsse, offenbar aus verschiedenen Richtungen, und anschließend kehrte die Stille zurück.

Nikolas traute sich kaum zu atmen.

Deutlichkeit kam, ohne dass er sie rufen musste. Sie kroch durch die Reste der Kopfschmerzen, ein langsames, leises Pochen, das in den Hintergrund rückte, und präsentierte ein Knarren im Flur, laut wie ein Räuspern direkt neben ihm. Jemand näherte sich.

Er schlug die Decke zurück und stand auf, bewegte sich mit müheloser Schnelligkeit, als er Hose und T-Shirt überstreifte. Draußen knallte es erneut, noch ein Schuss, bei der Zufahrt, und das Knarren hörte auf. Nikolas verharrte und lauschte in stiller Deutlichkeit. Es knarrte erneut, Schritte auf altem Parkett, und die Türklinke bewegte sich. Nikolas sah es, obwohl das schwache Sternenlicht die Tür nicht erreichte – dort war alles dunkel.

Die Tür öffnete sich, aber sie schwang wie in Zeitlupe auf, von der Deutlichkeit verlangsamt. Ein Mann wurde sichtbar, gekleidet in einen zerknitterten dunkelgrauen Anzug, ein Mann, der im Speisesaal am Tisch gesessen und sich kaum bewegt hatte: Pietro. Die eine Hand hatte die Tür geöffnet, die andere hielt eine Pistole. Ein Schritt ins Zimmer, noch immer langsam, die Pistole richtete sich aufs Bett …

Nikolas duckte sich, wich zur Seite …

So schnell ihn die Deutlichkeit auch machte und so langsam alles andere, der Mann namens Pietro bemerkte die Bewegung. Seine Pistole schwang herum.

Soll ich dir helfen, Nick?, knurrte es aus der finsteren Ecke neben der Tür.

»Ja«, antwortete Nikolas laut. »Ja, hilf mir!«

Ein Schemen bewegte sich, schwarz wie die Nacht. Eine dunkle Pranke riss die Pistole aus der Hand des Mannes, der in Langsamkeit gefangen nicht wusste, wie ihm geschah. Ein Schuss löste sich aus der Waffe, nicht mit einem lauten, scharfen Knall, sondern mit einem Brummen wie von einer nahen Wespe.

Ein Projektil begann mit seiner Reise durchs Zimmer, ein kleiner silberner Torpedo, ebenfalls verlangsamt, aber trotzdem so schnell, dass Nikolas sofort reagieren musste. Er neigte den Kopf zur Seite, und das kleine Geschoss flog an ihm vorbei, so nahe, dass er die verdrängte Luft wie eine zarte Berührung an der Schläfe spürte. Er beobachtete, wie die Kugel das Regal an der Rückwand des Zimmers erreichte und sich dort in ein dickes Buch über Geometrie bohrte. Er stellte sich vor, wie es Dreiecke und Oktaeder durchschlug und vielleicht in einem Kreis stecken blieb.

Tut mir leid, Nick, flüsterte es aus der Dunkelheit. *Ich hätte besser aufpassen sollen.*

Der Mann in der Tür, Pietro, stand ohne Waffe und mit aufgerissenen Augen da. Die schwarze Pranke, die ihm die Pistole aus der Hand gerissen hatte, erschien erneut, ergriff seinen Kopf und drehte …

Nikolas wollte »Nein!« rufen, doch das Wort blieb ihm im Hals stecken, es wollte den Mund nicht verlassen. Er hörte ein Knacken, als das Genick brach, und beobachtete, wie Pietro nach hinten fiel, in den Flur, wie er auf den Boden prallte und reglos liegen blieb, den Kopf schief auf der Seite.

Ein Schritt, ein schnelles Gleiten, Bilder wie im Zeitraffer, und Nikolas stand im Flur, neben dem Toten, dessen Gesicht seltsam friedlich wirkte. Ein Schemen bewegte sich in der Nähe, wie ein Teil der Dunkelheit, die sich selbstständig gemacht hatte, jedoch an Konturen verlor, wenn er den Blick darauf zu richten versuchte.

»Wo sind die anderen?«, krächzte Nikolas. »Wo ist Carlo?«

Er setzte einen Fuß vor den anderen, ging durch den Flur und spürte das alte Parkett unter den Füßen, dessen Knarren ihn zuvor gewarnt hatte. Vorsichtige Schritte trugen ihn zur Treppe, und gleichzeitig schien er zu fliegen und empfing wieder Bilder wie bei einem zu schnell laufenden Film. Er sah sie mit den Augen der Deutlichkeit: zwei Tote am offenen Tor des Anwesens, am Ende des großen Gartens, der mehr wie ein Park war, daneben ein Wagen, eingekeilt zwischen zwei Bäumen; weitere Tote auf dem Kiesweg der Zufahrt, unter ihnen die Schneekönigin namens Sara, ihr Gesicht blutverschmiert, und die schöne Nora, die nicht mehr schön war, denn Blut strömte aus einem zerschossenen Auge.

Auf halbem Wege die Treppe hinunter blieb Nikolas stehen und hielt sich am Geländer fest. Die Kopfschmerzen kehrten plötzlich zurück, ihr Hämmern noch lauter als der Trommelwirbel seines Herzens. Sie trübten die Bilder, nahmen ihnen Farbe und Schärfe.

»Schutzengel?«, brachte er hervor. »Bist du noch da?«

Ich bin bei dir, flüsterte es, leiser als zuvor, vielleicht weiter weg.

Unten, am Ende der Treppe, erschien ein Mann im Licht einer Wandlampe. Nikolas erkannte ihn: Armando mit den Glupschaugen. Aber jetzt waren es nicht mehr die Augen eines Karpfens, die ihn anstarrten, sondern die eines Hais, und in den Händen hielt Armando eine doppelläufige Flinte mit kurzen Läufen. Er hob die Waffe.

Die Dunkelheit neben Nikolas knurrte, und Armandos Gesicht verwandelte sich in eine Fratze. Er ließ die Flinte fallen und hob die Hände zum Hals, als schnürte ihm etwas die Luft ab. Nikolas hatte so etwas schon einmal gesehen, vor vielen Jahren, vor einem halben Leben, aber wenn ihm sein Gedächtnis Erinnerungsbilder schickte, blieben sie hinter den anderen Bildern: Gestalten in der Nacht vor dem Haus, manchmal vom Lampenschein erfasst, noch immer von der Deutlichkeit verlangsamt; Männer und Frauen, auf dem Kies oder zwischen den Büschen liegend, blutüberströmt, die Augen blind im Tod. Ein Wächter – nicht Bruno, nicht so groß und breit, kleiner und schmächtiger, vielleicht

Edoardo, der gern Karten spielte – verfolgte jemanden und sah nicht das Messer, das aus dem Dunkeln geflogen kam, wie von der Nacht geworfen. Es bohrte sich ihm in den Hals, und er blieb taumelnd stehen und wollte es herausziehen, doch die Kräfte verließen ihn zu schnell. Mit einem Ächzen sank er auf die Knie und kippte zur Seite.

Und dort war Onkel Carlo. Für einen Moment sah Nikolas, der noch immer auf der Treppe stand, sein Gesicht, als er zwischen den Bäumen schlich, nicht mit der Absicht, die Gefahrenzone zu verlassen und das eigene Leben zu retten, sondern auf der Suche nach einem ganz bestimmten Mann. Doch der Mann, den Onkel Carlo suchte, befand sich nicht vor ihm, wie er vermutete, sondern hinter ihm. Er hatte sich gut versteckt. Der Mann mit dem Gesicht wie ein Adler, José, hatte sich versteckt und gewartet und trat hinter einem Strauch hervor, in der Hand einen Revolver.

»Onkel Carlo!«

Nikolas sprang die Treppe hinunter, rannte am toten Armando vorbei, erreichte die Tür, die einen Spaltbreit offen stand, riss sie ganz auf und lief weiter, über die Terrasse und den Kiesweg.

Vor ihm gab die Dunkelheit zwei Männer preis. Der eine, normalerweise ein Riese, wirkte kleiner, weil er sich bückte und nach Edoardo-mit-dem-Messer-im-Hals sah – Bruno. Der andere Mann war Alessandro und schien auf einmal viel größer zu sein. Die Pistole in seiner rechten Hand war winzig und verschwand fast zwischen den Fingern.

Beide Männer bewegten sich, aber langsam – die Deutlichkeit machte Nikolas schneller als sie. Er zögerte und dachte an Onkel Carlo, der nicht wusste, dass der Mann, den er suchte, gleich von hinten auf ihn schießen würde. Aber Bruno, der ruhige, freundliche Bruno, der ein Freund geworden war, ahnte ebenfalls nichts, und er befand sich *hier*. Vielleicht, dachte Nikolas, macht mich die Deutlichkeit schnell genug.

Vor dem großen Alessandro blieb er stehen, griff nach der Hand, bog die Finger, zog an der Pistole, zog und zerrte noch etwas mehr, bis sich die Waffe schließlich aus der Hand löste. Er hielt sie zwei oder drei seiner Sekunden, er hielt sie länger, als er sie eigentlich halten wollte, weil er sich nicht entscheiden konnte. Dann richtete er sie auf Alessandros Bein und drückte ab. Ein dumpfer Knall, gefolgt vom Beginn eines schmerzerfüllten Schreis ... Nikolas lief weiter und wollte die Pistole wegwerfen, doch sie blieb in seiner Hand, als klebte sie dort fest.

Sein Herz schlug noch etwas schneller und lauter.

Die Kopfschmerzen wurden stärker.

Es knallte, oder vielleicht war es das laute Knacken eines unter seinem Fuß brechenden Zweigs, denn Nikolas lief nicht mehr über den Weg, sondern zwischen Bäumen und Büschen.

Die Deutlichkeit ließ nach, vertrieben von den Kopfschmerzen. Er spürte, wie die Welt um ihn herum ihre Langsamkeit verlor, und deshalb versuchte er, noch schneller zu laufen.

»Ich brauche deine Hilfe, Schutzengel!«, keuchte er. Dort war der Strauch, hinter dem sich José versteckt hatte, nicht mehr so klar zu erkennen wie zuvor, obwohl Nikolas ihm mittlerweile viel näher war.

Krkrkrkrkrkch, antwortete der Schutzengel, mit einer Stimme, leiser als die des Nachtwinds.

War dies der richtige Ort? Nikolas blieb schwer atmend stehen und sah sich um. Bäume und Büsche umgaben ihn, beim Haus erklangen Stimmen, vom Tor her kam das Brummen eines Motors.

»Carlo!«

Er stand nicht mehr, sondern lag neben einer Palme, halb auf der Seite, Mund und Augen offen, der Rücken blutig. Die Lippen zitterten, es steckte noch etwas Leben in ihm. Der Mann mit dem Adlergesicht war nicht mehr da; vielleicht saß er in dem Wagen, dessen Motor Nikolas eben gehört hatte.

»Adrian … Nick? Bist du das, Nick?«

Das Licht einer Taschenlampe strich durch die Nacht, fand sein Gesicht, verharrte kurz und glitt weiter zu dem Mann auf dem Boden.

Zwei Gestalten lösten sich aus der Dunkelheit, eine von ihnen groß und breit, ein Riese. »Adrian!«, schnaufte Bruno. »Bist du verletzt?«

»Carlo …«

Der zweite, kleinere Wächter ging neben dem Schwerverletzten in die Hocke und leuchtete ihm in die Augen. »Er muss ins Krankenhaus, sofort. Ich rufe den Hubschrauber.« Er eilte fort.

»Adrian.« Bruno trat näher und streckte eine große Hand aus. »Gib mir das!«

Nikolas starrte auf seinen Onkel. »Was?«

»Die Pistole, Adrian. Gib sie mir!«

Er merkte erst jetzt, dass er sie noch immer hielt. »Ich wollte ihm helfen, aber ich bin zu spät gekommen.« Nikolas blinzelte. Es bereitete ihm plötzlich Mühe, die Augen offen zu halten. Müdigkeit senkte sich schwer herab. »Ich wollte ihm helfen, aber dann sah ich dich und Alessandro, der auf dich schießen wollte, ich hab ihm die Pistole abgenommen und ihm ins Bein geschossen …«

»Du bist das gewesen?«

»… und dann bin ich weitergelaufen, hierher, aber ich bin zu spät gekommen …«

Leute kamen, einige von ihnen leicht verletzt und unter ihnen eine Frau, die ein munterer Spatz gewesen war und sich in eine traurige Drossel verwandelt hatte. Magdalena, die Köchin. Sie schlang die Arme um Nikolas, und er bemerkte einen blutigen Kratzer, der sich über ihre Wange zog.

»Komm, Junge, hier kannst du nichts mehr tun.«

»Carlo …«

Zwei Männer legten Onkel Carlo vorsichtig auf eine Trage. In der Ferne pochten die Rotorblätter eines Helikopters, ein Wummern und Hämmern, das schnell lauter wurde.

»Ich bin zu langsam gewesen …«

Nikolas konnte sich nicht mehr auf den Beinen halten, er war zu müde. Die Kraft verließ ihn. Er sackte in sich zusammen und fühlte noch, wie Brunos starke Arme ihn ergriffen, dann schwanden ihm die Sinne.

40

Ein grauer, stechender Geruch lag im Flur des Krankenhauses, und Nikolas versuchte, allein durch den Mund zu atmen, als er sich zusammen mit Bruno und dem Chefarzt der Tür näherte, hinter der ihn Onkel Carlo erwartete. Der Mann in Weiß – der Arzt, der nicht nur einen weißen Kittel trug, sondern auch weißes Haar hatte – hob eine mahnende Hand.

»Fünf Minuten«, sagte er ernst. »Nicht eine Sekunde länger. Und auch nur, weil er ausdrücklich darauf bestanden hat. Wenn es allein nach mir ginge, würde ich niemanden zu ihm lassen. Sein Zustand ist kritisch. Fünf Minuten!«

Einer der beiden Männer, die vor dem Krankenzimmer Wache hielten, öffnete die Tür.

»Fünf Minuten«, wiederholte der Arzt noch einmal. »Und das sind schon fünf Minuten zu viel.«

Bruno nickte ihm zu und betrat das Krankenzimmer. Nikolas folgte ihm.

Das Bett stand am Fenster, und darin lag ein Mann, der kaum noch Ähnlichkeit mit Onkel Carlo hatte. Der Mann, der dort lag, angeschlossen an leise summende Überwachungsgeräte mit Monitoren und rot und grün blinkenden Anzeigen, schien uralt zu sein: das Gesicht eingefallen, von tiefen Falten durchzogen, die geöffneten Augen wässrig, ohne Glanz, die Lippen dünn und blutleer.

»Adrian?«, krächzte der Mann auf dem Bett. »Bist du das?«

»Ich bin hier.« Nikolas näherte sich.

Eine Hand des Alten tastete über die dünne Bettdecke, wie auf der Suche nach ihm.

»Signor Santina …«, begann Bruno vorsichtig. »Der Arzt hat nur fünf Minuten erlaubt …«

»Nick«, brachte der alte Onkel Carlo hervor. »Ich möchte … mit ihm reden. Nur mit ihm. Bruno, ich danke dir, aber … bitte geh.«

Bruno nickte. »Wie Sie wünschen, Signor Santina.« Er ging zur Tür. Dort angelangt blickte er zu Nikolas am Bett und hob die Hand, alle fünf Finger gestreckt. Dann verließ er das Zimmer.

Das Summen der medizinischen Geräte schien lauter zu werden. Irgendwo piepte es. Kurven wanderten über einen Monitor.

»Nick …«

»Ich bin hier.« Nikolas zog sich einen Stuhl heran und ergriff die Hand, die noch immer nach ihm suchte. Sie war kalt.

»Ich bin zu spät gekommen, Onkel Carlo.« Plötzlich fühlte er sich den Tränen nahe, vom Gefühl der Schuld halb erstickt. »Ich habe den Mann gesehen, der auf Bruno schießen wollte, und da musste ich ihm helfen, und deshalb bin ich zu spät gekommen …«

»Hör mir zu, Nick.« Onkel Carlo sprach mühsam. »Hör mir zu, Junge. Ich sterbe …«

»Nein!«, entfuhr es Nikolas.

»Ich fühle es, Nick. Es geht mit mir zu Ende.« Der Greis im Bett schnaufte und schnappte nach Luft. »Hör mir zu, es ist wichtig. José und seine Leute stecken dahinter. José, der mir immer zugestimmt und von allen am meisten gelogen hat. Von Bruno weiß ich, dass er entwischt ist …« Husten schüttelte den Körper unter der dünnen Bettdecke.

»Onkel Carlo …«

»Ich dachte, mir bliebe noch etwas Zeit, um Vorkehrungen zu treffen, aber der heimtückische Mistkerl hat sofort zugeschlagen. Eine günstige Gelegenheit für ihn, alle Rivalen auf einen Schlag auszuschalten. Ach, Nick, ich habe damals das Erbe deines Vaters angetreten, obwohl ich es nicht wollte, und jetzt musst du mein Erbe antreten, obwohl du es vielleicht nicht willst. Sprich mit Bruno und Beppi, meinem Buchhalter. Ihnen kannst du vertrauen. Sei vorsichtig bei den anderen, bei allen anderen.«

Ein neuer Hustenanfall unterbrach Onkel Carlo. Seine kalte Hand drückte zu, schien sich an Nikolas und dem Leben festklammern zu wollen.

»Es gibt da noch etwas«, fuhr Onkel Carlo fort, als er wieder zu Atem gekommen war. »Vor sechs Jahren, als ich dich im Wolkenkuckucksheim besucht habe … So hast du es genannt, nicht wahr?«

»Ja?«, erwiderte Nikolas vorsichtig.

»Ich gab dir einen Zettel mit Zahlen, die du dir einprägen solltest, weißt du noch?«

»Du hast den Zettel verbrannt«, sagte Nikolas. Vor dem inneren Auge sah er die Flamme, die das Papier verschlang.

»Ja. Weil es wichtige Zahlen waren, die niemand außer dir sehen sollte. Erinnerst du dich an sie?«

»Ich vergesse keine Zahlen«, erwiderte Nikolas. »Nie.«

»Gut.« Es klang erleichtert. »Gut. Die Zahlen sind ein Code. Ein Code für die Entschlüsselung bestimmter Computerdateien. Sprich mit Giuseppe, mit Beppi. Er kann dir die codierten Dateien zeigen. Sie enthalten wichtige Informationen über meine Geschäfte und …« Onkel Carlo zögerte. »Ich habe dir nicht die Wahrheit gesagt. Über Sonja.«

»Was?«

Onkel Carlo hustete, und diesmal dauerte sein Hustenanfall länger. Aus den Kurven auf dem einen Monitor wurden Zacken, und ein Pfeifen erklang, vielleicht ein Alarmsignal, denn nur wenige Sekunden später öffnete sich die Tür, und der Mann in Weiß kam herein.

»Die fünf Minuten sind um«, verkündete er streng. »Hinaus mit dir, junger Mann.«

»Aber …«

Bruno kam, legte ihm einen schweren Arm auf die Schultern und führte ihn nach draußen.

»Carlo wollte mir etwas Wichtiges sagen!«, protestierte Nikolas. Sonja, dachte er.

»Fünf Minuten, hat der Arzt gesagt.« Bruno klang traurig. »Es sind sogar fünfeinhalb gewesen. Jetzt müssen wir warten.«

Aber dies konnte nicht warten. Es ging um Sonja. Nikolas duckte sich unter dem Arm hinweg und wollte zum Krankenzimmer laufen – der Mann in Weiß schloss gerade die Tür –, aber Brunos starke Hand hielt ihn fest.

»Wir müssen warten«, sagte Bruno leise.

»Worauf?«

»Dass es deinem … dass es ihm besser geht. Dass er sich erholt.«

Es war ein sinnloses Warten, das wusste Nikolas, als sie in einem extra für sie reservierten Zimmer des Krankenhauses saßen. Onkel Carlo würde sich nicht erholen; der Tod steckte bereits in ihm.

Eine Zeit lang beobachtete er die Zeiger der Uhr an der gegenüberliegenden Wand, wie sie langsam übers Zifferblatt wanderten und die Zeit dabei in kleine Stücke schnitten. Mehrmals öffnete er den Mund, um Bruno nach den codierten Daten zu fragen, aber jedes Mal schloss er ihn wieder, denn Bruno war Bruno und nicht Giuseppe, den Onkel Carlo Beppi nannte. Schließlich stand Nikolas auf, ging zum Fenster und beobachtete das Meer, die blauen und grünen Töne, die nie gleich blieben, sich ständig veränderten – eine Wolke am Himmel genügte oder ein Windstoß. Kleine Fischerboote schaukelten auf den Wellen. Ein großer Motorsegler verließ den Hafen der Stadt auf der linken Seite. Die Menschen auf der Uferpromenade waren klein wie Ameisen, und Nikolas stellte sich vor, wie sie sprachen und lachten – niemand von ihnen musste darauf warten, dass jemand starb. Nach einer Weile wandte er sich vom Fenster ab und nahm wieder Platz.

»Carlo hat mich belogen«, sagte er.

Der traurige Bruno sah ihn fragend an.

»Über Sonja«, erklärte Nikolas. »Weißt du über Sonja Bescheid?«

Bruno schüttelte den Kopf.

Nikolas überlegte, ob er ihm die Geschichte vom Wolkenkuckucksheim erzählen sollte, um die Stille aus dem Zimmer zu vertreiben. Er entschied sich dagegen. »Ich habe sie früher gekannt. Er hat zugegeben, gelogen zu haben«, betonte Nikolas.

»Bestimmt hat er es gut gemeint.«

Stunden vergingen. Nikolas saß reglos, beobachtete die Uhrzeiger, dachte an Sonja und an ihren beiderseitigen Schwur, sich immer zu helfen. Immer. Einmal musste er zur Toilette, und als er dort vor dem Spiegel stand, glaubte er für einen Moment, einen Schemen hinter sich zu sehen.

»Bist du hier?«, fragte er leise und hoffnungsvoll. »Bist du hier, Schutzengel? Kannst du Onkel Carlo helfen?«

Doch er bekam keine Antwort. Die schattenhafte Gestalt, die er für einen Sekundenbruchteil im Spiegel gesehen hatte, war vielleicht nur Einbildung gewesen.

Kurz nach seiner Rückkehr ins Wartezimmer öffnete sich die Tür, und der Mann in Weiß kam herein. »Es tut mir leid«, sagte er.

Bruno stand auf. »Ist er ...?«

»Carlo Santina erlag vor wenigen Minuten seinen schweren Verletzungen«, erklärte der Arzt. »Wir haben alles versucht.«

Nikolas blieb sitzen. Er hatte es gewusst.

Der Mann in Weiß verstand ihn falsch. Vielleicht glaubte er, dass Nikolas sitzen blieb, weil das Gewicht der Trauer zu schwer auf ihm lastete. Er kam näher und wollte ihm die Hand auf die Schulter legen. Nikolas beugte sich zur Seite.

»Es tut mir leid«, wiederholte der Arzt.

Nikolas wich noch weiter beiseite und stand auf, um der Hand zu entkommen, die ihn berühren wollte.

»Was ist mit ihm?«, fragte der Mann in Weiß verwundert.

»Komm, Adrian«, sagte Bruno und öffnete die Tür. »Lass uns gehen.«

Sie verließen den Warteraum und das Krankenhaus zusammen mit den Männern, die vor dem Patientenzimmer Wache gehalten hatten.

Draußen, dem grauen, stechenden Geruch der Krankenhausflure entkommen, sagte Nikolas: »Ich muss mit Giuseppe reden. Mit Beppi. So bald wie möglich.«

41

Das drei Stockwerke große Gebäude gehörte zur Altstadt von Palermo mit ihren schmalen Gassen, die selbst tagsüber düster blieben, weil an Leinen zwischen den Hauswänden aufgehängte Wäsche den Sonnenschein fernhielt. Nikolas sah Putz, der von alten Mauern bröckelte, und schief in den Angeln hängende Türen.

»Sind Sie sicher, dass Onkel Carlo hier ein Büro hatte?«, fragte er.

»Ja.« Giuseppe, der große, schlanke Mann mit den freundlichen grünen Tönen, öffnete eine der schiefen Türen. Dahinter erwartete sie ein halbdunkles Treppenhaus. »Dieses Haus …« Er deutete nach oben, zu den geschlossenen Fenstern, bevor er eintrat. »Ich habe es vor einigen Jahren im Auftrag deines Onkels gekauft. Jetzt gehört es dir, Nick. Wie auch alles andere.«

Nikolas fragte sich, was er mit einem solchen Haus anfangen sollte, als sie die Treppe hochstiegen. Die Stufen aus

Holz knarrten laut. Er blickte sich um; überall gab es Schatten und Schemen.

Die Deutlichkeit kam leicht und schnell – es genügte ein einladender Gedanke –, und es gab keinen Kopfschmerz, der sie trübte. Er sah den Staub in den Ecken, die Spinnweben unter der Treppe, den Unrat hinter der halb offenen Kellertür und die Schmierereien an der Rückwand des Flurs. In der Lücke zwischen Treppenhauslampe und Decke spann eine kleine Spinne ihr Netz, und Nikolas glaubte für einen Moment, das leise Knistern ihrer Seide zu hören. Er mochte diese Art der Deutlichkeit, wenn sie ruhig und sanft blieb, unaufdringlich, ein Geschenk, nicht etwas, das ihn plötzlich überfiel und Besitz von ihm ergriff. Er mochte es, die anderen Augen und Ohren auf die Reise zu schicken und zu empfangen, was sie sahen und hörten, ohne dass es ihn verwirrte – es war wie ein Blick aus dem Fenster, während gleichzeitig das Radio lief.

»Es ist still«, sagte er, als sie den letzten Treppenabsatz erreichten. »Wohnt hier niemand?«

»Nein.« Sie schritten durch einen Flur, vorbei an geschlossenen Türen, und Giuseppe holte einen Schlüssel hervor. »Die letzten Mieter sind vor einem Jahr ausgezogen. Haben dafür eine großzügige Abfindung von deinem Onkel erhalten. Angeblich hatte er einen Umbau zu einem modernen Apartmenthaus geplant, aber in Wirklichkeit ging es Carlo Santina darum, hier allein und ungestört zu sein.« Giuseppe blieb vor einer der Türen stehen, steckte den Schlüssel ins Schloss und drehte ihn. »Lass dich von dem äußeren Eindruck nicht täuschen, Nick. Es gibt hier verborgene Sicherheitssysteme. Und Wächter, die das Haus im Auge behalten. Dein Onkel wollte allein und ungestört sein, aber nicht ungeschützt.«

Giuseppe öffnete die Tür, schaltete das Licht ein, ging zum nächsten Fenster und zog die Jalousien hoch. Vorsichtig bewegte er die Gardine und sah nach draußen. »Bestimmt hat man uns beobachtet. Mit den Jalousien habe ich also nichts verraten, was die Beobachter nicht ohnehin schon wissen: dass wir hier sind.«

Rechts erhob sich ein großer Schrank, dunkel und wuchtig – moderne Möbel hatte Onkel Carlo nicht gemocht. Einige Bücher standen in den Fächern, Ziergegenstände aus Norditalien und der Schweiz auf den Ablagen. Auf dem niedrigen, von Ledersesseln umringten Couchtisch lag ein Reader für E-Books. Alles war sauber. Hier hatte nichts Staub angesetzt – der Reader schien gerade erst zugeklappt worden zu sein.

Die linke Hälfte des großen Zimmers präsentierte einen langen, breiten Schreibtisch, wie der Schrank aus dunklem Holz, und darauf einen zweiunddreißig Zoll großen Monitor, angeschlossen nicht an einen Laptop oder ein Notebook, sondern an einen leistungsfähigen PC.

»Dein Onkel hat mich gebeten, dich hierherzubringen, falls ihm etwas zustößt.« Der Buchhalter deutete auf den Computer. »Ich nehme an, du kannst damit umgehen.«

Nikolas nickte.

»Gut. Ich lasse dich jetzt allein. Falls du etwas brauchst … ich sehe hier im Haus nach dem Rechten. Wir haben eine Stunde Zeit. Dann müssen wir zum Festland zurück.«

Nikolas nickte noch einmal und wartete, bis Giuseppe das Zimmer verlassen hatte. Dann trat er hinter den Schreibtisch und schaltete den PC ein. Es startete kein Windows, wie er erwartet hatte, sondern ein Linux-System, was ihn überraschte, denn er hatte Onkel Carlo nie für jemanden gehalten, der sich besonders gut mit Computern auskannte. Eine Passwortabfrage erschien. Nikolas starrte auf den blinkenden Cursor und fragte sich, wie Onkel Carlo den Zugang zu seinem Computer gesichert hatte. Bestimmt nicht mit dem Verschlüsselungscode für die Dateien – der war viel zu lang für die Eingabe bei jedem Hochfahren des Rechners. Welches Passwort hätte Onkel Carlo garantiert nicht vergessen und war gleichzeitig kurz genug für eine schnelle Eingabe?

Nikolas setzte sich an die Tastatur und schrieb: Adele.

Das Eingabefenster verschwand, und der Desktop erschien. Er fand den Menü-Button, sah sich die Auswahl an und rief den Dateibrowser auf. Nach kurzer Suche fand er im Hauptverzeichnis einen Ordner namens »Nick«, und ein Klick darauf öffnete ein weiteres Eingabefenster. Vor dem inneren Auge sah Nikolas den Zettel, den Onkel Carlo ihm damals im Wolkenkuckucksheim gegeben hatte, mit den Zahlen darauf. Er glaubte sogar, die dünne Maserung des Papiers zu erkennen, die die meisten Menschen übersahen.

Tasten klickten unter seinen Fingern, als er die Zahlen auf dem erinnerten Zettel abschrieb, insgesamt zweiundneunzig.

Der verschlüsselte Ordner öffnete sich.

Er enthielt zwei weitere Ordner – einer hieß »Dossiers«, der andere »Info« – und eine Textdatei namens »Zuerst«. Nikolas klickte auf die Textdatei. Sie enthielt einen für ihn bestimmten Brief.

Lieber Nick,
wenn Du dies liest, ist mir entweder etwas zugestoßen, oder ich habe vielleicht entschieden, Dir die Wahrheit zu sagen, nach all den Jahren. Während ich diese Worte schreibe, halte ich es für unvernünftig, Dich mit der Wahrheit vertraut zu machen, denn sie ist noch gefährlicher als meine Geschäfte, und die sind gefährlich genug. Ich habe gelogen, um Dich zu schützen. Wenn ich Dir einen guten Rat geben darf: Lass die Dinge ruhen. Es ist mir gelungen, alle Spuren zu verwischen. Niemand weiß von Dir. Alle glauben, dass Du damals beim Brand des Wolkenkuckucksheims ums Leben gekommen bist. Lass es dabei bewenden. Wenn Du, nachdem Du Dir die anderen Dateien angesehen hast,

zu suchen beginnst, könnten gewisse Leute aufmerksam werden. Mächtige Leute. Viel mächtiger als ich. Wenn sie herausfänden, dass Du noch lebst, gäbe es nirgends auf der Welt einen sicheren Ort für Dich. Sieh Dir die Informationen an, die ich zusammengetragen habe. Mach Dir ein Bild davon, mit wem Du es zu tun hast. Ich hoffe, anschließend lässt Du den Kopf entscheiden und nicht das Herz, in dem immer noch Sonja wohnt.
Dein Onkel Carlo
PS: Ich habe Dich immer wie einen eigenen Sohn geliebt, und Adele ebenfalls, auf ihre eigene Art und Weise.

Nikolas dachte an Tante Adele, die eine Distel voller Stacheln und hauptsächlich an Geld interessiert gewesen war. Wenn sie ihn tatsächlich geliebt hatte, musste es eine besondere, schwer verständliche Art von Liebe gewesen sein.

Er klickte auf »Dossiers«, den ersten der beiden Ordner, und erschrak, denn plötzlich blickte Monsieur Depellier vom großen Monitor vor ihm: dürr, das Haar dünn und grau, die wässrigen Augen ebenfalls grau, wie auch der Anzug. Der Grauling, wie Sonja ihn genannt hatte. Für Nikolas war er jemand in einem schwarzen Frack gewesen, mit einem Zylinder auf dem Kopf. Er erinnerte sich daran, ihn mit Sonnentau verglichen zu haben: hübsch anzusehen, wenn man eine sichere Entfernung wahrte, aber für Fliegen – vielleicht auch für menschliche Fliegen – tödlich, wenn sie zu nahe kamen und die glitzernden Tropfen an den Blättern berührten. Das Foto zeigte Monsieur Depellier in einem Büro mit abstrakten Bildern an den Wänden. Auf einem davon war ein verzerrtes, fratzenartiges Gesicht zu sehen, das in einzelne Scherben zerbrochen war, als bestünde es aus Porzellan.

Nikolas las den Text unter dem Foto: »Noel Depellier. Alias Diego Albert Campillo. Alias Manuel Yannik. Alias

Henry Lopez Lefevre. 49 Jahre alt. Wahrscheinlich Franzose. Die bekannten Identitäten lassen sich zehn Jahre zurückverfolgen.« Es folgten Ortsangaben und Adressen, auch die Namen von Unternehmen, für die Monsieur Depellier angeblich gearbeitet hatte.

Nikolas sah sich den Zeitstempel der Datei an. Onkel Carlo hatte sie zum letzten Mal im September 2016 gespeichert, was bedeutete: Der Lebenslauf von Monsieur Depellier reichte bis ins Jahr 2006.

»Vorher«, schrieb Onkel Carlo weiter, »haben die genannten Personen nicht existiert. Sie sind wie aus dem Nichts erschienen. Das gilt auch für …«

Ein Mausklick brachte das nächste Bild auf den Schirm: Dr. Samanta Gregori: das Haar etwas länger als im Wolkenkuckucksheim, nur ein oder zwei graue Strähnen darin, die Augen wach hinter den Brillengläsern. Das Foto zeigte sie im Schatten eines Baums, mit einem angedeuteten Lächeln. Im Hintergrund war ein See zu erkennen. Genf?, dachte Nikolas.

Für Dr. Samanta, wie Nikolas sie genannt hatte, gab es zwei andere Namen, zwei andere Leben, die sich wie bei Monsieur Depellier nur bis ins Jahr 2006 zurückverfolgen ließen – vorher hatten Noel Depellier und Samanta Gregori gar nicht existiert. Ähnlich sah es bei Direktor Severin, Professor Horazio und den anderen Lehrern des Wolkenkuckucksheims aus. Sie alle kamen aus dem Nichts und schienen als Erwachsene geboren worden zu sein, in den Jahren 2004 bis 2007.

Nikolas klickte sich von einem Foto zum nächsten. Er sah nicht nur vertraute Gesichter, sondern auch andere, die er nicht kannte: freundlich wirkende Männer und Frauen, denen sich keine Farben zuordnen ließen. Er las ihre Namen, die ihm nichts sagten – die meisten hatten mehrere –, und Beschreibungen der bekannten Lebensläufe. Eine Gemeinsamkeit fiel ihm auf. Fast alle der genannten Personen, von

Monsieur Depellier über Dr. Samanta Gregori bis hin zu den Leuten, denen Nikolas nie begegnet war, hatten entweder etwas mit Medizin oder Ausbildung und Erziehung zu tun. In vielen Fällen verfügten sie über Kenntnisse in beiden Fachgebieten. Bei »Medizin« standen Neurowissenschaften und Psychologie im Vordergrund, was Nikolas nicht wunderte, denn immerhin ging es um außergewöhnliche Begabungen. Darauf wies bereits der Name der Organisation hin, die das Wolkenkuckucksheim geleitet hatte: »Förderverein für außergewöhnliche Begabungen«, FAB. Aber warum hatten sie alle falsche Identitäten benutzt? In einer Anmerkung wies Onkel Carlo darauf hin, wie schwer es manchmal gewesen sei, an persönliche Informationen zu gelangen, und offenbar war es umso schwerer geworden, je weiter die Nachforschungen in der Zeit zurückgingen.

Nikolas öffnete den zweiten Ordner namens »Info«. Er enthielt fünfzehn Textdateien: Die erste hieß »FAB« und die anderen »Notizen«, von 1 bis 14 nummeriert.

Er überflog den Text der FAB-Datei, hielt nach zwei Seiten inne und las noch einmal von vorn, langsamer und mit größerer Aufmerksamkeit. Es lief darauf hinaus, dass der »Förderverein« gar kein Verein war und dass es ihm auch nicht um Förderung ging.

»Durch meine Geschäfte habe ich gewisse Beziehungen in Wirtschaft und Politik«, schrieb Onkel Carlo an einer Stelle. »Ich habe bestimmte Personen, die mir einen Gefallen schulden, um Hilfe gebeten, Personen, die in Parlamentsausschüssen sitzen und Zugang zu Informationen haben, die man nicht findet, wenn man im Internet googelt. Trotzdem war es sehr schwer, mehr herauszufinden. Der ›Förderverein für außergewöhnliche Begabungen‹ ist nur eine Fassade, hinter der sich eine Organisation namens ›New Earth Foundation‹ verbirgt.«

Nikolas las weiter. Die von Onkel Carlos Helfern zusammengetragenen Hinweise legten Verbindungen zwischen der NEF, dem amerikanischen Verteidigungsministerium und der NSA nahe, der National Security Agency, dem größten Auslandsgeheimdienst der Vereinigten Staaten.

»New Earth verfügt über fast unbegrenzte finanzielle Mittel«, schrieb Onkel Carlo. »Gemeint sind nicht Millionen, sondern Milliarden (!!!) von Dollar. Über verschiedene ›Sonderprojekte‹ des Verteidigungsministeriums, die offenbar dazu dienen, den wahren Verwendungszweck der Gelder zu verschleiern, bekommt die NEF mehr als die NASA, mehr als zwanzig Milliarden Dollar. Pro Jahr. Ein großer Teil davon geht in die Forschung – New Earth hat Dutzende von Laboratorien, auf der ganzen Welt verteilt – oder wird für Projekte wie das Wolkenkuckucksheim verwendet. Das alles ist streng geheim, Nick. Ich wiederhole meine Warnung: Mit solchen Leuten legt man sich besser nicht an. Regeln und Gesetze spielen für sie keine Rolle. Ihnen geht es nur um die eigenen Interessen, und wenn sie die in Gefahr glauben, greifen sie hart durch. Allem Anschein nach betreffen die Forschungen eine neue Art der Kriegführung und vielleicht noch mehr. Es gibt bei dieser Sache nicht nur eine militärische Komponente, sondern auch eine politische. Offenbar ist mit dem Namen ›New Earth‹ tatsächlich eine neue Erde gemeint, eine neue Weltordnung. Klingt ziemlich übel, wenn du mich fragst.«

Nikolas las weiter, nicht mehr langsam, sondern immer schneller, auf der Suche nach einem Namen: Sonja. Fast am Schluss der FAB-Textdatei wurde er fündig. Dort hieß es:

»Ich nehme an, auch das Wolkenkuckucksheim war eine Art Laboratorium für die New Earth Foundation. Du, Sonja und die anderen, ihr seid Versuchskaninchen gewesen. Es ging um eure besonderen Begabungen. Vielleicht wollte jemand feststellen, ob man sie als Kriegswaffe verwenden kann.«

Das überraschte Nikolas so sehr, dass er innehielt und aus dem Fenster blickte. Eine Taube saß auf der Regenrinne des

Gebäudes auf der anderen Straßenseite und schien ihn zu beobachten.

Nach einigen Sekunden wandte sich Nikolas wieder dem Monitor zu und las weiter.

»Ich weiß nicht, ob es New Earth um deinen besonderen Sinn für Zahlen ging«, schrieb Onkel Carlo. »Zahlen sind wichtig, mit ihnen lässt sich viel anstellen, man kann die Welt mit ihnen erklären und verändern. Vermutlich können sie auch eine Waffe sein. Ich weiß, wie gut du rechnen kannst – du brauchst dir selbst eine komplizierte Gleichung nur kurz anzusehen, und schon kennst du das Ergebnis. Aber ich denke, Computer rechnen noch viel schneller als du, und Computer gibt es genug. Vielleicht hatte es New Earth bei dir auf etwas anderes abgesehen …«

Hinter Nikolas knarrte etwas – oder war es ein Knurren? Er drehte den Kopf und beobachtete die dunkleren Teile des Zimmers. Nirgends regte sich etwas.

Waffen, dachte er. Kriegswaffen. Sonja, deren Bilder die Zukunft voraussagten. Erika, damals sieben Jahre alt, die mit Tobias' Hilfe in fremde Köpfe blicken konnte. Monika, die Dinge bewegte, ohne sie zu berühren. Betty, die manchmal sah, was an anderen Orten geschah, vielleicht mit einer Art Deutlichkeit, die sich mit seiner eigenen vergleichen ließ. Und Katy, die das Feuer liebte und »außer Kontrolle« geraten war, wie Monsieur Depellier damals gerufen hatte …

Plötzlich sah Nikolas, wie sie tot vor ihm lag, von einer Kugel getroffen, ihr Blut im Schnee verspritzt. Doch etwas später hatte sie nicht mehr dort gelegen – was war mit ihr geschehen?

Und wohin hatte man Tobias, Alfons, Monika, Cameron, Markus, Betty, Erika und *Sonja* an jenem Abend gebracht, während die von Katy entfachten Flammen das Wolkenkuckucksheim verschlangen?

Nikolas öffnete die erste »Notizen«-Datei. Sie enthielt einen Untersuchungsbericht, der den Brand des Wolkenkuckucksheims betraf. Man hatte keine Spuren eines Brandbeschleunigers gefunden und auch nicht feststellen können, wo genau das Feuer ausgebrochen war. Da es keine Beweise für Fremdeinwirkung gab, hatte man die Ermittlungen schließlich eingestellt. Ein tragischer Unglücksfall, schloss der Bericht, bei dem ein Mädchen ums Leben gekommen war: Katy Kozinski.

»Katy wurde am Hang oberhalb des Wolkenkuckucksheims zwischen zwei Felsen gefunden, nicht weit von dem Werkzeugschuppen entfernt«, schrieb Onkel Carlo. »In einer ersten Version des Untersuchungsberichts war von einer tödlichen Schussverletzung die Rede, aber später hieß es, Katy sei ein Opfer der Flammen geworden. Der Bericht ist manipuliert worden. Übrigens heißt es in einem späteren Zusatz zu dem Bericht, dass der Brand auch noch ein zweites, indirektes Opfer hatte, einen Jungen namens Nikolas Santina, der zwar dem Feuer entkam, aber hoch oben in den Bergen durch die kalte Nacht irrte, ohne eine Möglichkeit, Hilfe zu bekommen. Er starb, als er auf einem Eisfeld ins Rutschen geriet und in die Tiefe stürzte. Ich weiß nicht, ob die Leute von New Earth damals die Geschichte von deinem Tod geglaubt haben. Es wurde alles von uns arrangiert: Fotos von deiner angeblichen Leiche – die heutigen Computer können wirklich eine große Hilfe sein –, das Ergebnis der Autopsie, ein offizieller Totenschein und so weiter. Es fand auch eine Beerdigung statt, bei der ich zugegen war. Vielleicht wirkte alles überzeugend genug. Wie dem auch sei, ich glaube, es ist eine Art Gleichgewicht entstanden. Offiziell existierst du nicht mehr. Die wenigen Menschen, die dich kennen, sind mir alle verpflichtet und werden sich hüten, etwas verlauten zu lassen. Die meisten von ihnen wissen ohnehin nicht, was damals in der Schweiz geschehen ist. Außerdem … Ich will mich nicht wichtiger machen, als ich bin, aber ich nehme an, bei New Earth weiß man, dass ich einen gewissen Einfluss habe. Vielleicht wurde die Suche nach dir eingestellt, weil man nicht riskieren möchte, dass etwas über die wahren Hintergründe des ›Fördervereins für außergewöhnliche Begabungen‹ an die Öffentlichkeit gerät. Eine Balance, ein Gleichgewicht, seit sechs Jahren ungestört. Ich möchte es noch einmal betonen: Verhalte dich ruhig. Stoß nicht das summende Wespennest an. Fordere keinen Gegner heraus, gegen den dir nicht einmal dein Schutzengel helfen kann.«

Nikolas warf einen Blick nach draußen. Die Taube saß nicht mehr auf der Regenrinne. Wolken zogen über den Himmel und kündigten Regen an, vielleicht ein Gewitter.

Die wichtigste Information fehlte noch immer: Wohin war Sonja gebracht worden?

Er nahm sich die anderen »Notizen«-Dateien vor und erfuhr, dass Monsieur Depellier und die Lehrer des Wolkenkuckucksheims wenige Monate nach dem Brand von der Bildfläche verschwunden waren. Aus dem Nichts gekommen, ins Nichts gegangen. Es gab Bewegungsprofile, mit kleinen und großen Lücken darin: Zufahrten, Flüge innerhalb von Europa, in einigen Fällen nach Asien und Amerika. Einige Namen erschienen auf den Teilnehmerlisten internationaler Konferenzen über die Leistungsfähigkeit des menschlichen Gehirns, neurologische Störungen und verschiedene Zustände des Bewusstseins. Und dann – nichts. Eine letzte Konferenz. Ein letzter Flug, eine letzte Hotelbuchung, und dann gab es keine Spuren mehr.

Unruhe erfasste Nikolas. Von der Stunde, die Giuseppe ihm gegeben hatte, waren bereits mehr als dreißig Minuten vergangen, und noch immer fehlte eine Antwort auf die eine große Frage, die ihn beschäftigte: Wo befand sich Sonja?

Er klickte auf die Namen der anderen Dateien und stellte fest, dass sie Informationen über die Eltern der Kinder und Jugendlichen enthielten, die das Wolkenkuckucksheim besucht hatten. Wieder überflog er den Text, noch schneller als zuvor, und stieß bald auf etwas Seltsames. Tobias, Sonja und die anderen waren nach dem Brand für einige Tage zu ihren Eltern zurückgekehrt und dann in anderen FAB-Schulen untergebracht worden. In den nächsten vier Jahren hatten drei Elternpaare eine traurige Nachricht erhalten, in der es hieß, dass der Sohn oder die Tochter bei einem tragischen Unfall ums Leben gekommen sei. Die betreffenden Schüler waren Tobias, Erika und … Sonja.

»Nein!«, flüsterte Nikolas.

Eine der über den Himmel ziehenden Wolken schob sich vor die Sonne, und es wurde dunkler im Zimmer. Schatten krochen aus den Ecken.

Er las weiter, sein Blick huschte über den Text. »Ich vermute, dass man eine Auswahl traf«, schrieb Onkel Carlo. »Es wurden die außergewöhnlichen Begabungen ausgewählt, von denen sich New Earth besonders viel verspricht. Die Eltern von Monika, Erika und Sonja kennen sich nicht; niemand von ihnen konnte wegen eines doppelten oder dreifachen Todesfalls Verdacht schöpfen. Und keine Sorge, Nick: Die drei ›Verunglückten‹ leben noch, soweit wir wissen.«

Nikolas fragte sich kurz, wen genau sein Onkel mit »wir« gemeint hatte.

Die nächsten beiden Dateien, Nummer 12 und 13, enthielten Listen und Statistiken. Ihre Zahlen faszinierten Nikolas, und schon nach einem kurzen Überblick erkannte er ihr Muster: Sie bildeten eine Kurve, die erst langsam anstieg und dann immer steiler nach oben zeigte.

»Ich bin mir nicht ganz sicher, was das bedeutet«, kommentierte Onkel Carlo die Zahlen. »Es könnte ein Hinweis darauf sein, dass die Fälle von außergewöhnlichen Begabungen seit einigen Jahren immer mehr zunehmen. Oder dass New Earth aktiver geworden ist, immer mehr Talente entdeckt und sie in besonderen Instituten ›fördert‹. Verlässliche Daten darüber, ob und wie viele dieser Talente angeblichen Unfällen zum Opfer gefallen sind, konnten wir leider nicht gewinnen.«

Die letzte »Notizen«-Datei war mehrere Megabyte groß, was nicht an der Menge des Textes lag, sondern an zwei Bildern in der Textdatei. Das erste zeigte eine Inselgruppe, die einen von Norden nach Südosten führenden Bogen bildete und über der »Inseln über dem Winde« geschrieben stand. Auf dem zweiten Bild darunter war die südlichste dieser Inseln zu sehen, Grenada. Ein weißes Kreuz markierte eine kleinere Insel westlich davon: Coronda.

Nikolas wusste sofort, was das Kreuz bedeutete, und Onkel Carlos Worte unter dem Bild bestätigten es: »Dort befindet sich Sonja, zusammen mit Tobias und Erika aus dem Wolkenkuckucksheim und siebenundsiebzig weiteren Jugendlichen und jungen Erwachsenen, in einem geheimen Institut der New Earth Foundation.«

ELF MILLIONEN SCHRITTE

42

An jenem Abend lag Nikolas lange wach. Durchs offene Fenster hörte er die Stimmen der Wellen, die tief unten gegen die Klippen schlugen, auch dort, wo er oft mit Esmeralda gesessen hatte. Er beobachtete die Sterne und versuchte sie zu zählen, gab es aber bald auf, da ihre Zahlen diesmal keinen Sinn ergaben. Sechs Jahre waren vergangen, sechs lange Jahre. Wie oft hatte Sonja in den mehr als zweitausend Tagen und Nächten an ihn gedacht? Wie oft hatte sie sich an ihren beiderseitigen Schwur erinnert und gehofft, dass er ihr zu Hilfe kam?

Ein anderer Gedanke wand sich wie ein Wurm ins Zentrum seiner Aufmerksamkeit. Was, wenn sich Onkel Carlo geirrt hatte? Wie gut waren seine Quellen, wie verlässlich die Informationen? Konnte es sein, dass Tobias, Erika und Sonja tatsächlich bei Unfällen ums Leben gekommen waren, wie der Förderverein den Eltern mitgeteilt hatte?

Nein, an diese Möglichkeit wollte Nikolas nicht glauben. Er verjagte den Zweifel und klammerte sich an der Überzeugung fest, dass Sonja lebte. Aber wie sollte er ihr helfen, wenn sie Tausende von Kilometern entfernt war, verschleppt auf eine Insel in der Karibik?

Als er schließlich einschlief, träumte er nicht von Sonja, sondern von Katy. Er sah sie im Schein der Flammen, wie sie im Schnee lag, der rot war von ihrem Blut. In seinem Traum beobachtete er, wie der zweite Transporter losfuhr, wie etwas später das Scheinwerferlicht von zwei Fahrzeugen durch Serpentinen strich. Nur der große Schneepflug stand noch auf der Straße, still und leer. Hinter ihm loderten die Flammen, und vor ihm lag die Dunkelheit der Nacht. Er hörte ihn erneut, diesen seltsamen Laut, wie ein Knurren in der Kehle, und als er von der Straße dorthin zurückkehrte, wo Katy im Schnee lag …

Dunkle Arme, schwarz wie die Nacht, schoben sich unter das tote Mädchen und hoben es an.

»Du?«, fragte Nikolas im Traum. »Du hast Katy fortgebracht?«

Die dunklen Arme gehörten einer dunklen Gestalt. Sie überragte Nikolas, als sie sich aufrichtete und durch den Schnee stapfte. Er folgte ihr, vorbei am Werkzeugschuppen, in dem er wenig später Unterschlupf finden und auf Onkel Carlo warten würde. Er folgte ihr höher den Hang hinauf und hatte dabei für einen Moment das Gefühl, Katy selbst zu tragen, in den eigenen, stark gewordenen Armen. Zwischen zwei Felsen verharrte die große dunkle Gestalt und legte die Tote so vorsichtig auf den Boden, als steckte noch Leben in ihr, auf das es Rücksicht zu nehmen galt. Mehrere Sekunden lang stand sie reglos, bis Nikolas leise fragte: »Schutzengel?«

Erneut hörte er diesen Laut, ein leises Grollen, untermalt vom Prasseln der Flammen. Die schwarze Gestalt drehte sich um, und zwei Augen glühten in der Finsternis, vielleicht rot wie Rubine, Nikolas war nicht ganz sicher. Der Schutzengel trat direkt auf ihn zu, und dann verschwand er plötzlich. Nikolas blickte sich überrascht um, aber der Hang war leer, bis auf ihn, die beiden wie Wächter stehenden Felsen und das tote Mädchen zwischen ihnen.

43

Die Beisetzung fand am nächsten Tag statt. Immer mehr Menschen strömten in die kleine Kirche, in der es nicht genug Sitzplätze für sie alle gab. Viele von ihnen gingen zum vorn beim Altar stehenden, offenen Sarg, berührten ihn oder den Leichnam darin und bekreuzigten sich. An den Seiten und hinten standen Polizisten, einige in Uniform, andere in Zivil. Nikolas hatte sie am vergangenen Tag beobachtet und sich ihre Gesichter gemerkt. Die Spuren in der Villa und im Park waren gesichert, aber die Vernehmungen dauerten noch an.

»Möchtest du deinen Onkel noch einmal sehen?«, fragte der neben ihm stehende Bruno leise. Er sah aus wie immer, doch diesmal passte sein schwarzer Anzug zur Gelegenheit. »Möchtest du dich von ihm verabschieden?«

Nikolas schwieg, blickte an Bruno vorbei und hielt nach dem Mann mit dem Adlergesicht Ausschau, aber er war natürlich nicht da.

Bruno glaubte zu verstehen. »Wir werden sie finden«, brummte er. »Sie alle. Jeden Einzelnen von ihnen. Sie kommen nicht ungestraft davon.«

Ganz hinten, neben einer der Säulen, begegnete Nikolas dem Blick eines Mannes, den er nie zuvor gesehen hatte. Der Blick seiner grauen Augen schien ihn festhalten zu wollen, und tief in ihnen gab es Klingen – so winzig sie auch sein mochten, sie waren spitz und scharf.

Nikolas wollte Bruno fragen, wer jener Mann war, aber in diesem Augenblick begann der Priester zu sprechen, und deshalb blieb er still und versuchte zuzuhören. Von einem guten und großzügigen Mann, den ein abscheuliches Verbrechen aus dem Leben gerissen hatte, war die Rede, und viel mehr hörte Nikolas nicht, denn die farblosen, monotonen Worte des Priesters verwandelten sich in ein insektenartiges Summen ohne Bedeutung.

Nikolas betrachtete die bunten Kirchenfenster, die darin abgebildeten Gestalten und religiösen Symbole, die Befreiung von allen Sünden und ein Leben nach dem Tod verhießen. Er fragte sich, wann Onkel Carlo zum letzten Mal gebeichtet hatte und ob er tatsächlich, wie der Priester anzunehmen schien, einen Platz im Himmel finden würde. Dann begann er, die einzelnen Elemente der Kirchenfenster zu zählen und ihre Formen miteinander in Beziehung zu setzen, was ihn auf die Spur einer Gleichung brachte. Vielleicht stand er kurz davor, das Geheimnis der vom Künstler angewendeten ästhetischen Symmetrie zu entdecken, als sich die Trauergäste erhoben und gemeinsam beteten. Einige Blicke trafen ihn, und er bewegte lautlos die Lippen, weil er wusste: Die Leute erwarteten von ihm, dass er ebenfalls betete. Doch er sprach keine Worte, sondern flüsterte die Zahlen der Gleichung und ließ sich von ihrer besonderen Melodie trösten.

Etwas später traten mehrere Männer zum offenen Sarg, klappten den Deckel zu und drehten Schrauben, was Nikolas ein wenig seltsam fand. Warum musste ein Sargdeckel festgeschraubt werden? Niemand wollte hinein, niemand konnte heraus.

Der Sarg ruhte auf einem Tisch, der sich rollen ließ, aber die Männer hoben ihn auf ihre Schultern, ohne dass man ihnen die Anstrengung ansah, und trugen ihn aus der Kirche. Der Priester folgte ihnen und winkte Nikolas zu.

Bruno stand auf. »Komm, Adrian. Dein Platz ist direkt hinter deinem … Vater.«

Und so ging es nach draußen, aus der kühlen Kirche in den hellen, heißen Sonnenschein: vorn die sechs Sargträger, gefolgt vom Priester, und dann Nikolas und Bruno, ihrerseits gefolgt von den Trauergästen und Polizisten. Am Rand des Friedhofs, hinter den Absperrungen, standen Dutzende von Journalisten und machten Schnappschüsse mit ihren Kameras und Teleobjektiven.

Der Priester blieb vor dem Grab stehen, und die Trauergäste bildeten einen Halbkreis hinter ihm. Die sechs Männer ließen den Sarg langsam ins dunkle Loch im Boden hinab. Nikolas beobachtete sie dabei und überlegte, warum sein Onkel im Testament darauf hingewiesen hatte, dass er begraben und nicht kremiert werden wollte. Vielleicht deshalb, weil er sich Auferstehung erhoffte, und wie sollte man von den Toten auferstehen, wenn man ein Haufen Asche war?

Der Priester sprach wieder, über Erde, Asche und Staub. Nikolas dachte an Leben und Tod und fragte sich, welche Zahlen sie hatten, wie man diese Zahlen in Beziehung zueinander setzen konnte und welche Melodie sich daraus ergeben würde.

»Es ist so weit, Adrian«, sagte Bruno leise.

Nikolas wusste, was man von ihm erwartete, und selbst wenn er es vergessen hätte: Der Priester, still geworden, wies mit einer Geste darauf hin – er deutete auf den Erdhaufen und die darin steckende Schaufel. Nikolas trat vor, ergriff aber nicht die Schaufel, sondern nahm mit der Hand etwas von der Erde, die im Sonnenschein warm und trocken geworden war. Damit trat er an den Rand des Grabes, blickte auf den Sarg und dachte, wie dunkel Onkel Carlo es darin hatte – für ihn würde nie wieder die Sonne scheinen. Nikolas ließ die Erde fallen und hörte, wie sie auf den Sargdeckel fiel, mit einem Geräusch, das Endgültigkeit bedeutete. Dann wich er beiseite, und Bruno bezog neben ihm Aufstellung, nachdem er mit der Schaufel Erde auf den Sarg fallen gelassen hatte.

Die Trauergäste kamen, einer nach dem anderen. Manche von ihnen griffen nach der Schaufel, andere begnügten sich damit, kurz vor dem Grab stehen zu bleiben, sich zu bekreuzigen und Nikolas ihr Beileid auszusprechen. Einige Männer ergriffen ihn an den Schultern, was ihm gar nicht gefiel. Bei den Frauen war es noch schlimmer. Mehrere von ihnen legten ihm die Hand auf den Kopf oder auf die Wange, und er musste seine ganze Selbstbeherrschung aufbieten, um nicht zusammenzuzucken oder sich zu ducken.

Nikolas blinzelte im Sonnenschein und wünschte sich an einen anderen Ort, zum Beispiel nach Coronda bei Grenada. Er wusste, wie weit die Insel entfernt war – sofort nach der Rückkehr von Palermo hatte er diese Insel gegoogelt. Etwa siebentausendsiebenhundert Kilometer …

Eine dicke Frau legte ihm *beide* Hände auf die Wangen und beugte sich viel zu nahe, so nahe, dass er ihren säuerlichen Atem roch und auch ihren Schweiß. Er neigte den Kopf ein wenig nach hinten. »Armer Junge«, sagte die Frau. »Armer Junge.« Und sie sprach und sprach und nahm die Hände nicht von den Wangen.

Siebentausendsiebenhundert Kilometer, dachte er. Angenommen, er hätte auf Wasser gehen und die Luftlinie nehmen können: Wie viele Schritte waren es, wenn man von siebzig Zentimetern pro Schritt ausging? Nikolas rechnete, während die Frau noch immer redete und hinter ihr die anderen Trauergäste darauf warteten, ihm ihr Beileid auszusprechen.

Elf Millionen, dachte Nikolas. Auf dem direkten Weg, immer geradeaus und quer über den Atlantik, waren es elf Millionen Schritte bis nach Coronda. Wie lange wäre er unterwegs gewesen, bei zum Beispiel siebentausend Schritten pro Stunde, was etwas weniger als fünf Kilometern entsprach? Das Ergebnis erschien sofort vor Nikolas' innerem Auge: mehr als eintausendfünfhundertsiebzig Stunden oder gut fünfundsechzig Tage. Vorausgesetzt, er ging Tag und Nacht, immer mit siebentausend Schritten pro Stunde. Wenn er nur tagsüber ging, zwölf Stunden am Tag, hätte es gut hundertdreißig Tage gedauert, Coronda zu erreichen. Eigentlich nicht viel, wenn man bedachte, dass sechs Jahre vergangen waren und Sonja seit mehr als zweitausend Tagen auf Hilfe von ihm wartete.

Nach der endlos plappernden Frau kamen andere Leute,

und alle betonten, wie leid es ihnen täte. Nikolas sah ihre Farben und viel Türkis darin. Er achtete weder darauf noch auf die Worte und dachte: Ich brauche nicht zu Fuß zu gehen. Ich kann ein Schiff nehmen, das geht schneller, oder ein Flugzeug, damit bin ich noch viel schneller in der Karibik.

»Ich bin immer für dich da.«

Nikolas schreckte aus seinen Überlegungen, und für einen Moment glaubte er, dass der Schutzengel gekommen war, um ihm ebenfalls sein Beileid auszusprechen. Doch es stand keine dunkle Gestalt vor ihm, sondern ein Mädchen, eine junge Frau mit dunklem Haar, olivfarbener Haut und rundem Gesicht. Sie trug ein dunkles Kleid und schwitzte – Nikolas sah den dünnen Schweißfilm auf ihrer Stirn.

»Wenn du irgendetwas brauchst, Adrian, ich bin immer für dich da«, sagte Esmeralda. »Ich möchte, dass du das weißt.«

Ihre Augen sagten noch mehr als der Mund, Nikolas hörte die Worte in Esmeraldas Blick, die Einladung. Er murmelte ein Danke, leise und unverbindlich, blinzelte erneut in der Sonne, deren Hitze ihn unberührt ließ, und dachte an Coronda und das Flugzeug, das er nehmen würde. Es war genug Zeit vergangen, Sonja hatte lange genug gewartet. Allerdings musste ein Problem gelöst werden: Eine so weite Reise kostete bestimmt viel Geld.

Ein Mann erschien vor ihm, ein hochgewachsener Mann, sein Kopf genau vor der Sonne, sodass ein Schatten auf Nikolas fiel. Nikolas blickte in graue Augen, die er schon einmal gesehen hatte, in der Kirche, und wieder bemerkte er die Klingen darin. Die Augen des Polizisten Roberto Lerotto hatten Messer enthalten, erinnerte er sich, große, scharfe Messer, die Worte nahmen und zerschnitten, um Lüge von Wahrheit zu trennen. Doch es waren grobe Messer gewesen im Vergleich mit diesen kleinen, scharfen Klingen, die in die Hände eines Chirurgen gehörten. Der Blick des Mannes schnitt durch Kopf und Hirn, fand Gedanken und sezierte sie.

Der Mann stand stumm da und sagte kein Wort, sah Nikolas nur an. Der zwang sich, die Augen zu schließen. In der Dunkelheit hinter seinen Lidern knurrte es, aber so leise, dass nur er es hörte. Als er die Augen wieder öffnete, war er vor den Klingen sicher – sie konnten ihn nicht mehr erreichen. Dennoch lächelte der sonderbare Mann, als hätte er einen kleinen Sieg errungen. Pfeffergeruch ging von ihm aus, so stark, dass Nikolas niesen musste.

Später, als alle Trauergäste an Nikolas vorbeigegangen waren und die Sargträger damit begannen, das Grab zuzuschaufeln, näherte sich einer der Polizisten, der Mann, mit dem Nikolas schon einmal gesprochen hatte, aber nur kurz. Er hieß Massimiliano Forabosco und war Commissario wie Roberto Lerotto, aber älter, und er wirkte müde von den vielen Jahren bei der Polizei. Grauweiße Bartstoppeln zeigten sich auf seinen Wangen.

»Ich habe noch einige Fragen, wenn du gestattest«, sagte Forabosco, der vielleicht eine Primel war, ohne Stacheln und Dornen, halb verblüht. »Oder möchtest du gesiezt werden?«

Nikolas antwortete nicht. Manchmal drückten sich die Großen – zu denen er jetzt fast selbst gehörte, ermahnte er sich, und darum wurde es Zeit, nicht mehr in diesen Begriffen zu denken – seltsam widersprüchlich aus. Warum sollte er gestatten, dass der Polizist noch einige Fragen hatte?

Bruno trat näher. »In der Villa«, brummte er. »Um sechs. Im Beisein seines Anwalts.«

Forabosco hob die Brauen. »Oh, er hat schon einen Anwalt?«

»Einen sehr guten.«

»Verstehe. Na schön. Um sechs. Bei Ihnen. Bis später, Adrian!« Er nickte und ging.

Eine Viertelstunde später war das Grab geschlossen und

der Friedhof leer. Oder fast leer. Hinter der Absperrung standen noch immer einige Journalisten, und mehrere Wächter von der Villa patrouillierten auf den Wegen zwischen Gräbern und Blumenbeeten.

»Sollen wir fahren?«, fragte Bruno. »Oder möchtest du noch etwas hierbleiben?«

Ein Gedanke ging Nikolas durch den Kopf. »Tante Adele liegt nicht hier.«

»Nein«, sagte Bruno.

»Wollte Onkel Carlo nicht bei ihr begraben werden? Oder war der Weg zu weit?«

»Das Testament enthielt klare Anweisungen. Dein Onkel hat diesen Friedhof ausgewählt. Den Grund dafür kannte nur er.«

Das stimmte nicht ganz, fand Nikolas, als sie zum Parkplatz gingen. Er glaubte, den Grund ebenfalls zu kennen. Vermutlich hatte Onkel Carlo nicht neben der Distel liegen wollen, die Tante Adele gewesen war, bis in alle Ewigkeit geplagt von ihren Stacheln.

Als der Wagen mit Bruno am Steuer von der Zufahrt auf die Straße rollte, zwischen zwei anderen Wagen mit Wächtern, fragte Nikolas: »Darf ich dich um einen Gefallen bitten, Bruno?«

»Natürlich«, antwortete der große Mann und blickte kurz zur Seite.

»Bei den Trauergästen befand sich ein Mann«, sagte Nikolas. »Ein seltsamer Mann«, fügte er hinzu, denn immerhin waren viele Männer in der Kirche und auf dem Friedhof gewesen. Er versuchte, den Mann mit den grauen Augen und den Sezierklingen tief in ihnen so genau wie möglich zu beschreiben. »Er hat vor mir gestanden und mich angesehen, ohne ein Wort zu sagen.«

»Ich glaube, ich weiß, wen du meinst.«

»Er hat nach Pfeffer gerochen«, fügte Nikolas hinzu. »So stark, dass ich niesen musste.«

»Nach Pfeffer?«

»Ja. Kannst du mehr über ihn herausfinden?«

»Ich kann's versuchen, Adrian.«

44

Sie saßen im großen, aber schlichten Arbeitszimmer von Onkel Carlo. Der einzige Luxus, wenn man ihn so nennen wollte, bestand aus dem breiten Panoramafenster, das einen unverbaubaren Blick aufs Meer bot. Die Luft war klar – in der Ferne zeigte sich die Küstenlinie von Sizilien.

Auf dem Schreibtisch am Fenster stand ein Notebook, ausgeschaltet, der Deckel zugeklappt. Massimiliano Forabosco von der kalabrischen Polizei betrachtete es mehrmals und sah dann Nikolas an, als erwartete er von ihm, das Notebook einzuschalten und seinen Inhalt preiszugeben. Es hätte ihm kaum etwas genützt, denn die wirklich wichtigen Dateien, das wusste Nikolas inzwischen, enthielt ein anderer Computer in Palermo.

Sie hatten am niedrigen, rechteckigen Couchtisch auf der anderen Seite des Zimmers Platz genommen. Matteo Battisti, Onkel Carlos Anwalt, saß ganz links, an der Wand neben dem Fenster, ein kleiner, dünner Mann mit schütterem Haar und eingefallenen Wangen. Nikolas verglich ihn zunächst mit einer Maus, so unscheinbar und unauffällig wie er war; er gehörte zu den Menschen, die man auf der Straße nicht bemerkte, wenn man an ihnen vorbeiging. Doch als Nikolas zum ersten Mal in die kleinen dunklen Augen blickte, verwandelte sich die Maus in einen schlauen Fuchs, der alles genau beobachtete und sich dabei seine Gedanken machte.

Der große, breite Bruno und Nikolas saßen auf der Couch, dem Polizisten gegenüber, der im Schein der untergehenden Sonne blinzelte. Er deutete aus dem Fenster.

»Können wir die Jalousien herunterlassen? Die Sonne blendet mich.«

»Nein«, widersprach Matteo Battisti und legte sein Smartphone auf den Tisch. »Ich zeichne dieses Gespräch auf. Bitte nennen Sie Ihren Namen.«

Der Commissario seufzte und wirkte erneut sehr müde. »Ich heiße Massimiliano Forabosco. Wie der Maler. Ich male selbst ein bisschen.«

Nikolas dachte an Bilder, die aus Linien bestanden. Er erinnerte sich an ein ganz bestimmtes Bild mit einer roten und einer grünen Linie, die dicht beieinander gewesen waren. Sonja hatte gewettet, dass sie zusammenbleiben würden, aber sie hatten sich doch getrennt. Wie war das möglich gewesen, obwohl sie *gewettet* hatte und ihre Bilder die Zukunft zeigten?

»Ich denke, das tut hier nichts zur Sache«, stellte der Anwalt kühl fest. »Sie können jetzt mit der Vernehmung meines Mandanten beginnen.«

»Oh, es ist keine Vernehmung«, sagte Forabosco. »Ich meine, Adrian zählt nicht zu den Tatverdächtigen. Er ist ein Zeuge, und ich würde gern von ihm wissen, was er vorgestern Abend und in der Nacht gesehen und gehört hat.« Er holte Notizbuch und Kugelschreiber hervor. »Also, leg los, Adrian. Was ist an dem Abend geschehen? Und in der Nacht?«

Bruno und der Anwalt hatten mit ihm darüber gesprochen. Ein Treffen von Freunden und Bekannten, ein gemütliches Beisammensein. Anschließend waren alle schlafen gegangen. Und dann, in der Nacht, die Schüsse und das Sterben.

Der Polizist notierte sich etwas. »Worüber ist bei dem ›gemütlichen Beisammensein‹ gesprochen worden?«

»Worüber man so spricht: über Politik, das Weltgeschehen und viele kleine persönliche Dinge«, sagte Matteo Battisti.

»Waren Sie dabei?«, fragte Forabosco.

»Nein.«

»Dann überlassen Sie es bitte dem Jungen, über das Treffen in diesem Haus zu berichten.«

»Es wurde über Politik, das Weltgeschehen und viele kleine persönliche Dinge gesprochen«, sagte Nikolas und beobachtete, wie der Polizist erneut blinzelte. Die Sonne über dem Meer schien ihm direkt in die Augen.

»Na so was«, kommentierte Forabosco. »Na so was.« Er seufzte erneut. »Ein zwangloses Treffen von Menschen, die sich kurze Zeit später gegenseitig umbringen. Das nenne ich gemütliches Beisammensein. Also gut. Was hast du gesehen, was hast du gehört?«

Nikolas schilderte die Ereignisse, ohne die Deutlichkeit oder den Schutzengel zu erwähnen.

»Draußen fand eine wilde Schießerei statt, und du bist durch den ganzen Park gelaufen, ohne einen Kratzer abzubekommen«, stellte Forabosco fest. »Wie erklärst du dir das?«

Nikolas zuckte mit den Schultern.

»Er hatte einfach Glück«, warf der schlaue, aufmerksame Fuchs namens Matteo Battisti ein. »Großes Glück.«

»Kann man wohl sagen. Als du deinen Vater gefunden hast, Adrian … Das war er für dich, nicht wahr? Er hat dich adoptiert.«

»Hat dies irgendetwas mit den Vorfällen in der fraglichen Nacht zu tun?«, fragte der Anwalt.

»Nein«, erwiderte Forabosco. »Nun, Adrian, du sollst gerufen haben: ›Ich bin zu spät gekommen.‹ Wie hast du das gemeint?«

Nikolas öffnete den Mund, aber der Anwalt – sein Anwalt – kam ihm zuvor. »Er hat es genau so gemeint: dass er zu spät gekommen ist. Zu spät, um seinem Adoptivvater, der ihm viel bedeutet hat, zu helfen. Zu spät, um seinen Tod zu verhindern.«

»Verstehe.« Der Polizist blätterte in seinem Notizbuch. »Auf einer der Pistolen, die wir im Park gefunden haben, waren deine Fingerabdrücke. Wie erklärst du dir das?«

Wieder war der Anwalt schneller. »Er hat die Waffe im Park gefunden und genommen, vielleicht mit der Absicht, sich zu verteidigen. Dann wurde ihm klar, was er da in der Hand hielt, und er ließ sie erschrocken fallen. Er stand unter Schock, Commissario.«

»Verstehe. Vielleicht wäre er rechtzeitig bei seinem Adoptivvater gewesen, wenn er keine Zeit mit der Pistole vergeudet hätte, meinen Sie nicht?«

Nikolas starrte ihn an, den Mund offen, die Augen groß.

Matteo Battisti, der Fuchs, richtete den Zeigefinger auf Forabosco. »Sie gehen zu weit, Commissario. Entschieden zu weit. Sie verletzen die Gefühle meines Mandanten. Sie verletzen sie mehr, als Ihnen vielleicht klar ist.«

»Entschuldigung.« Der Commissario lehnte sich zurück, aber es gelang ihm nicht ganz, dem blendenden Schein der untergehenden Sonne zu entkommen. »Hast du gesehen, wer auf wen geschossen hat?«

Ja, das hatte Nikolas, mit den Augen der Deutlichkeit und auch mit seinen eigenen. Er hatte gesehen, wie sich José, der dünne Mann mit dem Adlergesicht, an seinen Onkel herangeschlichen und die Pistole auf ihn gerichtet hatte. Sollte er den Polizisten, der Bilder malte, darauf hinweisen? Sollte er ihm den Namen des Mannes nennen und ihn beschreiben?

Seine Mund traf eine Entscheidung.

»Nein«, entgegnete Nikolas.

Der Polizist musterte ihn einige Sekunden lang, mit Augen, die wieder müde wurden, und schrieb etwas in sein Notizbuch. Anschließend stellte er einige weitere Fragen, die harmlos klangen. Nikolas beantwortete sie wahrheitsgemäß, halb abgelenkt von einer Möwe, die er durchs Fenster über dem Meer sah. Vor ein paar Wochen, in einer stillen Stunde am Abend, hatte er sich auf eine Möwe bei den Klippen konzentriert und versucht, mit der Deutlichkeit die Welt aus ihren Augen zu sehen. Es schien ihm tatsächlich gelungen zu sein, oder es war ein Tagtraum gewesen, Bilder in der besonderen Dämmerungszone zwischen Schlafen und Wachen. Er hatte eine sonderbare Welt gesehen, bestimmt von Höhen, Tiefen und dem Wind …

»Adrian?«

Sein Blick kehrte zu dem Polizisten zurück.

»Hast du mir zugehört?«, fragte Forabosco.

»Ja«, log Nikolas und sah das Türkis im eigenen Wort.

Der Commissario steckte Kugelschreiber und Notizbuch ein. »Was hast du jetzt vor?«

»Ich verstehe nicht.«

»Du hast viel geerbt«, sagte Forabosco. »Dein Adoptivvater hat dich zu seinem Alleinerben gemacht, wenn ich richtig informiert bin. Wusstest du das nicht?«

»Nein.«

»Ich bin sicher, dein Anwalt wollte es dir noch heute mitteilen. Immerhin ist er der Vermögensverwalter bis zu deinem achtzehnten Geburtstag. Nicht wahr, Dottor Battisti?«

»So entspricht es dem letzten Willen von Carlo Santina.«

»In der Tat. Also, Adrian, was hast du vor?«

Ich bin reich, dachte Nikolas. Ich habe genug Geld für einen Flug nach Grenada, und von dort ist es nur noch ein Katzensprung bis nach Coronda.

Er sprach weitere türkisfarbene Worte. »Das weiß ich noch nicht.«

»Ihm wird bestimmt etwas einfallen.« Matteo Battisti, der schlaue Fuchs, nahm sein Smartphone vom Tisch. »Wenn Sie keine weiteren Fragen haben, Commissario …«

»Oh, mir fallen bestimmt noch welche ein.« Forabosco stand auf. »Aber bis dahin … Ich wünsche den Herren einen guten Abend.«

45

Nikolas stand am Geländer der großen Terrasse und blickte übers Meer, während am dunkler werdenden Himmel die ersten Sterne erschienen. Er dachte an die Menschen, die im Park hinter ihm gestorben waren, unter ihnen Onkel Carlo, vor nur zwei Nächten. Vor allem aber dachte er an ein anderes Meer, größer als das vor ihm, an einen Ozean mit einer Insel, elf Millionen Schritte entfernt. Nein, er brauchte nicht zu gehen, wenn das überhaupt möglich gewesen wäre. Er konnte schneller reisen, mit einem Flugzeug, das nur wenige Stunden unterwegs sein würde. Und er konnte die schnelle Reise bezahlen, er hatte genug Geld.

Schritte näherten sich. Nikolas drehte den Kopf und sah Bruno.

»Einer von uns sollte immer bei dir sein, Adrian.« Er deutete nach oben. »Zählst du wieder die Sterne?«

»Nein.« Einige Sekunden lang schwiegen sie beide, dann fragte Nikolas: »Bruno?«

»Ja?«

»Was habe ich geerbt?«

»Du hast viel geerbt, und nicht nur Geld. Es sind auch Verpflichtungen darunter. Wir sprechen morgen darüber, in aller Ruhe. Wir erklären dir alles.«

»Du und Giuseppe?«

»Und Dottor Battisti.«

»Ich weiß nicht, ob ich ihn mag«, sagte Nikolas. Bruno gegenüber konnte er offen sein. »Er erinnert mich an einen Fuchs.«

Bruno lachte leise. »Er ist ein guter Anwalt.« Er wurde wieder ernst. »Was den seltsamen Mann betrifft, den du mir beschrieben hast, den Mann, der angeblich nach Pfeffer riecht …«

Nikolas drehte sich ganz zu Bruno um. »Ja?«

»Er heißt Noah Croid und gehört nicht zu unseren … Geschäftspartnern. Wir wissen noch nicht, wie er in die Kirche und auf den Friedhof gelangen konnte, ohne von unseren Leuten abgefangen zu werden. Woher er kommt und was er macht, ließ sich in der kurzen Zeit nicht feststellen. Wir arbeiten daran.«

»Was macht er *jetzt?*«, fragte Nikolas rasch. Sein Herz schlug schneller, es hüpfte wie ein kleiner Vogel in der Brust. »Wo ist er?«

Bruno hob die Brauen. »Warum interessiert dich der Mann so sehr?«

»Etwas stimmt nicht mit ihm.«

»Wir glauben, dass er nichts mit der Schießerei zu tun hat«, sagte Bruno. »Und er ist auch nicht von der Polizei, da sind wir ziemlich sicher.«

»Trotzdem.«

»Wir wissen, in welchem Hotel der Stadt er wohnt. Im Eden.«

»In welchem Zimmer?«

Brunos Brauen stiegen noch ein wenig höher. »Willst du ihn besuchen?«

Vielleicht, dachte Nikolas. Wenn ich kann. »Nein.«

»Er wohnt im Zimmer dreihundertsieben«, sagte Bruno. »Möchtest du, dass wir ihm einen Besuch abstatten?«

»Nein«, wiederholte Nikolas. Damit wäre vielleicht gefährlicher Schaden angerichtet worden.

Bruno nickte und wirkte ein wenig erleichtert. »Wir stellen weitere Nachforschungen an. Morgen wissen wir vielleicht mehr. Möchtest du noch länger hier draußen bleiben und die Sterne zählen? Jemand von uns sollte in der Nähe sein.«

»Nein«, sagte Nikolas zum dritten Mal. »Ich gehe schlafen.«

Aber er wollte nicht schlafen, er wollte zu einer Reise aufbrechen.

46

Ein leises Klopfen entstand zwischen Nikolas' Schläfen, als er im Dunkeln auf dem Bett lag und sich zu konzentrieren versuchte. Was ihm nicht leichtfiel. Er dachte an schlaue Füchse und Klingen, scharf wie Chirurgenmesser, scharf wie Skalpelle. Er dachte an die müden Augen eines Polizisten, der gar nicht so müde klingende Fragen gestellt hatte. Er dachte auch an Onkel Carlo, der in einem Sarg lag, zwei Meter unter der Erde, in ewiger Finsternis. Vor allem aber dachte er an Sonja, und während er sie sich auf einer fernen Insel vorstellte, kehrte eine quälende Frage zurück. Lebte sie noch?

Nikolas schloss die Augen und wartete vergeblich darauf, durchs offene Fenster das Krächzen einer Möwe zu hören. Vielleicht hätte er mit ihren Augen sehen und mit ihren Flügeln fliegen können. Alles blieb still; selbst das Rauschen des Meeres unten an den Klippen klang dumpf und fern.

Er rief die Deutlichkeit, er lud sie ein, und sie kam, aber langsam, gestört von den anderen Gedanken. Zaghaft kroch sie in Augen und Ohren und brachte einen bitteren Geschmack in den Mund, was zum ersten Mal geschah.

Nikolas öffnete die Augen, blickte aber nicht nach draußen, sondern in die Ecke des Zimmers, dorthin, wo die Dunkelheit am dichtesten war. Mit der zaghaften, zögerlichen Deutlichkeit bemerkte er dort einen Schemen und eine Bewegung, als krümmte die Nacht ihre Schultern.

»Bist du da, Schutzengel?«, flüsterte Nikolas.

Ich bin immer bei dir, antwortete die Finsternis zwischen den beiden Bücherschränken.

Nikolas lächelte erleichtert und zufrieden, schloss die Augen wieder und spürte, wie sich seine Anspannung auflöste, von der er bis eben gar nichts gewusst hatte. Der Schutzengel war da, ihm konnte nichts passieren.

Die Deutlichkeit wuchs, sie wurde stärker, und Nikolas schickte seine Augen und Ohren in die Nacht hinaus, durch den Park, über die patrouillierenden Wächter hinweg, über

Straße und Brücke. Er kannte den Weg zur Stadt und wusste auch, wo sich das Hotel Eden befand und wie es aussah; Google Earth und Fotos im Internet hatten es ihm gezeigt. Dort war es, an der Hauptstraße gelegen, nicht weit von der breiten Uferpromenade entfernt, wo Menschen auf Bänken saßen oder spazieren gingen. Eine andere Welt lag dort vor ihm, voller Licht und Leben selbst um diese Zeit – den größten Teil der vergangenen sechs Jahre hatte Nikolas in der Abgeschiedenheit der Villa verbracht, unterrichtet von privaten Lehrern.

Der dritte Stock …

Er ließ die Augen der Deutlichkeit an den Fenstern entlangschweben und blickte in die Zimmer. In einem saß eine alte Frau am Spiegel und kämmte sich traurig das graue Haar. In einem anderen lag ein junges Paar auf dem Bett und küsste sich. Manche Räume waren leer und dunkel. In einen davon flogen die Augen und dann durch die Tür in den Flur mit seinem matten gelben Licht und dem roten Teppich. Dort verharrten sie kurz und beobachteten einen Kellner, der einen kleinen Wagen mit einer großen Flasche Sekt schob und an eine der Türen klopfte, an Nummer 301. Die Tür öffnete sich, und ein Mann in mittleren Jahren nahm den Servierwagen in Empfang. Mit der Deutlichkeit hörte Nikolas nicht nur seine Stimme, sondern auch die der beiden auf dem Bett sitzenden jungen Frauen.

Weiter durch den Flur, als lautloser, unsichtbarer, nicht zu entdeckender Beobachter. Die Deutlichkeit wurde noch intensiver und zeigte Nikolas sogar die kleinen Flecken am Rand des roten Teppichs und Kratzer in den braunen Fußleisten. Ein schwerer Geruch hing in der Luft, von Reinigungsmitteln und Staub, von Menschen, die gekommen und gegangen waren, und von Pfeffer.

Vor der Tür mit dem 307-Schild zögerte Nikolas. Alles blieb still.

Der Pfeffergeruch wurde intensiver, als Augen, Ohren

und auch eine Nase der Deutlichkeit durch die Tür schwebten. Ein halbdunkles Zimmer erwartete ihn. Der Vorhang am Fenster war halb zugezogen, damit weniger Licht ins Zimmer fiel.

Ein Mann lag auf dem Bett, auf dem Rücken, die Beine gerade, die Hände auf der Brust gefaltet. Er hatte die Augen geschlossen, aber Nikolas wusste, dass es graue Augen waren und dass es tief in ihnen scharfe Klingen gab.

Der Pfeffergeruch wurde so stark, dass selbst die Nase der Deutlichkeit niesen musste.

Nikolas schwebte näher. Der Mann schien zu schlafen, aber er war angezogen, er trug einen Anzug.

Mehr Deutlichkeit, dachte Nikolas, der einige Kilometer entfernt ebenfalls im Bett lag. Ich brauche mehr Deutlichkeit. Ich möchte mehr sehen, mehr hören, mehr erkennen. Ich möchte wissen, wer dieser Mann ist und ob er …

Ein tiefes Grollen kam aus der Finsternis zwischen den Bücherschränken, wie von einem Vulkan kurz vor dem Ausbruch, und eine tiefe Stimme knurrte. *Pass auf, Nick.*

Der Mann auf dem Bett schlief nicht. Er hatte gewartet, und jetzt öffnete er die grauen Augen. Die spitzen, scharfen Klingen darin sprangen Nikolas entgegen.

»Da bist du ja«, sagte er und lächelte ein kaltes Lächeln, frostig wie ein Wintertag.

Die Tür zum Nebenzimmer öffnete sich, und ein Junge stand dort, vierzehn oder fünfzehn Jahre alt, mit smaragdgrünen Augen, blondem Haar und ausdruckslosem Gesicht. Nikolas fühlte seine Gedanken, hart wie Nägel aus Stahl und klebrig wie Maden. Er wich zurück.

»Alexander sieht dich.« Der Mann setzte sich auf. »Und ich sehe dich ebenfalls.« Er holte etwas hervor, das nach einem Medaillon aussah, verziert mit einem Symbol, das Nikolas kannte: eine Möbiusschleife, darin ein Auge. Ein Auge, das seine Deutlichkeit sah. »Wir werden dich bekommen.«

EIN WIEDERSEHEN

47 Nikolas lag neben seinem Bett, aber nicht auf dem Boden. Eine dunkle Gestalt hielt ihn, während er wie nach einem anstrengenden Lauf keuchte, und strich ihm mit schwarzen Pranken sanft über die Wangen. Er hatte geschrien, erinnerte er sich, geschrien und geweint, aus Schmerz, Enttäuschung und Zorn. Der Schutzengel hielt ihn, so behutsam und zärtlich wie eine Mutter ihr Kind, und flüsterte: *Hab keine Angst. Ich bin bei dir.*

Es war eine leise Stimme, aber der Mann mit den Chirurgenmessern, Noah Croid, und der blonde Junge namens Alexander – vielleicht hörten sie die Stimme ebenfalls, obwohl sie im Hotel Eden waren, zehn Kilometer entfernt in der Stadt.

»Zieh ihn mir aus dem Kopf«, wimmerte Nikolas. »Zieh mir den Nagel aus dem Kopf!«

Denn das steckte in seinem Gehirn, ein Nagel aus Stahl, der ihn wie ein Sender mit Croid und Alexander verband.

Hab keine Angst, antwortete der Schutzengel. *Ich bin bei dir.*

Der Nachtwind wehte kühle Luft durchs offene Fenster. Sie roch nach Meer und Pfeffer.

Nikolas nieste.

Oder vielleicht war es kein Nagel, der in seinem Kopf

steckte, sondern eine von Alexanders klebrigen Maden, die sich hin und her wand und durchs Gehirn kroch, auf der Suche nach seinen geheimsten Gedanken.

Jemand klopfte an die Tür. »Adrian?«

Nikolas erkannte Brunos Stimme.

Schwarze Arme hoben ihn hoch und legten ihn aufs Bett. Die dunkle Gestalt wich zurück, in die Schatten zwischen den Bücherschränken. *Hab keine Angst. Ich bin bei dir.*

Es gab noch ein zweites Flüstern, leiser, weiter weg. *Wir werden dich bekommen.*

»Adrian? Ist alles in Ordnung?«

»Ja.« Er räusperte sich. »Ich hatte nur einen Albtraum.«

»Ist wirklich alles in Ordnung? Bist du sicher?«

»Ja, Bruno. Bis morgen! Gute Nacht! Und danke!«

»Gute Nacht!«

Schritte entfernten sich, es wurde wieder still. Nikolas hob ein wenig den Kopf, blickte zu den Bücherschränken auf der anderen Seite des Zimmers und machte eine Silhouette in der Dunkelheit zwischen ihnen aus. Ich bin nicht allein, dachte er.

Und dann dachte er diesen Gedanken noch einmal, mit mehr geistiger Kraft. Er richtete ihn an den Nagel oder die Made in seinem Hinterkopf, damit Croid und Alexander ihn hörten. *Ich bin nicht allein!*

Wenig später schlief er ein.

Draußen wanderten Sterne über den Himmel. In der Ferne funkelten Lichter an der Küstenlinie von Sizilien. Unten schlugen Wellen gegen die Klippen. Im Park zirpten die Zikaden.

Die dunkle Gestalt zwischen den beiden Bücherschränken trat vor. Neben dem Bett blieb sie stehen und blickte auf den Schlafenden hinab. Ein Knurren mischte sich in die leisen Geräusche der Nacht.

Ich bin bei dir, ich schütze dich, flüsterte der Schutzengel.

48

»Können wir offen reden? Ich meine, ganz offen?« Die Frage stammte von Clemente Moreno, den Bruno manchmal Clem oder Moreno nannte, einem kleinen Mann um die fünfzig, mit dickem Bauch, auf den er gern die gefalteten Hände legte, wenn er saß. Er trug eine altmodische Brille, die er, wenn er nicht mit ihr las, auf der Nase nach vorn rutschen ließ, um andere Leute über die ovalen Gläser hinweg mit listigen Augen anzusehen. Nikolas verglich ihn mit einem Fisch, glatt und schlüpfrig, und manchmal war sein Lächeln braun, was Unheil verhieß.

Clemente Moreno saß auf der anderen Seite des Tisches, dort, wo tags zuvor Massimiliano Forabosco von der kalabrischen Polizei gesessen hatte. Diesmal waren die Jalousien heruntergelassen. Der Sonnenschein blendete weder Moreno noch den etwa zehn Jahre jüngeren Mann an seiner Seite: Lucas Vitale, ein weiterer »Kapitän« der *Famiglia*, wie Bruno erklärt hatte.

Nikolas kannte den Begriff schon seit einer ganzen Weile und fand ihn noch immer seltsam. Wie konnte man ein Kapitän ohne Schiff sein? Aber das Wort bezog sich nicht auf die Seefahrt, sondern auf die Geschäfte der Familie, und in diesem Zusammenhang bedeutete es so viel wie »Abteilungsleiter«.

Es gab noch drei andere Kapitäne. Einer von ihnen befand sich in Neapel und führte dort wichtige Verhandlungen, und die beiden anderen waren in Kolumbien, um mit »Lieferanten« zu sprechen. Nikolas wusste, was geliefert wurde und womit die *Famiglia*, seine Familie, einen großen Teil ihres Geldes verdiente. Es gefiel ihm nicht, aber er vermied es, darüber nachzudenken. Es gab schon genug Dinge, die schwer wie Steine in seiner Seele lagen.

Lucas Vitale wog, wie Nikolas schätzte, nur halb so viel wie Clemente Moreno, doch seine Worte hatten mindestens ebenso viel Gewicht. Er war etwas größer als Moreno und nicht einmal halb so breit – er schien hauptsächlich aus

Die Kolumbianer hätten nichts dagegen, wie ich hörte.« Sein Blick richtete sich erneut auf Nikolas. »Verstehst du, worum es hier geht, Nikolas?«

»Ich heiße Adrian«, sagte Nikolas.

»Rede nicht so mit ihm, Clem.« In Brunos Bass lag eine Warnung. »Er tritt Carlo Santinas Nachfolge an. Er wird der neue *Capo* sein.«

»Aber nicht *heute«*, betonte Clemente Moreno. Der glatte, schlüpfrige Fisch, mit dem Nikolas ihn zuvor verglichen hatte, wurde zu einem Hai mit rauer Haut. »Noch ist er ein Grünschnabel ohne jede Erfahrung – entschuldige, Nikolas, ich hatte gefragt, ob wir ganz offen reden können.«

Der Wind wehte ein Knurren durchs Fenster.

»Habt ihr das gehört?«, fragte Moreno, seine Augen etwas größer hinter den Brillengläsern. Er griff nach dem Hemdkragen und reckte den Hals, als fiele ihm plötzlich das Atmen schwer.

»Rache ist dumm«, wiederholte Lucas Vitale. Seine tiefe Stimme beendete die Stille, die Morenos Worten gefolgt war. »Rache könnte einen Krieg auslösen, und Krieg ist schlecht fürs Geschäft.«

»Diese Angelegenheit hat genug Aufsehen erregt«, gab Giuseppe, der Buchhalter, zu bedenken. »Es werden Fragen gestellt. Die Polizei ermittelt. Die Politik könnte sich einschalten.«

»Fragen wir unseren jungen Freund«, schnaufte Clemente Moreno. »Fragen wir ihn, was er davon hält. Carlo Santina war sein Onkel. José hat ihn erschossen, Nikolas, im Auftrag der Santarossa.« Er faltete wieder beide Hände auf dem Bauch. »Sollen wir seinen Tod und den der anderen einfach so hinnehmen? Sollen wir so tun, als wäre überhaupt nichts geschehen? Oder sollen wir die Mörder bestrafen, wie es sich gehört?«

»Hör auf, Clem«, brummte Bruno.

»Ich habe ihn nur nach seiner Meinung gefragt.«

Mit den Worten stimmte etwas nicht, fand Nikolas. Es lag Spott in ihnen. Und noch etwas anderes, zwischen den Silben, etwas im Türkis der Lüge.

Während er noch nach dem Ursprung des türkisfarbenen Tons Ausschau hielt, veränderte sich die Farbe, zusammen mit den anderen, dem Braun des Lächelns, dem Safrangelb der Selbstgefälligkeit, den gelben und grünen Varianten und Zwischentönen, die manchmal auf Ärger, Neugier und Langeweile hindeuteten.

Nikolas drehte verblüfft den Kopf. Wo die Farben, die ihn sein ganzes Leben begleitet hatten, nach und nach verblassten, entstanden kleine Zahlen und Gruppen von Zahlen, begleitet von den zart klimpernden Anfängen leiser Melodien. Zahlen logen nicht; ihre Musik sprach immer die Wahrheit. Zum Beispiel die Zahlen sieben, neunzehn und dreiunddreißig. Sie hatten einen Missklang, der jede Melodie störte, und zwischen Morenos Worten drängte sich die Sieben gleich mehrmals hervor, berichtete von Falschheit. Ihm ging es nicht um Rache oder darum, jemandem eine Lektion zu erteilen. Das war nur ein Vorwand. Er verfolgte eigene Ziele.

»Was ist mit ihm?«, fragte Clemente Moreno. »Was ist mit dem Jungen?«

»Alles in Ordnung, Adrian?«, fragte Bruno besorgt, als Nikolas den Blick durchs Zimmer schweifen ließ, überall Zahlen sah und ihre leisen Stimmen hörte. Dicht über Brunos Kopf schwebte eine silberne Zwölf, was bedeutete, dass er ein Freund war, jemand, der Vertrauen verdiente. Der Anwalt Matteo Battisti trug eine Einundzwanzig: ein gescheiter Mann, ein schlauer Fuchs, durchaus fähig, eigene Entscheidungen zu treffen und einen eigenen Weg zu gehen. Er war jemand, der helfen würde, solange er einen Nutzen für sich selbst darin sah. Giuseppe, Beppi, der Buchhalter, hatte Zahlen in den Augen und an den Fingern, die Zahlen der Geschäfte. Auf der rechten Hand am Tablet leuchtete eine Acht, was bedeutete, dass man ihm glauben konnte, wenn es um die Zahlen seiner Geschäftsbücher und Bilanzen ging. Der dünne, ruhige Lucas Vitale trug eine Zweiundvierzig mitten auf der Stirn, und das war eine sehr spezielle Zahl, wie Nikolas wusste. Jemand hatte sie einmal als Antwort auf alles beschrieben, doch das hielt er für übertrieben – eine einzelne Zahl, so rein ihr Klang auch sein mochte, konnte unmöglich alle Fragen beantworten. Das Besondere an der Zweiundvierzig war, dass sie eine Art Tarnkappe aufsetzen und sich in jede andere Zahl verwandeln konnte, auch in eine Sieben oder in eine Dreizehn mit dem Braun des Unheils.

Die Sonne kam hinter einer Wolke hervor, und in ihrem hellen Schein schwebte eine Eins durchs Fenster, goldgelb wie Sonjas Haar und begleitet von einem Ton wie das Läuten einer kleinen Glocke. Nikolas stellte sich vor, dass die Eins von Sonja stammte, dass der Wind sie über Atlantik und Mittelmeer geweht hatte, denn sie passte zu ihr – die Eins, das Erste und Wichtigste.

»Das habe ich vorhin gemeint«, sprach die Nummer Sieben, Clemente Moreno. »Manchmal ist der Junge völlig weggetreten.«

»Adrian?« Bruno legte ihm behutsam die Hand auf den Arm.

Jemand klopfte an die Tür.

Moreno hob den Kopf. »Was ist?«

Die Tür wurde geöffnet, und einer der Wächter sah ins Zimmer. »Die Polizei ist wieder da.«

»Forabosco?«, fragte Nummer Einundzwanzig, der Anwalt Battisti.

»Und noch jemand, aus Florenz, glaube ich. Ein Mann namens Lerotto. Roberto Lerotto.«

49

Die beiden Polizisten warteten auf der großen Terrasse, im Schatten der Zitronenbäume. Mehrere Wächter schlenderten über die Wege des nahen Parks und behielten die beiden Männer im Auge, denen eins der Hausmädchen gerade eisgekühlte Getränke gebracht hatte.

Massimiliano Forabosco saß am Tisch, die Augen halb geschlossen, und wirkte wie immer müde. Der zweite Commissario, aus Florenz, stand an der Mauer, am Rand des von den Bäumen gespendeten Schattens, und blickte übers Meer.

»Ich hoffe, Sie genießen die Aussicht«, sagte Matteo Battisti, als sie sich dem Tisch näherten. Bruno blieb einige Meter entfernt stehen, ein dunkler Berg im Sonnenschein. Moreno und Vitale waren im Haus geblieben; vermutlich standen sie an einem der Fenster und beobachteten die Szene.

Der Mann an der Mauer drehte sich um. »Sehr«, sagte Commissario Lerotto, den seine Freunde Bob nannten, wie sich Nikolas erinnerte. Er nickte anerkennend. »Hübsches Häuschen. Pool. Der Garten ein Park. Privater Zugang zum Meer. Und dann die vielen Hausangestellten ... Kostet sicher eine Menge Geld.«

»Das soll nicht Ihre Sorge sein, Signor ...«

»Lerotto. Roberto Lerotto. Meine Freunde nennen mich Bob. Aber ich fürchte, wir werden keine Freunde. Was meinen Sie?«

»Ich meine, dass Sie mir den Grund für Ihren Besuch nennen sollten. Ich bin Dottor Matteo Battisti, Adrians Anwalt.« Er setzte sich und bedeutete Nikolas, neben ihm Platz zu nehmen. Forabosco auf der anderen Seite des Tisches brummte einen Gruß.

Lerotto streckte die Hand aus, aber die Geste galt nicht dem Anwalt, sondern Nikolas.

»Kennen wir uns?«

Nikolas zwang sich, die Hand zu ergreifen und kurz zuzudrücken.

»Ich glaube nicht.«

Lerotto war älter geworden, man sah es ihm an. Es gab mehr Falten in Augen- und Mundwinkeln, und die Haut am Hals war nicht mehr so straff. Doch die Messer in seinen Augen, die Nikolas vor acht Jahren, kurz nach dem Tod seiner Eltern, zum ersten Mal gesehen hatte, existierten nach wie vor.

Lerotto musterte ihn. »Sind Sie sicher?«

»Ziemlich. Sie können mich duzen, wenn Sie wollen.«

Der Commissario aus Florenz setzte sich ebenfalls, ohne den Blick von Nikolas abzuwenden. Sein Gesicht wirkte noch immer weich und freundlich; die grauen Augen mit den Messern schienen einer anderen Person zu gehören.

»Kommen wir zur Sache«, sagte der Anwalt. Er legte sein Handy auf den Tisch. »Wenn Sie gestatten …«

Forabosco zuckte nur mit den Schultern.

»Sie zeichnen das Gespräch auf?«, fragte Lerotto.

»Ja.«

»Na schön.« Lerotto holte ein eigenes Smartphone hervor und legte es ebenfalls auf den Tisch, nachdem er auf den Touchscreen getippt hatte. »Ich habe den Bericht meines geschätzten Kollegen Forabosco gelesen – er hat die Daten gestern Abend in unser neues Datenbanksystem eingegeben – und mich sofort auf den Weg hierher gemacht. Ich bin mit dem Mordfall Antonio Santina vor acht Jahren betraut gewesen. Auch Antonio Santinas Ehefrau kam dabei ums Leben.«

»Haben Sie den Mörder gefunden?«, fragte Battisti.

»Nein. Aber kurze Zeit später kamen ein gewisser Luciano Santarossa und zwei weitere Männer unter seltsamen Umständen ums Leben.«

»Unter ›seltsamen Umständen‹?«

»Ich glaube, Nikolas weiß, was ich meine.«

Nikolas blieb still sitzen. Sein Herz schlug schneller, er hatte ein Rauschen in den Ohren, und vielleicht hörte er auch ein leises Knurren dicht hinter der Mauer.

»Von wem sprechen Sie?«, fragte der schlaue Fuchs.

»Wissen Sie das nicht, Dottor Battisti?«, entgegnete Lerotto freundlich.

»Würde ich sonst fragen, Signor Commissario?«

»Carlo Santina hat es in den vergangenen sechs, sieben Jahren weit gebracht, wie man hier sieht. Es begann mit seiner Entscheidung, Florenz zu verlassen und sich in der Schweiz niederzulassen, in Genf. Mit dem Jungen. Mit Nikolas Santina, meine ich. Er war damals neun Jahre alt, wenn ich mich nicht irre. Ein besonderer Junge, dieser Nikolas. Mit einem besonderen Sinn für Zahlen. Ein Autist.«

Nikolas war längst mit diesem Wort vertraut. Er hatte ausgiebig darüber gelesen, und in einigen Beschreibungen erkannte er sich wieder, in anderen nicht. Was vielleicht daran lag, dass es nicht eine Form des Autismus gab, sondern viele. Etiketten, dachte er. Die angeblichen Fachleute verteilten Etiketten und nahmen an, damit ein gewisses Maß an Kontrolle zu erringen. Sie dachten in Kategorien und glaubten, die Dinge damit zu verstehen, aber manchmal – sogar ziemlich oft – vergaßen sie, dass die Etiketten und Kategorien ihre eigenen Erfindungen waren und dass sich die damit bezeichneten »Dinge« nicht der Kraft der Namen beugten. Der Sturm existierte, ob man ihn Orkan nannte oder nicht.

Es war, als würde Commissario Lerotto seine Gedanken bestätigen wollen, denn er fügte hinzu: »Sein Autismus war schwer zu klassifizieren, hieß es damals in den medizinischen Unterlagen. Man vermutete ein Asperger-Syndrom, aber kein klassisches, was immer das auch heißen mag.«

Nikolas hörte die Worte, und eine neue Art von Deutlichkeit zeigte ihm, woraus sie bestanden: aus kleinen Zahlen, so winzig, dass er ganz genau hinsehen musste, um sie zu erkennen. Mathematische Symbole verketteten die Zahlen zu Gleichungen. Wenn man an einer Stelle eine Zahl wegnahm und sie an einer anderen hinzufügte, änderte sich das Wort oder zumindest sein Klang.

»Nikolas Santina konnte nicht nur gut mit Zahlen umgehen«, fuhr Lerotto fort. »Er schien auch einen Pakt mit dem Schicksal geschlossen zu haben. Er wurde in einen Autounfall verwickelt und kam ungeschoren davon. Er wurde entführt und blieb am Leben, während seine Entführer starben – jemand brachte sie um, ohne dem Jungen Beachtung zu schenken. Was genau damals geschah und wie sich Nikolas befreien konnte, ist weiterhin ein Rätsel. Immer wieder passierten seltsame Dinge, und jedes Mal gab es eine Verbindung zu dem Jungen. Seine Tante Adele misstraute ihm und hielt ihn für verrückt. Kurze Zeit später erlitt sie einen Schlaganfall, an dessen Folgen sie schließlich starb.«

Matteo Battisti warf einen demonstrativen Blick auf seine Armbanduhr. »Ich habe noch einen wichtigen Termin.«

»Hier kam es zu einer wilden Schießerei«, fuhr Lerotto fort. Nikolas sah sie wieder, die Messer in seinen Augen, nicht so scharf wie die Skalpelle von Noah Croid, aber scharf genug. Er erinnerte sich daran, Roberto Lerotto mit Pampasgras verglichen zu haben, das auf den ersten Blick harmlos wirkte, bis man feststellte, wie scharf die Kanten der Blätter waren. Diese Schärfe existierte noch immer, und hinzu kam die Gefährlichkeit einer im Dunkeln lauernden Schlange. »Bei der mehrere Personen starben …«

»Acht«, brummte Forabosco. Er saß zurückgelehnt, mit verschränkten Armen.

»Acht Tote«, sagte Lerotto. Er sah wieder Nikolas an, und die Messer in seinen Augen begannen zu schneiden. »Und Ihr Adrian mitten in dem Durcheinander. Er lief durch den Park, heißt es in dem Bericht. Während um ihn herum geschossen wurde. Er lief durch den Park, auf der Suche nach seinem Adoptivvater Carlo, während einer wilden Schie-

DIE TÜR

50

»Dies geht eindeutig zu weit«, sagte Matteo Battisti, als sie über die Brücke fuhren. Villa und Park blieben hinter ihnen zurück. Vor ihnen führte die Straße in engen Kurven am Berghang hinab, bis hinunter zur Stadt. »Ich werde mich bei Ihren Vorgesetzten beschweren.«

Forabosco lenkte den Wagen. Lerotto drehte sich halb auf dem Beifahrersitz um. »Hören Sie auf mit dem Unsinn! Mich können Sie damit nicht beeindrucken und schon gar nicht einschüchtern.«

Nikolas, der zusammen mit dem Anwalt, einem verärgerten schlauen Fuchs, im Fond saß, stellte fest, dass Matteo Battisti sein Smartphone in der Hand hielt. Er zeichnete noch immer alles auf.

»Vielleicht«, warnte Battisti, »wissen Sie nicht, mit wem Sie es zu tun haben.«

»Das weiß ich sogar sehr genau.« Da waren sie wieder, die Messer in den grauen Augen. »Ich weiß, für wen Sie arbeiten, ich kenne die *Famiglia,* ich habe mich informiert. Carlo Santina war ein respektabler Mann, soweit ich das beurteilen kann. Es ist mir ein Rätsel, wie er sich auf die schmutzigen Geschäfte seines Bruders einlassen konnte. Vielleicht war die Verlockung des Geldes zu groß für ihn. Geld und Macht.«

»Oh, da Sie gerade Macht erwähnen ...«

»Ich gehöre seit fünf Jahren zu einer Sonderkommission«, sagte Lerotto, jedes Wort wie ein kurzer, schneller Schnitt. »So weit reicht Ihr Einfluss nicht. Und was Ihren Hinweis betrifft, dies gehe zu weit ... Ich verfüge über Sondervollmachten.«

»Vielleicht unterschätzen Sie meinen Einfluss, Signor Lerotto.« Matteo Battisti tippte aufs Display und hielt das Handy ans Ohr. »Bruno? Ich glaube, wir sollten jemanden um Hilfe bitten. Bitte seien Sie so nett, und geben Sie Commendatore d'Ambrosio Bescheid. Danke!« Er ließ das Smartphone wieder sinken. »Wenn Adrian verhaftet ist, frage ich als sein Anwalt nach dem Grund für die Festnahme.«

»Er ist nicht verhaftet«, erwiderte Lerotto. »Was uns den ganzen Papierkram erspart. Ich habe den Jungen um eine Speichelprobe gebeten, und er war so freundlich, damit einverstanden zu sein. Eine Speichelprobe tut nicht weh. Ist völlig schmerzlos und geht schnell. Und mit einer DNS-Analyse stellen wir fest, ob Adrian wirklich Adrian ist oder vielleicht doch Nikolas, nicht wahr, Nick?«

Nikolas blieb stumm, während Forabosco den Wagen durch eine weitere enge Kurve steuerte. Er konnte sich nicht daran erinnern, mit irgendetwas einverstanden gewesen zu sein. Lerotto hatte »Wir fahren in die Stadt, und du kommst mit« gesagt, ohne eine Antwort abzuwarten.

»Aber wir könnten ihn verhaften«, fügte Forabosco hinzu. »Wegen der Schießerei in der Nacht. Ich bin sicher, dass er uns nicht alles gesagt hat. Wir könnten ihm vorwerfen, einer der Drahtzieher hinter der Ermordung von Carlo Santina zu sein. Immerhin ist er direkter Nutznießer. Er erbt das Vermögen.«

»Wie wollen Sie einen DNS-Test durchführen?«, fragte Battisti. »Dazu brauchen Sie genetisches Material von Nikolas Santina.«

»Wir haben welches von seinem Vater«, erklärte Lerotto. »Aus einem Fall vor neun Jahren, als wir versuchten, ihn zu überführen. Damit lässt sich feststellen, ob Adrian wirklich Adrian ist oder vielleicht Nikolas, der Sohn von Antonio Santina.«

Ein Klingelton unterbrach ihn. Er nahm eine Hand vom Steuer, sah aufs Display, wölbte die Brauen und hielt das kleine Telefon ans Ohr. »Ja?« Es folgte eine kurze Pause. »Wie bitte? Was? Ich verstehe Sie kaum. Die Verbindung ist sehr schlecht …«

Nikolas beobachtete, wie Forabosco die rote Auflegen-Taste drückte und das Handy dann ausschaltete. Er warf Lerotto einen Blick zu. »Das war Vice Questore Valluzzi.«

»Was wollte er?«

»Wie gesagt, die Verbindung war schlecht. Hab ihn nicht verstanden.«

Lerottos Telefon klingelte. Er zog es aus der Hosentasche und blickte aufs Display. Dann drückte er die Taste zum Ausschalten, hielt sie einige Sekunden lang gedrückt und ließ das Handy wieder in der Hosentasche verschwinden.

»Das nützt Ihnen nicht viel«, sagte Matteo Battisti. »Ich habe alles aufgezeichnet.«

Lerotto drehte sich erneut halb um. »Hübsches Smartphone haben Sie da. Neuestes Modell, was? Darf ich mal sehen?«

Und da war sie, die Schlange. Sie verließ ihr dunkles Versteck, sie schnappte zu, schnell und unerwartet. Plötzlich hielt Lerotto das Handy des Anwalts in der Hand, ließ die Seitenscheibe herunter und warf das Telefon hinaus.

»Ups, na so was, ist mir aus der Hand gerutscht.«

»Halten Sie sofort an!«

Forabosco fuhr weiter.

»Das werden Sie bitter bereuen!«, sagte Matteo Battisti scharf.

»Sie glauben nicht, wie oft ich *das* schon gehört habe,

Dottor Battisti. Wir fahren zur Stadt, nehmen eine Speichelprobe des Jungen und lassen sie untersuchen. Und wenn wir bewiesen haben, dass Adrian in Wirklichkeit Nikolas ist … *dann* sprechen wir mit Vice Questore Valluzzi. Ich bin sicher, dass er unsere Ermittlungsarbeit zu schätzen weiß, nachdem ich die Sonderkommission informiert habe.«

51

Nikolas blickte aus dem Fenster des durch die Stadt fahrenden Wagens. Die Welt dort draußen, sie war anders, sie gehörte anderen Menschen, die in Cafés saßen, sich die Auslagen der Geschäfte ansahen oder auf der Uferpromenade spazieren gingen. Niemand dieser Menschen musste elf Millionen Schritte weit gehen, um einen Schwur zu erfüllen. Niemand von ihnen musste einen Mann fürchten, der nach Pfeffer roch.

Was würde passieren, wenn Lerotto, den seine Freunde Bob nannten, herausfand, dass Adrian Santina, geboren als Adrian Wiznek, tatsächlich, wie er glaubte, Nikolas Santina war? Würde ihn der Polizist aus Florenz, der jetzt zu einer Sonderkommission gehörte, verhaften?

Das durfte nicht passieren, dachte Nikolas, während er aus dem Fenster sah. Wenn man ihn verhaftete, konnte er kein Flugzeug nehmen und nach Grenada fliegen, um von dort aus die Reise per Schiff oder Boot nach Coronda fortzusetzen.

»Ich möchte zurück«, sagte er laut.

Forabosco brummte etwas Unverständliches und warf einen kurzen Blick in den Rückspiegel.

»Wir werden Sie verklagen«, drohte Matteo Battisti. »Sie beide.«

»Was Sie nicht sagen.« Lerotto drehte nicht einmal den Kopf.

»Sie werden Ihren Job verlieren«, fügte Battisti hinzu.

»Wenn wir mit Ihnen fertig sind, werden Sie sich wünschen, dies wäre nie geschehen.«

Der Wagen hielt vor einem Zebrastreifen. Fußgänger gingen über die Straße, unter ihnen ein Mädchen mit blondem Haar. Für einen Moment glaubte Nikolas, Sonja zu sehen. Doch das blonde Mädchen konnte höchstens zwölf oder dreizehn Jahre alt sein, und Sonja war jetzt fast achtzehn.

Der Anwalt legte ihm die Hand auf den Arm, schon zum dritten Mal, und drückte kurz zu, wie um ihm zu versichern, dass alles in Ordnung kommen würde. Der schlaue Fuchs schien ein schlechtes Gedächtnis zu haben – er hatte vergessen, dass Nikolas nicht berührt werden wollte. Nikolas zog den Arm zurück und rückte noch näher zum Fenster.

Die letzten Fußgänger überquerten die Straße, und als der Weg frei war, gab Forabosco Gas.

Etwas anderes berührte Nikolas, keine Hand, vielleicht ein Gedanke, ein fremder Gedanke. Er blickte aus dem Rückfenster.

Es herrschte dichter Verkehr. Er beobachtete die Autos, die ihnen folgten, und gleichzeitig fühlte er sich beobachtet.

Schutzengel?, dachte er voller Unbehagen.

Ich höre dich, Nick, flüsterte der Schutzengel.

Vielleicht brauche ich deine Hilfe.

Ich bin immer bei dir.

Nein, nicht immer, dachte Nikolas, aber diesen Gedanken behielt er für sich, tief in seinem Innern, an einem Ort, wo er ganz allein sein konnte. Wenn du mir rechtzeitig geholfen hättest, wäre Onkel Carlo noch am Leben.

»Wir müssen zurück«, sagte er, noch lauter als zuvor.

»Wir sind gleich da, Junge«, erwiderte Forabosco. Er betätigte den Blinker und lenkte den Wagen in eine Seitenstraße, fort vom Meer. Die Häuser standen hier dichter, die Lücken zwischen ihnen schrumpften.

»Wenn wir nicht sofort zurückfahren, passiert was Schlimmes«, sagte Nick und überlegte, welches Bild Sonja, die die Zukunft malte, von den nächsten Minuten gezeichnet hätte. Vielleicht ein Knäuel mit wirren Linien und in ihnen eingesperrt etwas Schmerzvolles.

»Was soll das heißen?« Lerotto sah in den Fond. »Willst du uns drohen? Womit?«

Forabosco hielt vor einem Gebäude, das zum Gesundheitsamt der Stadt gehörte. Auf einem Messingschild standen die Namen mehrerer Ärzte.

»Dies ist keine Polizeiwache«, stellte Matteo Battisti fest.

Forabosco zog die Handbremse an und drehte den Zündschlüssel. »Wir nehmen eine Abkürzung.« Er deutete nach draußen. »Dort drinnen gibt es ein kleines forensisches Labor, das die Speichelprobe sofort untersuchen kann. In einer Viertelstunde wissen wir, wer du bist.« Er stieg aus.

Als sie auf dem Bürgersteig standen und darauf warteten, dass jemand das Tor öffnete, sah Nikolas zur Hauptstraße. Ein weißer Fiat mit getönten Scheiben bog gerade in die Seitenstraße, hielt aber nicht an, sondern fuhr weiter.

Es summte und klickte. Forabosco drückte das Tor auf.

Kurze Zeit später standen sie in einem stickigen Flur, und eine kleine Frau mit grauem Haar und weißem Kittel – ein Mauerblümchen ohne Farbe – sagte: »Leider ist unsere Klimaanlage ausgefallen. Ach, ist es heiß hier drin. Bitte kommen Sie, kommen Sie. Wir haben alles vorbereitet.« Sie sprach schnell, die Worte fielen ihr aus dem Mund.

Kopfschmerzen begannen, ein dumpfes Trommeln zwischen den Schläfen, und dahinter ein schmerzhaftes Stechen, wie von einem Messer, das eine Tür in seinem Kopf zu öffnen versuchte.

Eine Tür …

Undeutliche Erinnerungen regten sich in Nikolas, aber bevor sie Konturen gewinnen konnten, führte das Mauerblümchen die beiden Polizisten, den Anwalt und ihn in ein kleines Labor, in dem es nach Desinfektionsmitteln roch.

»Haben Sie hier ein Telefon?«, fragte Matteo Battisti und sah sich um.

»Ein Telefon?«, fragte die kleine Frau, die Lisa hieß, so stand es auf dem Namensschild an ihrem weißen Kittel, der unten, am Saum, einige hässliche braune Flecken hatte. Braun, die Farbe des Unheils. »Oh, Sie meinen ein Telefon. Ja, ja, dort hinten steht eins.« Sie deutete zum Schreibtisch an der Rückwand des Zimmers.

Battisti setzte sich sofort in Bewegung, aber Forabosco versperrte ihm den Weg. Er blieb zwischen zwei Tresen stehen und wirkte nicht mehr ganz so müde und phlegmatisch.

»Ich schlage vor, Sie gedulden sich ein wenig«, brummte er. »Nur ein paar Minuten ...«

Der Anwalt wollte sich an ihm vorbeizwängen, doch Forabosco wich nicht von der Stelle.

»Rempeln Sie mich an, Dottor Battisti?«, fragte Forabosco. »Wenden Sie physische Gewalt gegen mich an? Gegen einen Polizisten?«

»Sie werden das bereuen, bitter bereuen!«

»Darauf haben Sie bereits hingewiesen, und wer weiß, vielleicht behalten Sie sogar recht«, entgegnete Lerotto. »Aber zuerst ...« Er nickte dem Mauerblümchen zu. »Bitte nehmen Sie die Speichelprobe, Doktor.«

Lisa hantierte mit Instrumenten, die Nikolas nicht kannte. Es befanden sich keine Messer darunter, keine Skalpelle und auch keine Nadeln, aber er begann trotzdem zu zittern. Einen Augenblick später begriff er, dass seine plötzliche Furcht nicht den Instrumenten in Lisas Händen galt, sondern etwas anderem, das sich dem Zimmer näherte.

Die Tür öffnete sich.

Nikolas nieste.

Es roch nach Pfeffer.

Eine jüngere Frau stand in der Tür, das Gesicht rund, die Haare kraus. »Hier ist jemand, der Sie dringend sprechen möchte, Lisa. Es geht um einen Notfall.«

Sie wich beiseite, und herein kamen ein hochgewachsener Mann mit grauen Augen und ein blonder Junge, vierzehn oder fünfzehn Jahre alt.

Die Atmosphäre im Zimmer veränderte sich. Die Temperatur fiel, es wurde kälter, so fühlte es sich an, und die Luft schien sich zu verdichten.

»Wir möchten den Jungen mitnehmen«, sagte Noah Croid. Er sprach ruhig, es lag keine Schärfe in seiner Stimme, keine besondere Autorität. Trotzdem war völlig klar, dass es keinen Widerspruch geben konnte. »Sie haben sicher nichts dagegen.«

Die Tür kam für eine Flucht nicht infrage. Blieb nur das Fenster. Nikolas drehte sich um, in Luft wie Öl, langsam, viel langsamer als sonst. Vier oder fünf Schritte trennten ihn vom Fenster, und es stand nicht offen, er musste es öffnen, was Zeit kostete. Das Zimmer befand sich im Erdgeschoss, ein Sprung nach draußen war also kein großes Problem. Weiches Gras erwartete ihn, er hatte den Garten aus den Fenstern im stickigen Flur gesehen. Und dann laufen, durchs Labyrinth aus Häusern und Gassen, so schnell ihn die Beine trugen.

»Bleib hier, Nikolas!«, sagte Noah Croid.

Roberto Lerotto lächelte. »Ah.«

Er stand reglos, ebenso wie Forabosco und Lisa mit den Instrumenten in ihren Händen. Niemand von ihnen regte sich.

Und Nikolas stellte fest, dass ihm die Beine den Dienst versagten. Sie wollten ihm nicht gehorchen, ihn nicht zum Fenster tragen.

Noah Croid wich in den Flur zurück, rückwärts, ohne sich umzudrehen. »Komm, Nikolas. Gehen wir.«

Nikolas ging, ohne es zu wollen. Seine Beine schienen von

jemand anders gesteuert zu werden. Er wusste plötzlich: Was auch immer Noah Croid von ihm verlangte, er würde es tun. Die Augen des Jungen, Alexanders blaue Augen, zwangen ihn dazu.

Die junge Frau in der Tür wich mit einem freundlichen Lächeln beiseite, als Nikolas sie erreichte. Der Geruch von Pfeffer wurde so stark, dass er erneut nieste.

Noah Croid drehte sich um und ging durch den Flur. Nikolas folgte ihm – seine Beine bewegten sich, als gehörten sie einem anderen und nicht ihm. Alexander blieb seitlich hinter ihm, nicht mehr als einen Meter entfernt, und sah ihn unentwegt an.

Was geschieht mit mir?, dachte Nikolas, als er durch ölige Luft ging. Schutzengel?

Alles blieb still. Er bekam keine Antwort.

»Wir machen eine kleine Reise, Nikolas«, sagte Croid, als sie draußen am Wagen der beiden Polizisten vorbeigingen.

Nein, dachte Nikolas, doch sein Mund sagte: »Ja.«

Er schaffte es irgendwie, den Kopf zu drehen, und blickte zurück. Niemand folgte ihnen. Die Haustür stand offen, doch der Flur dahinter blieb leer. Die kleine Frau mit dem grauen Haar, das Mauerblümchen ohne Farbe namens Lisa, der schlaue Fuchs namens Battisti, Forabosco und Lerotto … Sie befanden sich noch in dem kleinen Labor. Was hielt sie dort fest? Hatten ihnen Alexanders blaue Augen Fesseln angelegt?

»Gut«, sagte Croid. »Gut, dass du einverstanden bist.« Er warf einen Blick über die Schulter, und seine Lippen deuteten ein Lächeln an.

»Ja«, bestätigte Nikolas' Mund, zum Verräter geworden. Seine Gedanken riefen: Nein! Schutzengel, wo bist du? Ich brauche deine Hilfe!

Die ebenfalls verräterischen Beine blieben in Bewegung und folgten Noah Croid zu einem alten weißen Fiat mit kleinen Roststellen unten an den Türen. Auf dem Bürgersteig kam ein älterer Mann vorbei, und Nikolas wollte ihn um Hilfe bitten, aber sein Mund blieb geschlossen – er brachte nur ein undeutliches »Mhmgr« hervor, mehr nicht. Der Mann blickte kurz zur Seite, nickte einen stummen Gruß und ging weiter.

Croid öffnete die Tür zum Fond. »Bitte steig ein, Nikolas.«

Nein!

Nikolas stieg ein. Die Tür auf der anderen Seite schwang auf, schloss sich wieder, und Alexander saß dicht neben ihm. Er roch nach … nicht nach Pfeffer, aber ihm haftete ein strenger Geruch an, von etwas, das man nicht gern roch, das in der Nase störte. Nikolas versuchte, Alexanders Farbe zu erkennen oder seine Zahl, doch ihm gelang weder das eine noch das andere. In seinen blauen Augen lag eine sonderbare Tiefe, ein dunkler Abgrund, der einen nicht wieder freigeben würde, wenn man hineinfiel.

Noah Croid beugte sich in den Fond und hielt etwas in der Hand, einen kleinen silbergrauen Gegenstand, den Nikolas zuerst für den Wagenschlüssel hielt.

»Gib mir deinen Arm, Nikolas!«

Der rechte Arm streckte sich dem Mann entgegen, der den silbernen Gegenstand auf die Haut drückte. Er fühlte sich kalt an, so kalt wie der Schnee beim Wolkenkuckucksheim.

»Du wirst jetzt schlafen, Nikolas«, sagte Croid. »Das macht die Reise für uns alle leichter, auch für dich.«

Der Gegenstand zischte, und plötzlich wusste Nikolas, was es mit ihm auf sich hatte. Er war eine Art Spritze, eine kleine Injektionspistole.

Er zog den Arm zurück, doch es war bereits zu spät.

Noah Croid setzte sich ans Steuer und sah in den Rückspiegel. »Schlaf, Nikolas, schlaf!«

Arme und Beine wurden schwer, auch der Kopf, er kippte nach vorn, Nikolas konnte es nicht verhindern. Die Lider sanken, wie von einem bleiernen Gewicht nach unten gezogen. Dunkelheit kam aus den Augenwinkeln und schränkte das Blickfeld immer mehr ein.

Er sah noch das zufriedene Nicken des nach Pfeffer riechenden Mannes und Alexanders ausdrucksloses Gesicht, dann wurde alles schwarz.

52

Ein Traum kehrte zurück, der Traum von der Tür. Als Kind hatte er zum ersten Mal von ihr geträumt, als kleines Kind, Nikolas erinnerte sich daran. In seinen Träumen war die Tür mal groß gewesen, mal klein, kaum größer als eine Katzenklappe. Nie hatte sie eine andere Farbe gehabt als Schwarz, und inzwischen wusste er, dass Schwarz die Farbe des Schutzengels war – er wohnte in der Finsternis.

Diesmal erhob sich die Tür auf der Kuppe eines Hügels, ein dunkles Rechteck vor dem hellen Hintergrund eines weißen Himmels. Ein Weg führte nach oben und reichte zweimal um den Hügel herum, bevor er die Kuppe erreichte. Nikolas stand unten, am Rand eines Meers aus Nebel, aus dem der Hügel wie eine Insel ragte. Er war nackt und müde, etwas schwächte ihn, und ein langer, steiniger Weg lag vor ihm, wenn er die Hügelkuppe erreichen wollte. Ein erster Schritt, dann noch einer und ein dritter … Die Spitzen kleiner Steine bohrten sich ihm in die Fußsohlen.

Nikolas blieb stehen, blickte ins Nebelmeer und fragte sich, woher er kam. Er wusste es nicht genau, und vielleicht wollte er es auch gar nicht wissen, denn aus irgendeinem Grund widerstrebte es ihm, darüber nachzudenken. Er musste die Tür auf der Hügelkuppe erreichen, das war ihm klar, und zwar so schnell wie möglich, bevor die Schwäche so groß wurde, dass er nicht mehr gehen oder klettern konnte.

Klettern.

Der direkte Weg nach oben war steil, aber viel kürzer, und zwischen den Felsen wuchs Gras. Nikolas überlegte nicht lange und begann mit dem Aufstieg.

Schon nach wenigen Metern bekam er ein Brennen in den Beinen, das Feuer müder Muskeln. Nach einigen weiteren Metern geriet er außer Atem und fühlte etwas Kaltes am Arm. Zuerst hieß er die Kühle willkommen, denn er schwitzte vor Anstrengung, doch mit ihr breitete sich Taubheit aus, und wenn sie die Beine erreichte, konnte er das Klettern vielleicht nicht mehr fortsetzen. Die Kälte war gefährlich, denn sie schickte sich an, ihm den Willen zum Klettern zu nehmen, die Entschlossenheit, die Tür zu erreichen.

Er stützte sich mit den Händen ab, kletterte auf allen vieren; das machte es etwas leichter. Manchmal spendete ein Felsen Schatten, und dann war die Versuchung groß, einen Moment innezuhalten, nur einige wenige Sekunden, um Atem zu schöpfen. Doch es wären lange Momente daraus geworden, Minuten oder gar Stunden, und deshalb wagte es Nikolas nicht. Er kletterte und kletterte, durch trügerisches Gras, in dem immer wieder scharfkantige Steine auf der Lauer lagen. Es dauerte nicht lange, und Hände und Füße waren blutig.

Als die Sonne schließlich genau im Zenit stand, direkt über ihm, erreichte Nikolas die Tür. Er stand vor ihr, so schwach, dass er sich kaum auf den Beinen halten konnte, streckte die Hand nach der Klinke aus … und zögerte.

Wind kam auf, trocknete den Schweiß und flüsterte ihm etwas zu. Nikolas glaubte die Worte zu verstehen, sie lauteten: Wenn du durch diese Tür gehst, kehrst du als jemand anders zurück.

»Bist du das, Schutzengel?«, krächzte er.

Der Wind legte sich, er flüsterte nicht mehr.

»Bitte, ich brauche deine Hilfe«, brachte Nikolas hervor.

Die schwarze Tür ragte direkt vor ihm auf und schien

noch ein wenig größer geworden zu sein. Die ausgestreckte Hand zitterte, und Nikolas befürchtete plötzlich, dass die Tür abgeschlossen sein könnte, dass sie sich ohne Schlüssel gar nicht öffnen ließ.

Die Hand legte sich auf die Klinke und drückte sie nach unten. Mit einem leisen Knarren schwang die Tür auf.

Nikolas trat über die Schwelle.

Dunkelheit empfing ihn und eine Stimme. Sie sagte: *Ich bin hier.*

53

Die Schwäche schmolz wie Schnee in heißer Sonne. Nikolas stand in Finsternis und spürte, wie die Taubheit in ihm Kraft wich. Mit jedem Atemzug nahm er mehr in sich auf, als atmete er nicht Luft, sondern reine Energie. Er bewegte die Hände, ohne sic in der Dunkelheit zu sehen, und glaubte sich plötzlich fähig, mit ihnen die Felsen am Hang des Hügels zu zertrümmern. Er ging einen Schritt und fühlte das Verlangen der Muskeln, all die Kraft zu entfalten, die in ihnen steckte, ein Feuer anderer Art. Kein Zweifel, er hätte stundenlang laufen können und schneller als jeder Mensch vor ihm. Er hob die Hand im kühlen Dunkeln, sah die Finger erst schemenhaft und dann deutlicher, als Funken wie Elmsfeuer auf den Fingerspitzen tanzten.

»Ich bin stark«, sagte er.

Etwas näherte sich, eine vertraute Präsenz. Etwas berührte ihn wie Wasser einen Schwamm, und der Schwamm nahm das Wasser auf.

Wir sind stark.

»Es fühlt sich gut an«, sagte Nikolas. Es fühlte sich nach etwas an, das endlich zueinandergefunden hatte, wie Eisen und ein Magnet. Er drehte sich zur Tür um, die noch immer offen stand. Doch zu sehen war keine Hügelkuppe, sondern der Fond eines Wagens.

»Ich bin stark«, wiederholte Nikolas. »Jetzt bin ich auch stark genug für den Pfeffermann und Alexander mit den fesselnden Augen.«

Er trat durch die Tür und kehrte in den alten weißen Fiat mit den Rostflecken an den Türen zurück.

Der Motor lief, aber der Wagen stand, im Schatten einer Unterführung. Deutlichkeit brachte Alexanders blaue Augen nahe, und auch die Tiefe in ihnen, den dunklen Abgrund. Nikolas fürchtete ihn nicht mehr, denn die Dunkelheit war sein Freund. Die ausdruckslose Maske von Alexanders Gesicht verwandelte sich in eine Grimasse des Schmerzes. Die Haut an seinem Hals bewegte sich, Mulden entstanden, ein tiefes Tal, wie geschaffen von einem unsichtbaren Strick, der ihm die Luft abschnürte. Der Junge hob die Hände zum Hals und versuchte zu atmen …

»Nein«, sagte Nikolas. Es klang wie ein Knurren. »Nein.«

Alexander verdrehte die Augen, gab ein gurgelndes Geräusch von sich und sank zur Seite. Der Kopf stieß gegen die Fensterscheibe, die blauen Augen groß und leer.

Nikolas drehte sich halb im Fond und blickte nach vorn. Noah Croid, der Mann, der noch immer nach Pfeffer roch, hatte eine Pistole gezogen und wollte sie auf ihn richten, doch die Hand mit der Waffe verharrte auf halbem Wege, zitterte; der Lauf schien gegen ein Hindernis gestoßen zu sein.

»Nein auch für dich«, knurrte Nikolas. Er saß einfach nur da, nicht mehr nackt und mit wunden Füßen, müde und schwach, sondern angezogen und stark, voller Kraft. Dies strengte ihn nicht an. Er hatte nur Kopfschmerzen, einen stechenden Druck hinter der Stirn, wie von etwas, das in seinem Kopf nicht genug Platz fand und hinauswollte.

Die Hand des Mannes zitterte heftiger, als sie die Pistole drehte. Nikolas sah und hörte alles mit der Deutlichkeit: die weißen Fingerknöchel, die bebenden Lippen, als sie sich teilten, ein leises Röcheln, das aus dem Mund kam, als die Mündung der Waffe ihn erreichte, als er den Lauf aufnahm, der Glanz in den grauen Augen, deren Skalpelle stumpf geworden waren, das Rauschen des Blutes in den Adern, das Hämmern des Herzschlags, der Zeigefinger, der sich um den Abzug krümmte …

Ein Knall, nicht laut und abrupt, sondern dumpf, von der Deutlichkeit in die Länge gezogen, mit zahlreichen Zwischentönen, wie der rollende Donner eines Gewitters. Blut kam aus Croids Mund und auch aus dem Hinterkopf. Nikolas sah die Kugel, wie sie den Schädel verließ, begleitet von Knochensplittern und Spritzern von Blut und Hirnmasse. Er beobachtete, wie das silberne Projektil den Flug fortsetzte, ein Loch in die Windschutzscheibe bohrte, die Wand der Unterführung erreichte und dort abprallte.

Die Kopfschmerzen wurden stärker, die Deutlichkeit ließ nach. Nikolas hatte etwas Kraft verloren, aber nicht viel. Er war noch immer stark, als er ausstieg und loslief und die Unterführung und den Wagen mit den beiden Toten hinter sich zurückließ. Nach einigen Hundert Metern blinzelte er im hellen Sonnenschein, wandte sich von der Straße ab und wankte durchs Gebüsch. Übelkeit stieg in ihm hoch, in seiner Magengrube krampfte sich etwas zusammen, und er würgte und spuckte. Eine halbe Minute später, mit noch immer kraftvollen Beinen, setzte er den Weg fort. Man würde den alten Fiat mit Croid und Alexander bald finden, und dann musste er weit genug entfernt sein, um nicht ebenfalls gefunden zu werden.

Nikolas schlief im Wald südlich der Stadt, im Schatten hoher Bäume mit dem Wind des Meeres in den Wipfeln. Er erwachte am späten Nachmittag, und als er weiter nach Süden durch den Wald schritt, abseits der Wanderwege, auf denen Touristen unterwegs waren, stellte er fest, dass ihm die Orientierung überraschend leichtfiel. Hier und dort eine kleine Lichtung genügte ihm, um sich vom Stand der Sonne den Weg weisen zu lassen.

Als der Abend zu dämmern begann, trank er Wasser aus einem Bach, und kurze Zeit später erreichte er die Klippen.

Normalerweise hätte er es nicht gewagt, im schwächer werdenden Abendlicht zwischen den Felsen zu klettern, aber die Deutlichkeit half ihm, sicheren Halt zu finden, und die Kraft verließ ihn nicht. Sie steckte in Armen und Beinen, in jedem einzelnen nach Felsritzen suchenden Finger.

Er kletterte mühelos, verharrte kurz am Ufer, als die ersten Sterne am Himmel erschienen, beobachtete die Wellen, lauschte dem Zischen des über Kies strömenden Wassers und fühlte Gewissheit darüber, den richtigen Weg genommen zu haben. Er hätte auch oben über die Straße und die Brücke gehen können – vielleicht wäre ein Autofahrer bereit gewesen, ihn ein Stück mitzunehmen oder bis zur Santina-Villa zu bringen. Aber zweifellos war inzwischen der alte Fiat mit den beiden Leichen gefunden worden, und Forabosco und vor allem Lerotto würden ihn, Nikolas Santina – und nicht Adrian –, mit den Toten in Verbindung bringen. Bestimmt warteten Polizisten bei der Villa.

Er musste zurück, ihm blieb keine Wahl, denn er brauchte Hilfe. Aber auf keinen Fall wollte er noch einmal Forabosco oder Lerotto begegnen.

Eine halbe Stunde lang folgte er dem Uferverlauf, bis er die Höhle fand, vor der er oft mit Esmeralda gesessen hatte. Ganz oben auf den Klippen leuchteten die Lampen der Villa wie besonders große und helle Sterne am dunkel gewordenen Himmel. Der von Gestrüpp und Felsen gesäumte Pfad stieg vor ihm auf, und Nikolas hatte etwa die Hälfte der Strecke zurückgelegt, als aus dem Stechen hinter der Stirn ein Hämmern wurde, so laut, dass es seine Gedanken zerriss. Er blieb stehen, rieb sich die Schläfen und merkte, wie ihm die Knie weich wurden und zu zittern begannen. Die Kraft verließ ihn.

»Nein«, knurrte er. »Noch nicht.«

Oben, am Ende des Pfades, hielt er inne und versuchte, wieder zu Atem zu kommen. Unten rauschte das Meer, und im Park der Villa zirpten die Zikaden, aber nirgends erklangen Stimmen. Nikolas, müde geworden und im Kopf eine dröhnende Trommel, nahm nicht den direkten Weg zum Haus, sondern die nur ihm bekannte »Schleichroute«, vorbei an den Bewegungsmeldern und durch ein kleines Loch im Zaun, im Gebüsch verborgen. Dornen zerkratzten ihm die Haut, als er hindurchschlüpfte, Schmutz klebte an seinen schweißfeuchten Händen und im Gesicht. Er schlich an der Mauer entlang, hinter der er die Terrasse wusste, und für einen Moment glaubte er, oben Schritte zu hören, vielleicht von einem der Wächter. Er war nicht sicher, denn die Trommel in seinem Kopf übertönte alles.

Am Ende der Mauer versperrten mehrere Bäume und Büsche den Blick zur Zufahrt. Nikolas kroch an ihnen vorbei, darauf bedacht, so leise wie möglich zu sein. Als er sich aufrichtete und zum Nebeneingang laufen wollte, klickte es plötzlich hinter ihm, und eine Stimme sagte: »Bleib stehen, Freundchen! Keine …« Dem letzten Wort folgte ein überraschtes Stöhnen.

Nikolas wirbelte herum, seine Beine wie aus Gummi. Er schwankte. »Loris?«, fragte er. »Bist du das?« Graue Schlieren legten sich ihm vor die Augen; er konnte kaum mehr sehen.

Loris, einer der Wächter, hielt eine Pistole in der rechten Hand. Die linke hatte er zum Hals gehoben. Erschrocken sah er sich um. »Etwas hat mich gepackt und …« Ihm wurde klar, dass seine Waffe noch immer auf Nikolas gerichtet war. »Entschuldige.« Er ließ die Pistole sinken.

»Bruno«, krächzte Nikolas. »Bring mich zu Bruno!«

Loris war klein und drahtig, nicht kräftig genug, ihn zu tragen. Er versuchte, Nikolas zu stützen, ließ ihn dann behutsam auf einen Gartenstuhl sinken.

»Bleib hier.« Er sprach leise. »Und sei ganz still. Am Tor warten mehrere Polizisten auf deine Rückkehr. Ich hole Bruno.«

Loris eilte fort.

Eine Minute verging, vielleicht auch zwei. Nikolas starrte in die Dunkelheit, die den Schein der Lampen aufzusaugen schien. Das Pochen hinter seinen Augen war so schmerzhaft, dass er keinen klaren Gedanken mehr fassen konnte. Die Stelle an seinem Arm, wo ihn Croids Injektionspistole berührt hatte, war glühend heiß.

Eine dunkle Silhouette ragte plötzlich vor ihm auf. Für einen Moment glaubte Nikolas, dass ihm der Schutzengel zu Hilfe kam, doch dann ertönte Brunos tiefe Stimme.

»Adrian, lieber Himmel, wie siehst du denn aus, was ist passiert?«

Starke Arme hoben ihn hoch und trugen ihn durch den offenen Nebeneingang ins Haus.

ES GIBT KEIN ZURÜCK

54

»Weißt du, wo wir hier sind?«, fragte Bruno. Er sprach sanft, der große Mann wie ein Fels. Er trug wieder einen schwarzen Anzug, die Farbe des Schutzengels. »Hat dich Carlo jemals hierhergebracht?«

Nikolas blickte sich in dem kleinen Zimmer um, das wie eine Gefangenenzelle aussah. Eine nackte Glühbirne hing an der Decke, und ihr Licht fiel auf Wände aus Felsgestein. Auf dem gefliesten Boden standen ein Tisch mit drei Stühlen, gerade genug für den Anwalt Battisti, Bruno und ihn selbst, und ein schmales Bett in der Ecke, auf dem er bis vor wenigen Minuten geschlafen hatte. Eine Nische enthielt ein Waschbecken und eine Toilette. Auf der gegenüberliegenden Seite gab es eine Tür, durch die Bruno und der schlaue Fuchs hereingekommen waren, der noch immer eine Einundzwanzig trug, diesmal rot auf der Wange, wie eine Tätowierung.

Es war eine hübsche Einundzwanzig. Sie gefiel Nikolas, er lächelte.

»Warum lächelst du, Adrian?«, fragte Matteo Battisti. Als Nick nicht antwortete, wandte er sich an Bruno. »Warum lächelt er?«

»Das geschieht manchmal, nicht wahr, Adrian?« Bruno streckte die Hand aus und wollte sie Nikolas auf den Arm legen, zog sie dann aber wieder zurück. »Ein Lächeln hat noch nie jemandem geschadet, oder?«

Kommt darauf an, dachte Nikolas. Er fühlte sich noch immer … anders. Wie gewachsen, um einige Jahre älter, obwohl nur ein Tag vergangen war. Wenn überhaupt.

»Wie lange habe ich geschlafen?«

»Nicht einmal drei Stunden«, antwortete Bruno sofort. Er sprach noch immer sanft. »Es ist noch mitten in der Nacht. Wie geht es dir? Brauchst du einen Arzt? Wir haben Doktor Rinaldi Bescheid gegeben, aber es dürfte nicht leicht sein, ihn an der Polizei auf der Zufahrt vorbeizuschleusen.«

»Hast du sie umgebracht?«, fragte Matteo Battisti geradeheraus. »Und wie hast du sie umgebracht?«

»Wen?«

»Den Mann im Wagen. Und den Jungen.«

Nikolas sah Bruno an, über dessen Kopf die silberne Zwölf schwebte – sie schien etwas größer geworden zu sein. Er war und blieb ein Freund. »Du wolltest mir sagen, wo ich bin.«

»In einem Versteck«, sagte Bruno. »Der Vorbesitzer der Villa hat es anlegen lassen.«

»Damit ihn die Polizei nicht findet.«

»Ja. Er hatte sich nicht nur auf seine Wächter und gute Beziehungen verlassen wollen. Ein geheimer Tunnel führt bis hinunter in eine der kleinen Grotten, die nur vom Meer aus zugänglich sind. Hier bist du sicher. Hier werden dich Forabosco und sein neuer Freund Lerotto nicht finden.«

»Sie waren hier, sie beide«, fügte Battisti hinzu. Seine schlauen Fuchsaugen beobachteten Nikolas. »Sie wollten wissen, was im Labor geschehen ist, wo die Speichelprobe genommen werden sollte. Und in dem Wagen.« Er beugte sich vor; der Stuhl knarrte unter ihm. »Was *ist* in dem alten Fiat passiert? Mit dem Mann und dem Jungen?«

»Der Junge hieß Alexander.« Nikolas beobachtete die rote Einundzwanzig auf der Wange des Anwalts. Sie schien sich von der Haut lösen zu wollen, und Nikolas bemerkte, dass die Zahl ihrerseits aus Zahlen bestand, eine Einundzwanzig, die sich ständig wiederholte, bis in fraktale Tiefen. Was würde passieren, wenn er einige der vielen kleinen Zahlen nahm und sie anders anordnete? Es war ganz einfach, er brauchte nur den Blick auf sie zu richten und mit Händen aus Gedanken zugreifen …

Matteo Battistis Gesicht verfärbte sich. Er begann zu schwitzen.

»Es ist plötzlich so heiß hier drin.« Er lockerte den Kragen seines Hemds.

»Vielleicht musst du einige Tage hier verbringen, Adrian.« Anteilnahme klang in Brunos tiefer, ruhiger Stimme. »Die Polizei ist davon überzeugt, dass du hierher zurückkehrst. Sie wartet am Tor.«

»Ich bin zurückgekehrt.« Nikolas wandte den Blick von Battisti ab. »Aber ich habe einen anderen Weg genommen.«

»Gut so.« Bruno nickte. »Ein paar Tage, mehr nicht. Wir bringen dir alles, was du brauchst. Wenn dich die Polizei nach ein paar Tagen nicht gefunden hat, geht sie wahrscheinlich von einer Entführung aus. Wir müssen nur ein bisschen Geduld haben.«

»Der Mann, Noah Croid, soll sich erschossen haben.« Matteo Battistis Gesicht hatte eine normale Farbe zurückgewonnen, und ihm schien nicht mehr zu heiß zu sein. »So hat es Forabosco beschrieben, als er zusammen mit Lerotto hier war. Angeblich hat er sich den Lauf der Pistole in den Mund gesteckt und abgedrückt, während er am Steuer des alten Fiat saß. Ohne erkennbare Fremdeinwirkung. Warum sollte er so etwas tun? Und der Junge ist einfach so gestorben. Die Autopsie findet morgen statt. Man vermutet einen Hirnschlag oder etwas in der Art.«

»Einige Tage sind zu viel«, sagte Nikolas.

»Ich weiß, besonders komfortabel ist dies nicht.« Bruno deutete durch den kleinen Raum. »Wir bringen dir einen

Fernseher. Und Bücher. Deine Zahlen- und Geometriebücher. Und ich komme dich ab und zu besuchen, wenn ich oben nicht gebraucht werde.«

Nikolas schüttelte den Kopf. Das Zimmer war ihm schon jetzt zu eng, aber darum ging es gar nicht. Er durfte keine Zeit verlieren. Es war bereits zu viel Zeit vergangen.

»Wer war dieser Croid?«, fragte Matteo Battisti. Wieder sah ein schlauer Fuchs aus seinen kleinen dunklen Augen, aber er sah nicht alles, längst nicht alles. »Er gehört zu keiner der anderen Familien, soweit wir das feststellen konnten. Und was den Jungen betrifft – du sagst, er hieß Alexander –, über den wissen wir nichts. Er scheint aus dem Nichts zu kommen. Warum haben dich Noah Croid und Alexander aus dem Labor geholt? Warum bist du einfach mit ihnen gegangen, ohne ein Wort, ohne Widerstand zu leisten? Und was ist in dem Wagen passiert?«

»Ich brauche Geld«, sagte Nikolas. »Ich brauche Geld für eine Reise.« Ihm fiel etwas ein. Er sah Bruno an. »Ich brauche einen anderen Ausweis. Einen anderen Namen. Als Nikolas oder Adrian Santina kann ich dieses Land nicht verlassen.«

»Du kannst nicht einmal die Villa verlassen.« Schärfe lag jetzt in der Stimme des Anwalts. »Selbst wenn die Polizei die Streifenwagen vom Tor abzieht: Man wird dieses Anwesen – uns alle – im Auge behalten. Das ist schlecht fürs Geschäft. Wir müssen wissen, was gespielt wird. Wer waren Croid und Alexander? Was wollten sie von dir?«

»Ich möchte mit Bruno allein sprechen.«

Das erstaunte den schlauen Fuchs. Für einige Sekunden verschlug es ihm die Sprache, dann fragte er ebenso erstaunt wie missmutig:

»Du schickst mich weg?«

Mach dir keine weiteren Feinde, dachte Nikolas. Es war ein seltsamer Gedanke, wie von einer anderen Person gedacht, und doch entstand er in seinem Kopf.

»Ich möchte nicht respektlos sein«, sagte er. »Ich weiß Ihre Hilfe sehr zu schätzen, aber dies ist eine … persönliche Sache.«

Matteo Battisti wechselte einen Blick mit Bruno und stand auf. »Na schön. Ich sehe oben nach dem Rechten.« Er verließ das Zimmer.

»Das hat ihn gekränkt«, sagte Bruno.

»Ich brauche einen Pass«, sagte Nikolas. »Und Geld für ein Flugzeugticket.«

Bruno hob die Hand. »Langsam, langsam. Wohin soll die Reise gehen? Und warum hast du es plötzlich so eilig?«

Nikolas zögerte.

»Wenn ich dir helfen soll, musst du ganz offen zu mir sein.«

Nikolas betrachtete die große Zwölf dicht über Brunos Kopf. Die Zahl log nicht, sie sprach von Freundschaft.

Er begann langsam, wählte die Worte zunächst mit Bedacht. Doch es dauerte nicht lange, bis ein Damm in ihm brach und alles aus ihm herausströmte, oder fast alles – den Schutzengel erwähnte er nicht.

Bruno hörte stumm zu, ohne ihn auch nur ein einziges Mal zu unterbrechen, mit einer Neunundzwanzig der Aufmerksamkeit in den Augen.

»Und der Wagen?«, fragte er, als Nikolas seine Geschichte beendet hatte und auf eine Reaktion wartete.

»Ich weiß nicht genau, was geschehen ist«, log er mit türkisfarbenen Worten. »Ich war völlig durcheinander. Irgendwie ist mir die Flucht geglückt.«

»Ihr seid … *Sonderbegabte?* Und die Foundation, diese New Earth Foundation, will euch als *Waffen* verwenden?«

»Ja!«

»Du kannst gut mit Zahlen umgehen, ich weiß, aber …«

»Zahlen können mächtig sein«, sagte Nikolas ernst. »Bei Berechnungen. Und in Codes.«

»Und Sonja …?«

»Sie ist in der Karibik, auf Coronda, einer kleinen Insel bei Grenada. Ich muss sie befreien!«

Bruno schnaufte leise und schüttelte den Kopf. »Das ist eine ziemlich abstruse Geschichte.«

»Alexander hat zu den Sonderbegabten der Neuen Erde gehört«, platzte es aus Nikolas heraus. »Deshalb habe ich das Labor, wo die Speichelprobe genommen werden sollte, ohne Widerrede verlassen. Alexanders Blick hat mich dazu gezwungen.«

»Sein Blick?«

»Ja. Seine Augen haben mir Fesseln angelegt. Ich konnte mich nicht dagegen wehren.«

»Und dann im Wagen …«

Nikolas schloss den Mund, um die unvorsichtigen Worte zurückzuhalten. Als er ihn wieder öffnete, waren sie vorsichtigen gewichen.

»Ich weiß nicht, was passiert ist«, sagte er in Türkis. Manchmal war die Lüge besser als die Wahrheit. »Ich weiß nur, dass ich entkommen bin, und jetzt sitze ich hier, in einem kleinen Zimmer, das wie eine Kerkerzelle aussieht.« Mit etwas mehr Nachdruck fügte er hinzu: »Ich habe geschworen, Sonja zu helfen.«

»Es sind sechs Jahre vergangen, Adrian. Wer weiß, was in der Zwischenzeit geschehen ist.«

»Sie lebt«, sagte Nikolas, und der türkisfarbene Ton verschwand aus den Worten. »Sie ist auf Coronda. Die New Earth Foundation hält sie dort fest. Und ich muss ihr helfen. Ich habe es *geschworen!*«

Bruno sah auf die Uhr. »Es ist spät. Ein langer Tag liegt hinter uns allen und außerdem auch noch die halbe Nacht. Schlaf jetzt. Ich komme morgen und bringe dir das Frühstück, und dann reden wir über alles, ja?«

»Ich brauche Geld für ein Ticket und einen Pass«, wiederholte Nikolas noch einmal. Er wollte nicht schlafen, trotz seiner Müdigkeit. Am liebsten wäre er sofort aufgebrochen.

Bruno, groß wie ein Bär und unerschütterlich wie ein Fels, stand auf und ging zur Tür.

»Bruno?«

Er drehte sich noch einmal um.

»Sie werden es erneut versuchen«, sagte Nikolas mit dem Blau der Wahrheit. Auch der Geruch stimmte, die Worte dufteten nach Flieder. Gewissheit lag in ihnen. »Wer auch immer Noah Croid und Alexander geschickt hat, er wird jemand anders schicken. Die Leute von New Earth wissen, wo ich mich befinde. Wenn wir zu lange warten, werden sie kommen und mich holen. Und ihr könnt sie nicht aufhalten.«

Bruno zögerte.

»Schlaf, Adrian. Wir reden morgen früh darüber, versprochen.«

55

»Um ganz ehrlich zu sein, ich weiß nicht recht, was ich von deiner Geschichte halten soll«, sagte Bruno beim Frühstück sechs Stunden später. »Sie klingt ziemlich …«

»An den Haaren herbeigezogen«, warf Matteo Battisti ein. Er saß ebenfalls am Tisch, mit dem Rücken zur Wand, und trank nur Kaffee. Bruno aß bereits seine dritte Brioche.

»Ziemlich außergewöhnlich, wollte ich sagen«, erklärte Bruno.

Der Anwalt hielt sein Smartphone in der Hand. Nikolas fragte sich, ob er das Gespräch aufzeichnete. »Bruno hat mir davon erzählt …«

»Ich hoffe, du hast nichts dagegen.« Bruno hatte den Mund halb voll und schluckte. »Matteo ist ganz offiziell der Vermögensverwalter. Wenn du Geld brauchst, so bekommst du es von ihm.«

Nikolas wartete und trank Orangensaft. Er hatte tief und fest geschlafen, ohne einen störenden Traum, und fühlte sich bereit. Wenn es nach ihm ging, konnte die Reise sofort beginnen.

»Eine geheime Organisation, die überall auf der Welt nach speziell begabten Kindern sucht, um lebendige Waffen aus ihnen zu machen, für den Kampf um eine neue Welt …«

»Noah Croid gehörte zur New Earth Foundation«, sagte Nikolas. Er sprach fast so ruhig wie Bruno, was ihn ein wenig wunderte. Es gab überhaupt keine Aufregung in ihm, nichts Unsicheres, nur Entschlossenheit. »Wenn er sich nicht mehr meldet, weiß die NEF, dass etwas passiert ist. Sie wird andere schicken, um mich zu holen. Selbst hier unten in diesem Loch wäre ich nicht sicher. Die Leute von der Neuen Erde wissen jetzt, dass ich noch lebe, und werden nicht eher ruhen, bis sie mich gefunden haben. Sie sind viel gefährlicher als die Polizei.«

Matteo Battisti sah ihn an, der schlaue Fuchs beobachtete ihn. Er wirkte nachdenklicher als noch vor sechs Stunden. Vielleicht, dachte Nikolas, hatte er begonnen, bei dieser Angelegenheit nach einem Vorteil für sich selbst zu suchen.

»Woher willst du das alles wissen?«, fragte der Anwalt.

»Onkel Carlo hat es herausgefunden. Er hat in den vergangenen Jahren recherchiert.«

Der schlaue Fuchs in Matteo Battistis Augen wurde noch aufmerksamer. »Lass mich raten: Palermo?«

»Ja.«

»Das Büro, das Beppi dir gezeigt hat …«

»Ja.«

»Der passwortgeschützte Computer.«

»Sie wissen davon?«, fragte Nikolas.

»Carlo hat mich immer über alles auf dem Laufenden gehalten«, sagte der Anwalt. »Oder über fast alles. Du kennst den Zugangscode, nicht wahr?«

»Ja.« Eine Möglichkeit zeichnete sich ab, dachte Nikolas. Eine andere Art von Tür, die sich öffnen ließ.

»Nenn ihn mir.« Battisti drehte das Handy.

»Sie zeichnen alles auf, nicht wahr?«

Der Anwalt zuckte mit den Schultern. »Es ist eine Marotte von mir.«

»Sie haben mich nicht um Erlaubnis gefragt.« Nikolas hörte die neue Schärfe in seiner Stimme, und Matteo Battisti vernahm sie ebenfalls.

»Ich …« Er musterte Nikolas und schien ihn mit neuen Augen zu sehen. »Entschuldigung«, sagte er nach einigen Sekunden. »Du hast recht. Ich hätte dich fragen sollen.« Er hob das Smartphone einige Zentimeter. »Hast du was dagegen?«

Nikolas lächelte. »Nein. Und ja, ich nenne Ihnen den Zugangscode. Immerhin verwalten Sie alles, bis ich volljährig werde. Das Vermögen, die Geschäfte, eben alles. Bis zu meinem achtzehnten Geburtstag.«

Battisti nickte, langsam und vorsichtig. »So hat es dein Onkel verfügt.«

»Ich nenne Ihnen den Zugangscode, wenn Sie mir helfen. Geld für die Reise. Einen neuen Pass. Was nötig ist.«

Battisti nickte erneut. »Ich verstehe. Nun, ich denke, unter diesen Umständen erhebe ich keine weiteren Einwände.«

»Bruno?«, fragte Nikolas.

Der große Bruno, auch an diesem Morgen in Schwarz gekleidet, seufzte schwer. »Ach, Adrian. Ich weiß noch immer nicht, was ich von deiner Geschichte halten soll. Meiner Ansicht nach solltest du besser hierbleiben, wo du sicher bist, wo wir dich schützen können. Aber ich habe Carlo Santina Treue geschworen, und du bist sein Erbe. Wenn du unbedingt nach Coronda willst, kümmere ich mich um alles und begleite dich.«

Das war mehr, als Nikolas erwartet hatte. »Danke«, sagte er. »Danke, Bruno. Das weiß ich sehr zu schätzen.«

Battisti hielt ihm das Handy entgegen. »Der Code.«

Nikolas nannte die zweiundneunzig Zahlen, die Onkel Carlo einst auf einen Zettel geschrieben hatte.

»Wann können wir aufbrechen?«, fragte er dann.

»Ganz so schnell geht es nicht«, erwiderte Bruno. »Das Geld dürfte kein Problem sein, wohl aber der Pass. Und außerdem wartet am Tor noch immer die Polizei auf dich.«

»Du hast einen geheimen Tunnel erwähnt.« Nikolas sprach wieder so schnell, dass die Worte ineinander übergingen. »Und eine Grotte, die nur vom Meer aus zugänglich ist. Wir könnten ein Boot nehmen, in der Nacht. Ein Ruderboot, das man nicht hört.«

»Wir werden sehen, was sich machen lässt.« Battisti stand auf. Der schlaue Fuchs war in seine Augen zurückgekehrt. »Du hörst von uns.« Er ging zur Tür, gefolgt von Bruno.

»Heute noch«, drängte Nikolas.

»Heute Nachmittag, spätestens«, versprach Bruno.

56

Bruno hielt sein Wort und kehrte am Nachmittag in den kleinen Raum unter der Villa zurück. Nikolas hatte in einem Buch über den Mathematiker Leonhard Euler gelesen, ohne sich ganz auf den Text konzentrieren zu können – seine Gedanken glitten immer wieder zu Noah Croid, Alexander und Sonja auf einer fernen Insel in der Karibik. Als Bruno hereinkam, legte Nikolas das Buch beiseite und sprang auf.

»Ist alles bereit?«, fragte er. »Können wir los?«

»Ganz so schnell geht es nicht. Wie gesagt, das Geld ist kein Problem. Aber der neue Pass braucht seine Zeit. Man kann nicht hingehen und ihn im Laden kaufen.«

Nikolas setzte sich wieder. Bruno blieb bei der Tür stehen.

»Hab noch ein wenig Geduld. Ich schätze, bis morgen Abend haben wir den Pass für dich und auch einen Flug arrangiert.«

»Es ist nicht besonders gemütlich hier unten«, erwiderte Nikolas niedergeschlagen. »Man kann nicht einmal aus dem Fenster schauen.«

»Was aber auch bedeutet, dass niemand zu dir hereinsehen kann.« Bruno zwinkerte ihm zu. »Brauchst du noch mehr Bücher?«

Nikolas schüttelte den Kopf.

Bruno winkte und ging.

Drei Stunden später, noch vor dem Abendessen, kehrte er zurück, nicht mehr ruhig, sondern angespannt und besorgt.

»Wir müssen los, Nick, jetzt sofort.« Er begann damit, die wenigen Sachen zusammenzupacken.

»Ist der Pass früher fertig geworden?«, fragte Nikolas.

»Nein. Die Polizei durchsucht alles. Sie scheint erfahren zu haben, dass du dich hier irgendwo versteckt hältst.«

Es ging ziemlich steil nach unten, durch einen so schmalen Tunnel, dass Bruno einige Male mit seinen breiten Schultern stecken zu bleiben drohte. Er leuchtete mit einer kleinen Taschenlampe, nachdem sie die Luke am Ende einer kurzen Treppe geschlossen und von unten verriegelt hatten. Das Licht strich über das Felsgestein, aus dem die Klippen unter der Villa bestanden.

»Wie hat die Polizei von dem Versteck erfahren?«, fragte Nikolas.

»Keine Ahnung.«

»Sind auch die beiden Kommissare da?«

»Ich glaube schon.« Bruno schnaufte an einer besonders engen Stelle des Tunnels, krümmte die Schultern und versuchte, sich möglichst klein zu machen.

Nikolas glaubte zu erkennen, dass der Tunnel weiter unten etwas breiter wurde.

»Vielleicht hat die Polizei einen Tipp bekommen«, sagte er nachdenklich.

»Von wem?«

Nikolas antwortete nicht. Bruno vor ihm war wie ein lebender Stöpsel – er leuchtete zwar mit seiner kleinen Lampe, aber für Nikolas hinter ihm blieb kaum Licht übrig.

»Hier kommt eine Treppe, pass auf«, brummte Bruno.

Wer konnte der Polizei einen Tipp gegeben haben? Nikolas hatte eine Vermutung, behielt sie aber für sich. Gedachte Worte waren eine Sache; ausgesprochen bekamen sie ein besonderes Gewicht.

»Dieser Tunnel ist nicht neu«, sagte Nikolas, als sie die Treppe hinunterstiegen, wobei sie aufpassen mussten, nicht auszurutschen. Es war kühler geworden. Feuchtigkeit bildete eine schmierige Schicht auf den Stufen.

»Er ist sogar ziemlich alt«, erwiderte Bruno. »Vielleicht hundert Jahre. Damals hat sich jemand die Mühe gemacht, natürliche Felsspalten zu erweitern. Vielleicht Schmuggler, wer weiß!«

Kurze Zeit später hörte Nikolas das Platschen von Wasser. Es ging nicht mehr ganz so steil in die Tiefe, und der Tunnel wurde breiter. Schließlich erreichten sie die nur vom Meer zugängliche Grotte, eine lang gestreckte Höhle, die Decke so niedrig, dass man selbst in einem Ruderboot sitzend den Kopf einziehen musste.

Bruno blickte im Licht der Taschenlampe auf die Armbanduhr und setzte sich auf einen Felsen am Ufer.

»Und jetzt?«, fragte Nikolas.

»Wir warten auf ein Boot.« Bruno blickte in die Richtung, aus der sie kamen. »Die Polizei wird das Versteck finden und auch den Tunnel nach unten.«

»Wir haben die Luke geschlossen und verriegelt.« Nikolas setzte sich neben Bruno und sah übers Wasser, das im Licht der Taschenlampe glitzerte.

»Das wird die Polizei nicht lange aufhalten.«

»Und wenn das Boot nicht kommt?«

»Es kommt gleich, in ein paar Minuten, du wirst sehen.« Bruno grinste. »Und wenn nicht, schwimmen wir eben.«

»Bis nach Coronda in der Karibik?«

»Wenn's sein muss.« Bruno legte ihm den Arm um die

Schultern. Dann erinnerte er sich daran, wie ungern Nikolas berührt wurde, und zog den Arm zurück.

»Wenn die Polizei einen Tipp erhalten hat … Ich glaube, ich kenne jemanden, der dafür infrage käme.«

Bruno sah ihn wortlos an.

»Ein gewisser Anwalt«, fügte Nikolas hinzu.

»Nein, das glaube ich nicht.«

»Meine Verhaftung käme ihm vielleicht gelegen«, sagte Nikolas. »Ich hab's gesehen, in seinen Augen. Er ist der Vermögensverwalter, und das Vermögen bleibt in seinen Händen, wenn ich im Gefängnis lande oder verschwinde.«

»Matteo gehört zur Familie«, erwiderte Bruno. »Er hat Treue geschworen.«

»Meinem Onkel Carlo vielleicht, aber mir nicht.«

»Er würde dir niemals schaden. Wenn das herauskäme …« Bruno ließ das Ende des Satzes offen.

»Aber wenn es nicht herauskommt, wäre er gut dran. Er kennt jetzt auch den Zugangscode für den Computer in Palermo, der all die wichtigen Geschäftsdateien enthält. Der schlaue Fuchs wäre praktisch das neue Oberhaupt der Familie.«

Ein leises, dumpfes Knurren folgte den Worten. Es war nahe, ganz nahe.

Bruno blickte sich alarmiert um. »Hast du das gehört?«

»Was denn?«, fragte Nikolas unschuldig. Bruno ist ein Freund, dachte er. Tu ihm nichts, Schutzengel!

Ein lauteres Platschen kam aus der Grotte vor ihnen, und einige Sekunden später erschien ein Ruderboot, mit einem Mann darin, der sich unter der niedrigen Decke duckte.

»Na bitte.« Bruno stand auf und leuchtete mit seiner Taschenlampe. »Alessio?«

»Wer sonst?«, lautete die Antwort.

Kräftige Ruderschläge brachten das Boot schnell zum Ufer. Rasch kletterten sie an Bord, und der junge, recht muskulöse Alessio, den Nikolas zum ersten Mal sah, verlor keine

Zeit. Er legte sofort wieder ab und zog die Ruder erneut durchs Wasser.

»Duckt euch.«

Der große Bruno musste sich fast hinlegen, damit er nicht gegen die Höhlendecke stieß.

»Wie sieht es oben aus?«, fragte er.

»Die Polizei stellt alles auf den Kopf.«

Nikolas beobachtete, wie sich unter Alessios Hemd die Muskeln spannten. Ihm fehlte Brunos Größe und Breite, aber vielleicht war er ebenso stark.

Wir sind noch stärker, flüsterte eine dunkle Stimme in ihm.

Ein Rauschen, laut wie von einem nahen Wasserfall, drang durch den natürlichen Tunnel, dem das Ruderboot folgte. Es stammte vom Meer. Bruno musste sich noch tiefer ducken, als Wellen das Boot anhoben. Er schaltete die Taschenlampe aus – das Licht der Abenddämmerung fiel durch den Höhleneingang.

Bruno richtete sich mit einem leisen Schnaufen auf. »Hast du den Pass?«

»Dauert noch etwas«, antwortete Alessio. Er sah Nikolas an, wandte den Blick aber sofort wieder ab. »Ein paar Stunden. Ich bringe euch zur alten Hütte. Dort könnt ihr übernachten.«

Sie befand sich in einer kleinen Bucht, am Ende eines wackligen Stegs: ein Schuppen, der nicht viel stabiler wirkte als der Steg. Die Tür knarrte laut, als Bruno sie öffnete.

Alessio stieß das Boot mit einem Ruder vom Steg ab. »Ich kehre zurück, sobald der Pass fertig ist.«

Nikolas stand auf verwitterten Brettern und sah dem Boot nach, bis es hinter der Landzunge verschwand.

»Es ist Proviant da«, sagte Bruno. »Dies ist nicht unbedingt ein Luxushotel, aber …«

»Kennst du Alessio?«, fragte Nikolas.

»Ich hab ihn ein paarmal gesehen. Soll ein guter Mann

sein. Als die Polizei kam, hat Matteo ihn beauftragt, uns mit dem Boot fortzubringen.«

Das letzte Licht des Tages schwand. Nikolas ging zur Hütte und betrat sie. Zwei Räume erwarteten ihn, der erste ein Lager mit alten Fischernetzen, Bojen und Gerümpel, der zweite ein improvisiertes Schlafzimmer mit zwei Klappbetten. Weiter hinten gab es eine kleine Toilette.

»Nur eine Nacht«, sagte Bruno entschuldigend. »Das sollte genügen.«

Nikolas sah sich um. Ein Hauch von Türkis haftete an den Wänden und bildete große Flecken an beiden Betten.

»Nein«, erwiderte er.

»Es gefällt mir ebenso wenig wie dir, aber für eine Nacht …«

»Wir essen etwas, ich habe Hunger«, sagte Nikolas. »Und dann verlassen wir den Schuppen und warten dort drüben zwischen den Felsen.« Er zeigte dorthin, wo der steinige Uferbereich in den Wald weiter oben am Hang überging.

»Warum? Du glaubst doch nicht …?«

Nikolas rümpfte die Nase. »Hier riecht es nach Lüge.«

57

Dichte Wolken schluckten das Licht von Sternen und Mond. Es war eine sehr dunkle Nacht. Seit zwei Stunden kauerten Nikolas und Bruno hundert Meter von Steg und Hütte entfernt zwischen den Felsen und warteten.

»Ich sehe nichts«, brummte Bruno und rutschte ein wenig zur Seite, um es bequemer zu haben. »Und wenn ich nichts sage, meine ich *nichts.* Ich sehe nicht mal die eigene Hand vor Augen, so finster ist es.«

Nikolas sah mit der Deutlichkeit, wie ein Schemen bei der Landzunge erschien. »Dort kommt das Boot.«

»Bist du sicher?« Bruno starrte in die Dunkelheit und schüttelte hilflos den Kopf.

»Ja.« Nikolas beobachtete den Mann im Boot, wie er die Ruder durchs Wasser zog, nicht schnell und energisch, voller Kraft, sondern langsam und vorsichtig, um so wenige Geräusche wie möglich zu verursachen. »Er rudert langsam und versucht, leise zu sein.«

»Ist es Alessio?«

»Ich glaube schon.«

»Sitzt er allein im Boot?«

Nahezu lautlos glitt das Ruderboot auf den Steg zu, und als es ihn fast erreicht hatte, richtete sich vor dem Ruderer eine Gestalt auf, die bis dahin zwischen den Sitzbänken gelegen hatte.

»Nein, er ist nicht allein«, flüsterte Nikolas. »Er hat jemanden bei sich. Sie sind zu zweit.«

»Verdammt, ich sehe noch immer nichts.«

»Sie erreichen gerade den Steg«, flüsterte Nikolas. Die Deutlichkeit zeigte ihm den kräftigen Alessio, wie er die Ruder einholte, sie vorsichtig ins Boot legte und wie er dem zweiten Mann half, lautlos nach oben zu klettern.

»Ich glaube nicht, dass sie einfach nur den Pass bringen wollen«, sagte Nikolas leise. »Sie schleichen über den Steg, der eine auf der rechten, der andere auf der linken Seite, damit die alten Bretter nicht unter ihnen knarren.«

»Sag mir, wenn sie die Hütte erreichen«, zischte Bruno. »Sag mir, wenn sie von hier aus gesehen hinter ihr verschwinden.«

»Der zweite Mann hält etwas in der Hand«, flüsterte Nikolas. »Sieht nach einer Pistole aus.«

»Lieber Himmel«, murmelte Bruno.

»Jetzt sind sie hinter der Hütte.«

Bruno schaltete seine kleine Taschenlampe ein, von der Hand abgeschirmt, und orientierte sich. »Zum Steg, Adrian. Sie werden nach uns suchen, wenn sie uns nicht in der Hütte finden, und dann möchte ich hinter ihnen sein, nicht vor ihnen.«

Sie verließen ihr Versteck zwischen den Felsen und eilten in stockfinsterer Nacht zum Ufer hinab. Die Deutlichkeit zeigte Nikolas alle Hindernisse, und er nahm Brunos große Hand, führte ihn durch die Finsternis. Manchmal knirschte Kies unter den Schritten des schweren Mannes, aber sie erreichten den Steg und duckten sich darunter, bevor die beiden Männer wieder aus der Hütte kamen.

»Adrian?«, rief Alessio. »Bruno? Wo seid ihr? Wir haben den Pass mitgebracht.«

Der zweite Mann leuchtete mit einer Lampe, aber er leuchtete in die falsche Richtung. Bruno nahm einen kleinen Stein und warf ihn in die Dunkelheit. Es klackte laut zwischen den Felsen.

»Dort drüben«, sagte Alessio leise.

»Ich hab's gehört«, erwiderte der zweite Mann.

Sie schritten über den Steg und achteten nicht mehr darauf, ein verräterisches Knarren der alten Bretter zu vermeiden. Als sie sein Ende erreichten, wartete Bruno noch einen Augenblick, sprang dann verblüffend agil unter dem Steg hervor, schlug nach der Waffenhand des zweiten Mannes und schmetterte ihm im nächsten Moment die Faust ins Gesicht. Die Pistole fiel, und der Mann ebenfalls.

Weiter vorn wirbelte Alessio herum. Das Licht einer Taschenlampe erfasste Bruno und blendete ihn.

»Mach keinen Blödsinn, Bruno!«, sagte Alessio. »Es geht nur um den Jungen, nicht um dich.«

»Er steht unter meinem Schutz.«

Die Deutlichkeit dehnte sich aus. Das Licht der Taschenlampe traf auch Nikolas, doch es blendete ihn nicht, es zeigte ihm noch mehr Einzelheiten, unter ihnen die Pistole, die Bruno nicht sah – mit der freien Hand holte Alessio sie gerade hervor.

Keine Zeit für Fragen, Erklärungen und Warnungen.

Die Waffe kam nach oben, von der Deutlichkeit verlangsamt. Die Mündung zeigte auf Brunos breite Brust, der Zeigefinger am Abzug bewegte sich.

Nikolas trat vor.

»Nein.«

Es war eine andere Stimme, sie schien nicht ihm zu gehören. In der Luft lag ein körniges Grau, das er schon mehrmals gesehen hatte, wie bei einem zu stark vergrößerten Bild. Das Grau teilte sich wie Rauch vor ihm oder wie Nebel, als er sich Alessio näherte, der ihn nicht sah – für ihn, Teil der anderen, nicht körnigen Zeit, war er viel zu schnell.

»Nein.« Die Stimme hatte sich erneut verändert, war zu einem Knurren geworden. Nikolas streckte die Hand nach der Pistole aus, aber es war keine Hand, die sie ergriff, sondern eine schwarze Pranke, vielleicht mit Krallen, denn es blieben rote Striemen an Alessios Fingern zurück.

Die Waffe entwickelte ein seltsames Eigenleben. Nikolas wollte sie fortwerfen, aber stattdessen richtete sie sich auf Alessios Kopf. Die Augen starrten noch immer Bruno an und sahen nicht die Gefahr, das nahe Ende.

»Nein!«

Der Lauf zitterte, neigte sich aber nicht nach unten. Eine kleine Flamme leckte aus der Mündung, es knallte, und der Knall zerriss das Gummiband der gedehnten Zeit. Ein Loch erschien in Alessios Stirn, etwas Blut spritzte. Er klappte zusammen und blieb auf dem Kies liegen.

Bruno schwankte, blickte verdutzt auf den zu Boden gesunkenen Alessio hinab und bemerkte die Waffe in Nikolas' Hand.

»Gib mir das!«

Eine große Hand griff nach der kleinen. Nikolas' Finger gaben die Pistole frei.

Bruno leuchtete mit seiner Taschenlampe und durchsuchte die Taschen des Toten. In einer fand er den Pass, warf einen kurzen Blick hinein und reichte ihn Nikolas.

»Er hat ihn tatsächlich mitgebracht.«

Nikolas öffnete den Pass. Er brauchte kein Licht, um sein Foto zu erkennen und den Namen zu lesen: Christoph Wulf. Ein Teil der Deutlichkeit war bei ihm geblieben.

»Ja.« Bruno richtete sich auf. »Zum Boot. Jemand könnte den Schuss gehört haben.«

Sie eilten über den Steg.

»Kehren wir zur Villa zurück?«, fragte Nikolas, als er ins Boot kletterte.

Bruno löste die Leine, nahm die Ruder und zog sie kraftvoll durchs Wasser. Er versuchte nicht, leise zu sein.

»Nein. Ich bringe uns zum Dorf in der nächsten Bucht. Es sind nur ein paar Kilometer, das sollte zu schaffen sein.«

Steg und Schuppen verschwanden hinter ihnen in der Nacht. Selbst die Deutlichkeit zeigte Nikolas nur noch Silhouetten.

»Und dann?«

»Im Dorf gibt es einige Leute, die der Familie einen Gefallen schulden«, brummte Bruno. »Wir besorgen uns einen Wagen und fahren zum Flughafen.«

»Und dann?«, wiederholte Nikolas hoffnungsvoll.

»Dann fliegen wir in die Karibik.«

58

Die Strecke kam Nikolas viel länger vor, und vielleicht war sie auch länger, als Bruno gedacht hatte, denn nach etwa einer Stunde legte er eine Pause ein, um zu verschnaufen. Das Boot schaukelte auf den Wellen, einige Hundert Meter vom Ufer entfernt. Um sie herum erstreckte sich das Meer dunkel in dunkler Nacht.

»Wie hast du es angestellt?«

»Was?«

»Ich glaube, du weißt, was ich meine.«

Nikolas zögerte. »Er hätte auf dich geschossen. Er hat auf deine Brust gezielt.«

»Wie hast du es gemacht?«, fragte Bruno. »Du hast ein

ganzes Stück hinter mir gestanden, und dann warst du plötzlich vor mir, mit einer Pistole in der Hand. Und Alessio, dem die Pistole gehörte, lag mit einem Loch in der Stirn im Kies.«

»Ich bin nach vorn gesprungen und …«

Der auf der Ruderbank sitzende Bruno schüttelte den Kopf. Nikolas sah es vor dem Hintergrund eines etwas weniger dunklen Himmels.

»Niemand kann so schnell so weit springen. Bitte sag mir die Wahrheit. Ich möchte wissen, auf was ich mich einlasse.«

Es waren nicht nur Worte, erkannte Nikolas. Die tiefe Stimme des großen Mannes hatte auch einen bittenden Klang, blau unterlegt, mit der Farbe der Wahrheit und auch mit ihrem Duft wie von Flieder.

»Der Mann im Wagen, der sich angeblich selbst erschossen hat«, fuhr Bruno fort. »Noah Croid. Und der Junge namens Alexander … Du hast sie umgebracht, nicht wahr?«

Nikolas senkte den Kopf, was Bruno nicht sehen konnte. »Nein, nicht ich, aber …«

»Aber was?«

»Ich habe einen Schutzengel.«

Einige Sekunden lang herrschte Stille.

»Willst du mich auf den Arm nehmen?«, fragte Bruno.

Nikolas erzählte von seinem Schutzengel, der ihm schon damals, als seine Eltern gestorben waren, das Leben gerettet hatte.

»Ein *Geist?«,* fragte Bruno ungläubig.

»Er ist mehr als ein Geist. Er kann fest zupacken. Er ist stark, noch stärker als du. Er verhindert, dass mir etwas zustößt. Darum geht es der New Earth Foundation. Sie hat es nicht auf meine Zahlen abgesehen, sondern auf den Schutzengel. Sie will ihn … fangen.«

Das hörte sich seltsam an, fand Nikolas und lauschte dem Klang der eigenen Worte. War es möglich, den Schutzengel einzufangen? Vielleicht hatten es Dr. Samanta, Professor Horazio, Direktor Severin und die anderen im Wolkenkuckucksheim versucht.

»Ist er … jetzt hier?«, fragte Bruno.

Ein Knurren kam aus der Dunkelheit.

»Er ist immer da.« Seit ich die Tabletten nicht mehr nehme, dachte Nikolas. Das Tritazin, die Gewitterpillen. Sie haben ihn von mir ferngehalten, so lange, dass ich ihn fast vergessen hätte.

Bruno setzte die Ruder wieder ins Wasser. »Gut zu wissen, dass wir einen Helfer haben. Wir können Hilfe brauchen.«

Nikolas spürte, dass etwas ungesagt blieb.

»Es tut mir leid, Bruno.«

»Es muss dir nicht leidtun, dass du mir das Leben gerettet hast.«

»Nicht ich. Mein Schutzengel.«

»Ja«, sagte Bruno. »Dein Schutzengel.«

59

Irgendwann schlief Nikolas ein, und als er erwachte, war das Ruderboot halb auf einen kleinen Strand gezogen. Bruno stand ein Dutzend Meter entfernt und sprach mit einem jungen Mann. Weiter hinten, an einer bogenförmigen Mole, brummten die Motoren von Fischerbooten, und dieses Geräusch hatte Nikolas geweckt. Das Licht von Lampen tanzte in der Nacht.

Bruno kehrte zurück. »Giacomo bringt uns zum Flughafen.«

Nikolas blickte an Bruno vorbei zu dem jungen Mann höher am Ufer. »Können wir ihm trauen?«

»Carlo hat vor einigen Jahren seinem Vater geholfen. Es ist eine Ehrenschuld.«

Nikolas hatte Kopfschmerzen und keine Deutlichkeit, als sie zu Giacomo gingen, der sich verbeugte, bevor er ihm die Hand reichte. Der Wagen stand nicht weit entfernt, ein Lancia, mindestens ebenso alt wie der weiße Fiat von Noah Croid und Alexander.

»Alles in Ordnung?«, fragte Bruno, als er sah, wie Nikolas eine Grimasse schnitt.

»Hab nur Kopfschmerzen.« Nikolas stieg in den Fond. »Wahrscheinlich vom Schlafen im Boot.«

Bruno sank in den Beifahrersitz und legte den Gurt an. »Schlaf noch ein bisschen. Die Fahrt zum Flughafen wird eine Weile dauern.«

»Etwa zwei Stunden«, sagte Giacomo, lächelte zaghaft und startete den Motor.

Nikolas schloss die Augen, aber er schlief nicht, er dämmerte nur ein wenig vor sich hin. Giacomos und Brunos leise Stimmen rückten in den Hintergrund. Er dachte an eine Hand, die sich wie eine Pranke angefühlt hatte, und fragte sich, was beim Schuppen geschehen war. Mehr als er Bruno erzählt hatte, vielleicht sogar mehr, als er selbst verstand. Dass sie zum Flughafen unterwegs waren, erleichterte ihn nach den jüngsten Ereignissen, doch damit gerieten auch neue Probleme in Sicht. Die größte, wichtigste Frage lautete: Wie sollte er Sonja befreien, wenn er Coronda erreichte? Er wusste nichts von der dortigen Niederlassung der New Earth Foundation. Wie viele Wachen gab es? Über welche Sicherheitssysteme verfügten die Gebäude? Wo genau war Sonja untergebracht?

Und selbst wenn es ihm gelang, Sonja zu finden, sie zu befreien und mit ihr zu fliehen – was würde dann geschehen? Was sollte aus ihnen werden, wenn die New Earth Foundation *und* die Polizei nach ihnen suchten? Existierte irgendwo auf der Welt ein Ort, wo sie sich verstecken konnten?

Wir finden einen, flüsterte es. *Wir überwinden alle Hindernisse.*

Nikolas fand Trost in diesen Worten und hielt sich an

ihnen fest. Die Unruhe wich aus ihm, denn er war nicht allein. Der Schutzengel war bei ihm. Und auch Bruno.

Vielleicht hatte Nikolas tatsächlich geschlafen, denn als er die Augen öffnete, kroch die Morgendämmerung über den Himmel, und voraus erstrahlten die vielen Lichter des Flughafens. Einige Minuten später hielt Giacomo vor dem Eingang eines Terminals.

Bruno griff in die Tasche und holte einige Geldscheine hervor.

»Nein, nein«, wehrte der junge Mann am Steuer ab. »Ich habe gern geholfen, es war mir eine Ehre.«

Bruno legte die Scheine auf die Mittelkonsole. »Eine kleine Unterstützung für Ihre Familie.«

»Danke«, sagte Giacomo. »Danke.«

Bruno und Nikolas stiegen aus. Giacomo winkte zum Abschied und fuhr los.

Nikolas sah ihm nach. »Und er wird nichts verraten?«

»Auf keinen Fall«, versicherte Bruno. »Er ist an das Gesetz der Ehre gebunden. Und er weiß, was mit ihm und seiner Familie geschehen würde, wenn er redet.«

Sie betraten das Terminal. Trotz der frühen Stunde waren bereits zahlreiche Reisende auf den Beinen.

»Haben wir Tickets?«, fragte Nikolas.

»Nein. Wir kaufen welche. Geld haben wir genug.«

Sie gingen zu einer der Informationstafeln. Nikolas las die Ziele der nächsten Flüge, Städte in Europa und Asien. Ein Flug in die Karibik war nicht darunter.

»Wir machen einen kleinen Umweg.« Bruno deutete auf die Anzeigetafel. »Wir fliegen nach London, in zwei Stunden. Falls noch zwei Plätze an Bord frei sind. Und von London geht's nach Grenada, falls es einen Direktflug gibt. Sonst machen wir einen zweiten kleinen Umweg, über Barbados oder Trinidad.« Er sah sich um. »Dein Schutzengel. Fällt ihm etwas auf?«

So funktioniert das nicht, wollte Nikolas antworten. Der Schutzengel ist kein immer wachsamer Beobachter, der mich warnt, wenn etwas nicht mit rechten Dingen zugeht. Aber um das zu erklären, hätte er auf die Deutlichkeit hinweisen müssen, und dann wären weitere Erklärungen notwendig geworden.

»Nein«, antwortete Nikolas darum nur knapp.

»Komm.« Bruno ging in Richtung der Geschäfte. »Wir brauchen Gepäck. Wenn wir ohne Gepäck nach London fliegen, machen wir uns verdächtig.«

Nikolas vergewisserte sich, dass er den Pass dabei hatte. »Was ist, wenn mein Pass als Fälschung erkannt wird?«

»Er ist nicht falsch«, erklärte Bruno. »Er stammt aus einem kleinen Vorrat echter Blanko-Pässe. Nur Name und Adresse stimmen nicht. Und das Foto natürlich.«

Sie betraten einen Laden, der Trolleys und Reisekoffer in der richtigen Größe für das Handgepäck verkaufte. Einige Minuten später verließen sie das Geschäft mit zwei schwarzen Rollkoffern.

»Schon besser«, meinte Bruno. »Und jetzt füllen wir die Trolleys mit Dingen, die Reisende brauchen.«

In anderen Geschäften kauften sie Kleidung und Hygieneartikel. Bruno zahlte immer in bar – Geld, das sich nicht zurückverfolgen ließ. Und er sah sich immer wieder unauffällig um, auf der Suche nach Gesichtern, die zu viel Interesse zeigten.

Wie sich herausstellte, waren für den Flug nach London tatsächlich noch Plätze frei, wenn auch nicht zwei nebeneinander. Beim Kauf der Tickets mussten sie ihre Ausweise vorlegen, und Nikolas registrierte erleichtert, dass die Frau am Tresen nur einen kurzen Blick hineinwarf, bevor sie den Pass mit einem freundlichen Lächeln zurückgab.

Bei der Sicherheitskontrolle wurden sie abgetastet, was Nikolas gar nicht gefiel. Ein Knurren steckte in seiner Kehle, und er konnte es nur mit Mühe zurückhalten. Bruno ließ alles ruhig über sich ergehen. Als die Hände des Sicherheitsbeamten ihn abklopften, fragte sich Nikolas kurz, ob Bruno bewaffnet war und ob er seine Waffe gut genug versteckt hatte. Nein, unmöglich, der Metalldetektor hätte eine Pistole bestimmt entdeckt, selbst ihre Einzelteile.

Während sie am Gate warteten, fragte Nikolas leise: »Was, glaubst du, wird Matteo Battisti unternehmen? Was wird aus der Familie? Was wird aus Carlos Vermögen?«

Bruno hob und senkte die breiten Schultern. Er sah sich wieder um, drehte wie beiläufig den Kopf. »Ich weiß es nicht. Der Tod von Alessio und des anderen Mannes dürfte für Battisti Hinweis genug sein, dass du noch lebst. Vielleicht stellt er dich der Polizei gegenüber als Mörder dar. Ich kann noch immer nicht glauben, dass er dich verraten hat.«

»Wer käme sonst infrage?«

»Mir fällt niemand ein.«

Nikolas wusste nicht, wie groß das Vermögen war, das Onkel Carlo damals von seinem Vater übernommen und in den vergangenen Jahren offenbar noch vergrößert hatte. Offenbar war es für jemanden wie Battisti groß genug, um sich über Dinge wie Treue und Loyalität hinwegzusetzen.

»Was ist mir dir, Bruno?«, fragte er. »Ich kann nicht zurück, aber du …«

»Ich glaube nicht, dass ich zurückkehren kann. Battisti würde mir nicht trauen. Er würde vermuten, dass ich es irgendwann auf ihn abgesehen hätte.« Bruno sah ihn an, und in seinen Augen lag eine seltsame Trauer, die sich Nikolas nicht erklären konnte. »Und selbst wenn ich zurückkehren könnte … Ich würde mich dagegen entscheiden.«

Nikolas senkte die Stimme noch etwas mehr. Ein kurzer Blick zur Seite teilte ihm mit, dass ihnen die anderen Wartenden keine Beachtung schenkten; sie lasen Zeitungen, telefonierten oder starrten auf ihre Handys. »Warum bist du traurig, Bruno?«

»Weil ich gerade an Anna gedacht habe.« Bruno hob die

Hand zum Gesicht und strich sich über die Augen, als wollte er etwas fortwischen. »Weißt du, warum ich immer Schwarz trage?«

»Nein.«

»Vor fünf Jahren wurde meine Frau Anna sehr krank. Sie bekam Krebs, und die Behandlung kostete viel, viel Geld. Carlo Santina bezahlte alles und sorgte dafür, dass meine Anna von den besten Ärzten behandelt wurde. Aber der verdammte Krebs war stärker als Chemotherapie und Medikamente. Sie starb schließlich, ein Jahr nach der Diagnose. Weißt du, wo wir Anna begraben haben?«

Nikolas sah ihn an und griff nach einer Hand des großen, plötzlich sehr traurigen Mannes.

»Auf dem Friedhof, auf dem auch Carlo liegt«, fuhr Bruno fort. »Seit dem Tod meiner Anna trage ich Schwarz, das ist der Grund. Dein Onkel hat mir geholfen, als ich Hilfe brauchte. Er war sehr großzügig, und ich habe mir geschworen, ihm das nie zu vergessen. Deshalb sitze ich hier neben dir. Deshalb fliegen wir beide nach London und von dort aus in die Karibik. Deshalb helfe ich dir, deine Sonja zu finden.«

»Wegen des Schwurs?«

»Und weil ich dich mag, Nick. Du bist allein, selbst wenn du Menschen um dich hast. Ich weiß, wie das ist, so habe ich mich in meiner Jugend selbst oft gefühlt.«

Bruno hatte ihn zum ersten Mal mit »Nick« angesprochen. Nicht mit Adrian, nicht mit Nikolas, mit Nick.

Er durfte das. Er war ein Freund. Der einzige, den Nikolas noch hatte.

Bruno schnaufte. »Ich kann nicht gut mit Zahlen umgehen, und ich habe auch keinen Schutzengel, aber ich weiß, was Einsamkeit bedeutet.«

Ein unscheinbarer Mann stand in der Abflughalle des Flughafens neben einem Kiosk und erweckte den Eindruck, sich die Zeitschriften anzusehen. In Wirklichkeit beobachtete er die Reisenden. Er bemerkte den großen, ganz in Schwarz gekleideten Mann sofort, als der hereinkam und zu einer der Informationstafeln ging, begleitet von einem Jugendlichen, der ein ganzes Stück kleiner und nicht annähernd so kräftig gebaut war.

Der Mann folgte ihnen, als sie erst Rollkoffer kauften und dann Kleidung und einige Hygieneartikel. Er beobachtete, wie sie die Kleidungsstücke aus der Verpackung lösten, einige Male schüttelten und dann in die Koffer legten, damit nicht alles wie gerade gekauft aussah. Sein Blick folgte ihnen zum Schalter des London-Fluges, wo der große Mann Tickets für sie beide kaufte.

Er holte ein Handy hervor, wählte eine bestimmte Nummer und sagte: »Sie fliegen nach London.« Eine Minute lang hörte er der Stimme am anderen Ende der Verbindung still zu und sagte dann: »Verstanden. In Ordnung.«

Der Mann steckte das Handy ein, wartete einige Minuten und ging dann ebenfalls zu dem Schalter des Fluges nach London. Er bekam ein Ticket für einen der drei letzten Plätze, passierte die Sicherheitskontrolle und begab sich zum Gate.

Dort saß er abseits der anderen, in die Times *vertieft, und beobachtete, wie der Mann in Schwarz und der Junge leise miteinander sprachen. Er hätte gern gewusst, worum es bei ihrem Gespräch ging, saß aber zu weit entfernt, und näher heran wagte er sich nicht – auf keinen Fall wollte er Verdacht erregen.*

Als das Gate geöffnet wurde, hielt er sich zurück und ging als einer der letzten Passagiere an Bord, weil er herausfinden wollte, wo der Mann in Schwarz und der Junge saßen. Sein eigener Platz befand sich ganz hinten, was ihm recht war, denn so hatte er auch an Bord einen guten Überblick. Bevor die Aufforderung erging, Handys und Tablets in den Offline-Modus zu schalten, schickte er der Nummer, die er zuvor angerufen hatte, eine WhatsApp-Nachricht. Sie lautete schlicht: O.k.

VIER

Wer bin ich, und wer bist du?

TINTENKLECKSE

60 Nikolas saß in Höhe der Tragfläche, zwischen einer dicken Frau am Fenster, die die ganze Armlehne für sich beanspruchte, und einem nicht minder fülligen Mann um die fünfzig, der mit dem Ellenbogen über seine Armlehne ragte und ständig schwitzte. Ohne Platz für die eigenen Arme fühlte sich Nikolas eingezwängt, zwischen einem zu süßlichen Parfüm auf der einen und Schweißgeruch auf der anderen Seite. Er versuchte, sich abzulenken, indem er nach den Farben der anderen Passagiere suchte oder ihre Zahlen las.

Die korpulente Frau links neben ihm am Fenster, das nicht viel mehr zeigte als die Tragfläche, war in eine lindgrüne Wolke gehüllt, und auf ihrem dicken Arm, der die Armlehne nie freigab, lag eine schwarze Siebenhundertzwölf mit fransigen Rändern. Was genau diese Zahl bedeutete, wusste Nikolas nicht. Mit etwas mehr Deutlichkeit hätte er es herausfinden können, doch dafür war seine Neugier nicht groß genug.

Der schwitzende und immer wieder schnaufende Mann rechts von ihm hatte eine Mischung von Blau und Gelb im Gesicht und auch auf den großen, fleischigen Händen, die sich manchmal, wenn das Flugzeug ein wenig wackelte, wie in einem Krampf um die Armlehne schlossen. Vielleicht litt er an Flugangst, dachte Nikolas ohne echtes Interesse. An seinem Hemdkragen klebte eine Neunundfünfzig, deren Violett ihn an manche von Dr. Samantas Worten erinnerte. Doch hier, das spürte er, war es keine Farbe der Warnung oder Drohung, sondern der Furcht.

Bruno saß vor ihm im Flugzeug. Sie hatten keine Plätze mehr nebeneinander erhalten, und Bruno hatte gemeint, dass das eigentlich ganz gut war.

Zahlen tanzten, leuchteten und drehten sich, als Nikolas den Hals reckte und seinen Blick über die anderen Passagiere schweifen ließ. Alle Farben waren vertreten, vom tiefen Rot bis zum hellen Grün, und auch alle Gerüche. Nur der scharfe, strenge Geruch von Pfeffer fehlte.

Als Nikolas halb aufstand und nach hinten sah, bot sich ihm ein ähnlicher Anblick dar: Zahlen und Farben, in einem langsamen, wogenden Tanz vereint. Eine Zahl, kleiner als die anderen, schrumpfte noch etwas mehr und verlor ihren Glanz, als wollte sie sich verstecken. Eine Zweiundvierzig?

»Was machst du da, Junge, setz dich, zappel nicht herum, man kommt ja nicht zur Ruhe«, quiekte die korpulente Frau am Fenster.

Nikolas sank auf seinen Sitz zurück. Der dicke Mann rechts neben ihm schüttelte den Kopf, schnaufte und schwitzte. Die dicke Frau links von ihm sah ihn tadelnd an, seufzte übertrieben laut und fuhr damit fort, in einer Modezeitschrift zu blättern.

Nikolas schloss die Augen und versuchte sich zu entspannen. Brunos kleine, traurige Geschichte fiel ihm ein, und er dachte an Onkel Carlo in seinem dunklen Sarg, an Brunos Frau Anna auf demselben Friedhof und an Einsamkeit. Früher hatte er sich manchmal gewünscht, allein zu sein, denn es bedeutete, dass ihn niemand berührte, dass ihn niemand ansah und seine Aufmerksamkeit zu erregen versuchte. Es bedeutete, dass er alle Gedanken denken konnte, die er denken wollte, ohne dass ihn jemand dabei störte.

Aber manchmal fand man sich mit den eigenen Gedanken, so lang und gründlich man sie auch dachte, in einer Sackgasse wieder. Nikolas verglich es mit der Musik einer komplizierten Gleichung, in der es einen Missklang gab, der die Auflösung verhinderte. Bei solchen Gelegenheiten brauchte man jemanden, der die Gedanken in eine neue Richtung lenkte. Und das war noch längst nicht alles, hatte Nikolas im Wolkenkuckucksheim gelernt. Man brauchte jemanden, mit dem man Erlebnisse, Gefühle und Gedanken teilen konnte, jemanden, in dessen Nähe man das Gefühl von wohliger Wärme hatte, selbst wenn es Winter war. Man brauchte jemanden wie Sonja.

Eine der beiden Flugbegleiterinnen kam mit einem Rollwagen und bot Snacks und Getränke an. Nikolas hatte Durst und entschied sich für eine Limonade. Als er den Becher an die Lippen setzte, beugte sich die korpulente Frau zur Seite, um ein Stück Kuchen entgegenzunehmen. Ihr Ellenbogen traf Nikolas, und er verschüttete etwas von der Limonade.

»Pass doch auf, Junge, wie ungeschickt, hast du denn überhaupt keine Manieren!«, keifte die Frau.

Nikolas starrte auf seinen Becher und auf den großen nassen Fleck auf seiner Jeans. Dann hob er den Blick zu der dicken Frau, die ihn wütend ansah und den Teller mit ihrem Kuchenstück auf den kleinen Klapptisch vor sich stellte, ganz am Rand. Der Teller kippte, das Stück Kuchen rutschte und landete auf dem Boden.

Der schwitzende, schnaufende Mann lächelte.

Die korpulente Frau nahm die Plastikgabel in die linke Hand und stach sich damit in den rechten Arm, der die Armlehne mit Beschlag belegt hatte, so fest, dass zwei der Plastikzinken abbrachen.

»Au!«, entfuhr es ihr so laut, dass sie die Blicke anderer Passagiere auf sich zog.

An ihrem Hals bildeten sich kleine Mulden, wie von zudrückenden unsichtbaren Fingern.

Nein, dachte Nikolas. Nein!

Die dicke Frau schnappte mehrmals nach Luft. »Na so was«, ächzte sie. »Na so was.«

Die zweite Flugbegleiterin kam.

Der korpulente Mann stand auf und zwinkerte Nikolas kurz zu, als der sich ebenfalls erhob, damit das heruntergefallene Stück Kuchen aufgehoben und der Boden gereinigt werden konnte.

Die dicke Frau warf ihm einen argwöhnischen Blick zu, als sie wieder saßen, und Nikolas lächelte freundlich. Dann schloss er die Augen, um nachzudenken und vielleicht auch Pläne zu schmieden, denn wenn sie die Karibik erreichten, brauchten sie einen Plan, um Sonja zu befreien.

Aber diesmal fiel es ihm leicht, sich zu entspannen. Angenehme Ruhe erfasste ihn, er bekam sogar ein wenig Armlehnenterritorium auf beiden Seiten. Nach ein paar Minuten schlief er ein und träumte von Tintenklecksen.

61

Ein großer Klecks auf der linken Seite und ein kleinerer auf der rechten, in der Mitte ein dünner Strich, der die beiden Kleckse voneinander trennte. Ein Rorschachtest, so hatte es Monsieur Depellier genannt. Dr. K.o. – der oft so schläfrig wirkende Dr. Kasom – hatte Nikolas damals gefragt, was er auf den Bildern sah, und er erinnerte sich an seine Antwort: »Ich sehe zwei schwarze Ungeheuer. Das große will das kleine fressen, aber das kleine hat sich mit einer Barriere geschützt. Das kleine Ungeheuer wird wachsen und stärker werden, und wenn es stark genug ist, verschlingt es das große.«

In seinem Traum sah er die beiden Kleckse, schwarz auf weißem Papier, und beobachtete, wie sie sich veränderten und aufrichteten. Zwei Ungeheuer wurden daraus, traten sich geduckt und mit rot glühenden Augen gegenüber, streckten einander die Pranken entgegen.

Die Linie, die sich zwischen ihnen befand, stellte keine Barriere mehr da und behinderte sie nicht mehr.

Sie fielen übereinander her, sie fauchten und knurrten, umschlangen sich mit den Armen.

Aber Nikolas bemerkte, dass sie sich nicht verletzten. Das kleine Ungeheuer wuchs, wie er vorhergesagt hatte, und es schien das größere zu fressen, doch es war kein richtiges Fressen und Gefressenwerden, es sah nur danach aus. In Wirklichkeit verschmolzen die beiden Ungeheuer miteinander und vereinten ihre Kräfte. Das Ergebnis war …

Die Kleckse verschwanden.

Dort ragte sie wieder vor ihm auf, die schwarze Tür aus seiner Kindheit. Sie war nicht geschlossen, sondern stand einen Spaltbreit offen. Nikolas hätte rechts oder links an ihr vorbeigehen können, doch er wusste mit einer jeden Zweifel ausschließenden Gewissheit, dass sein Ziel hinter der Tür lag.

Diesmal ertönte keine leise Stimme, die vor Veränderung warnte, wenn er die Tür durchschritt. Er drückte sie ganz auf, und der nächste Schritt brachte ihn auf eine Wiese, deren Grashalme und Blumen aus winzigen, leise für ihn singenden Zahlen bestanden. Er strich mit den Händen über das hohe Gras und hörte ein melodisches Klimpern. Im Schatten eines Baums nahm er Platz, fühlte den Frieden dieses Ortes und dachte: Hier möchte ich leben, hier möchte ich sterben.

Sterben?, flüsterte jemand. *Wir sterben nicht. Wir sind stärker als der Tod. Wir haben ihn schon mehrmals besiegt.*

Nikolas schloss die Augen, er schlief in seinem Traum, vielleicht nur einige Minuten, vielleicht viele Stunden. Er schlief, bis ihn etwas weckte.

Der Baum, unter dem er saß, den Rücken an den dicken Stamm gelehnt, warf einen langen Schatten, denn die untergehende Sonne stand dicht über dem Horizont. Nikolas hörte den Wind, wie er Gras und Blumen bewegte, den Gesang ihrer Zahlen immer wieder veränderte. In diesem Gesang, dieser leisen, sanften Melodie, gab es eine falsche Stimme, einen Ton, der nicht zum Rest passte.

Nikolas hob den Kopf und blickte übers hohe Gras hinweg.

Am Rand der Wiese, bei der Tür, die sich als dunkles Rechteck vor einem dunkler werdenden Himmel abzeichnete, bemerkte er eine Gestalt, einen kleinen, hageren, unscheinbaren Mann, der ihn beobachtete.

Nikolas stand auf, klopfte sich die Hose ab und ging auf den Mann zu, mit ruhigen, gleichmäßigen Schritten. Der Mann stand reglos und ließ ihn nicht aus den Augen. Eine Zahl schwebte dicht über seinem Kopf, und von ihr stammte die Dissonanz im Gesang der vielen anderen Zahlen. Es war eine Zweiundvierzig, die Tarnkappenzahl, in der sich andere Zahlen verbergen konnten, auch eine braune Dreizehn, die Unheil bedeutete.

»Wer bist du?«, fragte Nikolas.

Der Mann lächelte. »Du kannst uns nicht entkommen«, sagte er, drehte sich um und trat durch die Tür.

Nikolas folgte ihm …

»Der Gurt.« Die freundliche Flugbegleiterin lächelte. »Bitte schnallen Sie sich an.«

Nikolas begriff, dass die Worte ihm galten. Er langte nach dem Gurt, legte ihn an, behindert von den Ellenbogen rechts und links von ihm, und stellte fest: Die Landung in London stand bevor. Er hob den Kopf und sah nach vorn, wo Bruno saß – für einen Moment erschienen ihm die breiten Schultern in der schwarzen Anzugjacke wie das obere Ende einer dunklen Tür.

Etwas zog seinen Blick nach hinten, doch der Gurt hinderte ihn daran, sich aufzurichten und über die Sitze hinwegzuspähen.

»Fängst du schon wieder das Zappeln an?«, erklang die quiekende Stimme der dicken Frau. »Kannst du denn nicht ein paar Minuten ruhig sitzen?«

»Eben hat er einige Minuten ruhig gesessen«, brummte der korpulente Mann. Er schwitzte noch immer, vielleicht sogar noch etwas mehr, weil die Landung bevorstand.

Nikolas zog die Arme an sich, da sie auf den Lehnen nicht willkommen waren, und glaubte, noch immer die Musik der Zahlenwiese auf der anderen Seite der Tür zu hören. Doch der leise Gesang stammte nicht von Gras und Blumen, sondern von den Zahlen, die über den Köpfen der Passagiere schwebten oder die sie auf Wangen und Händen trugen. Es war ein Gesang ohne besondere Melodie oder besser gesagt: Er bestand aus vielen individuellen Melodien, manche von ihnen traurig und gelangweilt, andere voller Freude und Erwartungen. Auch hier, wie auf der Wiese jenseits der Tür, gab es eine Dissonanz, einen kleinen Ton, der nicht zu den anderen passte, ein winziges schrilles Element, wie ein winziger Schmerz im Ohr.

Das Flugzeug setzte auf.

Der korpulente Mann hatte die Hand so fest ums Ende der Armlehne geschlossen, dass ihm das Blut aus den Fingern wich. Er wimmerte leise.

Das Flugzeug flog nicht mehr, sondern rollte. Die Triebwerke bremsten mit Gegenschub. Der korpulente Mann entspannte sich.

Als die Maschine kurze Zeit später am Gate hielt, standen schon die ersten Passagiere auf und holten ihr Handgepäck aus den Fächern. Der korpulente Mann blieb sitzen. Ihm blieb auch keine andere Wahl, weil im schmalen Gang kein Platz mehr war. Er musste warten und die Leute von weiter hinten vorbeilassen.

»Nun stehen Sie doch endlich auf!«, keifte die ungeduldige dicke Frau, doch der Mann, ruhig geworden nach der geglückten Landung, zuckte nur mit den Schultern.

Nikolas beobachtete die Passagiere und ihre Zahlen. Schließlich kam ein mittelgroßer unscheinbarer Mann um die fünfzig vorbei. Er blickte nach vorn, sah nicht nach rechts und links, und Nikolas hätte ihm keine Beachtung geschenkt, wäre nicht die kleine violette Zweiundvierzig auf seinem Kopf gewesen. Während er sie noch beobachtete, verwandelte sich die Zahl und wurde zu einer Dreizehn, die Unheil verkündete.

62

»Jemand hat uns beobachtet und ist uns an Bord des Flugzeugs hierher gefolgt«, sagte Nikolas zu Bruno, als sie an der Gepäckausgabe vorbeigingen. Bruno machte nicht den Fehler, sich sofort umzusehen. Er blieb auch nicht stehen, ging mit ruhigen Schritten weiter. »Bist du sicher?«

»Ja.«

»Ich habe aufmerksam Ausschau gehalten …«

Hast du, dachte Nikolas. Aber du siehst keine Zahlen und verborgenen Türen.

»Ich bin absolut sicher.«

»Na schön. Dort vorn ist die Passkontrolle, Nick. Wiedereingeführt nach dem Austritt Großbritanniens aus der Europäischen Union. Wenn du deinen Pass hervorholst, kannst du dich unauffällig umsehen. Zeig mir die Person, die du meinst. Ist es ein Mann?«

Nikolas nickte. Bei der Kontrolle erlebte er einen neuerlichen Moment der Anspannung, als ein streng wirkender Beamter den falschen Pass entgegennahm, darin blätterte, sich das Foto ansah und es mit seinem Gesicht verglich. Der Beamte nickte und gab den Pass zurück. Nikolas bückte sich, um den Rollkoffer zu öffnen und den Pass darin zu verstauen. Als er sich wieder aufrichtete, ließ er den Blick über die anderen Reisenden schweifen, rief ein wenig Deutlichkeit und lauschte den Stimmen der Zahlen. Dort war er, der winzige Missklang, fast übertönt von den vielen anderen Tönen und Melodien. Der unauffällige Mann ging zu einer der großen Anzeigetafeln, dicht über seinem Kopf eine etwas größere, senfgelbe Zweiundvierzig, ausgestattet mit einer kleinen, schrillen Stimme. Die Zahl schien den Blick zu spüren, denn sie begann zu zittern, und noch etwas mehr Deutlichkeit leitete ihre Verwandlung ein. Die gelbe Zweiundvierzig zerfiel in zwei Zahlen, in eine schwarze Sieben und eine braune Dreizehn.

Nikolas ging zu Bruno, der die Passkontrolle bereits hinter sich gebracht hatte. »Der Mann vor der Anzeigetafel links von uns.« Er beschrieb ihn mit knappen Worten, ohne in die entsprechende Richtung zu sehen. Die Bedeutung der Dreizehn – Unheil – war ihm klar, aber was bedeutete die schwarze Sieben?

Bruno bückte sich, hantierte an seinem Rollkoffer und blickte zur Anzeigetafel, als er sich wieder aufrichtete.

»Na schön«, brummte er. »Drehen wir den Spieß um. Mal sehen, wie neugierig der Typ ist. Wir gehen folgendermaßen vor, Nick ...«

Er erklärte es mit einigen raschen Worten, und Nikolas hörte aufmerksam zu. Sie verloren keine Zeit und gingen mit ihren Rollkoffern los, vorbei an der großen Anzeigetafel, wo noch immer der unscheinbare Mann stand und ihnen den Rücken zukehrte. Bruno sah sich mehrmals um, und Nikolas folgte seinem Beispiel, wobei er darauf achtete, den Blick nicht auf ihren Verfolger zu richten.

»Dort drüben, die Tür«, raunte Bruno.

»In Ordnung«, erwiderte Nikolas ebenso leise.

Bruno blieb vor der Tür stehen, groß und breit, ein lebender Schild, der für menschliche Beobachter und Sicherheitskameras die Sicht darauf versperrte, was hinter ihm geschah. Nikolas schlüpfte zur Tür – ein Schild wies darauf hin, dass nur autorisierten Personen der Zugang erlaubt war –, öffnete sie und sah in den Raum dahinter. Niemand da. Er zog einmal an Brunos Anzugjacke und trat durch die Tür. Bruno folgte ihm, nachdem er sich noch einmal umgesehen hatte, und schloss die Tür hinter sich.

Der Raum enthielt Reinigungsmittel in Regalen, einen offenen Werkzeugschrank und mehrere Spinde, vielleicht mit Arbeitskleidung.

»Wir könnten Pech haben und Besuch von Sicherheitsleuten bekommen.« Bruno stellte sich neben die Tür.

»Wie reden wir uns dann heraus?«

Ein Lächeln huschte über Brunos Gesicht. »Wir behaupten einfach, wir hätten uns in der Tür geirrt. Bist du so weit?«

Nikolas trat zur Wand. »Ja.«

Bruno schaltete das Licht aus.

Sie warteten.

Einige Minuten vergingen, ohne dass etwas geschah.

Bruno seufzte. »Ich fürchte, wir müssen uns etwas anderes einfallen lassen …«

»Nein.« Nikolas hörte die kleine schrille Stimme der Zweiundvierzig, die zwei andere Zahlen tarnte, eine schwarze Sieben und eine braune Dreizehn. »Er kommt. Er ist gleich da.«

»Woher willst du das …?«

»Ich weiß es!«, zischte Nikolas leise. Mit den Augen der Deutlichkeit sah er eine Hand, die nach der Türklinke griff.

»Jetzt«, flüsterte er.

Ein kurzes Knarren, und die Tür öffnete sich einen Spaltbreit. Etwas Licht fiel in den dunklen Raum, und Nikolas hielt unwillkürlich den Atem an.

Die Tür öffnete sich ganz, jemand tastete nach dem Lichtschalter …

Bruno packte den Arm, zog und stieß einen Moment später die Tür zu. Dunkelheit schloss sich um einen gedämpften Schrei.

Nikolas schaltete das Licht ein.

Bruno hielt der Person, die hereingekommen war, mit einer großen Hand den Mund zu. Aber es handelte sich nicht um den unscheinbaren Mann mit der Zweiundvierzig über dem Kopf, sondern um eine mollige Frau an die sechzig. Sie hatte die Augen weit aufgerissen, richtete einen erschrockenen Blick auf Nikolas und sah dann nach oben, zu dem hünenhaften Mann in Schwarz, der sie festhielt. Ihre Augen wurden noch ein wenig größer.

Bruno nahm ihr die Hand vom Mund. »Pscht!«

Die Frau holte tief Luft.

»Bitte schreien Sie nicht«, sagte Nikolas schnell. »Bitte. Wir haben uns hier versteckt, weil mich jemand verfolgt. Jemand, der mich schon mehrmals belästigt hat. Wir dachten, er würde hereinkommen, und deshalb … Bitte schreien Sie nicht.«

Nikolas hatte schnell gesprochen, ohne zu wissen, woher die Worte kamen. Die Frau starrte ihn an und ließ den Atem entweichen, ohne einen Schrei auszustoßen.

»Ist das wahr?«, fragte sie misstrauisch.

Nikolas antwortete mit drei türkisfarbenen Worten. »Ja, ich schwöre.«

»Er hat recht«, fügte Bruno hinzu und senkte wie verlegen den Kopf. »Ich bin sein Onkel. Wir wollten den Kerl zur Rede stellen. Bitte entschuldigen Sie.«

Die Frau musterte sie beide nacheinander. »Ich verstehe. Na gut. Aber jetzt … Hinaus mit Ihnen. Gleich kommen meine Kolleginnen, und außerdem … Ich muss mich für die Putzarbeit umziehen.«

Bruno griff nach seinem Rollkoffer, zog die Tür auf und war mit einem Schritt draußen. Nikolas folgte ihm.

Zahlreiche Reisende waren in der großen Halle unterwegs, und ihre Zahlen riefen Nikolas mit vielen verschiedenen Stimmen zu. Er hörte ihre wirre Musik, ein Durcheinander von Tönen, aus denen sich keine Melodie ergab. Als er die Deutlichkeit aufgab, wurden die lauten Zahlenstimmen leiser und kleiner.

»Alles in Ordnung mit dir, Nick?«

Er nickte.

»Bevor wir die Reise fortsetzen, müssen wir den Mann finden und ein Wörtchen mit ihm reden.« Bruno sah sich um. »Diesmal benutzen wir die direkte Methode. Wo ist er? Siehst du ihn?«

Sie gingen langsam los und zogen ihre Rollkoffer hinter sich her. Nikolas holte einen Teil der Deutlichkeit zurück, suchte nach einer senfgelben Zweiundvierzig und horchte nach ihrer schrillen Dissonanz, was nicht leicht war, da der Zahlenlärm in der Halle aus lauter Dissonanzen bestand.

Etwas berührte ihn. Die Spitze eines Nagels schien über die Innenseite der rechten Schläfe zu kratzen. Es entstand ein stechender Schmerz, der sich verlagerte, als er den Kopf drehte – er wurde zu einer Art Kompass.

Dann sah er den Mann.

»Am Zeitungsstand auf der rechten Seite«, sagte Nikolas. »Er trägt jetzt eine schwarze Jacke.«

»Hat sie gewechselt«, brummte Bruno. »Oder es ist eine Jacke, die man von beiden Seiten tragen kann. Du hast gute Augen«, fügte er anerkennend hinzu.

Sie näherten sich dem unscheinbaren Mann von hinten, aber irgendwie schien er sie zu bemerken – vielleicht sah er ihr Spiegelbild in der Scheibe eines Kleidungsgeschäfts weiter vorn. Er wich nach links aus, aber Bruno war schneller. Zwei lange Schritte brachten ihn neben den Mann, und er legte ihm die Hand auf die Schulter.

»Hallo, Oscar«, sagte er auf Italienisch. »Na so was, dass wir uns hier begegnen! Kommen Sie, lassen Sie uns dort drüben Platz nehmen und ein wenig plaudern.«

»Ich bin nicht Oscar, Sie verwechseln mich mit jemandem«, protestierte der Mann.

Brunos Hand blieb auf seiner Schulter. »Wenigstens sprechen Sie Italienisch. Wir können uns also unterhalten, ohne dass die anderen Leute hier verstehen, worüber wir reden.«

»Wenn Sie mich nicht sofort loslassen, rufe ich um Hilfe!«

Nein, dachte Nikolas.

»Nein«, sagte Bruno freundlich. »Sie werden nicht um Hilfe rufen, denn dann würden wir darauf hinweisen, dass Sie den Jungen hier belästigt haben.«

Nikolas setzte sich auf die andere Seite des Mannes. Die Sitzbank bei der grünen Insel aus zwei Meter weit aufragenden Pflanzen bot gerade genug Platz für sie drei.

»Wir haben eine Zeugin«, fuhr Bruno munter fort. »Eine Frau vom Reinigungspersonal. Sie hat alles gesehen.«

»Unsinn.« Der Mann wollte aufstehen, aber die große, schwere Hand auf seiner Schulter hinderte ihn daran.

»Von Kinderschändern hält man in diesem Land nicht viel«, sagte Bruno. »Auch wenn mein Neffe längst kein Kind mehr ist.«

»Er ist nicht Ihr Neffe.«

»Ach, das wissen Sie. Ich nehme an, Sie stehen mit einem gewissen Noah Croid in Verbindung. Besser gesagt, Sie standen mit ihm in Verbindung, denn er ist tot. Das wissen Sie sicher auch.«

»Was wollen Sie von mir?«

»Auskünfte. Zuerst einmal: Wer sind Sie?«

»Das geht Sie nichts an.« Der Mann entspannte sich nach dem ersten Schrecken. Er schien sich einigermaßen sicher zu fühlen inmitten all der Menschen.

»Die Hand, die hier so freundlich auf Ihrer Schulter liegt, kann auch weniger freundlich sein.« Bruno beugte sich etwas näher, und seine Hand glitt von der Schulter zum Nacken, drückte dort zu. Der Mann versteifte sich. »Ich kann Ihnen das Genick brechen. Wir lassen es so aussehen, als würden Sie schlafen – ein müder Reisender, der ein Nickerchen macht, nicht ungewöhnlich in einem Flughafen. Ich frage noch einmal: Wer sind Sie?«

»Pascal LeBuche«, antwortete der Mann.

»Warum sind Sie uns hierher gefolgt, Pascal LeBuche?«,

fragte Bruno. Seine Hand ruhte wieder auf der Schulter des Mannes.

»Ich wurde beauftragt, den Jungen im Auge zu behalten.«

»Warum?«, fragte Bruno.

»Ich bin nur ein kleiner Fisch in einem großen Meer«, sagte LeBuche. »Ich frage nicht nach Gründen. Ich nehme Aufträge entgegen und führe sie aus. Gerade Sie sollten das gut verstehen.«

»Sie kennen mich?«

»Ich kenne die Familie«, sagte LeBuche. »Ich kenne ihre Geschäfte.«

»Wie lange beobachten Sie uns schon?«

»Erst seit zwei Wochen.« Der Mann gewann wieder an Selbstbewusstsein. Nikolas sah es in seinem Gesicht und hörte es in seiner Stimme. »Ich bin natürlich nicht der einzige Beobachter«, erwiderte Pascal LeBuche. »Darum hat es auch keinen Sinn, mir zu drohen. Wenn ich Ihnen einen guten Rat geben darf: Übergeben Sie uns den Jungen, und kehren Sie nach Italien zurück.«

Bruno ließ nicht locker, weder mit seinen Worten noch mit der Hand, die nach wie vor zudrückte. »Was ist mit Noah Croid? Wussten Sie von ihm?«

»Ich gehöre zu seiner Gruppe. Er übernahm die operative Kontrolle, nachdem ich den Jungen lokalisiert hatte.«

Nikolas mochte es nicht, immer nur »der Junge« genannt zu werden, und dem Schutzengel gefiel es ebenfalls nicht. Er war in der Nähe, vielleicht versteckt im Schatten der nahen Pflanzen, beobachtete den Beobachter und hörte seine Worte.

LeBuche hob die Hand zum Kragen von Hemd und Jacke und rang nach Atem.

Nein, dachte Nikolas. Nein.

»Er hat versucht, mich zu erschießen«, sagte er. »Croid. Er wollte mich umbringen.«

»Davon weiß ich nichts.« Der Mann sah Nikolas an. Misstrauen lag in seinen Augen.

»Erzählen Sie uns von der Foundation«, brummte Bruno.

»Tut mir leid. Ich weiß nur, dass sich die Foundation um besondere Kinder kümmert, mehr nicht. Mehr will ich auch gar nicht wissen.«

»Wo sind die anderen Beobachter? Wie sehen sie aus?«

»Auch da muss ich passen. Die einzelnen Gruppen wissen nichts voneinander. Nur die operativen Leiter sind informiert.«

»Na schön«, brummte Bruno. »Wir treffen jetzt eine Vereinbarung, wir drei.«

»Ja?«, fragte der Mann mit neu erwachender Nervosität.

»Sie bleiben hier sitzen, eine Stunde lang. Sie genießen die Aussicht und denken über den glücklichen Umstand nach, dass Sie noch am Leben sind. Wir beide«, Bruno deutete auf Nikolas und sich selbst, »verlassen diesen Ort, und Sie werden nicht versuchen, uns zu folgen. Wie klingt das für Sie?«

Pascal LeBuche wartete.

»Wenn ich Sie vor Ablauf einer Stunde an einem anderen Ort als auf dieser Sitzbank sehe, sterben Sie«, sagte Bruno. »Wenn Sie uns folgen, sterben Sie. Ist das klar? Haben Sie verstanden?« Die große Hand drückte wieder zu.

Der Mann nickte.

»Wenn Sie die Familie kennen, dürfte Ihnen klar sein, dass dies keine leeren Worte sind. Ich meine es ernst, Signor LeBuche oder wie Sie auch heißen. Sie möchten nicht Bescheid wissen, um keine Schwierigkeiten zu bekommen? Ausgezeichnet, einverstanden. Bleiben Sie einfach hier sitzen, eine Stunde lang. Abgemacht?«

Der Mann nickte erneut.

Die Hand wich von ihm. Bruno stand auf. »Wunderbar. Ich wusste doch, dass wir uns einig werden. Da fällt mir ein … Sie haben doch sicher ein Handy, nicht wahr?«

Der Mann zögerte.

Bruno hob den Zeigefinger. »Keine Lügen. Unter Freunden lügt man nicht. Geben Sie mir Ihr Handy. Das gehört natürlich zu unserer Vereinbarung. Eine Stunde lang rühren Sie sich nicht vom Fleck und verzichten auf Telefonate.«

Der Mann, der angeblich Pascal LeBuche hieß, holte ein Smartphone hervor und legte es in die große, ihm entgegengestreckte Hand.

»Na so was, genau dieses Modell habe ich mir immer gewünscht.« Bruno steckte es ein. »Und jetzt … Ich sage nicht ›Auf Wiedersehen‹, weil ich Sie nicht wiedersehen möchte. Und Sie mich auch nicht, glauben Sie mir. Leben Sie wohl!«

Bruno winkte, drehte sich um und ging los.

Nikolas blieb an seiner Seite und blickte einmal zurück. Der Mann saß auf der Bank bei der grünen Insel und rührte sich nicht vom Fleck.

»Ob er da wirklich eine Stunde sitzen bleibt?«

»Ich glaube schon«, sagte Bruno. »Ihm liegt etwas an seinem Leben, und ich denke, ich bin überzeugend genug gewesen.«

Bruno bog nach rechts ab, in die Einkaufspromenade des Flughafens. Die Sitzbank mit Pascal LeBuche geriet außer Sicht.

»Und jetzt?«, fragte Nikolas. »Was machen wir jetzt?«

»Wir verlassen den Flughafen, nehmen uns ein Taxi, fahren in einen anderen Stadtteil und quartieren uns in einem Hotel ein.«

Nikolas sah ihn erstaunt an. »Und dann?«

»Unser Freund LeBuche wird in einer Stunde herauszufinden versuchen, ob wir einen Flug gebucht haben und wohin. Und du hast ihn gehört: Es gibt noch andere Beobachter. Wir verbringen ein oder zwei Nächte in einem Hotel und buchen von dort aus übers Internet einen Flug vom anderen Flughafen. London hat zwei, eigentlich sogar drei, wenn man den Luton Airport mitzählt. Aber …«

Zwischen zwei Geschäften blieb Bruno stehen. Es war

nicht weit bis zum nächsten Ausgang. Menschen kamen und gingen.

»Die Foundation, die Neue Erde – sie weiß von uns«, sagte er mit gedämpfter Stimme und behielt die Umgebung im Auge. »Die Frage ist: Weiß sie auch, wohin wir wollen? Wenn sie es weiß, steht dort vielleicht ein Empfangskomitee für uns bereit.«

Nikolas verstand. »Du möchtest wissen, ob ich es mir nicht doch noch anders überlege.«

Der große Bruno nickte ernst. »Pascal LeBuche ist tatsächlich nur ein kleiner Fisch in einem großen Meer. Vermutlich galt das auch für Noah Croid und den Jungen namens Alexander. Den wirklich großen und gefährlichen Fischen, den Haien und Barrakudas, begegnen wir am Ziel unserer Reise. Was ich damit sagen will: Die Polizei in Italien könnte weniger schlimm sein als das, was uns auf Coronda erwartet.«

Nikolas hatte bereits darüber nachgedacht. »Ich weiß, aber für mich gibt es kein Zurück, und nach dem, was in der Familie geschehen ist, für dich wahrscheinlich auch nicht. Wir müssen das hier zu Ende bringen, so oder so. Wir haben beide einen Schwur geleistet, der uns bindet. Du hast meinem Onkel Treue geschworen, und ich habe Sonja versprochen, ihr zu helfen, wenn sie Hilfe braucht, immer.«

»Das ist noch nicht alles, oder?«, fragte Bruno sanft. »Du hast dir auch den Rest durch den Kopf gehen lassen, nicht wahr?«

»Die Foundation wird die Suche nach mir nicht aufgeben, nie. Ich muss sie irgendwie dazu bringen, Sonja und mich in Ruhe zu lassen.«

»Wie du das sagst, klingt es einfach.«

»Ich weiß, dass es nicht einfach sein wird. Vielleicht kann mir mein Schutzengel helfen.«

»Ja«, entgegnete Bruno. »Vielleicht. Also los, suchen wir uns ein Hotel.«

Der Mann, der sich als Pascal LeBuche vorgestellt hatte und in Wirklichkeit Pasquale Lebuca hieß, wartete eine Stunde auf der Sitzbank bei den hohen Pflanzen, bevor er es wagte, seinen Platz zu verlassen. Ihm lag etwas an seinem Leben, und dass er noch lebte, verdankte er seiner Neigung, Risiken zu meiden.

Er kaufte ein Handy, legte dafür einen fast echten Ausweis vor und bezahlte mit der Kreditkarte einer Firma, für die er angeblich arbeitete. Die Aktivierung des neuen Smartphones nahm nur wenige Minuten in Anspruch, und nachdem er sich in eine ruhige Ecke des Flughafens zurückgezogen hatte, wählte er eine Nummer, die er auswendig kannte, und berichtete, was geschehen war. Anschließend hörte er der Stimme am anderen Ende der Verbindung zu. Sie sprach nicht sehr freundlich und warf ihm Nachlässigkeit vor. Dann erteilte sie neue Anweisungen.

»Ja«, bestätigte der Mann. »In Ordnung.« Er drückte die rote Taste, steckte das Handy ein, begann dann mit seiner Runde bei den Fluggesellschaften und fragte nach einem großen, ganz in Schwarz gekleideten Mann und einem Jungen. Er nannte die Namen, unter denen sie einen Flug gebucht haben könnten, doch die Antwort lautete jedes Mal: Nein, diese Namen stehen nicht auf unseren Passagierlisten.

Nach der vierten Absage wurde ihm plötzlich heiß, wie schon einmal auf der Sitzbank. Hinzu kam ein flaues Gefühl in der Magengrube. Er beschloss, die nächste Toilette aufzusuchen, bevor ihm ein Missgeschick geschah. Als er dort in einer der Kabinen saß und seinen Darm entleerte, begann er zu zittern, und plötzlich fiel ihm das Atmen schwer. Er hob die Hände zum Hals, doch der Hemdkragen war bereits gelockert. Er rang so sehr nach Luft, dass ihm die Augen tränten. Zwei Tränen fielen zu Boden – sie waren rot wie Blut.

Der Mann beugte sich vor, als er einen Krampf im Unterleib bekam. Blut tropfte ihm nicht nur aus den Augen, sondern auch aus Nase und Ohren. Er öffnete den Mund, vielleicht mit der Absicht, um Hilfe zu rufen, doch er bekam keinen Ton heraus. Er starb stumm, ohne einen Laut, zur Seite gesackt und an die Trennwand gelehnt.

Direkt vor ihm auf dem Boden bildete Blut zwei Flecken wie rote Tintenkleckse, der eine groß, der andere klein. Der zweite Fleck, der kleine Klecks, geriet in Bewegung, kroch zum größeren und vereinte sich mit ihm.

WIE DIE FLAMME TANZT

63 Sechs Tage und drei Flüge später wanderte Nikolas durch St. George's, die Hauptstadt von Grenada. Es war eine kleine Stadt, kaum größer als ein großes Dorf, nicht annähernd so groß wie Florenz oder Genf. Die Häuser, alte Kolonialbauten und windschiefe Hütten, schmiegten sich an die Hänge, die eine hufeisenförmige Hafenbucht säumten. Dort unten, an der Promenade und den Anlegestellen, fiel das Licht von Lampen auf eine trügerisch glatte See. Es war die sprichwörtliche Ruhe vor dem Sturm – ein Tropensturm zog heran und sollte Grenada in sechsunddreißig bis achtundvierzig Stunden erreichen. Die Bewohner der Stadt hatten damit begonnen, ihre Häuser zu sichern, mit Brettern vor den Fenstern und Sandsäcken.

»He, du!«

Nikolas blieb vor einer Treppe stehen, die nach unten zum Hafen führte, wo Bruno erneut mit seinem Kontaktmann sprach. Seit zwei Tagen warteten sie auf ein Boot, das sie nach Coronda bringen konnte, und wenn sie noch etwas länger warten mussten, kam ihnen der Sturm dazwischen.

Zwei Jungen näherten sich, in Shorts und T-Shirt, die Gesichter dunkel. Nikolas schätzte sie auf vierzehn oder fünfzehn. Ein schwaches lindgrünes Leuchten umgab sie, und auf ihren Schultern tanzten Funken aus Zahlen so klein, dass Nikolas sie ohne die Deutlichkeit nicht erkennen konnte.

»Bist du Tourist?«, fragte einer der Jungen auf Englisch.

»Ja.«

»Wir können dir etwas Interessantes zeigen«, sagte der erste Junge.

»Nein danke.« Nikolas wandte sich wieder der Treppe zu. Bruno hatte ihm geraten, im Hotel zu bleiben, aber nach zwei Tagen fiel ihm dort die Decke auf den Kopf. Er hatte bis zum Abend gewartet, bis es dunkel wurde, und war dann zu einer Tour durch die kleine Stadt aufgebrochen, in der Hoffnung, im Dunkeln weniger aufzufallen.

»Es ist etwas Aufregendes, das noch kein Tourist vor dir gesehen hat«, stellte der zweite Junge in Aussicht.

»Dort.« Der erste Junge deutete zum Ende des Weges, zu einer Ansammlung von Büschen und Bäumen. »Nur ein paar Meter für ein Abenteuer.« Er grinste, und weiße Zähne erschienen in einem schwarzen Gesicht. »Oder hast du vielleicht Angst?«

Wovor sollte ich Angst haben?, dachte Nikolas. Es war einer der neuen Gedanken, die ihm seit einigen Tagen durch den Kopf gingen. Er dachte und fühlte anders und wusste noch immer nicht, was er davon halten sollte. Manchmal beobachtete er sich selbst und staunte darüber, was in Kopf und Körper geschah.

Er begleitete die beiden Jungen zum Ende des Weges, obwohl er wusste, dass es besser gewesen wäre, die Treppe zum Hafen zu nehmen oder zum Hotel zurückzukehren.

»Wo ist das Abenteuer?«, fragte er, als sie in die tiefere Dunkelheit zwischen den Bäumen traten.

»Es ist hier.«

Ein knirschendes Geräusch erklang, und dann tanzte dicht vor Nikolas die kleine Flamme eines Feuerzeugs in der Dunkelheit.

»Ich bin die Überraschung und das aufregende Abenteuer«, sagte der Mann, der das Feuerzeug hielt. Nikolas schätzte ihn auf etwa dreißig, und sein Gesicht war nicht ganz so dunkel wie das der beiden Jungen; vielleicht gehörte er zu den Leuten auf der Insel mit indischen Vorfahren. Er trug eine weite, fleckige Hose und ein locker sitzendes Hemd. »Hast du Geld?«

»Ich habe das hier.« Nikolas holte die beiden Hundertdollarscheine hervor, die Bruno ihm gegeben hatte, für alle Fälle, und steckte sie wieder ein.

»O nein, lass sie nicht verschwinden, ich mag den Anblick.« Der Mann hatte plötzlich eine Pistole in der linken Hand; die rechte hielt noch immer das Feuerzeug. »Her mit dem Geld!«

Nikolas drehte den Kopf und stellte fest, dass die beiden Jungen hinter ihm standen, einer von ihnen mit einem Messer.

»Nein«, sagte er.

»Dies ist kein verdammter Scherz!« Der Mann hob die Pistole und hielt sie ihm an den Kopf. »Rück das Geld raus!«

»Lass uns ein kleines Spiel spielen.« Nikolas deutete aufs Feuerzeug. »Wer seinen Finger am längsten in die Flamme hält, gewinnt und bekommt das Geld.«

Der Zeigefinger des Mannes krümmte sich um den Abzug. »Ich krieg das Geld auch so, ob du es mir freiwillig gibst oder nicht.«

Hinter Nikolas machte der bewaffnete Junge einen Schritt nach vorn – und ließ plötzlich das Messer fallen. »Au!« Er schüttelte die Hand, die eben noch das Messer gehalten hatte. Der zweite Junge taumelte zurück, als hätte er von jemandem einen Stoß erhalten.

»Himmel!«, entfuhr es dem Mann vor Nikolas. Die linke Hand zuckte fort von der Pistole, die eine Sekunde lang in der Luft zu schweben schien, bis sie, wie von unsichtbaren Fingern losgelassen, ins Gras fiel. Das Feuerzeug folgte.

Dunkelheit wogte heran.

Von den Hafenlampen kam genug Licht, um auch ohne Deutlichkeit die Silhouetten der beiden Jungen und des Mannes zu sehen. Nikolas bückte sich, hob Pistole und Feuerzeug auf.

»Wie ist das möglich?«, fragte der Mann entgeistert. »Die Pistole war so heiß, dass ich mir die Hand daran verbrannt hab!«

»Das Messer ebenfalls!«, fügte einer der beiden Jungen hinzu.

Nikolas richtete die Pistole auf den Mann, der sofort die Hände hob.

»He, mach keinen Blödsinn.«

»Mein Angebot gilt.« Nikolas wich ein wenig beiseite, damit er alle drei im Auge behalten konnte, sowohl den Mann als auch die beiden Jungen. »Zweihundert Dollar für den, der den Finger am längsten in die Flamme hält. Na?«

Er entzündete das Feuerzeug. Die Flamme tanzte.

»Josè«, sagte der Mann.

Einer der beiden Jungen trat vor, das Gesicht wie ein Teil der Nacht. Er hob die Hand und hielt den Zeigefinger in die Flamme, aber nur kurz, für eine Sekunde oder weniger. Dann steckte er den Finger in den Mund, um ihn mit Speichel zu befeuchten, und pustete daran.

»Manuel«, sagte der Mann.

Der zweite Junge hielt es etwas länger aus, fast zwei Sekunden, bevor er »Au, au, au!« rief und die Hand schüttelte, als könnte er auf diese Weise den Schmerz aus ihr vertreiben.

»Jetzt du«, sagte der Mann. Vielleicht hatte er etwas Mut gefasst, weil die Pistole nicht mehr auf ihn zeigte.

»Nein«, widersprach Nikolas. »Erst Sie. Na los. Es geht um zweihundert Dollar.« Er lächelte, auf eine neue Art.

»Na schön«, sagte der Mann. »Na schön.« Er war klüger als die beiden Jungen, denn er befeuchtete den Zeigefinger, bevor er ihn in die Flamme hielt. Er schaffte drei oder auch vier Sekunden. Dann zog er den Finger mit einem schmerzerfüllten »Verdammt, verdammt!« zurück und schnitt eine Grimasse.

»Jetzt du«, wiederholte er. »Jetzt du.«

Die Flamme brannte ruhig, sie wartete. Die beiden Jungen standen am Rand ihres Lichts, mit dem Widerschein des kleinen Feuers in den Augen. Der Mann, groß und kräftig, ragte vor Nikolas auf, der die Pistole einsteckte, erneut lächelte und den Zeigefinger in die Flamme hielt.

Er zog ihn nicht zurück. Sekunden vergingen, mit dem Finger im Feuer und dem Lächeln auf den Lippen. Die Augen des Mannes wurden groß, die beiden Jungen namens José und Manuel tuschelten, und Nikolas' Zeigefinger blieb in der Flamme, ohne sich zu verändern. Er hielt das Feuerzeug etwas näher und betrachtete den Finger, er bewegte ihn, ohne ihn aus der Flamme zu nehmen, die auf beiden Seiten um ihn herumglitt und über ihm eine rotblaue Spitze bildete.

»Na so was«, sagte Nikolas. »Ich habe gewonnen.«

»Magie!«, stieß Manuel hervor. »Das ist schwarze Magie!«

Die beiden Jungen stoben davon. Die Nacht verschluckte sie.

Der Mann starrte auf den Zeigefinger in der Flamme, wich zurück, lief los und verschwand zwischen den Bäumen.

Nikolas zog den Finger aus der Flamme – er war nicht einmal warm geworden.

»Du bist hier, nicht wahr?«

Ich bin immer da, kam eine Stimme aus der Dunkelheit. Nikolas blickte zur Seite und glaubte für einen Moment, zwei rote Augen in der Finsternis auszumachen.

»Du hättest nicht zugelassen, dass er auf mich schießt«, sagte er.

Die Kugel hätte dich nicht getroffen.

Nikolas ließ die Flamme verschwinden. Die Nacht schloss sich um ihn.

Er fühlte das Gewicht der Pistole, holte sie hervor und wollte sie ins Gebüsch werfen. Doch dann zögerte er.

Vielleicht brauchst du sie noch, flüsterte der Schutzengel.

Nikolas steckte sie hinter den Hosenbund und zog das T-Shirt darüber. Er blickte in die Dunkelheit, dorthin, wo er eben die roten Augen gesehen hatte. »Wir müssen jetzt zum Hotel zurück. Vielleicht ist Bruno eingetroffen.«

Die Dunkelheit zwischen den Bäumen und Büschen antwortete nicht, aber als Nikolas auf den Gehweg trat, wusste er den Schutzengel noch näher als den eigenen Schatten im Lampenschein.

64

Das Hotel befand sich in einer schmalen Seitenstraße, die Nikolas an die Gassen von Palermo erinnerte. Eine trübe Lampe hing über dem Eingang, und in ihrem gelben Schein öffnete er die Tür.

Das Schlüsselfach hinter dem kleinen Empfangstresen war leer. Nikolas eilte die Treppe hoch und durch einen halbdunklen Flur, hielt vor der Tür Nummer 11 an und horchte. Alles blieb still. Er klopfte an, sagte sicherheitshalber: »Ich bin's«, und trat ein.

Bruno saß auf einem Stuhl am Fenster. »Ich habe auf dich gewartet. Fast eine Stunde.«

»Tut mir leid.« Nicks Worte hatten das Blau der Wahrheit. »Ich hab's einfach nicht mehr hier drin ausgehalten.«

»Verstehe.« Der Stuhl knarrte, als Bruno aufstand. »Hat dich jemand gesehen? Hast du mit jemandem gesprochen?«

»Nein.« Ein Wort in Türkis, doch Bruno sah die Farben von Wahrheit und Lüge nicht.

»Die New Earth Foundation hat ihre Augen und Ohren überall. Wir können gar nicht vorsichtig genug sein, Nick.«

»Es tut mir leid, wirklich. Hat sich was ergeben?« Nikolas bemerkte, dass Bruno ihre Sachen gepackt hatte – auf dem Bett lagen zwei Rucksäcke, ein ziemlich großer und ein kleinerer. Bruno nahm den großen.

»Ja, und wir sollten uns besser beeilen.« Er stapfte zur Tür. »Wir sind schon zehn Minuten über die vereinbarte Zeit. Jemand wartet mit einem Boot auf uns.«

Unten war die Rezeption noch immer unbesetzt. Bruno legte einen Hundertdollarschein auf den Tresen, beschwert vom Zimmerschlüssel, schwang sich den großen Rucksack auf den Rücken und trat nach draußen. Nikolas folgte ihm in den gelben Schein der Lampe über dem Eingang. Es war schwül, und Bruno schwitzte, aber er trug trotzdem seine schwarze Anzugjacke.

»Die Fahrt nach Coronda wird die ganze Nacht dauern«, sagte Bruno, als sie Seite an Seite durch die schmale Straße gingen. »Und sie kostet tausend Dollar.«

»Viel Geld«, erwiderte Nikolas.

»Geld ist kein Problem. Ich bin froh, dass es endlich mit der Überfahrt klappt. Noch einen Tag länger, und wir hätten riskiert, in den Hurrikan zu geraten.«

»Und wenn wir auf Coronda sind …« Darüber hatten sie noch nicht gesprochen. Wenn sie die New Earth Foundation fanden … Wie sollten sie hineingelangen, in Gebäude, die vermutlich gut gesichert waren? Wie sollten sie Sonja finden und befreien?

Bruno erriet Nikolas' Gedanken. »Eins nach dem anderen. Darüber zerbrechen wir uns den Kopf, wenn es so weit ist.«

Sie erreichten die Hauptstraße und gingen die Treppe hinunter zum Hafen. Die Luft war unbewegt, die See noch immer glatt wie Glas. Die Schiffe und Boote an den Anlegestellen bewegten sich kaum.

»Auf der anderen Seite, ganz hinten.« Bruno zeigte kurz mit der rechten Hand in die Nacht.

Ein altes Motorboot lag am Ende der Mole, und eine Gestalt erschien darauf, als sie sich näherten.

Bruno seufzte erleichtert. »Ich hatte schon befürchtet, dass er nicht gewartet hat. Es war schwer genug, jemanden zu finden, der bereit ist, uns nach Coronda zu bringen. Die Leute hier ... Sie neigen dazu, an Magie und dergleichen zu glauben, und sie halten die Insel für verflucht. Hat vielleicht etwas mit Voodoo zu tun.« Er deutete nach vorn. »Der Mann heißt Hannibal.«

»Ist das sein wirklicher Name?«

Bruno zuckte mit den breiten Schultern. »Hauptsache, er bringt uns nach Coronda.«

Der Mann empfing sie mit einem verärgerten Blick und deutete auf seine Armbanduhr. »Eine Viertelstunde zu spät. Ich wollte gerade losfahren.«

»Obwohl Sie bereits fünfhundert Dollar erhalten haben?« Bruno zeigte auf Nikolas. »Das ist der zweite Passagier. Es kann losgehen.«

Der Mann musterte Nikolas, und Nikolas musterte ihn. Hannibals Gesicht war weder weiß noch schwarz, es lag irgendwo dazwischen. Der nahe Lampenschein schimmerte in grünen Augen. Das Alter ließ sich nur schwer abschätzen, irgendwo zwischen vierzig und sechzig.

Schließlich legte Hannibal den kleinen Steg aus, der es erlaubte, an Bord zu klettern. Er schirmte sich die Augen vor dem Licht der nahen Lampe ab und deutete zum Anfang der Mole. »Was ist mit den Leuten?«, fragte er. »Kommen die auch mit?«

Zwei Männer näherten sich, der eine etwa dreißig, gekleidet in eine weite, fleckige Hose und ein locker sitzendes Hemd, der andere zwanzig Jahre älter und in einem stahlgrauen Anzug.

»Das ist er, nehme ich an?«, fragte der ältere Mann.

Sein jüngerer Begleiter nickte. »Ja.«

Hinter den beiden Männern, bei der Mauer neben der

Treppe, standen zwei Jungen in Shorts und T-Shirt. Vor nicht einmal einer halben Stunde hatten sie Nikolas zu einem kleinen Abenteuer eingeladen und selbst eins erlebt.

»Nick …«, brummte Bruno.

»Ja?«

»Es hat dich doch jemand gesehen, nicht wahr?«

Der Mann im stahlgrauen Anzug kam näher. Er erinnerte Nikolas an Noah Croid, doch es gab keine Messer in seinen Augen, nur eine tiefe, schwarze Ruhe ohne Farben und ohne Zahlen.

»Mein Name ist Vincent«, sagte der Mann auf Englisch. »Ich bin ein Freund, Nikolas.«

Bruno legte Nikolas die Hand auf die Schulter. »Ich fürchte, Sie verwechseln uns. Dies ist Christoph Wulf.«

»Du wirst mich begleiten, Nikolas«, sagte der Mann. Er streckte die rechte Hand aus. »Komm.«

Nikolas' Beine bewegten sich, er machte einen Schritt nach vorn.

Brunos Hand blieb auf seiner Schulter und hielt ihn fest.

»Bitte mischen Sie sich nicht in Dinge ein, die Sie nichts angehen«, wandte sich der Mann, der angeblich Vincent hieß, an Bruno. »Der Junge gehört uns.«

»Er gehört niemandem.«

»Da irren Sie sich.«

Der jüngere Mann wurde ungeduldig und warf Nikolas einen argwöhnischen Blick zu. »Ich will mein Geld. Sie haben mir hundert versprochen und …«

Er verstummte, als Vincent ihn kurz ansah.

»Komm«, sagte der Mann mit dem schwarzen Nichts in den Augen.

Wieder gerieten Nikolas' Beine in Bewegung. Sein Blickfeld verengte sich. Bruno wurde zu einem dunklen Schemen rechts von ihm; links verschwanden das Meer und die anderen Anlegestellen. Sein Herz klopfte schneller, und er keuchte, weil er plötzlich das Gefühl hatte, nicht genug Luft zu bekommen.

Schutzengel!, dachte er. Bitte hilf mir!

»Oh.« Vincent hob die buschigen Brauen. »Oh.«

Nikolas schwankte, und Brunos Hand verschwand von seiner Schulter – etwas stieß sie fort. Er beobachtete, wie die beiden Jungen an der Mauer fortliefen und in der Nacht verschwanden. Der Mann, der den Finger länger ins Feuer gehalten hatte als sie, taumelte zurück, und sein Gesicht verwandelte sich in eine Fratze.

»Komm, Nikolas!«, sagte Vincent. »Wir brauchen dich, und du brauchst uns.« Er lächelte ein warmes Lächeln. »Wir sind eine Familie. Eine große Familie. Wir wissen, was es mit dir auf sich hat. Niemand versteht dich besser als wir. Nur wir können dir helfen.«

Nein, dachte Nikolas. Die Beine wollten ihn zu Vincent tragen, aber er weigerte sich und sank auf die Knie.

Schutzengel!, rief er in Gedanken. Hörst du mich? Ich brauche deine Hilfe!

»Nicht hier«, sagte der Mann. »Nicht jetzt. *Ich* bin da.«

Plötzlich erinnerte sich Nikolas an etwas, an einen Gegenstand hinter dem Hosenbund. Noch immer auf den Knien holte er ihn hervor, die Hand um das Griffstück geschlossen. Der Zeigefinger fand den Abzug.

»Das ist dumm«, sagte Vincent. »Leg die Pistole weg, Nikolas!«

Wenn ihm der Schutzengel nicht half, musste er sich selbst helfen.

Ein Schuss fiel, ein Knallen hallte durch die Nacht, und plötzlich wurde die Pistole schwer, so schwer, dass Nikolas sie sinken lassen musste.

Er blinzelte – und sah Bruno neben sich liegen, auf der Seite, die eine Hand an die Brust gedrückt, aus der Blut strömte, fast so dunkel wie der schwarze Anzug.

»Nick«, ächzte er. »Nick …«

So starb er, der große Mann, der wie ein Fels gewesen war, mit einem letzten Blick des Bedauerns. Seine Lippen zitterten noch einmal, und dann lag er still.

Nikolas starrte auf die Pistole.

Ein Motor wurde gestartet, ein Seil löste sich, und ein Boot legte ab – Hannibal fuhr los, ohne einen Passagier, er floh aufs Meer.

Schritte näherten sich, während Nikolas die Pistole betrachtete. Eine sanfte Hand strich ihm das Haar aus der Stirn.

»Bei uns bist du sicher«, sagte Vincent voller Anteilnahme. »Bei uns bist du geschützt. Wir sind Freunde, Nikolas.«

Dunkelheit umgab Nikolas. Dieser Ort bot Sicherheit; hier war er geschützt.

»Bist du da?«, fragte er leise.

»Ich bin hier«, antwortete ihm eine vertraute Stimme. Hier, an diesem Ort, erklang sie nicht im Kopf, sondern erreichte die Ohren.

Nikolas seufzte schwer. »Er ist tot. Bruno. Er ist tot.«

»Ich weiß.«

Die Stimme war nahe. Wenn Nikolas ganz genau hinsah, konnte er selbst hier, in der Finsternis, die Umrisse einer Gestalt erkennen, groß und breit wie Bruno.

»Ich wollte ihn nicht töten.«

Diesmal antwortete die Stimme nicht.

Die Dunkelheit schützte ihn, aber es brauchte Licht, um die Trauer zu vertreiben und Pläne zu schmieden. Nikolas griff in die Hosentaschen, holte eine Kerze und ein Feuerzeug hervor, mit dem er die Kerze anzündete. Eine kleine Flamme brannte, von Dunkelheit umschmiegt. Ihr Licht erreichte rote Augen, nicht einmal zwei Meter entfernt. Die Wände der Höhle – wenn dies eine Höhle war – blieben Teil der Finsternis.

»Du hast mir nicht geholfen!«, stieß Nikolas mit plötzlicher Heftigkeit hervor. »Ich habe dich gerufen, aber du hast mir nicht geholfen!«

»Ich konnte nicht«, knurrte der Schutzengel.

»Warum nicht? Bruno wäre noch am Leben, wenn du mir geholfen hättest!«

»Ich bin hier drin gefangen. Du musst einen Weg finden, mich zu befreien. Dann kann ich dir helfen.«

Nikolas setzte die Kerze ab und betrachtete die Flamme. Sie brannte ruhig, ohne zu flackern. Er hielt den Finger hinein und fühlte nur angenehme Wärme, keine Hitze. Als er die Hand direkt über die Flamme hielt, wurde sie etwas größer.

»Das Feuer brennt, aber es verbrennt mich nicht«, sagte er.

Der Schutzengel grollte, das Licht der Flamme in den roten Augen.

»Das Feuer ist mein Freund«, murmelte Nikolas und beobachtete, wie die Flamme über seine Haut strich.

»Ich bin dein Freund«, verkündete die dunkle Gestalt. »Ich schütze dich.«

»Aber nicht immer. Nicht überall.« Nikolas betrachtete weiterhin die Flamme. Wenn er den Blick lange genug auf sie gerichtet hielt, zeigte sie ihm vielleicht die Zukunft. »Warum bin ich hier? Wo ist hier? Was geschieht mit uns, während wir hier sind?« Etwas leiser fügte er hinzu: »Was geschieht mit mir, während ich hier bin?« Denn es gab, das wusste er, noch einen anderen Ort, an dem sich mehr von ihm befand.

»Ich bin eingesperrt.« Der Schutzengel beugte sich vor, seine roten Augen wurden größer. »Deshalb kann ich dir nicht helfen. Du musst mich befreien.«

»Wo sind wir hier?«

»Weißt du es nicht?«

Nikolas überlegte. »Und wenn ich dich aus dieser … Höhle nach draußen führe – kannst du mir dann wieder helfen?«

»Ja.«

Nikolas nahm die Kerze, stand auf und begann mit der Suche nach einem Ausgang.

HIER BIST DU SICHER

65

»Endlich«, sagte der Mann hinter dem Schreibtisch. »Endlich bist du wieder bei uns, Nick.« Er nannte ihn Nick, so wie damals, obwohl sie nie Freunde gewesen waren.

Monsieur Depellier stand auf, kam um den Schreibtisch herum und umarmte Nikolas, der stocksteif dastand und sich daran zu erinnern versuchte, wie er hergekommen war. Eine warme, schwüle Nacht fiel ihm ein, und ein dunkles Meer unter einem Himmel, der keine Sterne zeigte. Erst war das Meer ruhig und glatt gewesen, aber später hatte es Wellen bekommen, die von einem heranziehenden Sturm kündeten. Als die Nacht dem Tag zu weichen begann, hatten sie die Insel namens Coronda erreicht. Sie, das waren der Kapitän, ein Mann mit dünnem Bart und wettergegerbtem Gesicht, Vincent und er. Jemand hatte gefehlt, ein Mann wie ein Fels, ein Freund.

»Bruno ist tot.« Nikolas fühlte plötzlich Tränen in den Augen.

»Es sind noch mehr Menschen gestorben«, sagte Monsieur Depellier, und es klang sehr traurig. Er wich einen Schritt zurück und legte ihm die Hände auf die Schultern. Normalerweise wollte Nikolas nicht berührt werden, erst recht nicht von jemandem, der kein Freund war, aber diese

Berührung fühlte sich nicht unangenehm an. »Zu viele, Nick. Jeder Einzelne von ihnen ist ein großer Verlust. Denk nur an Katy, unser Feuerkind. Sie hätte nicht sterben dürfen.«

Monsieur Depellier schien sich überhaupt nicht verändert zu haben. Das graue Haar und die wässrigen grauen Augen entsprachen genau dem Bild in Nikolas' Gedächtnis, was auch für den grauen Anzug galt, den er trug. Er wirkte nur nicht mehr ganz so dürr wie damals.

Nikolas blickte aus dem Fenster. Der Himmel schien dunkler zu werden, obwohl es Morgen war.

»Ein Sturm kommt«, sagte er und beobachtete, wie sich die Zweige und Äste von Bäumen bewegten. Es schienen ganz normale Zweige und Äste zu sein, obwohl er von einer tropischen Insel etwas anderes erwartet hatte, vielleicht einen Dschungel mit Lianen. »Ein Hurrikan.«

»Ja.« Monsieur Depellier zog die Hände zurück. »Wir bereiten alles darauf vor. Ein Tropensturm kann gefährlich sein. Aber mach dir keine Sorgen. Wir haben schon andere Stürme überstanden. Vincent bringt dich jetzt zu deinem Zimmer. Du hast eine lange Nacht hinter dir und möchtest sicher ausruhen.«

Vincent stand bei der Tür und öffnete sie. »Komm«, sagte er freundlich.

Nikolas achtete nicht auf ihn. »Wo ist sie?« Sein Blick verließ das Fenster und kehrte zu Monsieur Depellier zurück. »Sie ist hier, nicht wahr?«

Der Grauling trat hinter den Schreibtisch, setzte sich aber nicht.

»Du meinst Sonja, nehme ich an.«

»Ja.«

»Sie ist hier. Du wirst sie sehen, wenn du dich ausgeruht hast.«

»Ich möchte sie sofort sehen«, sagte Nikolas.

»Komm!«, wiederholte Vincent, und Nikolas' Beine gehorchten der Stimme, trugen ihn zur offenen Tür.

»Ruh dich ein bisschen aus«, sagte hinter ihm der Grauling. »Anschließend sieht alles ganz anders aus. Wenn ich dir noch einen guten Rat geben darf ...«

Nikolas sah über die Schulter. »Ja?«

»Vergiss alles, was du über uns gehört hast. Wir meinen es gut, wirklich. Man wird es dir bald erklären.«

66

Nikolas wusste nicht, wie er sich das oder die Gebäude der New Earth Foundation auf Coronda vorgestellt hatte, im Innern vielleicht mit uniformierten Wächtern und Zellen in der Art eines Gefängnisses. Stattdessen führte ihn Vincent durch die Flure von etwas, das eine Mischung aus Schule in der Art des Wolkenkuckucksheims, Hotel und Laboratorium zu sein schien – diesen Eindruck gewann Nikolas, als ihn seine Beine, die auf Vincents Stimme hörten, an Fenstern und offenen Türen vorbeibrachten. Helles Licht, bunte, manchmal verspielt wirkende Farben, keine patrouillierenden Wächter und nirgends Gitter. Kein Gefängnis, zumindest keins von der üblichen Sorte.

Die Erwachsenen, denen sie begegneten – manche trugen Anzüge, andere Jeans oder weiße Laborkittel – lächelten freundlich, und mehrere von ihnen grüßten Nikolas mit Namen, als hielte er sich nicht erst seit einer Stunde, sondern schon seit vielen Tagen an diesem Ort auf. Einige Jugendliche, die gar nicht den Eindruck von Gefangenen erweckten, warfen ihm neugierige Blicke zu. Im Treppenhaus bemerkte er, dass die Blenden vor den Fenstern geschlossen und gesichert wurden, aber es sah nicht nach einer Maßnahme aus, die dazu diente, Ausbrüche von Gefangenen zu verhindern – das Glas sollte heil bleiben, wenn der Sturm mit voller Wucht über die Insel hinwegzog.

Schließlich blieb Vincent vor einer Tür stehen und zwinkerte Nikolas zu. »Dein Stubengenosse wird dir gefallen.

Er kennt viele Geschichten, die er dir erzählen kann.« Er klopfte an und fragte: »Dürfen wir hereinkommen, Christian?«

Schritte näherten sich, und ein Anflug von Deutlichkeit zeigte Nikolas den Jungen auf der anderen Seite der Tür: etwa vierzehn Jahre alt, die Haut so dunkel, dass ihr tiefes Braun fast schwarz wirkte, in Shorts und T-Shirt wie die Jungen am Ende des Stegs, mit hässlichen Brandnarben in der einen Gesichtshälfte und an beiden Armen.

Die Tür öffnete sich, und dort stand Christian, einen Kopf kleiner als Nikolas.

»Darf ich vorstellen?« Vincent deutete nacheinander auf die beiden Jungen. »Nikolas, von seinen Freunden Nick genannt, und Christian. Wie ich sehe, bist du nicht überrascht, Nick.«

»Warum sollte ich überrascht sein?«

»Wegen meiner Narben«, antwortete Christian für Vincent. »Wenn mich die Leute das erste Mal sehen, erschrecken sie meistens.«

»Ich habe Schlimmeres gesehen«, erwiderte Nikolas.

Vincent führte ihn ins Zimmer, das sich als recht groß erwies, mit zwei Betten an gegenüberliegenden Wänden und einem breiten Fenster zwischen ihnen, das ebenfalls Blenden bekam, nicht aus Metall wie die Fenster im Treppenhaus, sondern aus Holz – zwei schwitzende Männer in blauen Arbeitsoveralls befestigten Bretter mit Nägeln und Hammer.

»Du hast sicher noch nicht gefrühstückt, Nick«, sagte Vincent. »Ich hole dir etwas zu essen und zu trinken. Bin gleich wieder da.«

Er ging. Nikolas wartete einige Sekunden, schlich dann zur Tür und drehte den Knauf – die Tür ließ sich öffnen.

»Er hat nicht abgeschlossen.«

»Hast du das erwartet?«

Nikolas drehte sich um.

»Was hast du Schlimmeres gesehen?«, fragte Christian. »Erzähl es mir. Ich sammle Geschichten.«

Nikolas blickte ihm in die dunklen Augen und merkte plötzlich, wie müde er war. Er setzte sich auf das freie Bett und beobachtete, wie die beiden schwitzenden Männer in den blauen Overalls einige letzte Bretter befestigten. Es wurde dunkler im Zimmer. Christian schaltete das Licht ein.

Die Dunkelheit brachte Nikolas auf eine Idee.

»Darf ich dich Nick nennen?«, fragte Christian und kam näher.

»Mal sehen, vielleicht«, erwiderte Nikolas ausweichend und versuchte, einen Eindruck von dem dunkelhäutigen Jungen mit den hässlichen Brandnarben zu gewinnen. Er sah weder Zahlen noch Farben.

»Was hast du Schlimmeres gesehen?«, fragte Christian erneut.

Nikolas dachte ans Wolkenkuckucksheim, an die fratzenhaften Gesichter der Toten. Plötzlich stach es hinter seiner Stirn wie von heißen Nadeln.

»Erzähl mir davon«, drängte Christian. Sein Blick hing wie eine Klette an Nikolas.

Nein, dachte Nikolas. »Wie ist das passiert?« Er deutete auf die Brandnarben.

»Sie wollten mich verbrennen.« Christians Stimme veränderte sich. »Sie haben mich für ein Dämonenkind gehalten, wegen der Geschichten, die ich sammle. Deshalb wollten sie mich verbrennen. Aber dann ist Vincent gekommen und hat mich gerettet. Er ist ein Freund, ein guter Freund. Wir alle hier sind Freunde. Dies ist ein sicherer Ort, hier sind wir geschützt. Samanta hat es uns erklärt, und ich glaube ihr. Ich habe es am eigenen Leib erfahren.«

»Meinst du Dr. Samanta Gregori?«, fragte Nikolas. Die Kopfschmerzen ließen nach. »Und was glaubst du?«

»Ja, Samanta. Sie hat von Evolution gesprochen. Und von

der Angst der Menschen vor dem Anderen. Wir alle sind anders. Jeder von uns. Sonst wären wir nicht hier. Wir sind anders, und wenn die Leute das herausfinden, werden sie versuchen, uns zu verbrennen, jeder von ihnen auf eine andere Art und Weise. Hier sind wir geschützt. Hier können wir alle sein, was wir sind.«

Dämonenkind, dachte Nikolas und fragte sich, worin Christians besondere Fähigkeit bestand, was ihn zu einem Sonderbegabten machte.

Jemand klopfte an, die Tür schwang auf, und Vincent kam mit einem Tablett herein. Er stellte es auf den Tisch: zwei Teller mit Gebäck und zwei Becher Milchkaffee.

»Vielleicht möchtest du deinem neuen Freund beim Frühstück Gesellschaft leisten.« Vincent zwinkerte Christian zu und wandte sich dann an Nikolas. »Später, wenn du dich ein wenig ausgeruht hast, reden wir über alles. Dann kannst du auch einige alte Bekannte wiedersehen, unter ihnen Dr. Samanta und Professor Horazio.«

»Und Sonja«, sagte Nikolas schnell. »Ich will Sonja sehen.«

»Du wirst sie sehen, versprochen. Ich bringe dich selbst zu ihr. Aber weißt du, die Sache ist nicht ganz so einfach, und deshalb müssen wir erst reden. Guten Appetit, ihr beiden.«

Vincent verließ das Zimmer.

Nikolas starrte auf das Gebäck und versuchte zu verstehen, was er gerade gehört hatte.

Christian nahm etwas von dem Gebäck und begann zu essen, griff auch nach einem der Becher und trank einen Schluck. »Hast du keinen Hunger?«, fragte er.

Nikolas zögerte. Er hatte Hunger und auch Durst, doch er traute Gebäck und Kaffee nicht. Der Vitaminsaft im Wolkenkuckucksheim hatte vermutlich eine Art Droge enthalten oder ein mit den Gewitterpillen vergleichbares Medikament. Vielleicht enthielten auch das Gebäck und der Milchkaffee etwas, das ihn gefügig machen sollte.

»Nein«, sagte er. »Ich muss mal. Wo ist das Bad?«

»Dort drüben.«

Auf der Toilette drückte Nikolas die Tür zu und drehte den Schlüssel. Das Fenster war noch nicht mit Brettern gesichert. Er ließ die Jalousien herunter, langsam und leise, damit Christian nichts hörte.

Das war die Idee: Dunkelheit.

Er konnte nicht ganz allein gegen die New Earth Foundation bestehen. Er brauchte Hilfe.

Nikolas setzte sich auf den Toilettendeckel, umgeben von Dunkelheit, und wartete.

Zuerst blieb es dunkel, doch als sich seine Augen daran gewöhnten, stahl sich Licht in die Finsternis, weil die Jalousien nicht ganz schlossen. Mehrere Lamellen hatten sich geringfügig verzogen, und durch die winzigen Lücken zwischen ihnen kroch ein wenig Tageslicht in den Raum, genug, um die Konturen des Toilettenschranks zu erkennen.

»Hallo, Nikolas?«, ertönte es auf der anderen Seite der Tür. »Warum dauert es so lange? Geht es dir gut?«

»Ja, es geht mir gut«, antwortete er.

»Ich dachte nur …«

»Bitte sei still, Christian. Ganz still.«

Der Junge mit den Brandnarben verstummte.

Nikolas schloss die Augen und wartete noch etwas länger. »Hörst du mich?«, flüsterte er schließlich. »Bist du hier?«

Er erhielt keine Antwort.

Vielleicht war es nicht dunkel genug. Oder der Schutzengel steckte noch immer in der Höhle fest, von der Nikolas geträumt hatte – *wenn* es ein Traum gewesen war.

»Geht es dir wirklich gut, Nikolas?«, erklang erneut Christians Stimme. »Vielleicht sollte ich besser Vincent oder einem der anderen Bescheid geben …«

»Nein.« Nikolas stand auf, ging zum Waschbecken und öffnete den Hahn. Das Wasser war nicht kalt, sondern lauwarm. Nikolas trank trotzdem und hoffte, dass die Leute von der NEF nicht auch etwas ins Trinkwasser gegeben hatten. Er wischte sich den Mund ab, öffnete die Tür und kehrte in den Hauptraum zurück.

»Ich möchte allein sein«, wandte er sich dort an Christian. »Ich bin tatsächlich sehr müde und möchte schlafen.«

»Oh, ich setze mich auf mein Bett und lese ein bisschen«, sagte Christian. »Ich bin mucksmäuschenstill, großes Ehrenwort.«

»Nein.« Nikolas schüttelte den Kopf. »Nein, bitte. Nur ein oder zwei Stunden, das würde genügen. Wenn ich weiß, dass jemand da ist, kann ich nicht schlafen.«

»Na schön, wenn du unbedingt willst.« Christian nahm einige Sachen, stopfte sie in einen Beutel und ging. Hinter ihm schloss sich die Tür mit einem Klicken.

Nikolas blieb zwei Minuten auf dem Bett sitzen, bevor er aufstand, auf leisen Sohlen zur Tür trat und den Knauf drehte. Nicht abgeschlossen, auch diesmal ließ sich die Tür öffnen, und Nikolas blickte in einen leeren Flur.

Er drückte die Tür behutsam zu, wanderte durchs Zimmer und blieb vor dem Tisch mit dem Tablett stehen. Das Gebäck auf seinem Teller war nicht angerührt worden, der Kaffeebecher noch immer voll. Für einige Sekunden fühlte sich Nikolas in Versuchung geführt, doch das Risiko war zu groß. Er musste den Schutzengel befreien, an jenem anderen Ort, und das konnte er nicht, wenn Medikamente in ihm das betäubten, was ihn mit dem Schutzengel sprechen ließ.

Er schaltete das Licht aus, doch auch in dem Zimmer wurde es nicht völlig dunkel – durch die Ritzen zwischen den Brettern schickte der Tag kleine Ausläufer ins Zimmer, Ranken aus Licht. Nikolas streifte die Schuhe ab, legte sich aufs Bett und schloss die Augen.

Der Schlaf kam überraschend schnell. Nikolas hatte zunächst befürchtet, keine Ruhe zu finden, aber als der Körper schwerer wurde, trieben die Gedanken auseinander, und zwischen ihnen breitete sich angenehme Stille aus.

67

Kopfschmerzen weckten Nikolas, und als er die Augen öffnete, sah er Christian, der auf einem Stuhl am Bett saß, die Augen groß und hungrig.

»Ich habe etwas gesehen, was schlimmer ist als meine Brandwunden«, flüsterte Christian. »Ich habe deine Geschichten gesehen.«

Nikolas schüttelte die Benommenheit von sich ab. Verschwinde!, dachte er. Verschwinde aus meinem Kopf!

Es war noch immer dunkel im Zimmer, und Nikolas glaubte, ein Knurren zu hören, das aus einer Ecke des Zimmers kam, doch als er den Kopf drehte, sah er nichts. Die Kopfschmerzen wurden stärker. Er rieb sich die Schläfen.

»Verschwinde aus meinem Kopf!«, zischte Nikolas. »Und schleich dich nie wieder hinein, sonst kannst du was erleben.«

Christian wich ein wenig zurück, die Augen noch immer hungrig.

»Er meint es nicht böse.« Vincent stand in der offenen Tür. »Er sammelt nur Geschichten.«

»Er soll mich in Ruhe lassen!«

»Du hättest ihn um Erlaubnis fragen sollen, Chris.«

»Tut mir leid.« Christian senkte den Kopf. Als er ihn wieder hob, hatten sich seine Augen verändert. Es lag keine Gier mehr in ihnen. »Bitte entschuldige, Nikolas. Ich möchte dein Freund sein.«

»Wenn ihr euch besser versteht, werdet ihr bestimmt Freunde«, meinte Vincent. »Komm, Nikolas, ich bring dich zu Dr. Gregori, wegen der Untersuchung.«

Nikolas war plötzlich hellwach. »Was?«

»Jeder, der neu zu uns kommt, wird untersucht«, erklärte

Vincent freundlich. »Damit wir ganz sicher sein können, dass ihm oder ihr nichts fehlt.«

»Und wenn ihm oder ihr etwas fehlt?«

»Dann bekommt der Patient alles, was er braucht.«

»Er wird behandelt?«

»Ja.«

»Womit?«

»Ach, so viele Fragen. Mit allem, was nötig ist. Komm jetzt.«

Nikolas stand auf, und die Beine trugen ihn einige Schritte in Richtung Tür. Er musste seine ganze Willenskraft aufbieten, um stehen zu bleiben.

»Vorher muss ich noch einmal auf die Toilette.«

Vincent seufzte. »Na schön. Geh nur.«

Nikolas entleerte seine Blase und hob dann vorsichtig die Jalousien, langsam und leise. Wenn er wirklich daran gedacht hatte, aus dem Fenster zu klettern und auf diese Weise der Untersuchung zu entkommen, musste er eine Enttäuschung hinnehmen, denn die beiden Arbeiter hatten inzwischen auch das Badezimmerfenster mit Brettern gesichert.

»Nikolas? Bist du noch da?«, fragte Vincent. Seine Stimme klang nahe; offenbar stand er direkt hinter der Tür.

Natürlich bin ich noch da, dachte Nikolas und ließ die Jalousien ebenso langsam und leise wieder nach unten, wie er sie hochgezogen hatte.

»Ja.«

»Bist du jetzt so weit?«

Nikolas betätigte die Spülung. »Ja.«

Er verließ das Badezimmer und folgte Vincent in den Flur. Ihm blieb gar keine Wahl, denn seine Beine wollten dem Mann mit der tiefen schwarzen Ruhe in den Augen gehorchen.

Dr. Samanta hatte sich kaum verändert. Das dunkle Haar schien etwas länger zu sein, es waren einige graue Strähnen hinzugekommen, und die interessanten Strahlenmuster in Augen- und Mundwinkeln wirkten breiter und länger als damals im Wolkenkuckucksheim. Die grauen Augen blickten noch immer durch eine Brille mit silbernem Gestell, und Nikolas fühlte ihren Blick wie Finger, die ihm durchs Gesicht tasteten, als Vincent ihn ins Untersuchungszimmer führte.

In der Mitte befand sich eine Liege, wie ein gekippter Zahnarztstuhl, umgeben von Tischen mit medizinischen Geräten und mehreren Laptops. Hinter einem dieser Tische stand Professor Horazio, den Sonja für einen getarnten Alien gehalten hatte. Die Landschaft seines Gesichts war noch mehr von tiefen Tälern durchzogen, die Nase noch etwas länger und krummer als in Nikolas' Erinnerung. Er winkte mit einer knappen, ruckartigen Bewegung.

»Wir freuen uns, dich wiederzusehen, Nick«, sagte Dr. Samanta. »Bitte nimm hier Platz.« Sie deutete auf die Liege.

»Nein. Ich will zu Sonja.«

»Später«, sagte Vincent. Er schloss die Tür. »Ich habe es dir versprochen, und ich halte mein Versprechen. Wenn wir hier fertig sind, bringe ich dich zu Sonja.«

Ein Schritt brachte Nikolas näher zur Liege.

»Lassen Sie meine Beine in Ruhe«, zischte er. »Lassen Sie mich in Ruhe!«

Professor Horazio sah ihn an. »Wir wollen dir nur helfen.«

»So wie Sie mir und den anderen im Wolkenkuckucksheim geholfen haben?«

»Es gibt Dinge, die du noch nicht verstehst, weil du noch nicht alles weißt.« Der Grauling Monsieur Depellier war aus dem Nebenzimmer gekommen und blieb neben Dr. Samanta stehen. »Auch deshalb bist du hier. Damit wir über alles reden können.«

»Sie wollen mir etwas geben.« Nikolas deutete auf einen

Schrank, der kleine Gläser mit Flüssigkeiten enthielt, die meisten von ihnen klar wie Wasser. »Irgendein Mittel, das mich verändert, das mich dazu bringt, mit allem einverstanden zu sein.«

»Ich verspreche dir … Nein, ich *schwöre,* dass wir nicht beabsichtigen, dich unter Drogen zu setzen oder dergleichen.« Dr. Samanta kam näher, so nahe, dass Nikolas wie damals ihren weißen Geruch wahrnahm. Sie hatte noch immer keine Farben. Besser gesagt: Sie hatte alle Farben, vereint zu einem reinen Weiß, und keine von ihnen hob sich von den anderen ab. Wie im Wolkenkuckucksheim gewann Nikolas den Eindruck, dass man ein spezielles Prisma brauchte, um dieses Weiß in seine Einzelteile zu zerlegen und herauszufinden, welche Farben stärker waren als andere. »Du bekommst keine Medikamente, keine Injektion. Wir möchten nur feststellen, wie es dir geht.«

Nikolas gab dem Drängen der Beine nach, ging zur gekippten Liege, dem Zahnarztstuhl, und nahm Platz. Professor Horazio trat zu ihm, mit den ruckartigen Bewegungen des Krähenmannes, und legte ihm etwas auf die Stirn.

»Sensoren«, sagte er. »Erinnerst du dich? Sensoren tun nicht weh und messen nur. Auf diese Weise stellen wir fest, wie es um dich steht.«

»Sie messen meine Hirnströme.« Nikolas musste sich zwingen, nicht die Hand zu heben und die Sensoren fortzureißen, die ihm Professor Horazio an Stirn und Schläfen klebte. »Sie vergleichen die Werte mit den damals aufgezeichneten Daten und stellen fest, wie ich auf das reagiere, was Sie mir sagen. Vielleicht finden Sie auf diese Weise ja heraus, wie Sie mich am besten beeinflussen können.«

»Du bist sehr misstrauisch«, meinte Dr. Samanta. Es klang kummervoll.

»Man kann es ihm nicht verdenken«, kommentierte Monsieur Depellier. »Nach dem, was er erlebt hat.« Der Mann im grauen Anzug, der Grauling, erschien in Nikolas' Blickfeld. »Und nach dem, was er in den vergangenen Jahren vielleicht über uns gehört hat.«

»Was hast du über uns gehört, Nick?«, fragte der Krähenmann, der hinter seinen Tisch zurückgekehrt war.

»Wollen Sie *darüber* mit mir reden? Was ich über Sie *gehört* habe?« Nikolas setzte sich auf. »Wir vergeuden Zeit. Bringen Sie mich zu Sonja.« Er wollte die Hände heben, um die Sensoren zu lösen, aber seine Arme verweigerten ihm den Gehorsam.

»Vincent ist noch da.« Nikolas drehte den Kopf und sah ihn an der Tür. »Er blockiert mich. So wie der Junge namens Alexander. Ist das Ihre Methode, guten Willen zu zeigen?«

»Bitte gehen Sie, Vincent«, bat Monsieur Depellier.

Vincent ging ohne ein Wort.

Nikolas hob die Hände, und diesmal kamen sie tatsächlich nach oben. Dr. Samanta erschien neben ihm, als er nach den Sensoren griff.

»Nein, bitte, wir müssen wissen, wie es dir geht«, sagte sie sanft. »Evolution. Darüber möchten wir mit dir reden. Und darüber, was die New Earth Foundation wirklich will.« Sie zeigte auf das Symbol an der Wand, das Nikolas zum ersten Mal auf einem Koffer aus Aluminium gesehen hatte: das verdrehte Band einer Möbiusschleife mit einem Auge darin.

Nikolas stellte die Frage, die ihm seit damals durch den Kopf spukte. »Was bedeutet das Auge?«

»Das Auge sind wir«, erklärte Monsieur Depellier. »Wir suchen, beobachten und wachen.«

»Und die Schleife? Das Möbiusband?«

»Es symbolisiert die Unendlichkeit«, antwortete der Krähenmann von seinem Tisch her.

»Beziehungsweise die unendliche Mannigfaltigkeit der Evolution«, erklärte Dr. Samanta.

»Ihre verschlungenen Wege«, fügte Monsieur Depellier hinzu.

»Das ist ein Fehler«, sagte Nikolas. Er ließ die Sensoren

an Ort und Stelle. Dies war Mathematik. »Das Möbiusband wird oft mit dem mathematischen Symbol für Unendlichkeit verwechselt, hat aber nichts damit zu tun. Dr. Samanta hat ein richtiges Wort genannt: Mannigfaltigkeit. Mathematisch gesehen ist das Möbiusband eine nicht orientierbare Mannigfaltigkeit. Lange Zeit war es unmöglich, ein solches Band mathematisch zu beschreiben, bis es Eugene Starostin vom University College London und sein Kollege Gert van der Heijden mit der relativ neuen Theorie des variationellen Bikomplexes gelang, entsprechende Gleichungen zu entwickeln.«

Dr. Samanta lächelte. »Nikolas, der die Zahlen liebt.«

Für einen Augenblick kamen tatsächlich Zahlen aus ihrem Mund, kleine und große, in allen Farben, die zusammen Weiß ergaben. Ihr Gesicht schien sich aufzulösen und in Zahlen zu zerfallen, die ihrerseits, bis in fraktale Unendlichkeit, aus Zahlen bestanden. Nikolas fragte sich kurz, ob diese Art von Unendlichkeit gemeint sein konnte. Dann erinnerte er sich daran, dass andere Menschen Zahlen nicht so sahen wie er.

Der Augenblick verstrich, und eine Dr. Samanta aus Fleisch und Blut stand neben ihm.

»Evolution«, sagte sie. »Die Entwicklung des Lebens, vom Einzeller bis zu uns Menschen. Viele Leute glauben, damit sei die Evolution zu Ende, oder wir Menschen seien nicht mehr von ihr betroffen, im Gegensatz zur Tier- und Pflanzenwelt. In Wirklichkeit aber geht die Evolution weiter, angetrieben von Mutationen und dem Prinzip, dass der Stärkere überlebt.«

Nikolas sank langsam auf die gekippte Liege zurück und hörte zu, während die Geräte summten und Daten von den Sensoren empfingen.

»Manchmal ist die Evolution langsam und verändert über Jahrmillionen hinweg«, fuhr Dr. Samanta fort. Sie stand neben der Liege und blickte auf Nikolas hinab. »Oder sie gelangt zu dem Schluss, dass die erreichten Veränderungen genügen – manche Lebensformen auf der Erde befanden sich vor Hunderten von Jahrmillionen fast im gleichen Zustand wie heute.«

Ärger regte sich in Nikolas. »Die Evolution ist kein denkendes Wesen, das irgendwelche Schlüsse zieht. Wir haben in der Schule darüber gesprochen, ich habe darüber gelesen. Sprechen Sie nicht mit mir wie mit einem dummen Kind.«

Dr. Samanta, die Frau in Weiß, musterte ihn erstaunt. Dann nickte sie kurz. »Du hast recht. Entschuldige. Nun, normalerweise sind evolutionäre Entwicklungen langsam. Sie sammeln sich über Jahrhunderte und Jahrtausende an, bis manchmal ein plötzlicher Entwicklungssprung erfolgt, bis Quantität in Qualität umschlägt. Es kann aber auch geschehen, dass die Evolution auf einen plötzlichen Entwicklungsdruck reagiert, zum Beispiel auf veränderte Umweltbedingungen, Nahrungsmittelknappheit und dergleichen. Dann sind auffällige Veränderungen innerhalb kurzer Zeit möglich – mit Mutationen probiert die Evolution verschiedene Möglichkeit des besseren Überlebens aus.«

Dr. Samanta legte eine kurze Pause ein und ging einige kleine Schritte. Nikolas beobachtete sie.

»Wir Menschen glauben, alles unter Kontrolle zu haben, vor allem uns selbst und unsere Entwicklung, doch die Wahrheit lautet: Wir leben in einer Welt, die sich zunehmend unserer Kontrolle entzieht. Auf der einen Seite versuchen wir mithilfe von Biotechnologien, insbesondere der Gentechnik, den Menschen von genetisch bedingten Krankheiten zu heilen und ihn zu ›verbessern‹. Auf der anderen führt zunehmende Umweltverschmutzung, insbesondere mit mutagenen Substanzen, dazu, dass die Häufigkeit von Mutationen zunimmt. Ich nehme an, du weißt, was mutagen bedeutet.«

»Ja«, bestätigte Nikolas. »Mutagene sind äußere Einwirkungen, die Veränderungen bei Genen und Chromosomen verursachen können.«

»Genau. Mit Beginn der ersten industriellen Revolution hat sich die Anzahl der Mutagene in der Umwelt stark erhöht. Eine Folge davon war die Zunahme von Krebserkrankungen. Seit dem achtzehnten und neunzehnten Jahrhundert ist die Menschheit stark angewachsen. Eine neue industrielle Revolution hat begonnen, vorangetrieben von Digitalisierung und Globalisierung. Die rasche technische Entwicklung baut immer mehr sozialen Druck auf, und die Gesellschaft kann sich nicht schnell genug anpassen. Hinzu kommt der Klimawandel, der zu einer globalen Katastrophe führen könnte. Das alles erhöht den Evolutionsdruck, der auf dem Menschen lastet. Wir glauben, dass ein Evolutionssprung kurz bevorsteht. Die Natur ist dabei, einen neuen Menschen zu erschaffen, der besser an die veränderte Welt angepasst ist und größere Überlebenschancen in ihr hat als der alte Homo sapiens.«

Dr. Samanta legte eine Pause ein. Das Summen der Geräte schien lauter zu werden.

»Ihr seid die nächste Stufe der Evolution, Nikolas. Ihr seid der Anfang, eine zarte Blume, die zerdrückt werden könnte, bevor sie erblüht. Christian wäre fast ›zerdrückt‹ worden – abergläubische Menschen wollten ihn als Dämonenkind verbrennen. Wir haben ihn gerettet und hierhergebracht, wo er sicher ist. So wie ihm erging und ergeht es vielen anderen Kindern. Das Andersartige wird schnell als Bedrohung empfunden und ausgegrenzt oder sogar bekämpft. Überall auf der Welt werden Autisten geboren, manche mit besonderen Begabungen. Wenn Aberglaube ihr kulturelles Umfeld beherrscht, riskieren sie ihr Leben. In einigen Ländern der sogenannten aufgeklärten westlichen Welt werden sie als ›schwierige Kinder‹ mit Medikamenten ruhiggestellt und an den Rand der Gesellschaft gedrängt, wo sie ihre Fähigkeiten nicht entfalten können. Sie wachsen zu geistigen Krüppeln heran, und manche von ihnen nehmen sich das Leben, bevor sie zwanzig Jahre alt sind.«

»Und dann gibt es noch gewisse totalitäre Staaten.« Monsieur Depellier näherte sich der Liege und erschien in Nikolas' Blickfeld. »Ihre Machthaber haben erkannt, was es mit den Sonderbegabten auf sich hat. Sie versuchen, euch in Waffen zu verwandeln.«

Euch. Nikolas dachte an Tobias und Alfons, an das Feuerkind Katy Kozinski, an Monika, Cameron, Markus, Betty und die kleine Erika. Und an Sonja. Sie alle waren mit *euch* gemeint und noch viele mehr. Auch Alexander, der ihn blockiert hatte.

»Die New Earth Foundation ist eine private Stiftung, finanziert von Personen, die viel Geld und Weitblick haben«, fuhr Dr. Samanta fort. »Wir haben uns zum Ziel gesetzt, die Sonderbegabten – die neuen Menschen – überall auf der Welt zu finden und an Orten wie diesem in Sicherheit zu bringen. Manchmal verstecken wir uns hinter anderen Namen, zum Beispiel ›Förderverein für außergewöhnlich Begabte‹, damit nicht zu deutlich wird, worum es uns geht.«

»Und worum geht es Ihnen?« Ein Teil von Nikolas wollte Dr. Samanta glauben, weil alles glaubhaft klang und ihr freundlicher Blick zu Vertrauen einlud. Aber der Rest von ihm erinnerte sich an den PC in Palermo, an die Dateien von Onkel Carlo. Darin war nicht von einer privaten Stiftung die Rede gewesen, sondern von einer Organisation, die mit dem amerikanischen Verteidigungsministerium und der NSA in Verbindung stand. Das Geld der New Earth Foundation, Milliarden von Dollar, stammte nicht aus privater Hand, sondern aus geheimen Regierungsquellen.

»Wir wollen moderne Hexenverbrennungen, Ausgrenzungen und Selbstmorde aus Verzweiflung verhindern«, antwortete Dr. Samanta. Jedes Wort klang aufrichtig und wahr. »Wir wollen, dass die neuen Menschen eine Chance bekommen.«

»Wir wollen, dass die ganze Menschheit eine Chance bekommt«, betonte Monsieur Depellier.

»Und wir wollen verhindern, dass ihr als Waffen missbraucht werdet, eingesetzt von skrupellosen Leuten, die nur an die eigene Macht denken.«

Nikolas sah genau hin. Er rief die Deutlichkeit, und sie kam zu ihm, wenn auch langsam und zögerlich. Es gab einen Widerstand, ein Hindernis, wie ein Stöpsel in einer Leitung. Trotzdem erkannte Nikolas etwas. Dr. Samantas Worte trugen den Ton von Ehrlichkeit und waren weiß, doch an ihren Rändern zeigte ihm die Deutlichkeit einen Hauch Türkis.

Dr. Samanta log.

Sie log gut, das musste man ihr lassen. So gut, dass sie vielleicht selbst an ihre Lügen glaubte. Sie hatte gelernt, ihre Farben in Weiß vor ihm zu verstecken, und ihm fehlte noch immer ein geeignetes Prisma, um die Maske zu zerreißen, sie in ihre Bestandteile zu zerlegen. Aber selbst die Andeutung von Türkis genügte ihm – seiner Deutlichkeit vertraute er mehr als weißen Worten.

»Hast du verstanden, was wir dir klarzumachen versuchen?«, fragte Monsieur Depellier. Eine gewisse Strenge lag in seiner Stimme. Dann fügte er hinzu: »Gut, wir sind fertig.«

Nikolas setzte sich wieder auf und löste die Sensoren von seiner Haut. »Wie geht es mir? Was haben Sie über mich herausgefunden?«

»Du bist erschöpft«, antwortete Professor Horazio von seinem Tisch. »Du brauchst mehr Schlaf.«

Damit mir Christian in den Kopf sehen kann, dachte Nikolas. Er schwang die Beine über den Rand der Liege und stand auf.

»Hast du verstanden, was wir dir zu erklären versucht haben, Nick?«, fragte Monsieur Depellier erneut.

Nennen Sie mich nicht Nick, wir sind keine Freunde.

Nikolas behielt diese Worte für sich. »Ich möchte jetzt zu Sonja.«

»Wenn du darauf bestehst«, sagte Monsieur Depellier. Die Tür öffnete sich, und Vincent kehrte zurück. »Ich fürchte nur, dir wird nicht gefallen, was dich erwartet.«

ICH BRAUCHE DUNKELHEIT

68 Vincent und Nikolas schritten durch leere Flure. An manchen Fenstern arbeiteten Männer in blauen Overalls und brachten Verschalungen an. Nur gelegentlich begegneten sie einigen Erwachsenen oder Jugendlichen. Einmal kamen sie an einer offenen Tür vorbei, hinter der eine Treppe ziemlich steil hinabführte. Mehrere Arbeiter waren damit beschäftigt, Kisten und Kartons nach unten zu bringen.

»Diese Gebäude sind stabil und halten dem Sturm bestimmt stand«, erklärte Vincent. »Aber Vorsorge ist immer besser, nicht wahr? Nur für den Fall – den sehr unwahrscheinlichen Fall –, dass der Hurrikan ein ganzes Stück stärker wird als erwartet, richten wir Schutzräume im Keller ein. Dort sind wir auf jeden Fall sicher.«

Sie erreichten ein Atrium, einen Innenhof halb so groß wie ein Fußballfeld, einen Garten mit Wegen aus feinem Kies, Blumenbeeten, tropischen Pflanzen und Pavillons mit Tischen und Stühlen. Das hohe Glasdach konnte geöffnet und geschlossen werden. Nikolas hörte das Summen von Elektromotoren und beobachtete, wie sich die letzte Lücke schloss. Arbeiter kletterten über die Verstrebungen und begannen damit, Aluminiumplatten zu befestigen.

»Das Glas wäre stabil genug, dem Hurrikan standzuhalten«, erklärte Vincent. »Aber der Sturm könnte Bäume entwurzeln und dicke Äste durch die Luft schleudern. Deshalb die Aluminiumplatten. Damit alles heil bleibt.«

Nikolas sah sich um. Der Garten des Atriums war nicht leer. Dutzende von Kindern, Jugendlichen und jungen Erwachsenen saßen im Gras und an den Tischen der Pavillons, lasen, sprachen miteinander und waren mit Tablets beschäftigt. Alles wirkte harmlos und friedlich, aber die Deutlichkeit zeigte Nikolas einen dünnen türkisfarbenen Streifen am Rand dieses Bilds.

»Wo ist sie?«, fragte er.

Vincent führte ihn über einen der Wege. Nikolas hörte, wie der Kies unter ihm knirschte, während oben die Hämmer der Arbeiter pochten.

An dem Tisch des Pavillons direkt vor ihnen saßen eine erwachsene Frau, etwa vierzig Jahre alt, das schwarze Haar zu einem Zopf geflochten, und drei junge Frauen, etwas älter als Nikolas und alle blond, eine von ihnen etwas dunkler als die anderen.

»Ich bringe einen Besucher, Carmela«, sagte Vincent, als sie den Pavillon erreichten. Die Frau mit dem Zopf sah auf. »Für Sonja.«

Die jungen Frauen wandten Nikolas den Rücken zu, doch zwei drehten sich halb um und richteten neugierige Blicke auf ihn. Sie sahen sich so ähnlich, dass sie Zwillinge sein mussten. Die dritte mit dem etwas dunkleren Haar blieb über ein Blatt Papier gebeugt. Ihre rechte Hand bewegte sich – sie schien zu schreiben.

Die Frau namens Carmela wandte sich an sie. »Sonja? Du hast Besuch bekommen.«

Nikolas ging um den Tisch herum, ohne die junge Frau, zu der Sonja geworden war, aus den Augen zu lassen. Er sank auf den Stuhl ihr gegenüber und stellte fest, dass sie nicht schrieb, sondern malte, ein Bild, das aus zahlreichen bunten Linien bestand, die ein großes, dichtes Knäuel bildeten. Ihr dunkler gewordenes Haar wirkte wie eine Mischung aus Gold und Kupfer.

Sonja sah nicht auf. Sie blieb auf ihr Bild konzentriert und fügte dem großen Knäuel weitere Linien hinzu.

Nikolas streckte die Hand aus, langsam und vorsichtig, berührte Sonja mit den Fingerspitzen.

Ihr Arm zuckte zurück, und sie starrte ihn erschrocken an. Es lag kein Erkennen in ihren Augen.

»Ich bin's«, sagte er. Ein Loch öffnete sich in ihm, ein Loch, das alle seine Hoffnungen zu verschlucken drohte. »Nikolas. Nick.«

Ihr Blick verließ ihn und kehrte zum Blatt auf dem Tisch zurück. Die rechte Hand bewegte sich wieder, zog den Stift übers Papier.

»Was ist mit dir passiert?«, fragte Nikolas leise. »Was haben sie mit dir gemacht?«

»Sie hat einen Schock erlitten, vor zwei Jahren«, antwortete Carmela. »Zum Glück befand sie sich hier, wo wir ihr sofort helfen konnten. Ohne spezialisierte medizinische Hilfe wäre sie gestorben.«

»Wir haben ihr das Leben gerettet«, fügte Vincent hinzu. »Hier bei uns bekommt sie, was sie braucht, die richtige Behandlung. Vielleicht gelingt es uns irgendwann, ihren Verstand ganz zurückzuholen in unsere Welt.«

»Ich möchte allein mit ihr reden«, sagte Nikolas.

»Ich weiß nicht, ob das …«, begann Carmela.

»Jetzt sofort. Bitte gehen Sie! Lassen Sie uns allein!«

Die Zwillinge hatten mit offenem Mund zugehört und blickten erwartungsvoll zu Vincent auf.

»Ein paar Minuten sollten möglich sein«, sagte der.

Carmela stand auf. »Wir bleiben in der Nähe. Falls ihr Hilfe braucht.«

Vincent und Carmela gingen zum nächsten Pavillon, gefolgt von den Zwillingen, die miteinander tuschelten und neugierig zurücksahen.

Nikolas wartete, bis sie außer Hörweite waren, dann setzte er sich neben Sonja auf einen der Stühle.

»Was haben sie mit dir gemacht, Sonja?«, fragte er leise.

Sie reagierte nicht auf ihn und malte weitere Linien. Das Knäuel in der Mitte des Blattes wurde größer.

»Erkennst du mich nicht? Ich bin's. Nikolas. Nick. Aus dem Wolkenkuckucksheim.«

Der Stift verharrte auf dem Papier. »Nick?«

Nikolas beugte sich vor. »Ja.« Sonja hatte sich verändert und war zur Frau geworden, aber als sie ihn ansah, erschien für einen Moment das Mädchen in ihrem Gesicht. »Nick …«

»Was ist mit dir passiert, Sonja?« Aus dem Augenwinkel beobachtete er Vincent, Carmela und die Zwillinge, die inzwischen den anderen Pavillon erreicht hatten. Sie sprachen dort mit einer Gruppe von Jungen in Nikolas' Alter, doch er bemerkte, dass Vincent immer wieder in seine Richtung blickte.

»Es hat wehgetan«, murmelte Sonja. »Es hat sehr wehgetan. Jetzt ist es besser.«

Es wurde dunkler im Atrium, als die Männer in den blauen Arbeitsoveralls weitere Aluminiumplatten auf dem Glasdach anbrachten.

»Was hat wehgetan?«

Sonja gab keine Antwort und malte wieder. Es sah seltsam aus: Nicht die Hand schien den Stift zu führen, sondern der Stift die Hand.

»Haben sie dich wieder in ein dunkles Zimmer gesperrt?«, fragte Nikolas. Er rief die Deutlichkeit, aber sie war ein Rinnsal, mehr nicht, und genügte gerade, um die Eins an Sonjas Hals zu erkennen, durchzogen von dunklen Bruchlinien, wie ein fragiles Gebilde, das zerbrechen würde, wenn man es nur anstieß.

Als er an Sonja vorbeisah, begegnete er Vincents Blick. Er versuchte, nicht auf ihn zu achten.

»Es tut mir leid«, sagte er.

»Leid«, wiederholte Sonja. »Leid.«

»Wir haben geschworen, uns zu helfen und immer füreinander da zu sein, erinnerst du dich? Es tut mir leid, dass ich erst jetzt zu dir komme.«

»Ein Schwur«, murmelte Sonja.

Oben klapperten Aluminiumplatten. Nur noch einige wenige, und das ganze Glasdach war bedeckt. Schatten krochen durchs Atrium.

»Ja, wir haben es geschworen, erinnerst du dich? Zu viele Jahre sind vergangen, aber jetzt bin ich endlich hier. Ich will dir helfen, Sonja.«

Aber wie?, dachte Nikolas. Wie soll ich dir helfen, Sonja? Ich brauche selbst Hilfe.

»Was malst du da?«, fragte er und deutete auf das Blatt Papier.

»Die Welt«, erwiderte Sonja sofort. »Ich male die Welt, ihre Launen und Wankelmütigkeit. Ich male, was war, was ist und was sein könnte.«

»Die Zukunft befindet sich oben, nicht wahr?«

»Woher weißt du das?«

»Im Wolkenkuckucksheim hast du ebenfalls solche Bilder gemalt, mit roten und grünen Linien, die dein Leben darstellten und auch meins.« Nikolas hatte das Gefühl, diese Worte an einem Kloß in seinem Hals vorbeischieben zu müssen. »Die beiden Linien verliefen in der gleichen Richtung, weißt du noch?«

»In der gleichen Richtung?«

»Ja. Du hast gesagt, dass sie sich nie voneinander trennen würden. Du hast *gewettet,* und das tust du nur, wenn du ganz sicher bist.«

»Ich wette«, sagte Sonja und schien dem Klang der Worte zu lauschen. »Ich wette …« Sie legte den Stift beiseite und griff nach zwei anderen, fügte dem Blatt Papier damit zwei Linien hinzu, eine rote und eine grüne. Sie begannen in dem Knäuel, in seiner wirren Mitte, führten dicht nebeneinander nach oben und berührten sich, als sie das Ende des Blatts erreichten.

»Sind wir das?«, fragte Nikolas. »Sind das unsere Leben?«

Die Schatten erreichten den Pavillon – oben auf dem Glasdach hantierten die Arbeiter mit den letzten beiden großen Aluminiumplatten.

Sonja begann zu zittern. »Ich brauche eine Kerze. Aber ich darf keine Kerze mehr haben und auch kein Feuerzeug.«

Jemand schaltete das Licht ein. Lampen gingen an, bei jedem Pavillon eine. Doch in dem kleinen, schmalen Grenzland zwischen Hell und Dunkel kam es zu einer Veränderung, die Sonja betraf. In ihren Augen erschien eine andere Art von Licht.

»Nick«, hauchte sie. »Nick, endlich bist du da. Ich habe so lange auf dich gewartet.«

Er ergriff ihre Hände, die noch die Stifte hielten. »Du erkennst mich!«

»Nick … Bring mich fort von hier! Dies ist ein schrecklicher Ort …«

Vincent und Carmela kehrten zurück. Nikolas sah sie, ohne hinzusehen – die Deutlichkeit warnte ihn.

»Ich helfe dir, Sonja, das verspreche ich. Ich schwöre! Aber zuerst muss ich mir selbst helfen. Ich brauche einen dunklen Ort, dunkler als alle anderen, Sonja. Wo ist hier der dunkelste Ort?«

»Der Keller«, flüsterte Sonja und schauderte. »Der Keller …«

»Ich glaube, das genügt fürs Erste.« Vincent trat an den Tisch heran. Carmela beugte sich über die zitternde Sonja und sprach beruhigend auf sie ein.

Nikolas stand auf.

»Wir hätten dir das gern erspart«, sagte Vincent. »Wenigstens lebt Sonja noch. Und es gibt Hoffnung. In letzter Zeit hat sie Fortschritte gemacht. Wir glauben, dass ihr Verstand nach und nach zurückkehrt, wenn sie die richtige Behandlung bekommt.«

»Sie hatten recht«, sagte Nikolas. Hoffnung, dachte er. Sie lag nicht im hellen Licht, sondern in der Dunkelheit.

Vincent hob die Brauen.

»Ich bin müde und brauche wirklich noch etwas Ruhe.«

»Ich bringe dich zu deinem Zimmer zurück.«

Auf dem Weg durch die Flure schwiegen sie. Das Schweigen endete erst vor der Tür des Zimmers, das Nikolas mit Christian teilte.

»Wovor hast du Angst, Nikolas?«, fragte Vincent. »Wovor hast du am meisten Angst?«

»Vor nichts«, log er. »Ich habe vor nichts Angst.«

»Wir werden sehen«, sagte Vincent.

69

Nikolas schlief nicht, nicht einmal dann, als Christian das Zimmer verließ. Mit geschlossenen Augen lag er auf dem Bett, nicht auf der Suche nach Schlaf, sondern nach Antworten und einem Ausweg. Allein konnte er nicht einmal sich selbst helfen, geschweige denn Sonja. Früher oder später musste er etwas essen – ihm knurrte schon jetzt der Magen –, doch er befürchtete weiterhin, dass Speisen und Getränke etwas enthielten, das seinen Widerstandswillen lähmte. Je länger er wartete, desto schlechter wurde seine Situation. Er musste so schnell wie möglich handeln, wenn er auch nur eine geringe Chance haben wollte.

Er brauchte einen Verbündeten, einen mächtigen Helfer, der Gefahren von ihm abwenden konnte.

Er brauchte den Schutzengel.

Vincent hielt ihn irgendwie fern, so wie vor ihm Alexander und Noah Croid. Aber bei Alexander und Croid war es Nikolas schließlich gelungen, den Schutzengel zu rufen.

Er versuchte es, während er mit geschlossenen Augen dalag. Er rief ihn und lud die Deutlichkeit ein, ihm zu helfen, bekam jedoch keine Antwort. Die Dunkelheit hinter den Augen war nicht dunkel genug – er hatte es kaum anders erwartet.

Also blieb nur der Keller.

Nikolas öffnete die Augen, stand auf und ging zur Tür. Dort zögerte er, starrte auf den Knauf und lauschte. Niemand hatte ihm verboten, das Zimmer zu verlassen, oder? Er drehte den Knauf, die Tür öffnete sich, und ein leerer Flur lag vor ihm. Er machte sich auf den Weg zum Keller.

Unterwegs überlegte er, wie groß das Gebäude sein mochte, in dem er sich befand, und ob es noch andere gab. Er war wach gewesen, als sie nach einer langen Nacht die Insel Coronda erreicht hatten, doch er erinnerte sich kaum an die Ankunft. Vielleicht, dachte er, hatte ihm Christian, der Geschichten sammelte, die Erinnerungen daran gestohlen.

Die wenigen Bilder in seinem Gedächtnis zeigten ihm einen kleinen Hafen auf der westlichen Seite der Insel und dahinter die grüne Mauer eines dichten tropischen Urwalds. Das oder die Gebäude der New Earth Foundation lagen darin eingebettet, auf allen Seiten umgeben von üppiger Vegetation und knapp zwanzig Kilometer entfernt vom Fischerdorf an der Bucht im Osten, der einzigen Siedlung auf der Insel.

Wie viele Personen hielten sich hier auf, wie viele Erwachsene, Jugendliche und Kinder? Aus den Dateien des Palermo-Computers wusste er, dass es insgesamt achtzig Sonderbegabte waren, unter ihnen Sonja, Tobias und Erika. Und vielleicht weitere Jungen und Mädchen, die wie Alexander imstande waren, ihn zu blockieren, ihm Zugang zur Deutlichkeit und dem Schutzengel zu nehmen.

Das durfte nicht noch einmal passieren. Er durfte auf keinen Fall zulassen, dass irgendwer Kontrolle über ihn erlangte. Er musste sicher sein, dass Beine und Hände nicht zu

Verrätern werden konnten, von den Gedanken in seinem Kopf ganz zu schweigen.

Alle Fenster waren mit Brettern oder Aluminiumplatten gesichert. Von draußen fiel kein Licht in die Flure, und nicht alle Lampen brannten; an manchen Stellen verdichteten sich die Schatten wie Vorboten der Nacht. Hier und dort erklangen Stimmen hinter verschlossenen Türen, aber Nikolas begegnete niemandem.

In einem halbdunklen Bereich blieb er stehen und überlegte erneut, warum er sich kaum an die Ankunft auf der Insel erinnerte. Er glaubte eigentlich nicht, dass ihm Christian, der Geschichtensammler, Erinnerungen gestohlen hatte oder Erinnerungen stehlen konnte. Vielleicht war Vincent der Grund, der Mann, dem etwas in ihm gehorchen wollte. Oder der Schock, den er erlitten hatte. Dieses Bild war deutlicher als die anderen: Bruno, der große Mann, der nach all den Jahren noch immer das Schwarz der Trauer getragen hatte, auf der Seite liegend, mit einer Schusswunde in der Brust, aus der Blut strömte, fast so dunkel wie der schwarze Anzug. *Nick,* hatte er gestöhnt, bevor er gestorben war, der Mann wie ein Fels. Er hatte ihn »Nick« genannt, nicht »Adrian« wie all die Jahre zuvor. Und Nikolas sah sich selbst neben dem Toten stehen, mit der Pistole in der Hand. *Ich habe ihn erschossen.*

Es war ein Schock, nicht so groß wie der, den Sonja vor zwei Jahren erlitten hatte, wenn man den Worten von Vincent und Carmela Glauben schenken durfte, aber vielleicht groß genug, um die Erinnerungen an die Ankunft auf der Insel verblassen zu lassen.

Schritte näherten sich.

Nikolas bewegte die Schultern, wie um das Gewicht der Schuld abzustreifen, und setzte den Weg durch den Flur fort.

Ein Mann kam ihm aus dem Licht der nächsten Lampen entgegen, die Schultern krumm, der Rücken ein wenig gebeugt. Er hatte einen weißen Bart, und weiße Brauen wölbten sich über eisblauen Augen.

»Kann ich dir helfen?«, fragte der Mann mit einem freundlichen Lächeln.

»Nein danke«, erwiderte Nikolas. »Bitte entschuldigen Sie, ich bin spät dran und muss zu meiner Klasse.«

Nikolas wusste nicht, ob es die richtigen Worte waren, ob es hier überhaupt »Klassen« gab. Er eilte weiter, und der Mann – mit einem roten Mantel und einer roten Mütze hätte man ihn für den Weihnachtsmann halten können – hielt ihn nicht auf.

Kurze Zeit später erreichte Nikolas den Kellerabgang. Die Tür war offen, und zu beiden Seiten standen Kartons in unterschiedlicher Größe an der Wand. Unten erklangen Stimmen. Jemand kam die Treppe hoch, ein Mann in einem blauen Overall.

Nikolas nahm einen der Kartons.

»Oh, du willst uns helfen?«, fragte der Mann und machte Platz. Nikolas nickte und trat an ihm vorbei die steile Treppe hinunter.

Unten waren Arbeiter, die meisten in blauen Overalls, damit beschäftigt, Kisten und Kartons in Lagerräumen zu verstauen. Nikolas ging an ihnen vorbei, nicht zögernd und wie auf der Suche nach etwas, sondern mit entschlossenen, zielstrebigen Schritten – die Männer sollten glauben, dass er mit einer Aufgabe unterwegs war. Onkel Carlo hatte ihn diesen kleinen Trick gelehrt, und er funktionierte: Niemand fragte ihn, was er hier unten zu suchen hatte.

Nikolas kam an mehreren offenen Türen vorbei, blickte in Lager- und Geräteräume. Andere Zimmer waren wie Salons oder Aufenthaltsräume eingerichtet, mit Stühlen, Sesseln und runden Tischen. Auch Sofas und Betten fehlten nicht – die Schutzräume, von denen Vincent gesprochen hatte. Es gab sogar eine große Küche mit gelben und grünen Wandschränken, und zwei Frauen hantierten dort mit Töpfen. Alles sollte bereit sein, wenn der Hurrikan stärker als erwartet wurde.

Eine Tür stand nur einen Spaltbreit offen, und Nikolas erhaschte einen Blick auf etwas, das nach einem Laboratorium aussah. Er wollte stehen bleiben und die Tür etwas weiter öffnen, aber in diesem Augenblick kam ein Arbeiter aus einem nahen Lagerraum und richtete einen fragenden Blick auf ihn.

Nikolas nickte ihm zu, die Arme um den Karton geschlungen, und ging weiter.

Schmalere Gänge zweigten vom Hauptflur ab, und er wählte einen von ihnen. Ein dunkler Ort, dunkler als alle anderen. Dunkel genug, um den Schutzengel zu holen, um ihn aus der Höhle zu führen, in der er gefangen war. Nikolas hatte sie in seinem Traum gesehen, die Höhle, wenn es denn wirklich ein Traum gewesen war. Er hatte sich in ihr sicher gefühlt, an einem Ort abseits aller anderen Orte, ein Stück von der Welt entfernt, die er mit Menschen wie Vincent und Monsieur Depellier teilte. Und mit Sonja. Sicherheit. Ein Wort mit wechselnder Bedeutung, je nachdem, aus welchem Blickwinkel man es betrachtete.

Wieder eine Abzweigung – die Stimmen hinter Nikolas wurden leiser, zu einem Flüstern ohne Worte. Nach einigen Schritten flackerte die Glühbirne an der Decke und ging aus.

Dunkelheit wogte heran und schloss sich um Nikolas. Er lächelte und wusste plötzlich: Das Ziel war nahe.

Die nächste Tür, fast am Ende des Gangs, an seiner dunkelsten Stelle. Er drehte den Knauf und atmete erleichtert auf, als sich die Tür öffnete. Der Raum hinter ihr war so finster, dass er nur die Umrisse des schmalen Betts und des Tisches mit dem Stuhl sah. Nikolas betrat das kleine Zimmer, zog die Tür hinter sich zu und stellte den Karton ab.

Deutlichkeit schuf ein mattes Glühen, das ihn zum Bett führte. Er setzte sich und schickte die Deutlichkeit fort. Nichts sollte ihn stören.

Ein seltsamer Geruch lag in der Luft, eine Andeutung von würziger Schärfe, die ihn an etwas erinnerte. Er schnupperte mehrmals, und plötzlich fiel es ihm ein. So hatte es in der Nähe von Noah Croid gerochen, nach Pfeffer. Er sah sich mit der Deutlichkeit um und hielt nach dem Türkis von Lüge und Täuschung Ausschau, fand jedoch nur farbloses Grau.

Er gab seinen Augen Zeit, sich umzustellen. Eine Minute verstrich, dann eine zweite, und die Dunkelheit blieb dunkel. Dies war der richtige Ort.

Nikolas legte sich aufs Bett und starrte noch etwas länger in die Finsternis, bevor er die Augen schloss und mit der Suche nach dem Schutzengel begann.

Von der Kerze war nicht mehr viel übrig. Nikolas hielt die Hand dicht über die Flamme, beobachtete ihr Flackern und fühlte eine Wärme, die nicht verbrannte.

»Wir sind noch immer gefangen«, sagte der Schutzengel. Die schwarze Gestalt drehte sich und strich mit den Händen – mit ihren Pranken – über glatte Wände. »Der Ausgang ist noch immer nicht gefunden.«

Sie befanden sich nicht in einer Höhle, das war Nikolas inzwischen klar. Offenbar irrten sie durch ein Labyrinth. Wie viel Zeit verstrichen war, wusste er nicht genau. Es fühlte sich nach Stunden an, doch etwas sagte ihm, dass womöglich nur wenige Sekunden vergangen waren.

Eine plötzliche Erkenntnis brachte so etwas wie inneres Licht. »Wir sind in meinem Kopf, nicht wahr?«

Der Schutzengel knurrte. Er fuhr seine Krallen aus und kratzte mit ihnen über eine Wand, fast so dunkel wie er selbst.

»Öffne die Tür«, grollte er. Es klang fordernd, ungeduldig.

Mein eigener Kopf, dachte Nikolas. Etwas hat Mauern gebaut, damit der Schutzengel nicht hinausfindet und damit ich ihn nicht befreien kann. Damit ich schwach bleibe. Aber dies ist mein Kopf, hier bestimme ich.

Er ließ die Kerze fallen und beobachtete, wie die Flamme, die ihn nicht verbrennen konnte, ein letztes Mal flackerte.

Eine weitere Erkenntnis stieg in ihm auf. Wenn dies sein Kopf war, dann befand sich auch der Schutzengel darin. Und das bedeutete …

»Komm«, sagte Nikolas in der Dunkelheit. »Komm zu mir.«

Er hatte die schwarze Tür geöffnet, die ihm als Kind in seinen Träumen erschienen war. Er hatte gesehen, wie sich die beiden Kleckse vereinten. Er hätte längst verstehen, das Offensichtliche erkennen müssen. Welche Mauern auch immer Vincent und vielleicht noch andere wie er in seinem Kopf errichtet hatten, sie konnten nicht trennen, was zusammengehörte. Die Trennung war scheinbarer Natur und existierte nur, solange Nikolas an sie glaubte. Darin bestand Vincents Trick: ihn glauben zu lassen, schwach zu sein.

Der Schutzengel kam zu ihm, schwarz und groß, er umarmte ihn. Nikolas schloss kurz die Augen, und als er sie wieder öffnete, fühlten sie sich anders an, größer und rot. Er streckte die Hand aus, zu einer Pranke geworden, und öffnete die vor ihm erschienene Tür.

WOVOR HAST DU ANGST?

70

Türen waren wichtig, dachte Nikolas. Sie erlaubten das Kommen und Gehen. Sie öffneten sich nicht nur für andere Zimmer und Räume, sondern auch für andere Welten und Möglichkeiten. Doch manche Türen veränderten – wenn man durch sie ging, kehrte man als jemand anders zurück.

Während der Suche nach dem Schutzengel war er eingeschlafen, umgeben von Finsternis. Licht weckte ihn Stunden später, weil sich eine andere Tür öffnete und der Schein einer Lampe ins Zimmer fiel.

Nikolas blinzelte. Er fühlte sich seltsam, mehr wie er selbst. Oder … vollständig. Als hätte ein bisher fehlender Teil den Platz eingenommen, der ihm gebührte.

Drei Personen erschienen im Lampenschein. Nikolas' gewöhnliche Augen sahen sie nur als Silhouetten, doch die Deutlichkeit – ungetrübt, kein Tröpfeln mehr, sondern ungebremstes Strömen – zeigte ihm die Gesichter von Vincent, Dr. Samanta und einer dritten Person, einer Frau, die er nicht kannte. Sie trug einen weißen Kittel und hielt eine kleine Injektionspistole in der Hand.

»Nikolas?«, fragte Dr. Samanta behutsam.

»Er ist wach«, stellte Vincent fest. »Und er ist komplett. Wir haben ihn.«

Eine Falle, dachte Nikolas. Er hätte benommen sein sollen vom Schlaf und vielleicht auch erschrocken, aber stattdessen blieb er völlig ruhig, und hinter seiner Stirn war alles klar wie Glas. Er erinnerte sich an Worte, die Sonja im Wolkenkuckucksheim an ihn gerichtet hatte. *Das Kartenspiel im Untersuchungsraum, Nick … Es war eine Falle. Sie hatten es auf dich und deinen Freund abgesehen. Sie wollten deinen Schutzengel fangen.*

»Er weiß es, er weiß es«, ertönte eine kleine Stimme im Flur, rosarot und mit dem Duft von Thymian. Sie stammte von einem Mädchen, dreizehn oder vierzehn Jahre alt, schätzte Nikolas, obwohl seine Augen sie nicht sahen. Die Deutlichkeit zeigte sie ihm: eine zierliche Gestalt, mit schmalem Gesicht und rabenschwarzem Haar, darin drei weiße Zahlen, die zusammen Siebenhundertdreizehn ergaben, eins mehr als bei der dicken Frau im Flugzeug nach London.

»Steh auf«, sagte Vincent.

Nikolas stand auf.

»Du wirst verstehen«, versprach ihm Dr. Samanta. »Früher oder später wirst du verstehen, so wie die anderen.«

Die Frau mit dem Injektor näherte sich.

»Ich verstehe schon jetzt«, erwiderte Nikolas. »Bereits im Wolkenkuckucksheim hatten Sie es auf den Schutzengel abgesehen. Ich erinnere mich an das Kartenspiel, das viel mehr war als nur ein Spiel. Es ging Ihnen nie um mich, immer nur um den Schutzengel.«

Die Frau mit der kleinen Injektionspistole zögerte.

»Du irrst dich.« Dr. Samanta machte einen Schritt nach vorn, was ihrer Silhouette etwas mehr Substanz gab. Die Deutlichkeit zeigte Nikolas ein Gesicht, das aus Millionen von winzigen Zahlen bestand. Es ging keine Musik von ihnen aus, keine Melodie, sondern ein dumpfes Schrillen, das in den Ohren kratzte. »Es gibt keinen Schutzengel. Was du ›Schutzengel‹ nennst, bist du selbst, ein Teil von dir. Deine besondere Begabung besteht nicht in erster Linie aus einem speziellen Sinn für Zahlen, Formen und etwas, das du einmal ›Deutlichkeit‹ genannt hast, sondern aus dem ›schützenden Engel‹. Er ist kein Wesen, das außerhalb von dir existiert, sondern eine besondere Kraft in dir, die du nach außen projiziert hast. Es war kein himmlisches Geschöpf, das dich damals bei dem Unfall gerettet hat, der deinen Eltern das Leben kostete. Du selbst hast die Kugeln abgelenkt und dich vor dem Tod bewahrt, als der Wagen ins Schleudern geriet und sich überschlug. Und später, bei deiner Entführung … Du hast die Entführer umgebracht und dich befreit. Du hast auch Noah Croid und Alexander getötet. Du verfügst über eine sehr gefährliche Kraft, Nick. Wir wollen dir helfen und dir zeigen, wie du mit ihr umgehen kannst.«

Nikolas blickte an sich herab. Für einen Moment sah er einen Körper schwarz wie die Nacht, mit Händen wie Pranken. Kraft wallte in ihm auf, unbändige, brodelnde Kraft.

»Du hast die Pubertät hinter dir«, fügte Dr. Samanta hinzu. »Dies sind die gefährlichsten Jahre für dich, denn du könntest die Kontrolle verlieren. Wir helfen dir. Hier bei uns bist du sicher.«

Sicherheit, dachte Nikolas. Da war es wieder, das Wort mit den vielen Bedeutungen.

»Du hast eine erstaunliche Fähigkeit«, sagte nun Vincent. »Es ist die stärkste und eindrucksvollste von allen. Wir brauchen sie.«

»Wofür?«, fragte Nikolas.

»Wir bauen mit ihr eine neue Welt, für neue Menschen.«

Sie hatten einen scharfen Geruch, diese Worte, nicht von Pfeffer, aber ähnlich unangenehm.

»In der Vergangenheit gab es immer wieder Leute, die eine neue Welt für neue Menschen bauen wollten, meistens auf den Trümmern der alten Welt und auf Millionen von Gräbern«, erwiderte Nikolas.

Die Frau im weißen Kittel richtete einen fragenden Blick auf Vincent und bekam ein Nicken. Sie trat auf Nikolas zu.

»Nein«, sagte Nikolas.

»Wir wollen dich vor dir selbst schützen«, versprach Dr. Samanta.

»Ich habe dich gefragt, wovor du am meisten Angst hast«, sagte Vincent. »Du hast geantwortet, du hättest vor nichts Angst. Ich glaube, du hast gelogen. Erika?«

Das schmächtige Mädchen mit der Siebenhundertdreizehn im schwarzen Haar kam herein. Die Zahl gefiel Nikolas nicht. Der Missklang einer Sieben, zusammen mit einer Dreizehn, die Unglück bedeutete.

Erika hatte sich verändert. Nikolas dachte an das sieben Jahre alte Kind im Wolkenkuckucksheim, das immer den Tränen nahe gewesen war. Sie hatte damals vor wenigen Monaten ihre Zwillingsschwester verloren und geglaubt, »zur Hälfte tot« zu sein. Nikolas erinnerte sich daran, sie an der Wange berührt und tiefe Verzweiflung gespürt zu haben, so stark, dass sie Erika zerreißen konnte.

»Erika hat verstanden und hilft uns«, sagte Vincent. »Nicht wahr, Erika?«

Sie nickte.

»Mit ihrer Hilfe kann ich dir zeigen, wovor du am meisten Angst hast«, fügte Vincent hinzu. »Erika?«

Ihre Augen schienen größer zu werden, und etwas berührte Nikolas. Ein unsichtbarer Finger schien ihm übers Kinn zu streichen, über die Wange und hinauf zur Schläfe. Dort bohrte er sich in den Kopf.

Es geschah so schnell, dass Nikolas gar nicht auf den Gedanken kam, Widerstand zu leisten. Erika, die in fremde Köpfe blicken konnte ... Ein Bild entstand vor ihm, so deutlich zu sehen wie die vier Personen im Zimmer und die geöffnete Tür mit dem Lampenschein. Es zeigte ihm einen Anleger mit Booten. Nikolas beobachtete sich selbst, wie er eine Pistole auf Bruno richtete und ihm mitten in die Brust schoss, wie der große Mann verblüfft nach Luft schnappte, auf die Knie sank und dann zur Seite kippte. Er sah das aus der Wunde strömende Blut, fast so dunkel wie der Anzug, und hörte die letzten beiden Worte des Sterbenden. »Nick«, ächzte Bruno. »Nick.«

Die Schuld kehrte zurück, doppelt oder dreimal so schwer wie zuvor, und drohte ihn zu zermalmen.

»Du hast ihn getötet.« Vincents Stimme klang scharf. »Du hast den Mann erschossen, der vielleicht dein bester Freund war. Davor hast du Angst, Nikolas. Vor dir selbst. Vor dem, wozu du fähig bist.«

Ein letzter Schritt, und die Frau im weißen Kittel erreichte ihn. Sie hob die Injektionspistole und wollte sie ihm an den Hals setzen.

Etwas stieß ihre Hand mit solcher Wucht beiseite, dass der kleine Injektor durchs Zimmer flog, gegen die Wand prallte und zerbrach. Ein zweiter Stoß warf die Frau zurück, durch die offene Tür in den Gang. Dort blieb sie auf dem Boden liegen und rührte sich nicht mehr.

»Hör auf!«, zischte Vincent. »Hör sofort auf!«

Ein Ächzen ging durch das Gebäude, als hätte der zweite, wuchtigere Stoß nicht nur die Frau mit dem weißen Kittel getroffen, sondern auch die Mauern um sie herum.

»Nein.« Nikolas näherte sich dem Mann mit den dunklen, tiefen Augen, ohne auf Dr. Samanta zu achten, die ihn wortlos anstarrte. »Ich will die Wahrheit wissen.«

»Bleib stehen! Ich befehle es dir!«

Nikolas blieb stehen. »Was ist wirklich geschehen? Und was habt ihr mit Sonja gemacht?«

Vincent lächelte, weil er glaubte, dass Nikolas' Beine ihm gehorchten und auch der Rest des Körpers. Er hielt sich für den Sieger, aber da irrte er.

Erika wich zurück, beide Hände zum Mund erhoben, wie um zu verhindern, dass ihn ein Schrei verließ. Nikolas sah sie kurz an und schüttelte den Kopf, als wollte er ihr sagen: Von mir hast du nichts zu befürchten. Doch etwas packte und schüttelte sie, weil sie ihm einen geistigen Finger in den Kopf gebohrt und etwas gezeigt hatte, das er nicht sehen wollte.

Nein, dachte Nikolas. *Nein.*

Die Pranke ließ das Mädchen los. Der Schrei, den Erika zurückhalten wollte, entkam der Kehle als Quieken. Sie wankte erst einen, dann einen zweiten Schritt zurück, wirbelte herum und stob davon.

Nikolas hätte sie aufhalten können, ein Gedanke wäre genug gewesen, doch er ließ sie laufen. Sollte sie noch mehr schreien und die anderen warnen, es spielte keine Rolle. Was immer auch geschah, er war stark genug, mit allem fertigzuwerden.

»Zeigen Sie mir Ihre Erinnerungen«, sagte er.

»Was?«, fragte Vincent verwirrt. Sein Lächeln verschwand. Vielleicht spürte er etwas.

Nikolas öffnete das Gedächtnis des Mannes und griff hinein, wie in eine schmutzige, stinkende Kloake. Er brauchte nicht lange zu suchen, die Bilder lagen oder schwebten ganz oben: ein Anleger, ein langer Steg, darauf ein großer Mann in einem schwarzen Anzug, an seiner Seite ein Junge, fast siebzehn Jahre alt. Er hielt eine Pistole in der Hand, dieser Junge, und beobachtete mit wachsendem Entsetzen, wie sich die Waffe auf den großen Mann richtete, wie sich der Finger um den Abzug krümmte. Die Augen des Beobachters gehörten Vincent, und es waren seine Gedanken, die die Hand des Jungen lenkten, die auch den Zeigefinger am Abzug bewegten. Es knallte, ein Schuss, und eine Kugel schlug in die Brust des großen Mannes.

Ein kaltes Feuer des Zorns brannte in Nikolas. »Es war meine Hand, aber sie hat nicht mir gehorcht, sondern Ihnen. Sie haben Bruno erschossen.«

Er trat näher, mit Beinen, die allein ihm gehörten. Ein

blasses Gesicht erwartete ihn, und Augen, deren dunkle Abgründe ihre Ruhe verloren.

»Wovor haben *Sie* Angst, Vincent?«, fragte Nikolas mit einem Knurren in der Stimme.

Er blickte noch tiefer in die schmutzige Grube voller Erinnerungen und fand … Sonja. Mit Vincents Ohren hörte er sie schreien, als sie im Dunkeln saß, ohne eine Kerze, ohne Streichhölzer oder Feuerzeug. Er sah und fühlte, wie ihre Beine Vincent gehorchten, als sie die Treppe in den Keller hinabging und unten eins der kleinen Zimmer betrat, obwohl sich alles in ihr dagegen sträubte. Er hörte ihre Schreie auch noch, als sich die Tür geschlossen hatte, und er sah sie weiterhin, als ein von Infrarotkameras erfasstes und von einem Computer aufbereitetes Bild: zusammengerollt auf dem Bett und zitternd, ihre Schreie schließlich zu einem leisen Schluchzen geschrumpft. Vincents Erinnerungen gaben noch mehr preis. Nicht einmal hatte sie es ertragen müssen, in Dunkelheit eingesperrt zu sein, sondern viele Male, bis etwas in ihr zerbrochen war – der Schock, von dem Carmela erzählt hatte.

Darum ging es, dachte Nikolas. Etwas musste zerbrechen, damit die Bruchstücke neu zusammengesetzt werden konnten, zu einem neuen Menschen ohne eigenen Willen. Wie bei Erika. Wie bei allen anderen.

Wovor hast du am meisten Angst?, hatte Vincent gefragt. Das war der Schlüssel, begriff Nikolas. Die Angst war der Schlüssel zur Tür in der Festungsmauer des Bewusstseins. Wenn jene Tür geöffnet wurde, konnte sich der Geist nicht mehr zur Wehr setzen.

Türen, dachte Nikolas. Er hatte seine eigene Tür geöffnet und keine Schwäche oder Verletzlichkeit hinter ihr gefunden, sondern Kraft und Stärke.

»Wovor haben Sie am meisten Angst?«, fragte er erneut, obwohl er die Antwort bereits kannte. Vincent, der mit seinen Gedanken fremde Arme und Beine kontrollierte, der mit der Hand eines Jungen einen Mann erschossen hatte, fürchtete nichts mehr als den Verlust der Kontrolle. Nein, das stimmte nicht ganz, korrigierte sich Nikolas. Noch mehr als den Kontrollverlust fürchtete Vincent, dass jemand die Wahrheit über ihn erkannte, dass jemand herausfand, wie sehr er fremden Schmerz brauchte, fast so sehr wie die Luft zum Atmen. Das war der Schmutz in seiner Seele, der Gestank in der Jauchegrube seines Geistes: das Leid anderer Menschen.

»Sie haben keine Kontrolle mehr, nicht über mich«, grollte Nikolas. »Ich sehe und höre, was Sie gesehen und gehört haben. Alles, jedes noch so kleine Detail. Ich sehe und höre, was Sie mit Sonja gemacht haben.«

Vincents Lippen bebten. Seine Augen waren gerötet, ein dünner Blutfaden kroch ihm aus der Nase.

»Samanta …«, brachte er hervor.

Sie stand neben Nikolas und hielt etwas in der Hand, einen spitzen Gegenstand, den sie Nikolas in den Arm stoßen wollte. Ein Gedanke genügte, um die Hand festzuhalten, zu drehen und nach oben zu bringen, zu Samantas Hals. Eine Spritze, sah Nikolas, ohne hinzusehen. Die Hand stach sie in den Hals, der Daumen betätigte den Kolben.

Zwei Sekunden verstrichen, dann rollten Dr. Samantas Augen nach oben. Sie sackte in sich zusammen und blieb liegen, so reglos wie die Frau im weißen Kittel auf dem Boden vor dem Zimmer.

Nikolas' Blick galt noch immer Vincent. »Sie haben keine Kontrolle über mich. Und wissen Sie was? Sie haben nicht einmal mehr Kontrolle über sich selbst.«

Die rechte Hand des Mannes bewegte sich. Sie kam nach oben, ballte sich zur Faust und schlug mitten ins Gesicht. Das Blut kroch nicht mehr aus Vincents Nase, es strömte.

»Das ist kein fremder Schmerz, sondern Ihr eigener«, sagte Nikolas. »Wie hat es sich angefühlt?«

Vincent öffnete den Mund. Blutiger Schaum quoll daraus hervor.

»Es war nur ein kleiner Vorgeschmack«, grollte Nikolas. »Der wahre Schmerz kommt jetzt.«

Rote Striemen erschienen in dem bleichen Gesicht des Mannes, wie von scharfen Krallen, die sich in seine Haut bohrten. Vincent wollte fliehen, er wollte die Beine bewegen und laufen, aber Nikolas hielt ihn fest.

»Wie fühlt es sich an? Ihre schlimmste Angst, hier wird sie Wirklichkeit! So wie bei Sonja, die nichts mehr fürchtet als die Dunkelheit. Jetzt wissen Sie, wie es ihr ergangen ist. Ergötzen Sie sich an Ihrem eigenen Schmerz!«

Die roten Striemen wanderten weiter, über Kinn und Hals, kehrten dann an den Seiten des Kopfes nach oben zurück.

»Brauchen Sie Ihre Augen noch?«, fragte Nikolas mit der knurrenden, grollenden Stimme des Schutzengels. »Nein, Sie brauchen sie nicht mehr. Was Sie mit Ihren Augen sehen, lenkt sie nur ab. Hilfloser Schmerz in Dunkelheit, das musste Sonja ertragen. Warum soll es Ihnen besser ergehen?«

Die Krallen, die tiefe, blutige Kratzer im Gesicht hinterlassen hatten, stießen in die Augen.

»Ich gehe jetzt und bringe Sonja fort.« Nikolas schritt zur Tür und drehte sich dort noch einmal um. »Sie bleiben hier, weil ich es so will. Genießen Sie Ihre Hilflosigkeit und Ihren Schmerz.«

Nikolas verließ den kleinen Raum.

Hinter ihm fand Vincent genug Kraft und Kontrolle über sich selbst für einen Schrei.

EIN STURM

71

Draußen fegte der Hurrikan durch den tropischen Wald und knickte Bäume. Nikolas hörte seine Stimme, gedämpft von dicken Mauern. Mit den Augen der Deutlichkeit sah er, wie der Sturm hohe Wellen auftürmte und gegen die Felsen am Ufer schmetterte, wie er Leinen zerriss und Boote ans Ufer warf, wie er Bäume packte, die sich nicht tief genug duckten, und sie entwurzelte. Es war dunkel, der Tag war zu zischender, fauchender, heulender Nacht geworden. Wer sich auf dem Meer befand, an Bord eines Schiffes, oder in der Luft darüber, in einem Flugzeug oder Helikopter, konnte nur noch um sein Leben beten.

Im Licht von Glühlampen ging Nikolas durch den schmalen Kellerflur, den Kopf halb gesenkt. Mit der Deutlichkeit sah und hörte er besser als mit Augen und Ohren, aber seine Schritte blieben langsam, denn er musste gründlich suchen, ihm durfte kein Fehler unterlaufen. Türen sprangen auf, als er an ihnen vorbeikam, zeigten ihm Räume mit Männern in blauen Overalls, mit Jugendlichen, die Tische und Betten vorbereiteten. Nichts. Keine Sonja.

Er stieg die steile Treppe hoch. Zwei Erwachsene kamen ihm entgegen, einer von ihnen Professor Horazio, der Krähenmann. Beide blieben stehen, als sie Nikolas sahen, und wichen zurück, als er nicht zögerte und den Aufstieg fortsetzte.

»Wo ist sie?«, fragte er. »Wo ist Sonja?«

Es war eine neue Stimme, tiefer als die alte, fast so tief wie Brunos Bass und mit dem Knurren des Schutzengels hinter den Silben. Professor Horazio erschrak. Der andere Mann, jünger und dicker, schien Nikolas nicht zu kennen.

»Zurück in den Keller mit dir, Junge«, sagte er mit falscher Freundlichkeit, jedes Wort ein helles Türkis. »In einen der Schutzräume.« Er zwinkerte ihm zu. »Du kannst dir einen guten Platz sichern, solange die anderen noch nicht da sind.«

Nikolas erreichte das Ende der Treppe. »Wo ist Sonja?«

Hier war der Hurrikan lauter, ein Pfeifen hinter den mit Brettern vernagelten Fenstern, ein Rauschen und Brausen über dem Dach. Die Wände ächzten. Oder vielleicht kam das Ächzen von dem jungen, dicken Mann, der beide Hände zum Hals gehoben hatte und seine Kehle von einer unsichtbaren Schlinge zu befreien versuchte.

Professor Horazio schüttelte den Kopf. »Ich weiß nichts«, behauptete er. »Nichts!«

Der jüngere Mann sank auf die Knie, das Gesicht puterrot. Nikolas ging an ihm vorbei und blieb vor dem Krähenmann stehen. »Ihr habt sie gequält. Jeder von euch ist schuldig.«

»Was? Ich ...« Professor Horazio unterbrach sich, als er den Boden unter den Füßen verlor und zur Flurdecke emporschwebte. Dort oben blieb er, lang ausgestreckt, mit dem Rücken an der Decke, als sich Nikolas umdrehte und durch den Erdgeschossflur schritt, ohne auf den jüngeren Mann zu achten, der noch immer mit der unsichtbaren Schlinge um seinen Hals rang und den Kampf gegen sie schließlich verlor – seine Bewegungen erlahmten, er ächzte ein letztes Mal, und die Hände sanken zur Seite.

Professor Horazio fiel von der Decke und klatschte mit

dem Gesicht voran auf den Boden. Er blieb liegen; eine Blutlache bildete sich um seinen Kopf.

Nikolas hob den Blick, er hob ihn aus dem Flur im Erdgeschoss, übers Dach und in den Sturm. Er sah, wie der Wind den Urwald peitschte, wie er Blätter zerfetzte und Äste brach, wie ihre Bruchstücke auf die Dächer von insgesamt sieben Gebäuden fielen, das größte mit einem Atrium. Ein breiter Weg führte von den Gebäuden einige Hundert Meter weit durch den Wald zur kleinen Bucht mit dem Anleger, den Nikolas wiedererkannte – dorthin hatte ihn am Morgen das Boot gebracht. Ein kleinerer Weg, ein schmaler Pfad, führte tiefer in den Wald, weiter ins bergige Innere der Insel Coronda.

Zeig sie mir, Schutzengel!, dachte er. Zeig mir, wo sich Sonja befindet!

Der körperlose Blick sank ins Hauptgebäude, in einen Raum, der wie eine medizinische Behandlungsstation aussah. Drei junge Frauen lagen dort in mobilen Betten, eine von ihnen mit rotblondem Haar und leerem Gesicht – Sonja. Zwei Pflegerinnen befestigten Infusionsbehälter an Haltestangen und trafen alle notwendigen Vorbereitungen, damit die Betten aus dem Behandlungszimmer gerollt werden konnten; offenbar sollten die drei Patientinnen wie alle anderen in einem der Schutzräume untergebracht werden.

Als Nikolas wieder mit den Augen sah, blinzelte er geblendet. Helles weißes Licht traf ihn, der Schein mehrerer Taschenlampen. Der Schutzengel in ihm knurrte; er mochte das Licht nicht.

»Es ist zu hell«, sagte Nikolas. »Es ist zu hell.«

Glas splitterte. Taschenlampen sprangen aus Händen und prallten gegen Wände.

Das helle Licht schwand.

»Genug«, sagte jemand. »Es ist genug.«

Es war ein Junge, der diese Worte sprach, ein junger Mann wie Nikolas, vielleicht ein Jahr älter, siebzehneinhalb oder achtzehn, mit blonden Bartstoppeln am Kinn, Sommersprossen auf den Wangen und himmelblauen Augen. Nikolas kannte den Namen des Jungen, obwohl er ihn jetzt zum ersten Mal sah: Rubens. Aus Holland stammte er, aus Rotterdam, und seit fast vier Jahren lebte er auf Coronda. Manchmal hatte er Bauchschmerzen und litt an Übelkeit, aber das ging schnell vorbei, denn er bekam die richtige Medizin, die richtige Hilfe.

Nikolas empfing weitere Einzelheiten aus Rubens' Leben: Bilder von Dingen und Personen, die er gesehen hatte, Gerüche, an die er sich erinnerte, Hoffnungen und Wünsche, Enttäuschungen und kleine Triumphe. Er schob alles beiseite – es interessierte ihn nicht. Er betrachtete die Null mitten auf der Stirn und wusste, was sie bedeutet. Rubens konnte anderen Sonderbegabten ihre besonderen Begabungen nehmen, sie »annullieren«. Er war wie Alexander und auch ein bisschen wie Vincent, er hatte eine mächtige Stimme.

Sie ist nicht mächtig genug, flüsterte es in Nikolas. *Wir sind stärker.*

»Es ist genug«, wiederholte Rubens und kam näher. Zwei Erwachsene folgten ihm, einer von ihnen ein Mann in Grau, ein Grauling. Jemand, den Nikolas mit einem Sonnentau verglichen hatte: aus sicherer Entfernung hübsch anzusehen, die Drüsententakel an den Blättern wie Augenstiele von Schnecken, mit glitzernden Tropfen an ihren Enden, gefährlich für unvorsichtige Fliegen, die daran kleben bleiben. Monsieur Depellier. Ein Mann, der auch andere Namen benutzt hatte, unter ihnen Diego Albert Campillo, Manuel Yannik und Henry Lopez Lefevre, jemand, der im Jahr 2006, vor anderthalb Jahrzehnten, aus dem Nichts erschienen war.

Der zweite Mann war älter und knochig, mit einer Haut wie alte Baumrinde und Haar wie Stroh. Es gab eine Verbindung zwischen ihm und Rubens, so ähnlich wie die zwischen Noah Croid und Alexander.

»Hör auf«, sagte Rubens. »Hör auf! Wir wollen dir helfen.«

»O ja, so wie ihr Sonja geholfen habt. Sie fürchtet nichts so sehr wie die Dunkelheit, und ihr habt sie in einem dunklen Zimmer eingesperrt, damit sie alles preisgibt, damit sie zerbricht und sich nicht mehr wehrt.« Nikolas lächelte. »Ich habe vor nichts Angst, nicht einmal vor mir selbst. Aber *du* solltest vor mir Angst haben, ihr *alle.*«

Der kalte Zorn brodelte erneut, mit einer Kraft, die sich vielleicht mit der des Hurrikans vergleichen ließ. Ein zweiter Sturm entstand, wie ein Kind des ersten, heulte durch den Flur und wirbelte Menschen wie welkes Laub durcheinander. Türen sprangen auf und wurden aus ihren Angeln gerissen. Ein nahes Fenster zerbarst. Tausende von Glassplittern flogen wie kleine, scharfkantige Geschosse, wie Schrapnelle, doch nicht eines von ihnen traf Nikolas. Umgeben von einer schützenden Blase stand er da und beobachtete, wie sich Boden und Wände rot von Blut färbten. Die vor das Fenster genagelten Bretter gaben nach, und die beiden Stürme – der eine drinnen, der andere draußen – vereinten sich. Regen prasselte herein und wusch einen Teil des Blutes von der nächsten Wand.

Nikolas drehte sich langsam um die eigene Achse. Menschen lagen auf dem Boden, unter ihnen Rubens und Monsieur Depellier. Andere Menschen flohen, nicht vor dem Sturm, sondern vor dem Jungen, der unberührt von allem noch immer lächelte.

72

Die beiden Stürme heulten, und vielleicht heulte auch eine Sirene – Nikolas achtete nicht darauf, es war nicht wichtig. Er ging jetzt mit längeren Schritten, er ging schneller, denn etwas drängte ihn zur Eile. Etwas sagte ihm, dass die Kraft, die den zweiten Sturm erzeugte, nicht unerschöpflich war. Die schützende Blase bot einen ersten Hinweis, denn manchmal, wenn er in seiner Konzentration nachließ, fühlte er den einen oder anderen Windstoß, wenn ihn ein kleiner Ausläufer des Hurrikans erreichte.

Weitere Türen flogen auf, wenn er an Zimmern vorbeikam, Fenster gaben den unsichtbaren Fäusten nach, die auf sie einhämmerten. Mehr Glassplitter flogen. Stühle, Blumenvasen, Bilder, alles, was keinen festen Halt hatte – der Wind schleuderte es durch Flure und Räume. Menschen duckten sich hinter Säulen und unter Tische, Männer und Frauen, Jugendliche und auch einige Kinder. Sie fürchteten das heulende Chaos, und sie fürchteten auch Nikolas und hofften, nicht von ihm gesehen zu werden.

Doch er sah sie alle, die Angst in den Augen, selbst hinter geschlossenen Lidern. Er sah auch die beiden Männer, die hinter der nächsten Ecke lauerten, nicht weit vom Atrium entfernt, einer von ihnen mit einer Null im lichten Haar, der andere mit einer braunen Dreizehn. Strömende Deutlichkeit zeigte ihm alles, auch die Pistolen in den Händen und die Entschlossenheit in den beiden Köpfen.

Lampen zersprangen. Helles Licht verwandelte sich in eine Düsternis, die ihre Farben verlor. Weiter hinten, Dutzende von Metern entfernt, erschien das Licht von Taschenlampen. Nikolas sah es, ohne sich umzudrehen.

Die beiden Männer, die Null und die Dreizehn, wähnten sich unentdeckt und warteten auf eine günstige Gelegenheit, ihre Waffen entsichert und bereit.

Ein lautes, brechendes Knacken durchdrang das Heulen des Hurrikans. Auch das zeigte die Deutlichkeit: wie sich draußen ein Baum beugte, wie er knickte, weil er der Gewalt der Böen nicht länger standhalten konnte, wie sein altes, regennasses Holz nachgab und brach. Der dicke Stamm wurde dicht hinter einem geborstenen, offenen Fenster auf den Boden geschmettert, und Äste streiften die Mauer.

Für einen Moment war Nikolas abgelenkt, denn er fragte

sich, was mit ihm geschehen wäre, wenn er dort draußen gestanden hätte. Wäre die Kraft des Schutzengels – *seine* Kraft – ausreichend gewesen, um auch damit fertigzuwerden?

Der Mann mit der Null bewegte sich erstaunlich schnell, nur unwesentlich verlangsamt von Nikolas' Deutlichkeit. Er kam hinter der Ecke hervor und schoss auf die Silhouette, die er vor dem fernen Licht der Taschenlampen erkannte.

Es knallte nicht. Der Schuss war eher wie ein Donnergrollen und das Mündungsfeuer wie ein Blitz in stürmischer Nacht. Schmerz zuckte durch Nikolas' linke Hand. Mehr verwundert als erschrocken senkte er den Blick und starrte auf seinen blutenden Handrücken. Die Kugel hatte ihn nur gestreift – der Schmerz ließ bereits nach, und die Wunde begann sich zu schließen.

Du hast nicht aufgepasst, dachte Nikolas verblüfft.

Es tut mir leid.

Die Kugel hätte mich an anderer Stelle treffen können, erwiderte Nikolas ungläubig. In der Brust, wie bei Bruno. Oder in den Kopf.

Das hätte ich nicht zugelassen.

Aber du hast zugelassen, dass sie meine Hand trifft!

Nikolas betrachtete die Hand. Ihr Rücken wies nur noch einen dunklen Fleck auf.

Ich habe sie geheilt. Du bist unverletzt.

Die Null schoss erneut, und diesmal flog die Kugel an Nikolas vorbei, weil er wollte, dass sie an ihm vorbeiflog. Schnelle Schritte trugen ihn zu dem Mann, der verblüfft die Augen aufriss, als er die Hand mit der Pistole hob und sich in Höhe des Kehlkopfes in den Hals schoss. Blut spritzte, der Mann ging röchelnd zu Boden. Seine Waffenhand bewegte sich noch immer und richtete die Pistole auf den zweiten Mann, die braune, Unheil verheißende Dreizehn. Diesmal traf ihn das Unheil selbst, in Form einer Kugel, die in seinen offenen Mund eindrang und den Hinterkopf in einer Fontäne aus Blut, Gehirnschleim und Knochensplittern verließ.

So viel Blut, dachte ein anderer Teil von Nikolas. So viel Schmerz. So viel Tod.

Im Atrium riss das Dach auf. Nikolas stand am Rand und beobachtete, wie die Aluminiumplatten dem wütenden Zerren des Hurrikans nachgaben, wie das Glas brach und seine Bruchstücke, klein und groß, nach oben gerissen wurden. Wind packte die Pavillons, zerriss Planen und Bespannung, stieß Tische um, schleuderte Stühle fort. Regen strömte herab, erreichte den Flur und floss über Fliesen.

Nikolas ging weiter, noch immer in eine schützende Blase gehüllt, die allerdings keinen absoluten Schutz gewährte. Er musste aufpassen und konzentriert bleiben, er durfte sich nicht zu sicher fühlen, weil er dann Fehler beging.

Wir sind stark, grollte der Schutzengel in ihm. *Nichts kann uns bezwingen.*

Dort befand sich das Zimmer, das er zuvor mit den Augen der Deutlichkeit gesehen hatte, der Raum, der einer medizinischen Behandlungsstation ähnelte. Die Tür war geschlossen und von innen verriegelt, aber ein Gedanke genügte, sie zu öffnen – sie sprang auf, schwang zur Seite und stieß mit solcher Wucht gegen einen Instrumententisch, dass mehrere medizinische Geräte zu Boden fielen.

Die beiden Pflegerinnen wichen erschrocken zurück, neben das heil gebliebene Fenster. Die Fensterscheiben vibrierten und klirrten. Die schützenden Bretter hinter ihnen wackelten und schienen gegen die Nägel anzukämpfen, die sie an Ort und Stelle hielten.

Nein, dachte Nikolas. Nein.

Das Klirren ließ nach, die Bretter lösten sich nicht, schützten das Fenster weiter vor dem Hurrikan.

»Wo sind ihre Sachen?« Nikolas blieb neben der Liege mit Sonja stehen. Unter dem Laken trug sie nur einen cremefarbenen Patientenkittel. Er griff nach ihrem Arm und zog die

Infusionsnadel aus dem Katheter, löste dann auch den Katheter selbst. Die Infusionsflasche stieß er achtlos beiseite.

Sonja blickte aus leeren Augen zu ihm auf. Sie erkannte ihn nicht, sie wusste nicht, was mit ihr geschah.

»Ihre Sachen!«, wiederholte Nikolas mit mehr Nachdruck.

Eine der beiden Pflegerinnen eilte ins Nebenzimmer. Die andere stand neben dem Fenster, den Kopf gedreht und mit der Seite an die Wand gedrückt. Ihr Gesicht rötete sich, weil sie keine Luft bekam. Etwas knetete ihren Hals.

Nein, dachte Nikolas. Nein.

Sie ist ebenso schuldig wie die anderen!, erwiderte der Schutzengel. *Sieh nur, was sie mit Sonja gemacht hat!*

Nein!

Die erste Frau kehrte mit einigen Kleidungsstücken aus dem Nebenzimmer zurück. Die zweite Frau am Fenster konnte plötzlich wieder atmen und schnappte nach Luft.

Nikolas streifte das Laken zurück und begann Sonja anzuziehen. Dünne Strümpfe mit einem Blumenmuster, dann eine Jeans. Er hob den Patientenkittel, unter dem große, runde Brüste zum Vorschein kamen, und ersetzte ihn durch ein blaues T-Shirt mit einem großen Smiley.

»Schuhe!«, befahl er. »Wir brauchen Schuhe!«

Die erste Pflegerin huschte erneut ins Nebenzimmer. Die zweite machte einige zögernde, vorsichtige Schritte, und als Nikolas nicht reagierte, floh sie hinaus in den Flur.

Was ein Fehler war. Sie kam bis zum Atrium, dem Tosen des Hurrikans ausgesetzt, und wurde dort von einer Vase getroffen, die ihr den Schädel zertrümmerte. Der prasselnde Regen nahm ihr Blut und vermischte es mit dem der anderen.

Die erste Frau brachte ein Paar Sneakers. Nikolas streifte sie Sonja über die Füße.

»Komm, Sonja«, sagte er. »Steh auf! Hörst du? Steh auf!«

Er stützte sie, den Arm um ihre Taille geschlungen, als sie

über den Rand der Liege rutschte und schließlich stand, auf Beinen, die unter ihr nachzugeben drohten. Ihr Blick ging ins Leere.

»Was haben Sie ihr gegeben?«, zischte Nikolas.

Die Pflegerin wich zurück. »Nichts. Ich habe ihr nichts gegeben. Ich bin nur …«

Etwas drehte ihren Kopf zur Seite, und dann noch etwas weiter, nach hinten.

Nein, dachte Nikolas. Nein!

Er brachte Sonja zur offenen Tür, während die Frau hinter ihnen zu Boden sank, nicht tot, aber zu Tode erschrocken. Einen Moment lag sie da und rieb sich den schmerzenden Hals. Dann kroch sie unter einen der Tische.

Nikolas wankte mit Sonja durch den Flur. Einige Regentropfen durchdrangen die vom Schutzengel geschaffene Blase und klatschten in Sonjas blasses Gesicht. Sie blinzelte.

»Nick? Bist du das?«

»Ja!« Er hätte schreien können vor Freude darüber, dass sie ihn erkannte. »Jetzt wird alles gut, du wirst sehen! Von jetzt an passe ich immer auf dich auf!«

Sie erreichten den Ausgang. Die große Tür war abgeschlossen, aber der Schutzengel zertrümmerte das Schloss.

Der Hurrikan nahm sie in Empfang, als sie das Gebäude verließen.

FÜNF

Ein neues Leben

MANN UND FRAU

73

Der Sturm wütete im Urwald, knickte Bäume und entwurzelte sie, zerriss Büsche und Sträucher. Seine Regenfluten verwandelten kleine Bäche in reißende Ströme. An den steilen Hängen bildeten sich Wasserfälle, und schlammiger Boden machte das Klettern schwer. Das Heulen des Hurrikans übertönte alles andere.

Der schmale Weg, den Nikolas zuvor mit den Augen der Deutlichkeit gesehen hatte, führte erst zwischen zwei Hügeln durchs Dickicht und schlängelte sich dann am Hang eines Berges empor. Die schützende Blase umgab sie beide, aber ihr Schutz bekam Lücken und Risse, durch die der Wind den Regen schleuderte, denn Nikolas wurde müde. Er stützte Sonja, so gut es ging, und begriff, dass sie so bald wie möglich rasten mussten. Die Augen der Deutlichkeit fanden hundert Meter weiter oben eine Höhle, hinter einem großen Felsen, der dem Sturm trotzte, und dorthin brachte er Sonja.

»Gleich haben wir's geschafft!«, rief Nikolas, damit sie ihn hörte. »Eine Höhle. So wie damals, erinnerst du dich? Als wir die Abkürzung über den Berg nehmen wollten.«

»Es ist dunkel.« Sie murmelte nur, aber er hörte sie trotzdem. »Es ist dunkel …«

Licht, dachte Nikolas. Wir brauchen Licht.

Ein Blitz flackerte.

»Hast du gesehen?«, rief Nikolas. »Es ist nicht mehr weit!«

Meter um Meter kämpfte er sich durch den Schlamm nach oben, während die schützende Blase weitere Risse bekam, groß genug für Regen und Wind. Als sie schließlich den großen Felsen erreichten, zitterten Nikolas vor Anstrengung die Knie, und er fühlte eine tiefe Erschöpfung, die Arme und Beine schwer werden ließ.

Sonja schreckte vor der Finsternis in der Höhle zurück.

»Ich bin bei dir«, beruhigte sie Nikolas. »Jetzt kann dir nichts mehr passieren.«

»Nick?«, fragte sie ungläubig. »Nick?«

»Ja, ich bin es.« Er schob sich mit Sonja durch den schmalen Höhleneingang und fühlte dabei, wie die schützende Blase verschwand.

Sie klammerte sich an ihm fest, als es tiefer im Innern der Höhle noch dunkler wurde. »Nick! Lass mich nicht allein!«

»Nein, keine Sorge, ich bleibe bei dir.«

Etwas bewegte sich in der Finsternis vor ihnen und knurrte. Der Schutzengel knurrte lauter.

Ein Tier sprang an ihnen vorbei und floh nach draußen. Nikolas sah nur spitze Zähne, mehr nicht – auch die Deutlichkeit wurde müde. Er nutzte ihren Rest, um eine saubere Stelle auf der einen Seite der Höhle auszuwählen, und ließ Sonja dort vorsichtig zu Boden sinken. Sie zitterte, aber nicht vor Kälte, denn trotz des draußen tosenden Sturms blieb es warm.

Rasch streifte er das nasse T-Shirt ab, wrang es aus und verwendete es als Kopfkissen für Sonja. Als es nicht genügte, zog er auch die Hose aus, faltete sie zusammen und legte sie unter das T-Shirt.

Sonja langte mit beiden Händen nach ihm und hielt ihn fest. »Geh nicht weg!«

»Ich bleibe bei dir.« Er legte sich neben sie, und sofort

kam sie näher und schlang die Arme um ihn. Sie zitterte noch immer.

Eine Zeit lang lagen sie still da und lauschten dem Brüllen des Sturms.

»Sie haben dich zerbrochen, Sonja«, sagte Nikolas schließlich, die Stimme schwer von Müdigkeit. »Ich muss dich wieder zusammensetzen. Aber wie, Sonja? Wie?«

»Ich brauche eine Kerze«, wimmerte sie.

»Hier gibt es keine.«

»Und ich brauche Streichhölzer. Oder ein Feuerzeug.«

»Ich hole dir Kerzen, aber nicht jetzt, Sonja«, murmelte Nikolas. Die Augen fielen ihm zu. »Wenn wir das alles hinter uns haben ... dann bekommst du so viele Kerzen und Streichhölzer, wie du willst.«

Er schlief ein.

Als Nikolas erwachte, war es noch immer dunkel, aber der Sturm heulte nicht mehr. Er pfiff nur noch, und auch das Prasseln des Regens hatte nachgelassen.

»Nick?«

Er fühlte Sonjas Atem auf der Wange. »Ja?«

Sie kam noch näher. »Endlich bist du da, Nick. Ich habe gewartet. So lange habe ich gewartet ...«

Ihre Lippen, warm und weich, fanden seinen Mund.

74

Erstes, zaghaftes Licht fiel in die Höhle, strich Nikolas über die Lider und weckte ihn. Vorsichtig richtete er sich auf. Sonja lag neben ihm, mit dem Gesicht zur Höhlenwand, die Beine angezogen, der Rücken krumm. Er betrachtete sie einige Sekunden lang, hörte ihren regelmäßigen Atem und stellte fest, dass er sich sonderbar fühlte.

Er erhob sich leise. Sonjas Kopf lag nicht mehr auf seinem Shirt und seiner Hose, sondern auf ihrem angewinkelten

Arm. Er nahm seine Kleidung, zog sich an, dann schlich er auf Zehenspitzen zum Höhleneingang und blickte nach draußen. Bleigraue Wolken bedeckten den Himmel, und es wehte noch immer starker Wind, aber der Sturm, der Hurrikan, war weitergezogen.

Nikolas trat nach draußen. Der warme Wind zerzauste ihm das Haar, als er zwischen den Felsen den Hang hinaufkletterte, eine Pfütze fand und daraus trank. Anschließend kletterte er noch etwas weiter, bis er sich hoch genug glaubte. Er sah nach Westen, dorthin, wo sich die Gebäude der New Earth Foundation befanden. Doch einer der beiden Hügel, die sie in stürmischer Dunkelheit passiert hatten, verwehrte ihm die Sicht.

Er ließ sich nieder und die Augen der Deutlichkeit fliegen, trotz der heftigen Kopfschmerzen, die kurz nach dem Erwachen begonnen hatten, und hielt nach Verfolgern Ausschau. Doch im tropfnassen, dampfenden Grün der dichten Vegetation bewegten sich keine Menschen, nur Tiere.

Nikolas merkte plötzlich, wie hungrig er war. Wann hatte er zum letzten Mal etwas gegessen? Es musste anderthalb Tage her sein, vielleicht sogar noch länger – es fiel ihm schwer, sich zu erinnern, den Überblick zu behalten. Was im Hauptgebäude der Foundation geschehen war, hatte ihn viel Kraft gekostet, und das Ergebnis bestand aus Schwäche, selbst nach stundenlangem Schlaf.

Die Augen der Deutlichkeit flogen noch etwas weiter und fanden … hungriges Leben.

Dieser Körper war nicht schwach. Er steckte voller Muskeln, und einige von ihnen spannten sich zum Sprung. Das Tier, in dem Nikolas steckte, flog zwei oder drei Meter, vom Ast zur Beute im lichten Unterholz. Das andere Geschöpf versuchte zu fliehen, aber es reagierte nicht schnell genug. Zähne – Nikolas' Zähne – bohrten sich ihm in den Nacken, zerbissen Fleisch und Knochen. Blut strömte.

»Nein«, ächzte er. »Nein.« Er stand auf, wieder Mensch

geworden, aber noch immer hungrig, so hungrig, dass ihm das Blut des Opfers verlockend erschienen war.

»Nein«, sagte er noch einmal und hörte ein Knurren in Magen und Kehle, als er sich auf den Rückweg zur Höhle machte.

Sonja stand im schmalen Höhleneingang, die großen Augen voller Sorge. Erleichterung erschien in ihrem Gesicht, als sie ihn sah.

»Nick! Ich dachte schon, du wärst weg!«

Er eilte zu ihr. »Ich habe mich umgesehen und nach Verfolgern Ausschau gehalten, aber es gibt keine. Ich denke, die Überlebenden in den Gebäuden haben Besseres zu tun, als uns zu suchen.« Das hatte Nikolas eigentlich nicht sagen wollen, aber die Worte ließen sich nicht zurücknehmen. Er fügte ihnen schnell andere hinzu. »Oder sie vermuten uns im Westen der Insel, an der Küste. Bei den Anlegestellen. Warum sollten sie annehmen, dass wir uns nach Osten gewandt haben? Ja, ich wette, man sucht uns im Westen. Hast du gehört? Ich habe ›ich wette‹ gesagt, so wie du. Es ist ein weiter Weg bis zum Fischerdorf in der Bucht im Osten. Zu weit für einen jungen Mann und eine junge Frau, die keinen Proviant haben, nichts zu essen und nichts zu trinken.« Die Worte kamen so schnell wie früher, gingen ineinander über. Nikolas versuchte, sie voneinander getrennt zu halten, mit genug Abstand zwischen ihnen. »Hast du Durst? Komm, ich zeige dir eine Pfütze, aus der man trinken kann.«

Gemeinsam kletterten sie langsam und vorsichtig ein Stück den Hang hinab.

Mann und Frau, dachte Nikolas, als Sonja an der mit Regenwasser gefüllten Felsmulde kniete und trank. Er erinnerte sich daran, was in der Höhle geschehen war. Wir sind keine Kinder mehr, dachte er, nicht mehr Junge und Mädchen. Wir sind Mann und Frau.

Die Kopfschmerzen wurden stärker, ein Trommeln zwischen den Schläfen. Schwindel erfasste ihn, und er blinzelte mehrmals, um die bunten Schlieren vor seinen Augen zu vertreiben.

Als er wieder klar sehen konnte, hatte sich mit Sonja ein Wandel vollzogen. Sie bestand aus golden schimmernden Zahlen, von Kopf bis Fuß, mit Haut und Haar. Jede Bewegung brachte wogende Veränderungen in die vielen Zahlen und fügte der von ihnen ausgehenden Musik einige Takte hinzu.

Nikolas schüttelte den Kopf – auf diese Weise wollte er Sonja nicht sehen. Er hob die Hände und rieb sich die summenden, stechenden Schläfen, schloss dabei die Augen. Als er sie wieder öffnete, hatte Sonja genug getrunken und richtete sich auf. Die Zahlen existierten noch – eine Frau aus goldenen Einsen –, aber er musste sie nicht sehen, wenn er nicht wollte.

»Ich erinnere mich an … Blut, an Tote«, sagte Sonja. »Du hast sie getötet, nicht wahr?«

Erinnerungsbilder zeigten ihm die Leichen im Flur, von Glassplittern zerfetztes Fleisch, Blut auf dem Boden und an den Wänden.

»Es ging nicht anders«, antwortete er leise. »Ich musste uns schützen.«

»Wie viele, Nick? Wie viele Menschen sind gestorben?«

Es war ein klarer Moment von Sonja, und er brachte eine Art von Klarheit, die Nikolas Unbehagen bereitete.

»Ich weiß es nicht.« Ich habe die Toten nicht gezählt, dachte er, oder vielleicht stammte der Gedanke vom Schutzengel.

»Es waren viele«, sagte Sonja. »Viele.«

Er trat auf sie zu, und für eine Sekunde schien es, als wollte sie vor ihm zurückweichen.

»Ich musste dich schützen, uns beide.« Nikolas umarmte sie sanft. »Ich habe versprochen, dich zu retten. Von jetzt an bin ich immer für dich da.«

Ich bin immer bei dir, dachte Nikolas. Diese Worte hatte er damals als Kind gehört.

»Er war es, nicht wahr?« Sonja sprach mit dem Kopf an seiner Schulter. »Dein Freund.«

»Ja.«

»Ist er jetzt hier?«

»Ja.«

»Wo ist er, in diesem Augenblick?«

Nikolas schwieg.

»Er steckt in dir drin, nicht wahr?«

Was sollte er dazu sagen? Er nickte.

»So wie die bunten Linien in mir drinstecken«, fuhr Sonja fort. »Die Knäuel, die ich male, die Linien von Gegenwart und Zukunft … Sie sind in mir, ein Teil von mir. Wir sind, was wir sind, Nick, das lässt sich nicht ändern. Damit müssen wir leben.« Nikolas wusste, dass sich ihre Augen trübten, obwohl sie ihn nicht ansah. »Aber meine Linien bringen niemanden um.«

75

Sonjas klare Momente waren selten, und meistens blieben sie genau das: Momente, die schnell vorübergingen. Oft starrte sie ins Leere, und vielleicht sah sie dabei die Dunkelheit, vor der sie sich fürchtete und die sie zerbrochen hatte. Manchmal murmelte sie vor sich hin, Worte, die Nikolas nicht verstand und die nicht einmal für den Schutzengel Sinn ergaben.

Den ersten Tag verbrachten sie damit, über den Berg zu klettern. Mit der Deutlichkeit suchte Nikolas nach dem leichtesten Weg, der jedoch nicht der kürzeste war. Gegen Mittag mussten sie sich verstecken, weil ein Helikopter kam und über Urwald und Bergen kreiste.

»Sie suchen uns«, sagte Nikolas und zwängte sich noch etwas tiefer in die Lücke zwischen den Felsen. Sonja lag direkt neben ihm.

»Früher oder später werden sie uns finden.«

»Nein.« Das werde ich verhindern, dachte Nikolas.

»Sie werden nicht aufgeben«, sagte Sonja. »Sie werden überall nach uns suchen. Überall.«

»Ich werde uns schützen.«

»Du und dein Freund.«

»Ja. Bei mir bist du sicher.«

Die letzten Worte erreichten Sonja nicht mehr, denn ihr Geist zog sich wieder zurück in jene andere Welt, in der sie vor Dr. Samanta, Monsieur Depellier und den anderen Zuflucht gesucht hatte.

Eine halbe Stunde lang flog der Helikopter über Hänge und Gipfel der Bergkette, bis er schließlich abdrehte und nach Westen verschwand. Nikolas beschloss, noch etwas länger zu warten, eine weitere Viertelstunde, danach kroch er mit Sonja zwischen den Felsen hervor und setzte den Abstieg auf der östlichen Seite des Berges fort. Er brauchte sie nicht mehr zu stützen, sie ging von allein, aber er musste ihr die Richtung weisen. Oft nahm er einfach ihre Hand und zog sie behutsam hinter sich her.

Der Abend dämmerte, als der Höhenzug, der die Insel Coronda in zwei Hälften teilte, endlich hinter ihnen lag. Direkt vor ihnen erstreckte sich das grüne Dickicht des Urwalds bis zur Küste im Osten.

»Sind wir bald da?«, fragte Sonja, als es dunkler wurde. Regenwolken zogen über den Himmel, und erste Tropfen fielen, als die Vegetation dichter zu werden begann. »Sind wir bald zu Hause?«

»Ja, bald«, versprach Nikolas. »Hab nur noch ein wenig Geduld.«

Die Dunkelheit der Nacht kam schnell in den Tropen.

»Du hast versprochen, mir Kerzen zu bringen«, sagte Sonja. »So viele Kerzen, wie ich möchte. Wo sind sie?«

Nikolas blieb am Rand einer kleinen Lichtung stehen. »Hier gibt es keine Kerzen, nicht eine einzige.« Schmerz wie von einem Messerstich durchzuckte seinen Unterleib. Er krümmte sich zusammen.

»Was ist mit dir?«, fragte Sonja.

Er beugte sich zur Seite und würgte. Im Verlauf des Tages hatten sie immer wieder Gelegenheit gefunden, Regenwasser zu trinken oder ihren Durst an Bächen zu stillen, aber für Nikolas war dies der zweite Tag – mindestens, dachte er – ohne Nahrung.

»Magenkrämpfe«, antwortete er. »Wir brauchen etwas zu essen.« Er ergriff Sonjas Hand. Er sah sie mit seiner Deutlichkeit, ihr verklebtes rotblondes Haar, ihre schmutzige Kleidung. Für sie war er kaum mehr als eine Silhouette. »Ich suche uns etwas. Du bleibst hier und rührst dich nicht von der Stelle, hast du gehört?«

»Du willst mich allein lassen?«, entfuhr es ihr erschrocken. »Es ist dunkel!«

»Ich bleibe nicht lange fort.« Nikolas versuchte, den bohrenden Schmerz in der Magengrube zu ignorieren. »Ich hole uns nur ein paar Früchte.«

Sonja zitterte wieder. »Kannst du ein Feuer machen?«

»Hier ist alles nass, und ich habe weder Streichhölzer noch Feuerzeug.«

Sonja blickte sich um. Furcht holte sie ins Hier und Jetzt. »Dies ist ein Dschungel, ein tropischer Dschungel. Hier gibt es giftige Schlangen und Spinnen, groß wie eine Hand!«

»Nicht für uns. Mein Schutzengel vertreibt alles, was uns gefährlich werden könnte.«

»Kann er … hierbleiben, während du nach Früchten suchst?«

Nick dachte darüber nach. Konnte der Schutzengel Sonja an diesem Ort beschützen und gleichzeitig bei ihm sein?

Ja, antwortete eine Stimme tief in ihm.

»Ja«, sagte er. »Du brauchst keine Angst zu haben.« Er ließ Sonjas Hände los, berührte sie an der Wange und schlüpfte ins Dickicht. Nach einigen Metern blieb er stehen und würgte erneut, spuckte aber nur, denn sein Magen enthielt nichts, das er erbrechen konnte.

Die Suche dauerte länger als erwartet. Immer wieder verwandelte sich die Welt um ihn herum in eine Landschaft aus Zahlen und Tönen, verwoben zu Hunderten oder Tausenden unterschiedlicher Melodien. Dann musste er innehalten und blinzeln, bis aus Zahlen, Musik und glitzernden Farben wieder Bäume, Büsche und Sträucher wurden und manchmal auch Tiere, die tot im Gebüsch lagen, mit verdrehten Hälsen oder zertrümmerten Köpfen. Blut floss, auch hier, und versickerte im weichen Boden. Eine Schlange dick wie ein Arm fiel aus einem nahen Baum und kroch einen Meter weit auf ihn zu, bevor sie sich eines Besseren besann und davonglitt.

Sie kam nicht weit. Etwas packte ihren Kopf und drückte zu, und Nikolas hörte ein Knacken, als Knochen brachen.

Er fand Früchte – einige ähnelten Bananen, andere Äpfeln und zu groß geratenen Stachelbeeren – und machte sich auf den Rückweg, geplagt von heftiger werdenden Kopfschmerzen. Als er sich der Lichtung näherte, riss die dichte Wolkendecke auf, und der Vollmond erschien, silbern und hell.

Sonja stand nackt auf der Lichtung – sie hatte sich vom Regen waschen lassen. Einige letzte Tropfen fielen, als sie dem Mond die Arme entgegenstreckte, wie um mehr von seinem Licht zu empfangen.

Nikolas fand sie wunderschön. Für einige Sekunden vergaß er seine Kopfschmerzen.

»Ich bin wieder da«, sagte er. »Sieh nur, was ich mitgebracht habe.«

Im Mondschein kam sie auf ihn zu. »Bist du das, Nick?«

»Ja«, antwortete er, der Mund plötzlich trocken. »Ich bin's.«

Ich habe sie beschützt, flüsterte die Stimme tief in Nikolas. *Ich habe nichts in ihre Nähe gelassen.*

Sonja nahm eine Frucht und biss hinein. »Oh, das schmeckt gut.«

»Ich habe noch mehr. Sieh nur!«

Sie setzten sich ins Gras am Rand der Lichtung. Pass auf uns auf, dachte Nikolas, als er eine der bananenartigen Früchte nahm, sie schälte und einen Bissen probierte. Er wusste nicht, wonach sie schmeckte, es war auch nicht wichtig. Bitte pass gut auf uns auf.

Ich werde nicht zulassen, dass euch etwas zustößt, versprach der Schutzengel.

»Gut«, murmelte Nikolas. »Das ist gut.«

»Was ist gut?«, fragte Sonja.

Nikolas lächelte. »Dass wir Mann und Frau sind.«

Sie legte die zweite Frucht beiseite.

»Komm«, sagte sie und streckte nicht dem Mond die Arme entgegen, sondern ihm. »Komm.«

WIR BLEIBEN ZUSAMMEN

76

Bis zur Ostküste der Insel war es nicht sehr weit, aber sie stießen immer wieder auf Hindernisse, die sie aufhielten: tiefe Gräben, von den Regenfluten angeschwollene reißende Flüsse, glatte Felswände oder so dichte Vegetation, dass man Macheten gebraucht hätte, um sich einen Weg zu bahnen. Am ersten Tag versteckten sie sich zweimal im Dickicht, weil der Helikopter zurückkehrte und über dem Dschungel kreiste, wobei er mehrmals direkt über sie hinwegflog. Nikolas spähte durch kleine Lücken im Blätterdach nach oben und fragte sich, ob der Hubschrauber mit Infrarotkameras ausgestattet war und ob man sie mit solchen Wärmebildkameras entdecken konnte. Noch etwas anderes fiel ihm ein.

»Bist du operiert worden?«, fragte er Sonja. »Bist du jemals mit einer kleinen Wunde aufgewacht, mit einem Pflaster oder Verband, den du vorher nicht hattest?«

Sie sah ihn an, aber ihre Augen blieben trüb – sie war nicht ganz bei sich.

»Ich meine, haben sie dir etwas eingesetzt, einen kleinen Sender vielleicht, etwas, das den Leuten von der Foundation hilft, dich zu finden?«

»Einen Sender? Du meinst … Sie können mich finden und zurückholen?«

Er hauchte ihr einen Kuss auf die Wange. »Entschuldige! Ich wollte dir keine Angst machen.«

Nikolas betrachtete sie mit der Deutlichkeit und sah: das Blut in ihren Adern, dunkelrote Flüsse in einem weitverzweigten Netz aus Venen und Arterien; das Herz, wie es unermüdlich schlug; die Lungenflügel, wie sie sich ausdehnten und zusammenzogen; die endlosen Windungen des Darms; die übrigen Organe, dunkle Klumpen unter transparenter Haut; Muskelstränge wie glühende Straßen, auf denen die schimmernden Funken von Nervenimpulsen reisten; die Knochen als weißes und graues Gerüst; das Gehirn mit den kleinen Blitzen elektrischer Aktivität.

»Nichts«, sagte er und schlang die Arme um Sonja. »Ich habe nichts gefunden.«

Er hielt sie, bis das Wummern des Helikopters leiser wurde und verschwand, bis die Geräusche des Urwalds zurückkehrten. Dann brachen sie wieder auf und setzten den Weg nach Osten fort.

Am zweiten Abend im Urwald, als sie von gesammelten Früchten und Beeren aßen, hatte Sonja einen ihrer klaren Momente und fragte: »Was soll aus uns werden, Nick?«

»Ich werde immer bei dir sein«, antwortete er. »Ich werde dich immer beschützen.«

»Deine Stimme klingt anders.«

»Wir haben uns beide verändert, Sonja. Wir sind keine Kinder mehr. Wir sind erwachsen.« Oder fast, dachte Nikolas. Es fehlten noch einige Monate bis zu seinem siebzehnten Geburtstag. Aber vielleicht spielte die Anzahl der Jahre weniger eine Rolle. Vielleicht war es wichtiger, wie man die Jahre gelebt und wie viele Gedanken man gedacht hatte.

Sonja starrte in die Dunkelheit. Solange Nikolas bei ihr war, fürchtete sie sich etwas weniger vor der Finsternis.

»Ich meine … wie soll es weitergehen?«, fragte sie. »Wenn wir die Küste erreichen? Wie wird unser Leben sein?«

»Es wird schön sein«, sagte Nikolas.

Sonja lachte, zum ersten Mal seit Beginn ihrer Flucht. Etwas fiel von ihr ab, und für einige wenige Sekunden wurde sie wieder zu der Sonja vor dem Wolkenkuckucksheim.

»Ich könnte ein Bild von uns malen, von unseren Linien, dann wüsste ich Bescheid.« Das Unbeschwerte verschwand, Ernst und Kummer kehrten zurück. »Aber ich habe kein Papier und keine Stifte.«

»Du wirst beides bekommen«, versprach Nikolas.

Am nächsten Tag kamen sie schneller voran, denn es gab keine Gräben oder Schluchten mehr, denen sie ausweichen mussten, und beim einzigen Fluss, den es zu überqueren galt, fanden sie schnell eine seichte Stelle. Wenn sich das Blätterdach über ihnen lichtete, suchten Nikolas' Augen den Himmel ab, und er hielt auch mit der Deutlichkeit nach dem Helikopter Ausschau. Doch er erschien nicht, der Himmel blieb leer. Bedeutete das, dass die Suche nach ihnen eingestellt war?

»Ich habe sie gesehen, weißt du«, sagte Sonja, als sie über einen Baum kletterten, der vom Sturm umgerissen worden war. Dahinter schlängelte sich ein Bach nach Osten.

»Was hast du gesehen?«

»Die toten Tiere. Rechts und links von uns. Im Gebüsch. Im hohen Gras. Ich habe sie gesehen.«

Nikolas blickte in den Bach. Einige Sonnenstrahlen fanden zum Wasser und schufen glitzernde Reflexionen, die sich ausbreiteten und alles bedeckten, auch Sonjas Gesicht. Er vertrieb sie mit mehrmaligem Blinzeln.

»Er hat sie getötet, nicht wahr? Dein Freund.«

»Ja«, gestand Nikolas.

»Nichts kommt an uns heran«, sagte Sonja. »Er hält alles von uns fern.«

»Alles, was uns gefährlich werden könnte.«

»Aber warum tötet er? Er könnte die Tiere auch verscheuchen. Stattdessen bringt er sie um.«

77

Das grüne Dickicht gab sie frei, und nach einigen wenigen Schritten erreichten sie einen breiten Strand.

Sonja sank in den Sand.

»Ich kann nicht mehr«, sagte sie. »Ich bin fix und fertig.« Sie blickte übers Meer. »Wo ist die Bucht? Wo ist das Fischerdorf, von dem du erzählt hast?«

»Es ist bestimmt nicht weit entfernt.« Nikolas blickte nach links und rechts, nach Norden und Süden. »Komm, nur noch ein kleines Stück.« Er ergriff sie an den Armen und zog sie behutsam hoch. »Nur noch ein kleines Stück.«

Er brachte sie zur Wassergrenze, dorthin, wo der Sand feucht war und man besser auf ihm gehen konnte. Sonja wankte und taumelte neben ihm – es fiel ihr sichtlich schwer, sich auf den Beinen zu halten. Ihr Blick hatte sich wieder nach innen gekehrt, und sie reagierte nicht auf die Worte, die Nikolas an sie richtete.

Die Sonne versank bereits im Meer, als sie die kleine Bucht mit dem Fischerdorf erreichten. Der Urwald wich zurück, Häuser und Hütten schmiegten sich an die Hänge. An der nächsten Anlegestelle kletterte gerade ein in die Jahre gekommener blonder Mann aus einem Fischerboot.

Nikolas trug Sonja mehr, als dass er sie führte. »Bitte, wir brauchen Hilfe!«, rief er auf Englisch.

Der Mann trat vom Steg auf den Strand und näherte sich.

»Woher kommt ihr denn?« Er deutete auf Sonja. »Was ist mit ihr?«

Der Schutzengel knurrte tief in Nikolas, aber so leise, dass der Mann ihn nicht hörte.

»Wir …« Mehrere Geschichten fielen Nikolas ein. Er wählte die aus, die ihm als die bessere erschien. »Wir sind mit unserem Boot in den Sturm geraten, auf der anderen Seite der Insel.« Etwas, vielleicht eine neue Art der Deutlichkeit, nahm seine Worte und setzte sie dem Mann direkt in den Kopf, ohne den Ballast von Zweifel. »Meine … Frau …«, fuhr er fort. »Sie hat einen Schock erlitten. Bitte, können Sie uns helfen?«

Meine Frau, dachte Nikolas. Es klang gut, es klang richtig.

»Ethan«, antwortete der Mann. »Ich bin Ethan. Du kannst mich duzen. Wir duzen uns hier alle. Und, Himmel, natürlich helfe ich euch.« Er stützte Sonja auf der anderen Seite. »Ich bringe euch zu meinem Haus dort oben.« Er deutete den Hang hinauf und dann zum Boot. »Den Korb mit den Fischen hole ich später.«

Geschichten, dachte Nikolas und erinnerte sich an Christian. Geschichten konnten mächtig sein, denn sie wirkten sich auf das Denken und Fühlen von Menschen aus, veränderten ihre Realität.

Die Geschichte von Ethan und Rachel, wie seine Frau hieß, war schlicht, ebenso wie ihr Leben. Im Lauf der Jahre hatte sich irgendwann so viel Frust angesammelt, dass sie ihre Heimat in den Vereinigten Staaten verlassen und ein neues Leben begonnen hatten, einfach und überschaubar, in einer einfachen und überschaubaren kleinen Welt und im Einklang mit der Natur, wie die knapp fünfzig Jahre alte Rachel betonte. Eine Erbschaft hatte nicht nur die Entscheidung erleichtert, sondern auch den Start in eine neue Existenz. Seit mehr als zwanzig Jahren lebten die beiden Aussteiger Ethan und Rachel auf Coronda, in einem Backsteinhaus, das dem Sturm standgehalten hatte, zwar mit Elektrizität, aber ohne Fernsehen und Computer. Das Fischerboot war vor allem ein Symbol und ein Hobby, das den Vorteil bot, mit frischen Fischen zum Lebensunterhalt beizutragen.

Vor fünfundzwanzig Jahren hatte die schwangere Rachel ihr Kind verloren. Sie behauptete, längst darüber hinweg zu sein, und das glaubte sie wohl auch, aber mit der Deutlichkeit sah Nikolas die leere Stelle in ihrem Innern. Ein kleiner Anstoß genügte, um sie zu füllen, und aus Sonja wurde eine

Art Ersatztochter. Das Alter schien zu passen – Nikolas behauptete, sie wäre zweiundzwanzig und er selbst einundzwanzig. Die Fahrt mit dem Boot wäre ihre Hochzeitsreise gewesen. Dass sie in den Sturm geraten waren, Geld, Ausweise und alles andere verloren hätten – bis auf das, was sie am Leib trugen –, mochte ein Wink des Schicksals sein, erklärte Nikolas, während Sonja im Gästezimmer, das Ethan und Rachel ihnen beiden zur Verfügung gestellt hatten, den Schlaf der Erschöpfung schlief. Denn, so fuhr er fort, sie hätten selbst darüber nachgedacht, Abschied zu nehmen von den Zwängen und dem Stress der modernen Gesellschaft und ein einfaches Leben zu führen, so nahe bei der Natur wie möglich.

In der ersten Nacht, zwischen Schlafen und Wachen in einem großen Bett mit Sonja, die wieder mit angezogenen Beinen und krummem Rücken neben ihm lag, sah Nikolas Türen und Wege mit Zahlen, die Zweck und Verlauf beschrieben. In einigen dieser Türen stand Sonja, wie sie damals gewesen war, zwölf oder dreizehn Jahre alt, er wusste es nicht genau, mit goldenem Haar und knospenden Brüsten, die Augen voller Neugier und Sehnsucht nach Leben. Andere Türen und Wege waren leer und führten in graue Unbestimmtheit. Er fragte sich, was das bedeutete.

Eine Zeit lang lauschte er Sonjas Atemzügen, schickte seine anderen Augen und Ohren durchs Haus und hörte, wie Ethan und Rachel in ihrem Schlafzimmer leise miteinander sprachen. Er suchte nach Zweifel und Argwohn, fand aber nur von ihm selbst gepflanzte Anteilnahme und Freude.

»Eine Familie«, flüsterte Rachel mehrmals und seufzte zufrieden. »Jetzt sind wir eine Familie.«

So soll es sein, dachte Nikolas, als seine Gedanken in den Schlaf glitten. So ist es gut und richtig.

In der stillsten Stunde der Nacht erwachte Nikolas, sah den Mond durchs Fenster und erinnerte sich daran, wie Sonja nackt im Mondschein gestanden hatte, die Arme dem Licht entgegengestreckt. Es gab keinen schöneren Anblick, da war er sicher.

Er erinnerte sich daran, von einem anderen Weg geträumt zu haben, von einem schmalen Pfad, der oben an den Klippen vorbeiführte, weit jenseits der Bucht, auf der Südseite der Insel. Mit schweren Gedanken im Kopf war er über diesen Pfad gegangen und schließlich stehen geblieben, an der höchsten und steilsten Stelle. Er erinnerte sich daran, die Felsen tief unten beobachtet zu haben, wie sie dem Meer zu trotzen versuchten und doch vom Wasser abgeschliffen wurden, ein kleines Stück nach dem anderen. Vielleicht, hatte er gedacht, war so das Leben: Man wuchs zunächst, aber gleichzeitig gab es etwas, das Leib und Seele abschliff, bis nichts mehr übrig blieb, abgesehen von den Erinnerungen in den Köpfen anderer Menschen.

Er wusste nicht, ob es eine versteckte Botschaft in diesem Bild gab. Kannst du es mir erklären, Schutzengel?, dachte er. Sein Blick glitt durchs Zimmer, durch die tieferen Schatten, vom Mondschein unerreicht, und fand nichts, keine dunkle Gestalt, keine roten Augen in der Finsternis.

Ich bin hier, flüsterte es in Nikolas. *Ich bin immer bei dir. Ich bin du.*

Die letzten drei Worte waren neu. Er wollte über sie nachdenken, sie ergründen, doch die Müdigkeit brachte neuen Schlaf.

78

Am nächsten Morgen versuchte die aufgekratzte, fröhliche Rachel, Sonja in ein Gespräch zu verwickeln, bekam aber, wenn überhaupt, nur einsilbige Antworten.

»Der Sturm war wirklich schlimm«, sagte Rachel, während sie das Frühstück servierte. Sie trug ein T-Shirt mit Blumenmuster und wirkte ein bisschen wie ein allmählich alt werdender Hippie. »Er hat im Dorf mehrere Häuser schwer beschädigt, das habt ihr gestern Abend bestimmt gesehen. Unserem Haus konnte er zum Glück nichts anhaben oder nicht viel. Ihr könnt von Glück sagen, dass ihr überlebt habt. Euer Boot …«

»Wir sind gekentert«, sagte Nikolas. Er trank erst Orangensaft und dann Kaffee. Sonja saß neben ihm und blickte ins Leere.

»Als euer Boot gekentert ist, die hohen Wellen, die Felsenküste …«

»Wir konnten uns an etwas festhalten und haben so den Strand erreicht.« Nikolas fügte der Geschichte weitere Einzelheiten hinzu, wie kleine Samenkörner für fruchtbaren Boden. Rachel wollte alles glauben, das zu ihren Vorstellungen und Wünschen passte. Ethan saß wie ein zufriedener Patriarch am Tisch, hörte stumm zu und lächelte gelegentlich.

»Iss doch, mein Kind«, wandte sich Rachel an Sonja. »Warum isst du denn nichts? Nach all dem, was ihr hinter euch habt, musst du halb verhungert sein.«

Es gab Brot, Zwieback, Marmelade, Obst und Kekse.

Nikolas nahm einen Keks und legte ihn in Sonjas rechte Hand. Sie betrachtete ihn, hob die Hand und knabberte an dem Keks.

»Sie hat einen Schock erlitten«, erklärte Nikolas. »Aber bestimmt erholt sie sich bald.«

»Vielleicht sollten wir den Arzt rufen«, sagte Ethan. »Er wohnt auf der anderen Seite der Bucht.«

»Nein.« Nikolas sprach langsam, mit Deutlichkeit in der Stimme. »Es ist nicht schlimm. Sie braucht nur etwas Zeit. In wenigen Tagen geht es ihr besser.«

Ein Arzt hätte Sonja nicht helfen können, denn ein gewöhnlicher Arzt konnte nicht verstehen, was ihr widerfahren war, und Nikolas hätte zu viel von der Wahrheit preisgeben müssen, und das war gefährlich, falls Leute von der Foundation kamen und sich im Fischerdorf umhörten.

»Nein, bestimmt ist es nicht weiter schlimm«, sagte Ethan. »Ich denke, nach einigen Tagen bei uns geht es ihr besser.«

Rachel schenkte Orangensaft und Kaffee nach. »Ihr bleibt so lang, bis es deiner Frau besser geht. Genug Platz haben wir.«

Nikolas sah Ethan an und dachte: Ihr könnt so lange bleiben, wie ihr wollt.

»Ihr könnt so lange bleiben, wie ihr wollt«, sagte Ethan.

»Das ist sehr nett von Ihnen«, erwiderte Nikolas.

Ethan zwinkerte ihm zu. »Wir duzen uns. Ihr seid Sebastian und Nicole, und wir sind Ethan und Rachel.«

Nach dem ersten Keks aß Sonja einen weiteren und dann noch einen, und etwas von ihr kehrte zurück. Es war kein völlig klarer Moment, doch er genügte, um einige von Rachels Fragen zu beantworten und sie in ihren Muttergefühlen zu bestärken.

»Später fahren Sebastian und ich vielleicht aufs Meer«, sagte Ethan. »Möchtest du wissen, wie man Fische fängt, Sebastian? Ich kann es dir beibringen.«

Mann und Frau. Und auch Sohn und Tochter. Nikolas erinnerte sich an seinen Traum von den Türen und Wegen. Vielleicht haben wir die richtige Tür geöffnet und den richtigen Weg genommen, dachte er hoffnungsvoll.

Den ersten Tag verbrachte Sonja im Bett und schlief. »Schlaf ist der beste Doktor«, meinte Rachel und ging nur noch auf Zehenspitzen durchs Haus, um Sonja nicht zu stören. Am zweiten Tag schlief Sonja weniger und hatte einige lichte Phasen, die sie nutzte, um Rachel im großen Gemüsegarten hinter dem Haus zu helfen. Am frühen Nachmittag, als sich Sonja müde ins Gästezimmer zurückzog, sagte Rachel zu Ethan und Nikolas: »Hinaus mit euch. Fahrt aufs

Meer. Holt Fische. Heute Abend gibt es ein Festessen, mit frischem Gemüse und frischem Fisch. Wir feiern unsere … Familie.«

Ethan und Nikolas fuhren mit dem alten Fischerboot hinaus aufs Meer, aber nicht sehr weit, nur einige Hundert Meter. Ethan zeigte, wie man mit dem Netz fischte und mit der Rute angelte. Geduldig erklärte er die Besonderheiten von Wind, Strömung und Gezeiten, sprach von Leinen und Ködern bei der Rute und von Maschengrößen bei den Netzen.

Nikolas, von Kopfschmerzen geplagt, hörte und verstand nur die Hälfte. Er rieb sich die Schläfen, als um ihn herum alles seine feste Substanz verlor und sich in Wolken aus Zahlen verwandelte. Er fragte sich, welche Welt realer war: die der klaren Linien und festen Materie oder die der bunten Zahlen, die Struktur, Zusammensetzung und Form der Materie bestimmten.

Ethan ließ die Angelrute sinken. »Was ist los?«, fragte er verwundert. »Was ist mit meinem Kopf los?« Er richtete einen erschrockenen Blick auf Nikolas. »Was hast du mit mir gemacht?«

Nichts, dachte Nikolas. Ich habe nichts mit deinem Kopf gemacht. Es ist alles in Ordnung.

»Oh!« Ethan nickte verwirrt. »Ja.« Er hob die Rute wieder. »Man schwingt sie so, sieh genau hin …« Er schwang die Rute, die Schnur rollte aus, und der Köder fiel einige Dutzend Meter entfernt ins ruhige Meer.

Wir müssen immer aufpassen, dachte Nikolas. Hörst du?

Ich höre dich.

Wir müssen immer auf der Hut sein, immer. Wir dürfen uns nie zu sicher fühlen.

Als sie zum Haus zurückkehrten, begrüßte sie eine strahlende Rachel mit den Worten: »Es geht ihr besser. Sie hat ein Bild für dich gemalt, Sebastian. Geh nur zu ihr, sie sitzt auf der Terrasse.«

Sonja saß an einem kleinen Tisch am Ende der Terrasse, über ein Blatt Papier gebeugt. Sie reagierte zunächst nicht, als sich Nikolas setzte, malte mit Buntstiften Linien, die in der unteren Hälfte des Blattes ein dichtes Knäuel bildeten. Welchen Stift sie auch zur Hand nahm, er schien sich von allein zu bewegen und die Hand mit sich zu ziehen.

Nikolas setzte sich und beobachtete sie eine Zeit lang.

Zwei Linien führten aus dem Knäuel zum oberen Teil des Blattes, die eine rot, die andere grün. Auf halbem Weg zum oberen Blattrand knickte die grüne Linie plötzlich ab, reichte schräg nach unten und endete in der unteren Blatthälfte. Die rote, offenbar erst mit zittriger Hand gemalt, setzte den Weg glatt und gerade nach oben fort.

»Malst du die Zukunft?« Erstes Unbehagen regte sich in Nikolas. Er erinnerte sich an die beiden Linien, die damals ihr Leben symbolisiert hatten. Er wusste nur nicht mehr, welche seine gewesen war, die rote oder die grüne.

»Ich wette, es wird geschehen«, erwiderte Sonja.

Nikolas beugte sich vor. »Du wettest? Also bist du ganz sicher. Was wird geschehen?«

Sie schwieg und fügte dem Knäuel weitere Linien hinzu.

Er glaubte zunächst, dass sie ihn nicht gehört hatte, aber schließlich sagte sie: »Ich bin die rote Linie. Es geht mir nicht gut, siehst du, hier?« Sonja deutete auf den Abschnitt, der von einer zitternden Hand zu stammen schien. »Oben geht es mir besser. Dort ist alles ruhig und friedlich für mich.« Sie zeigte auf den glatten, allein verlaufenden Teil der roten Linie.

In Nikolas verdichtete sich das Unbehagen.

»Oben ist weiter in der Zukunft, nicht wahr?«

»Ja.«

»Wie weit?«

Sie zuckte mit den Schultern.

»Jahre?«

»Nein.«

»Tage? Wochen?«

»Mehr.«

Monate, dachte Nikolas. »Und die grüne Linie?«

»Das bist du.«

»Erst sind die beiden Linien dicht nebeneinander …«

»Hier«, sagte Sonja. »Jetzt.«

»… und dann knickt die grüne plötzlich ab und hört auf.«

»Ja.«

Neue Kopfschmerzen stachen und trommelten in Nikolas' Schläfen. »Was bedeutet das?«

»Es bedeutet, dass sich unsere Wege trennen und dass dein Weg endet.«

»Nein!« Nikolas nahm das Blatt Papier, zerknüllte es und ließ es fallen. Dann stand er plötzlich, zog Sonja auf die Beine und hielt sie an den Schultern. »Du hast dich schon einmal geirrt, obwohl du ›ich wette‹ gesagt hast. Du irrst dich auch diesmal. Wir bleiben zusammen.«

Ja, knurrte der Schutzengel in ihm. *Für immer.*

BLUT AN DEN HÄNDEN

79

Am Morgen des fünften Tages erschien ein fremder Mann im Fischerdorf. Er kam mit einem Ruderboot von einer Jacht vor der Bucht, wanderte am Strand auf und ab, sah den Einheimischen dabei zu, wie sie ihre Hütten und Häuser reparierten, und spielte Ball mit einigen neugierigen Kindern. Gegen Mittag kehrte er zur Jacht zurück, die jedoch vor der Bucht blieb. Am späten Nachmittag brachte das Ruderboot den Mann erneut zum Strand, diesmal in Begleitung einer etwas jüngeren Frau. Dicht an der Wassergrenze stellten sie einen Klapptisch auf und packten Dinge aus: Süßigkeiten für die Kinder, die sich erneut einfanden, und kleine Leckereien für ein Picknick. Dort saßen sie im Schein des aufgehenden Mondes, dicht bei den Wellen, und tranken Wein.

»Ein reiches Pärchen, das sich einen romantischen Abend gönnt«, sagte Rachel und beobachtete sie von der Veranda aus.

»Vor dem pittoresken Hintergrund armer Eingeborener«, schnaufte Ethan.

»Ach, was soll's, sie sind harmlos.«

Nikolas wusste es besser, denn er sah die türkisfarbene Wolke, die beide umgab.

Der Mann und seine Begleiterin waren keine harmlosen

reichen Touristen – sie kamen von der New Earth Foundation.

Er ging zu Sonja, die in ihrem gemeinsamen Zimmer saß und malte.

»Vielleicht müssen wir bald weg von hier«, sagte er.

Sie reagierte nicht auf ihn, wechselte den Stift und zog Linien aufs Papier.

»Der Mann, der heute Morgen mit dem Ruderboot kam«, fuhr Nikolas fort, »er ist mit einer Frau zurück. Sie sitzen am Strand an einem Tisch, ein Picknick im Mondschein. Rachel hält sie für harmlos, Ethan für zwei eingebildete Reiche. Ich glaube, sie kommen von der Foundation.«

Sonja wechselte den Stift.

»Sie sind in die Rolle harmloser Touristen geschlüpft und halten Ausschau«, sagte Nikolas. »Wir sollten nicht nach draußen gehen, solange sie hier sind.« Wie weit war die Jacht entfernt?, dachte Nikolas. Wie viel konnte man von dort aus mit einem guten Feldstecher sehen? Wahrscheinlich zu viel. »Vielleicht müssen wir weg von hier«, betonte er noch einmal.

Der Stift hielt inne.

»Ich will nicht weg«, antwortete Sonja. »Mir gefällt es hier. Ich mag Ethan und Rachel.«

»Aber wenn wir entdeckt werden ...«

Sonja malte wieder. Nikolas sah die bunten Linien. Wieder gab es zwei, eine rote und eine grüne, die nach oben führten. Wieder knickte die grüne Linie ab, doch diesmal endete sie nicht in der unteren Hälfte des Blatts, sondern kurz nach dem Verlassen der roten Linie.

»Hör auf!«, sagte er.

Sonja hörte nicht auf. Sie malte weiter.

Nikolas stieß die Hand mit dem Stift beiseite, nahm das Blatt, zerriss es wütend und warf die Fetzen aufs Bett.

»Hör endlich auf damit!«, rief er. »Ich will die verdammten Linien nicht mehr sehen!«

Er stürmte hinaus. Nach einigen Schritten verschwand der Zorn so schnell, wie er gekommen war. Nikolas blieb stehen, lehnte sich schwer atmend an die Wand und lauschte dem lauten Trommelschlag seines Herzens.

In der Küche begegnete er Rachel. Sie sah ihn mit einer Mischung aus Sorge und Kummer an.

»Streitet nicht«, sagte sie. »Für Streit ist das Leben zu kurz.«

In jener Nacht war Nikolas noch wach, als Sonja längst schlief. Sie lag neben ihm, mit angezogenen Beinen, ihm den gekrümmten Rücken zugewandt, ihr Haar ein Wogen aus roten und goldenen Zahlen. Das Fenster stand offen, und hinter dem Fliegengitter summten Insekten in der warmen tropischen Nacht.

Wir sind in Gefahr, dachte er. Die Foundation darf uns nicht finden.

Ich kann helfen, antwortete der Schutzengel. *Aber nicht hier. Auf der Veranda.*

Nikolas stand auf, streifte T-Shirt und Shorts über, schlich durch den Flur und trat nach draußen auf die Veranda. Der Mond war untergegangen; zahlreiche Sterne leuchteten am Himmel.

Der Picknicktisch stand nicht mehr am Strand, und auch das Ruderboot fehlte – es war zur Jacht zurückgekehrt, die in der leichten Dünung dümpelte. Es brannte kein Licht an Bord.

Nikolas setzte sich auf die unterste Stufe der Verandatreppe, beobachtete die Jacht und schätzte die Entfernung ab. Befand sie sich in Reichweite? Es geschah nicht zum ersten Mal, dass er mit der Deutlichkeit reiste. Die Kraft schrumpfte mit zunehmender Distanz, aber er fühlte sich stark genug.

Er schloss die Augen und öffnete die des Schutzengels.

Wie ein Geschöpf mit Flügeln und Flossen glitt er mal

über der Wasseroberfläche und mal darunter der Jacht entgegen. Nur ein wenig schwächer geworden stand er einige Sekunden später an Bord, schmeckte die Dunkelheit, roch die Farben und fühlte samtene Stille. Niemand schöpfte Verdacht. Niemand *konnte* Verdacht schöpfen.

Wir sind stark, dachte Nikolas mit grimmiger Genugtuung. *Wir brauchen vor nichts Angst zu haben.*

Zwei Menschen atmeten unter Deck: ein doppelter kleiner Wind, ein Zischen lauter als das Gurgeln und Klatschen der Wellen am Rumpf der Jacht.

Nikolas trat die Kajütentreppe hinunter, ohne dass das Holz knarrte. Unten gab es mehrere Zimmer, eins von ihnen voller Geräte und mit einem Arzneischrank. Er öffnete den Schrank, nahm einen Injektor, der aussah wie eine kleine Pistole, und lud ihn mit einer Ampulle, die glasklare Flüssigkeit enthielt. Damit betrat er das nächste Zimmer, die nächste Kajüte, näherte sich der Frau im schmalen Bett, hielt ihr den Injektor an den Arm und drückte den Auslöser.

Die Frau erwachte und hatte noch Zeit genug, zu erschrecken und zu schreien, bevor das Betäubungsmittel wirkte und sie in einen neuen, tieferen Schlaf schickte.

Der Mann stand im Gang, als Nikolas die Kajüte verließ, nur mit einer Unterhose bekleidet und eine Pistole in der Hand.

»Ich bin hier«, sagte Nikolas. »Direkt vor dir, aber du siehst mich nicht.«

Der Mann hörte etwas, ein dumpfes Knurren, und schoss. Mehrere Kugeln durchschlugen Nikolas, ohne ihn zu verletzen, und bohrten sich in die Mahagoniwand hinter ihm.

Nikolas packte ihn an der Kehle. Der Mann von der Foundation ächzte und schoss erneut.

»Du kannst mich nicht verletzen«, sagte Nikolas. »Aber ich kann dir wehtun.«

Er ließ die Kehle des Mannes los und strich ihm durchs Gesicht. Rote Striemen entstanden auf Stirn und Wangen, und Blut quoll aus den tiefen Kratzwunden. Der Mann hob die Hände vors Gesicht.

Nein, dachte Nikolas. Wir brauchen ihn noch.

»Es ist alles in Ordnung«, sagte er. »Das sollen auch die anderen erfahren. Teil ihnen mit, dass alles in Ordnung ist und ihr die Suche woanders fortsetzt.«

Der Mann schnitt eine Grimasse aus Schmerz und Schrecken. Er ging los, wankte wie eine Marionette von einer Seite zur anderen und betrat die Kajüte mit den Geräten und dem offenen Arzneischrank. Mit einem Laut, der wie ein leises Wimmern klang, sank er auf einen Stuhl, schaltete das Funkgerät ein und sendete einen Code. Dann sprach er: »Wir haben nichts gefunden und setzen die Suche fort.«

Nikolas schickte einen Gedanken. Im Norden.

»Morgen nehmen wir uns die nördliche Küste vor«, fügte der Mann hinzu. »Ich melde mich gegen Mittag.«

Oder auch nicht, dachte Nikolas.

Der Mann blieb sitzen und starrte auf das Funkgerät. »Du bist es, nicht wahr?«, krächzte er mühsam.

»Ja«, knurrte Nikolas.

»Irgendwann erwischen wir dich«, brachte der Mann zwischen zusammengebissenen Zähnen hervor.

»Du nicht«, entgegnete Nikolas.

Er ließ den Mann aufstehen und durch den Kajütengang marschieren, schickte ihn die Treppe hinauf zum Ruder.

Starte den Motor, dachte er.

Der Mann startete den Motor.

Bring die Jacht nach Norden, so wie du es über Funk angekündigt hast.

Der Mann betätigte Hebel und drehte das Ruder. Das Brummen des Motors wurde lauter.

Eine Stunde dauerte die Fahrt über das nächtliche Meer. Der Mann verbrachte die Zeit am Ruder, behielt Kompass und Navigationsanzeigen im Auge, ob er wollte oder nicht. Der Motor brummte, Wasser rauschte, Sterne leuchteten am Himmel, und Nikolas fühlte, wie er mit wachsender Entfernung schwächer zu werden begann. Er wurde nicht zu schwach, er blieb stark genug, aber das Nachlassen der Kraft war eine Warnung.

Der Mann wehrte sich. Sein Geist oder seine Seele, was auch immer im Kopf steckte, gab sich alle Mühe, Widerstand zu leisten. Man sah es ihm an: die Anstrengung in seinem Gesicht, der Schweiß auf der Stirn. Und man hörte es in Form eines gelegentlichen Stöhnens. Doch sosehr er sich auch bemühte, er blieb ein Gefangener im eigenen Körper.

Etwa einen Kilometer vor der Nordküste der Insel Coronda wies Nikolas den Mann an, den Motor abzustellen. Die Hände bewegten sich wieder, zogen Hebel und drückten Tasten. Das Brummen wich Stille.

Wie friedlich die Welt ist, sagte Nikolas lautlos. Wenn man sie so sieht, mit Sternen und Meer, in dunkler Ruhe, scheint alles heil zu sein. Aber Sonja ist nicht heil. Ihr habt sie zerbrochen, und ich weiß nicht, ob ich sie reparieren kann.

Der Mann starrte ihn an. Furcht flackerte in seinen Augen.

Vielleicht fragst du dich, was mit der Frau ist, dachte Nikolas. Ich habe sie betäubt. Sie schläft und wird im Schlaf ertrinken. Du nicht. Du hast das Privileg, mit offenen Augen zu ertrinken, bei wachem Bewusstsein. Wir versenken jetzt die Jacht. Wo sind die Flutventile?

Sie gingen die Kajütentreppe nach unten, ganz nach unten, und dort öffnete der Mann die Ventile.

Das Wasser stieg schnell, erreichte schon nach kurzer Zeit die Hüften und kroch weiter, zu Brust und Kehle. Nikolas hielt Arme und Beine fest und beobachtete, wie der Mann den Hals reckte, wie er zum letzten Mal Luft holte und sie anhalten musste, weil ihm das Wasser durchs blutige Gesicht schwappte.

Fast eine Minute lang hielt er den Atem an, die Gliedmaßen noch immer von einem fremden Willen gelähmt, dann konnte er den Atemreflex nicht länger unterdrücken. Er öffnete den Mund und versuchte zu atmen, obwohl es keine Luft mehr für ihn gab, nur noch Wasser.

Mit einem letzten Zucken starb der Mann, den die Foundation geschickt hatte.

Die Frau hatte es etwas leichter – der Tod holte sie, ohne dass sie es merkte.

Nikolas glitt nach oben, verharrte über der sinkenden Jacht und beobachtete, wie sie im Meer verschwand. Das Wasser brodelte und schäumte erst ein wenig, wurde dann wieder glatt und ruhig.

Er kehrte zurück …

… krümmte sich auf der Verandatreppe zusammen und würgte. Heftige Kopfschmerzen schufen einen feurigen Schleier vor seinen Augen.

»Was ist los?«, fragte jemand. »Was ist los mit dir, Sebastian?«

Ethan half ihm auf die Beine. »Deine Hände. Du hast Blut an den Händen.«

Nikolas erinnerte sich an ein zerkratztes, blutiges Gesicht, das im Wasser verschwand.

»Es ist … nichts. Ich habe mich … gekratzt.«

»Etwa mit einer Drahtbürste?«

Ethan führte ihn ins Haus, zum Badezimmer. »Wasch dich. Anschließend sehen wir uns die Wunden an.«

Schon gut, dachte Nikolas. Es ist alles in Ordnung mit mir.

Ethan runzelte die Stirn. »Ist wirklich alles in Ordnung mit dir? Bist du sicher?«

»Ja.« Ja.

»Na schön. Es ist spät. Geh jetzt besser zu Bett. Gute Nacht!«

»Gute Nacht!«

Nikolas wusch das Blut ab und fragte sich, woher es stammte. Von dem Mann, der viele Kilometer entfernt an

Bord der untergegangenen Jacht gestorben war? Wie sollte das möglich sein, wenn er, Nikolas, die ganze Zeit auf der Verandatreppe gesessen hatte?

Er blickte in den Spiegel und sah jemanden, der ihm plötzlich fremd erschien, jemanden mit tief in den Höhlen liegenden Augen und eingefallenen Wangen.

Er wandte sich ab, verließ das Bad und betrat leise das Schlafzimmer, das er mit Sonja teilte. Sie lag reglos auf ihrer Seite des Bettes, aber sie schlief nicht, das spürte er sofort.

Nikolas legte sich hin und wartete eine ganze Minute.

»Du bist wach«, sagte er schließlich.

»Ich weiß, was geschehen ist.«

Er versteckte die Hände unter der dünnen Bettdecke, obwohl kein Blut mehr an ihnen klebte.

»Du hast wieder getötet, nicht wahr?« Sonja hatte einen besonders klaren Moment.

»Mir blieb keine Wahl.«

»Wirklich nicht? Bist du ganz sicher? Oder hast du getötet, weil du töten wolltest?«

Nikolas schwieg. Die Stille dauerte an, und schließlich schlief Sonja ein, ohne eine Antwort erhalten zu haben.

Nikolas lag noch viel länger wach und überlegte, wie die wahre Antwort lautete.

80

Am nächsten Tag fuhren Ethan und Nikolas mit dem alten Fischerboot aufs Meer. Es war ein grauer Tag, der Himmel gab die Sonne nicht preis.

»Droht ein neuer Sturm?«, fragte Nikolas.

»Nein. Aber es wird Regen geben, in etwa einer Stunde.«

Ethan brachte das Netz an einer neuen Stelle aus, erzählte von Fischen und Krebsen, von Wind und Licht. »Das alles sollte man wissen, wenn man ein erfolgreicher Fischer sein will. Möchtest du einer sein?«

»Ich weiß es nicht. Vielleicht.«

Ethan nickte. »Eine vernünftige Antwort. Du bist jung. Du solltest dir alle Möglichkeiten offenhalten. Die Zeit ist ein guter Ratgeber.«

Nach einer Stunde begann es tatsächlich zu regnen, aber es kam kein Wind auf, das Meer blieb glatt. Ethan und Nikolas saßen unter der Plane vor dem Steuerstand und lauschten dem Prasseln der Tropfen, und Nikolas beobachtete, wie sich das Grau des Himmels auf dem Meer ausbreitete.

»Wer bist du?«, fragte Ethan nach einer Weile.

Die Frage überraschte Nikolas. Er hatte die Boje beobachtet, die das ausgebrachte Netz kennzeichnete.

Ethan musterte ihn aufmerksam. »Oder sollte ich besser fragen: *Was* bist du?«

»Du weißt, wer ich bin«, sagte Nikolas langsam.

»Aber weiß ich auch, was du bist? Ich möchte von dir wissen, was in der vergangenen Nacht passiert ist. Es ging dir schlecht. Du hattest Blut an den Händen.«

Das Licht veränderte sich. Es schien dunkler zu werden, obwohl die Wolken am Himmel unverändert blieben, und die beiden Augen, aus denen plötzlich Zweifel und Argwohn blickten, verwandelten sich in Teiche voller Zahlen, mit Hunderten von winzigen Sieben und Dreizehn.

»Ich möchte nur in Frieden leben, das ist alles«, sagte Nikolas. »Und ich habe versprochen, Sonja zu beschützen. Ich habe es ihr geschworen!«

Die Zahlen verschwanden, die Augen kehrten zurück, aber Nikolas wusste jetzt um die Dreizehn, die Unheil bedeutete, und er vernahm den Missklang der Sieben.

»Sonja heißt sie also«, murmelte Ethan. Dann sagte er: »Manchmal höre ich Stimmen. So wie jetzt. Ich hatte schon befürchtet, krank zu sein. Schizophrenie, weißt du? Aber ich bin nicht krank. Die Stimmen existieren wirklich. Besser gesagt: die Stimme. Es ist nur eine.«

Der Schutzengel in Nikolas knurrte.

»Es ist deine Stimme, nicht wahr?«

Ethan war nicht bewaffnet. Er hatte keine Pistole, kein Messer, nur seine Worte. Aber wenn bestimmte Worte zur falschen Zeit am falschen Ort gesprochen wurden, konnten sie schlimmer sein als Pistolen und Messer.

Nikolas blickte auf seine Hände und sah, wie sich die Finger krümmten.

»Von wem stammte das Blut?«, fragte Ethan.

Nicht *woher,* sondern *von wem.* Das Misstrauen in ihm war so stark geworden, dass es sich nicht mehr ausmerzen, nur noch betäuben ließ, für eine gewisse Zeit.

»Es tut mir leid«, sagte Nikolas.

Ethan hob die Hand zur Brust und öffnete den Mund. Er brachte kein Wort hervor, nicht einen Ton, als er, die Hand auf die Brust gepresst, zur Seite kippte. So starb er: stumm, ohne ein weiteres Wort. Seine Zahlen, unter ihnen die Sieben und die Dreizehn, verschwanden.

Nikolas blickte erneut auf seine Hände. Es klebte kein Blut an ihnen, und die wie Krallen gekrümmten Finger streckten sich wieder.

81

Herzinfarkt, stellte der Arzt fest, der auf der anderen Seite der Bucht lebte, gut siebzig war und eine Brille mit runden Gläsern trug. Alle nannten ihn den alten Dan.

»Sie hätten ihm nicht helfen können«, tröstete er Nikolas, der gar keinen Trost brauchte. »Es gab keinen Defibrillator an Bord, und bei Ihrer Rückkehr war es zu spät.«

Rachel weinte lautlos, ohne ein Schluchzen. Sie stand neben dem Toten, und die Tränen flossen, als hätten sich Schleusentore in ihren Augen geöffnet. Nikolas ging zu ihr, und sofort schlang sie die Arme um ihn, wie um einen Sohn.

Der alte Dan wandte sich von der Leiche ab. »Ich kümmere mich um alles, Rachel. Falls du etwas brauchst … lass es mich wissen.«

Bei ihrer Heimkehr weinte Rachel nicht mehr. Sie begann damit, in der Küche mit Tellern und Töpfen zu hantieren. »Armer Junge«, sagte sie. »Es muss schlimm für dich gewesen sein. Du hast ihn sterben sehen und konntest ihm nicht helfen. Ich mache uns etwas zu essen. Wir alle brauchen eine Stärkung. Ja, ich mache uns etwas Leckeres zu essen.«

Sonja saß in ihrem Zimmer am offenen Fenster und malte bunte Linien.

Nikolas blieb hinter ihr stehen und sah wieder die beiden

Linien, die sich aus dem Knäuel in der unteren Hälfte des Blattes lösten. Rot und grün führten sie ein Stück nach oben, aber nicht weit, nicht so weit wie sonst, bevor die grüne Linie abknickte und schon nach wenigen Zentimetern endete.

»Hör auf«, flüsterte er. »Hör endlich auf damit!«

Sonja ließ den Stift sinken und drehte sich um. »Du hast es wieder getan.«

Nikolas starrte sie an.

»Was ist aus dir geworden, Nick?«, fragte Sonja traurig.

Rachel weinte lange bei der Beerdigung auf dem kleinen Friedhof des Dorfes und auch danach, aber einige Tage später versiegten ihre Tränen. Sie rückte Sonja und Nikolas in den Mittelpunkt ihres Lebens, vor allem Sonja. Rachel saß bei ihr, wenn sie ins Leere blickte, wenn sich ihr Geist wie so oft an den inneren Zufluchtsort zurückgezogen hatte, und bei solchen Gelegenheiten erzählte sie ihr manchmal Geschichten, vom Leben in den Vereinigten Staaten und den ersten Jahren auf Coronda. Sie saß bei ihr, wenn Sonja malte, und lobte die vielen Linien und ihre Muster, ohne zu verstehen, dass sie Vergangenheit, Gegenwart und Zukunft zeigten. Abends kämmte sie ihr das rotblonde Haar. Wenn Sonja ihre klaren Momente hatte, kochten sie zusammen in der Küche, und dann wurde das Abendessen zu einem kleinen Fest, bei dem sich Nikolas in zwei Rollen gleichzeitig gedrängt fühlte, in die von Vater und Sohn.

Oft fuhr er morgens mit dem alten Fischerboot hinaus aufs Meer, warf das Netz an den Stellen aus, die Ethan ihm gezeigt hatte, oder angelte mit der Rute. Es kam vor, dass er plötzlich müde wurde, mit der Angelrute in der Hand einschlief und Stunden später mit heftigen Kopfschmerzen und Erinnerungen an wirre Träume erwachte.

Tage und Wochen vergingen. Das Leben fand zu einem neuen Rhythmus, der Nikolas allerdings wie ein Wandeln auf schmalem Grat erschien, mit tiefen Abgründen zu beiden Seiten. Während sich Sonja langsam erholte – ihre klaren Momente wurden häufiger und länger –, bekam Nikolas immer öfter Kopfschmerzen, bis sie ihn schließlich ständig begleiteten, mal stärker, mal schwächer. Immer wieder quälten ihn Albträume. Als er einmal mitten in der Nacht schweißüberströmt und schwer atmend aus dem Schlaf schreckte, stand Sonja auf ihrer Seite des Bettes, wie zur Flucht bereit.

»Was ist mit dir, Nick?«, fragte sie voller Furcht. »Was ist los mit dir?«

»Nichts. Nur ein Albtraum. Leg dich wieder hin, Sonja. Es war nur ein Albtraum.«

Sonja legte sich hin. Nikolas wollte sie umarmen, aber sie rückte fort und kehrte ihm den Rücken zu.

Anderthalb Monate nach Ethans Tod starb der alte Dan. Eine Frau aus dem Dorf, die jeden Tag nach ihm sah, fand ihn morgens am Ende der steinernen Treppe, die zu seinem kleinen Haus emporführte. Alles deutete darauf hin, dass er im Dunkeln gestolpert und die Treppe hinuntergefallen war, wobei er sich das Genick gebrochen hatte.

In den folgenden Tagen starben mehrere Hunde – man entdeckte sie morgens erwürgt oder mit zertrümmertem Schädel. Einige Wochen später zog eine Art Fieber durch das Dorf, dem innerhalb weniger Tage mehrere Menschen zum Opfer fielen, allesamt Personen, die am Begräbnis von Ethan teilgenommen hatten, obwohl es im kleinsten Kreis stattgefunden hatte.

Nach dem dritten Fiebertoten fragte Sonja abends auf der Veranda, als Rachel in der Küche war: »Was haben sie dir getan?«

»Wie bitte?« Nikolas hatte ein Aspirin gegen die Kopfschmerzen genommen, doch es half nicht.

»Die Tiere und die Menschen. Warum bringst du sie um?«

Er starrte sie an. »Was?«

»Ich weiß, dass du dahintersteckst.« Sonja sprach leise, ihre Stimme war ein Zischen. »Der alte Dan ist nicht die Treppe hinuntergefallen, du hast ihn hinuntergestoßen. Und du hast den Kranken auch das Fieber gebracht, das sie getötet hat.«

»Ich habe nichts damit zu tun«, behauptete Nikolas.

»Du lügst. Du hast mich nie belogen, und jetzt lügst du. Du bist anders, du hast dich verändert. Du bist nicht mehr der Nick, den ich kenne.«

Es waren harte Worte, voller spitzer, scharfer Kanten.

Sonja holte ein Blatt Papier hervor und entfaltete es. »Siehst du diese Linien? Meine Linien lügen nicht, sie sprechen immer die Wahrheit, und sie sagen, dass du verantwortlich bist.«

Rachel kam mit eisgekühlten Getränken auf die Veranda und sah ihre Gesichter. »Bitte …« Sie stellte die Gläser auf den Tisch. »Bitte streitet nicht.«

Sonja faltete das Blatt Papier wieder zusammen und steckte es ein. Nikolas hatte nicht nur zwei Linien bemerkt, die aus dem Wirrwarr von Linien in der unteren Hälfte nach oben führten, sondern gleich drei: eine rote, eine grüne und eine blaue.

Solange Rachel in der Nähe war, konnte er Sonja nicht danach fragen, und später wurden die Kopfschmerzen so stark, dass er es vergaß.

Sie teilten nach wie vor das große Bett im Gästezimmer und schliefen nebeneinander, aber es gab einen Graben zwischen ihnen, der immer tiefer und breiter wurde. In stiller Nacht lag er wach neben der schlafenden Sonja und dachte: Warum tötest du Menschen?

Um euch zu schützen, flüsterte es tief in ihm. *Um alle Gefahren zu beseitigen.*

Ich will das nicht, dachte er. Hör auf damit!

Ich muss tun, was notwendig ist.

Keine Toten mehr!

Der Schutzengel grollte.

Sonja atmete ruhig und gleichmäßig, sie schlief tief und fest. Nikolas blieb noch etwas länger liegen, um ganz sicher zu sein. Dann stand er leise auf, schlich zu Sonjas Stuhl, fand ihre Shorts und zog das zusammengefaltete Blatt Papier aus der Tasche.

Etwas Deutlichkeit zeigte ihm die vielen bunten Linien, die das Knäuel in der unteren Blatthälfte bildeten, all die Möglichkeiten in Vergangenheit und Zukunft. Davon ausgehend führten drei Linien nach oben: eine rote für Sonja, eine grüne für ihn selbst und eine blaue. Alle drei Linien waren dicht beisammen, doch die grüne knickte schon nach wenigen Zentimetern zur Seite ab und endete fast sofort.

Nikolas betrachtete das Blatt. Die Linien sagten die Wahrheit, das wusste auch er. Darin bestand Sonjas besondere Begabung: Sie konnte erkennen, was die Zukunft brachte. Manchmal änderte sich etwas in der Gegenwart und nahm Einfluss auf die Zukunft, wodurch neue Linien entstanden oder alte in neue Richtungen führten. Dann schien es, als hätte sich Sonja geirrt. Aber sie irrte sich nie. Sie sah immer die wahrscheinlichste Zukunft.

Nikolas faltete das Blatt wieder zusammen, steckte es in die Hosentasche und kehrte ins Bett zurück.

Er lag lange wach, denn immer wieder ging ihm eine Frage durch den Kopf und ließ ihm keine Ruhe. Sonja sah eine Zukunft, in der sich ihre Lebenswege trennten, und zwar schon bald, und in der seiner ins Nichts führte. Wie konnte er die Gegenwart ändern, damit die Linien zusammenblieben?

82

Als Nikolas am nächsten Morgen erwachte, war Sonjas Seite des Betts leer. Aus dem Badezimmer kamen seltsame Geräusche.

Er ging in den Flur. »Sonja?«

Jemand würgte und übergab sich.

Nikolas drehte den Knauf. Die Tür war abgeschlossen. »Sonja?«

»Ihr ist übel, Sebastian«, antwortete ihm Rachel. »Ich bin bei ihr.«

Nikolas erschrak. »Hat sie das Fieber?«

»Nein, nein, keine Sorge«, erklang Rachels Stimme auf der anderen Seite der Tür. »Es ist nichts Schlimmes. Das Frühstück steht in der Küche. Fahr ruhig aufs Meer. Ich kümmere mich um Nicole.«

Eine Viertelstunde später brach Nikolas mit dem alten Fischerboot auf, ohne Sonja gesehen oder mit ihr gesprochen zu haben. Als er den Motor weit draußen abstellte und das Netz ausbrachte, fühlte er sich von neuer Unruhe gepackt.

Wenn du ihr etwas angetan hast …, dachte er.

Nein, erwiderte die Stimme in ihm. *Ich schütze sie, wie ich auch dich schütze.*

Später, mit der Angelrute in der Hand, strich sein Blick übers glatte blaue Meer und die Insel mit ihren Wäldern und Bergen. Alles wirkte friedlich. Es fiel leicht, die New Earth Foundation hinter der Bergkette zu vergessen und Coronda für ein kleines Paradies zu halten, von allem getrennt. Doch wenn man genauer hinsah, und mit seiner Deutlichkeit konnte Nikolas ziemlich genau hinsehen, erkannte man Bruchlinien im Bild des Friedens und der Harmonie, ein feines Gespinst, das Meer und Insel durchzog.

Nikolas beobachtete, wie die Welt entlang der Bruchlinien auseinanderbrach, wie Dunkelheit aus den Rissen strömte und sich ausbreitete, wie eine finstere Flut alles verschlang, auch das Licht des Himmels und das Blau des

Meeres, bis das Fischerboot schließlich in schwarzer Leere schwebte.

Das Ende meiner Linie?, überlegte Nikolas.

Licht, Insel und Meer kehrten zurück, auch die Angelrute in seiner Hand, die sich bewegte, weil etwas an der Leine zog. Ein Fisch hatte angebissen. Er holte die Angelleine ein und betrachtete das silberne Geschöpf, das den Köder geschluckt hatte und am Haken zuckte und zappelte. Nein, dachte er. Nein. Vorsichtig löste er den Fisch vom Haken, hielt ihn einen Moment in den Händen und ließ ihn dann ins Wasser fallen. Leb dein Leben, dachte er.

Nikolas öffnete das Netz, bevor er es leer an Bord zog. Dann startete er den Motor des Fischerboots und machte sich auf den Rückweg zur Insel.

Etwas war dort geschehen, er fühlte es wie den Wind in seinem Gesicht. Etwas war geschehen und entschied darüber, ob seine grüne Linie bei Sonjas roter blieb oder nicht.

Als er eine Stunde später das Haus betrat, saßen die beiden Frauen in der Küche. Rachel strahlte. Sonja schien einen ihrer klaren Momente zu haben, wirkte aber sehr nachdenklich.

»Wie geht es dir?«, fragte Nikolas.

Sie sah ihn kurz an, senkte dann den Kopf und blickte in ihr Glas Orangensaft.

»Es geht ihr schon viel besser.« Rachel klopfte ihr auf die Hand. »Manche Frauen bleiben völlig beschwerdefrei, anderen wird übel, vor allem morgens. Deine Nicole ist schwanger, Sebastian. Du wirst Vater.«

83

Die blaue Linie, dachte Nikolas abends, als sie auf der Veranda saßen und er Sonja vorsichtig die Hand auf den Bauch legte. Sie gehörte dem ungeborenen Kind und begleitete Sonja bis zum oberen Rand des Blattes und darüber hinaus. Die grüne hingegen …

Er rief ein wenig Deutlichkeit.

»Ein Mädchen«, sagte er leise und sanft. »Es wird ein Mädchen.«

»Das kann man noch nicht feststellen«, erwiderte Sonja. »Dazu ist es noch viel zu früh.«

»Ich weiß es.«

»Bitte nimm die Hand weg.«

Überrascht zog er sie weg und sah Sonja fragend an.

»Ich möchte nicht, dass er das Kind berührt«, sagte sie. »Hast du verstanden, Nick? Er soll es nicht anrühren, nie.«

Die Schwangerschaft half Sonja. Morgens war ihr übel, manchmal auch tagsüber, aber ihre klaren Momente wurden häufiger und länger, und fast schien es, als rückte in ihr wieder alles an den richtigen Platz.

Während der nächsten Wochen hoffte Nikolas, dass der Graben zwischen ihnen schmaler wurde, doch als sich seine Albträume häuften, bat Sonja Rachel, bei ihr schlafen zu dürfen.

Rachel freute sich darüber

»Mach dir keine Sorgen, Sebastian«, sagte Rachel in einem tröstenden Ton. »Manchmal wenden sich schwangere Frauen von ihren Männern ab. Das kommt vor. Aber es dauert nie lange, es ist nie für immer.« Sie strahlte erneut. »Wenn das Kind geboren ist, wird alles gut.«

Die Albträume kamen noch öfter, als Nikolas allein im großen Bett des Gästezimmers schlief. Einmal erwachte er mitten in der Nacht draußen vor der Veranda, mit Blut an den Händen, das er hinter den Büschen mit einem Eimer Regenwasser abwusch. Er erschrak so sehr darüber, dass er, kaum waren die Hände sauber, ins Haus lief, durch den Flur eilte und einen Blick in Rachels Schlafzimmer werfen wollte.

Die Tür war abgeschlossen, und er hob die Hand, um laut anzuklopfen, ließ sie dann aber wieder sinken und rief die Deutlichkeit. Mit ihr schickte er die anderen Augen ins

Schlafzimmer, sah Rachel auf der einen Seite des Bettes und Sonja auf der anderen, unverletzt.

Manchmal durchstreifte er in wirren Träumen den Urwald und beobachtete aus verschiedenen Perspektiven, wie Tiere vor ihm flohen – es gab ihm ein angenehmes Gefühl von Kraft und Macht. Bei anderen Gelegenheiten sah er Gesichter, die direkt vor ihm zu Grimassen und Fratzen wurden.

Im Dorf starben zwei weitere Menschen am Fieber, Nikolas konnte es nicht verhindern. Während einer der nächtlichen Wanderungen, die er aus Furcht vor den Albträumen unternahm, flüsterte er in der Dunkelheit jenseits des Dorfes: »Ich habe gesagt, dass du damit aufhören sollst. Keine Toten mehr!«

Ich muss tun, was notwendig ist, wiederholte die Stimme in ihm. *Ich höre verdächtige Gedanken und erkenne, wo Argwohn entsteht. Ich greife ein, bevor Gefahr daraus erwächst. Ich schütze deine Tochter.*

»Lass meine Tochter aus dem Spiel!«, zischte Nikolas.

Ich werde bei ihr sein.

»Nein«, sagte Nikolas. »Nein, das verbiete ich dir.«

Rachel kümmerte sich um Sonja wie eine Glucke um ihr Küken, es schien kaum mehr etwas anderes für sie zu geben. Nikolas fühlte sich mehr und mehr an den Rand gedrängt. Tagsüber blieb er länger mit dem Boot draußen, brachte aber nur wenige Fische heim. Nachts wanderte er durch die Bucht und jenseits davon an der Küste entlang und legte sich im Sand zwischen den Felsen schlafen, wenn er die Augen vor Müdigkeit nicht mehr offen halten konnte. Auf diese Weise erlebte er einige friedliche Momente, die ihn auf eine wichtige Entscheidung vorbereiteten.

Den Ausschlag gab eine Nacht, als Sonja im sechsten Monat war. In dieser Nacht verzichtete Nikolas auf eine Wanderung, weil er sich müde genug glaubte. Doch kaum war er eingeschlafen, kroch ihm ein Albtraum in den Kopf, einer von der ganz schlimmen Sorte, die den Schlafenden schüttelte und ihn in kalten Schweiß badete.

Als er die Augen öffnete, stand Sonja vor dem Bett und hielt sich den Bauch.

»Rühr es nicht an!«, rief sie. »Rühr mein ungeborenes Kind nicht an!«

»Sonja ...« Nikolas setzte sich auf.

»Sieh nur, was du getan hast!« Sonja hob das T-Shirt. Schmale Kratzer wie von dünnen Krallen zogen sich über ihren Bauch.

»Was ist los?« Rachel erschien in der Tür, benommen und verwirrt. Nikolas verstärkte Benommenheit und Verwirrung und gab ihr den Wunsch, ins Bett zurückzukehren; am nächsten Morgen würde sie sich an nichts erinnern.

»Lass mein Kind in Ruhe, Nikolas!« Sonja verließ das Zimmer und warf die Tür hinter sich zu.

Nikolas saß auf dem Bett. *Mein* Kind, hatte sie gesagt, nicht *unser* Kind. Und *Nikolas* anstatt *Nick.*

Was hast du getan?, fragte er lautlos.

Nichts, bekam er zur Antwort. *Ich habe nichts getan. Das Kind lebt. Ich werde es schützen, wenn es zur Welt kommt, ich werde bei ihm sein.*

Nein, dachte Nikolas.

Er stand auf, nahm Shorts und T-Shirt. Draußen auf der Veranda zog er sich an und ging los, ohne noch einmal zurückzublicken. Das nahe Meer rauschte, Insekten summten, und am Himmel leuchteten Tausende von Sternen. Er wanderte über den Strand, an der Wassergrenze entlang, und beobachtete, wie eine Welle nach der anderen kam, ohne Anfang und Ende.

Das Fischerdorf blieb still. Nirgends brannte Licht, und kein Hund bellte – sie spürten ihn und schwiegen, weil sie ihn fürchteten. An den Anlegestellen dümpelten Boote und kleine Kähne. Auch dort regte sich nichts.

Am Ende der Bucht kletterte er zwischen den Felsen nach oben, erreichte den kleinen Pfad, den er von seinen anderen Wanderungen kannte, und folgte ihm. Im Gebüsch raschelte es, als Tiere die Flucht ergriffen – sie fühlten die Nähe des Schutzengels.

Eine ganze Stunde lang wanderte Nikolas durch den nächtlichen Urwald, der sich schließlich vor ihm öffnete, als er das Steilufer erreichte.

Vor Monaten hatte er von diesem Ort geträumt, erinnerte sich Nikolas. In jenem Traum war er mit schweren Gedanken hierher gewandert, zu den hohen Klippen auf der Südseite der Insel. An der höchsten Stelle war er stehen geblieben, hatte tief unten die Brandung beobachtet und das Leben mit dem Wasser verglichen, das die Felsen abschliff, ein kleines Stück nach dem anderen. Er hatte sich gefragt, ob das Leben Körper und Seele abschliff, bis außer den Erinnerungen in den Köpfen anderer Menschen nichts mehr blieb.

Jetzt war sein Kopf nicht schwer, sondern leicht.

Er trat zum Rand der Klippen und blickte zu den Felsen hinab. Die Wellen brachen sich an ihnen, wie in seinem Traum. Nur ein Schritt …

Was hast du vor?, fragte die innere Stimme.

»Weißt du es nicht?«, murmelte Nikolas. Sein Kopf war leicht, er hatte keine Schmerzen, aber eine tiefe Trauer legte sich auf ihn. Er hätte seine Tochter gern gesehen und Sonja noch einmal umarmt.

Das lasse ich nicht zu, warnte der Schutzengel.

»Du wirst meine Tochter nicht bekommen.« Die grüne Linie knickte hier ab und endete sofort.

Du kannst mich nicht töten.

»Wir werden sehen.«

Der letzte Schritt …

Nikolas stürzte in die Tiefe.

EPILOG

Fischer fanden die Leiche zwei Tage später. Ein tragischer Unfall – es war gefährlich, nachts auf den Klippen zu wandern. Vielleicht hatte Nikolas nur einen Moment nicht aufgepasst. Ein falscher Schritt, und das Unglück war geschehen.

Sonja trauerte und suchte wieder häufiger Zuflucht an ihrem inneren Ort. Rachel kümmerte sich um sie und half ihr dabei, sich auf die Geburt ihres Kindes vorzubereiten.

Rebecca kam still zur Welt, ohne zu weinen, ohne einen Schrei. Die Mutter hielt sie glücklich und erleichtert in den Armen, und die strahlende Rachel wich nicht von ihrer Seite. So verbrachten sie die ersten Wochen in einer Blase der Glückseligkeit.

Rebecca lernte schnell. In ihren blauen Augen lag eine Tiefe, die Wissen aufzusaugen schien. Im Alter von nur viereinhalb Monaten begann sie damit, durchs Haus zu krabbeln. Sie war noch keine sechs Monate alt, als sie durch den Flur kroch, die Treppe erreichte und hinunterfiel. Rachel hörte das dumpfe Poltern, sah erschrocken nach dem Rechten und fand das Kind unverletzt.

Früher als die meisten anderen Kinder, schon mit elf Monaten, lernte Rebecca laufen. Es begann damit, dass sie sich am Bett oder an einem Schrank abgestützt aufrichtete, und wenige Tage später machte sie die ersten Schritte.

Rachel blieb immer bei ihr und wurde nicht müde, die Namen aller Gegenstände zu nennen, die Rebecca berührte, doch das Kind sprach nicht.

Als Rebecca fünfzehn Monate alt war, kam es zu einem Zwischenfall. Sonja hatte eine Kerze auf den Boden des Gästezimmers gestellt und angezündet. Im Schneidersitz saß sie davor und blickte in die Flamme, ohne sie zu sehen. Rebecca bemerkte das flackernde Licht, tapste durch den Flur, erreichte die offene Tür des Gästezimmers und näherte sich der Kerze. Eine Zeit lang beobachtete sie den stillen Tanz der Flamme und hielt dann den Zeigefinger hinein.

»Feuer«, sagte Rebecca. »Brennen.« Es waren die ersten Worte ihres Lebens.

Sonja blinzelte.

»Nein«, rief sie erschrocken. »Nein!« Sie riss ihre Tochter von der Kerze zurück, nahm sie in die Arme und stand auf. »Feuer ist gefährlich. Es verbrennt.«

Doch der Zeigefinger des Mädchens war unversehrt.

In jener Nacht, als Rachel und Sonja schliefen, öffnete Rebecca in ihrem Kinderbett die Augen. Das Zimmer war voller Schatten; einer von ihnen bewegte sich und kam näher.

Ich beschütze dich, flüsterte der Schatten. *Ich bin immer bei dir.*

Rebecca lächelte.